ハヤカワ文庫 SF
〈SF2168〉

時空のゆりかご

エラン・マスタイ
金子　浩訳

早川書房
8134

妻に

時空のゆりかご

1

要するに、ぼくはぼくたちが生きるべき世界からやってきた。

だから、きみに関係がないのは明らかだ。なぜなら、きみはここ、ぼくたちのこのくそみたいな世界で生きているからだ。でも、この世界はこんなふうになるはずではなかった。すべてはぼくの責任だ――いや、ぼくと、ぼくほどではないがぼくの父親と、たぶんほんのちょっぴりペネロピーの責任だ。

この物語のはじめかたは難しい。だが、そう、きみは一九五〇年代の人々がどんな未来がやってくると想像していたかを知っているはずだ。空飛ぶ自動車、ロボットメイド、錠剤の食事、瞬間移動、背負い式飛行装置（ジェットパック）、動く歩道、光線銃、ホバーボード、宇宙観光旅行、月面基地。ぼくたちの祖父母がまもなく実現すると確信していたさまざまな、きらめくばかりの斬新な技術。万博で展示されていたり、〈ファンタスティック・フューチャー・テイルズ〉とか〈アメージング・ワールド・オブ・トゥモロウ〉とかいう名前のパルプSF雑誌に掲載されていたりする技術。思い描けるはずだ。

じつは、それが実現していたのだ。

すべてが、ほとんど想像どおりに実現していた。未来の話をしているのではない。現在の話をしているのだ。いま、二〇一六年、人類は、豊かで意義深くて驚異に満ちたテクノユートピア的楽園で生きている。

ただし、ぼくたちはそこで生きていない。もちろん生きてなんかいない。ぼくたちが生きているこの世界にも、たしかにiPhoneや3Dプリンター、それにそうだな、ドローン攻撃その他がある。だが、《宇宙家族ジェットソン》のようなアニメにはほど遠い。ただし、そうであるべきなのだ。実際そうだった。そうではなくなるまでは。だが、ぼくがあんなことをしなかったら、そうなっていただろう。いや、違うな、ええと、ぼくがこれからあんなことをしなければ、だ。

申しわけない。〝明日の世界〟の市民が受けられる最高の教育を受けていても、この状況の文法はいささか複雑なのだ。

一人称ってやつが、この話を語るのにふさわしくないのかもしれない。三人称に逃げれば、距離を置けたり洞察を得られたり、少なくとも心が安らかになったりするのかもしれない。試してみる価値はある。

2

トム・バレンは夢のなかで目覚める。

神経スキャナーが、トムの意識的思考と無意識的思考の双方のパターンを効率的にモデル化できるよう、夜ごと、彼が寝ているあいだに夢をマッピングしている。毎朝、神経スキャナーは現在の夢の状態を示すデータをリアルタイムでプログラムに伝送し、そのプログラムが生成するリアルタイムのヴァーチャルプロジェクションのなかで、彼はシームレスに目覚める。夢の散漫な筋はどんどん一貫し明晰(めいせき)になって、完全に覚醒したときには心理的に心地いい解像度が達成されており……。

申しわけない――こんなふうには書けない。これはまやかしだ。だから安全なのだ。三人称のほうが気が楽なのは抑えがきくからだ。抑えがきかないことばかりだった一件の顛末(てんまつ)を語るにあたって、それはじつにありがたい。三人称は、科学者が顕微鏡を使って生体試料を観察するようなものだ。だがぼくは顕微鏡ではない。スライドに載っている試料のほうだ。それにぼくは、気を楽にするためにこれを書いているわけではない。気を楽にしたいなら小説を書く。

小説は、次々と起こる心搔き乱す印象的な些事(さじ)の首尾を一貫させることによって世界像を描く。だが日常では、人はちょっとした事柄にほとんど注意を向けない。向けられないのだ。人の脳は、それらすべてを受け流すようにできている。特に、心のなかと体の外の区別がほとんどつかない場所である自宅では。

　本物の夢からヴァーチャルな夢への移行は、無意識のあいまいで不可解な流れに激しく翻弄されている小舟に乗っていたのに、ふと気づくと広くておだやかで浅い湖に流れ着いていて、つかみどころのない不穏な不気味さが、ほっと安心できる明快さに変わっているような感じだ。夢はおちつくべきところにおちついて終わり、どんなに動揺を誘う夢を見ても、目覚めたときには秩序が回復されていて、心は安定を取り戻している。そのときになってやっと、自分がベッドに横になっていて、これから一日がはじまることに気づく。例のねばつく意識下の軟骨質が心の狭窄部にひっかかっていたりはしない。

　ぼくが以前の世界でいちばん恋しく思うのはそれかもしれない。この世界の寝覚めは最悪だからだ。

　こちらでは、この過程を改善するもっとも基本的な技術を考案することさえ、だれもしなかったらしい。筋肉がこわばらないように絶妙に振動するマットレスもない。まどろんでいるあいだに体をきれいにしてくれる指向性蒸気弁もない。なにしろ、ブランケットは植物繊維の束をよりあわせた糸でできていて、ときどき羽毛が詰められているのだ。羽毛が。なんと本物の鳥の。目覚めは一日で最高の瞬間であるべきだ。無意識と意識が同調し調和しているべきなのだ。

　毎朝、服を着るときも、自動装置がそれぞれの個性と体型にあわせて新しい服を裁断し縫製してくれる。生地は昼に着られるように夜のあいだにリサイクルされる、レーザーで硬化させた光反応性液体ポリマーの糸で織られている。朝食には、同様のシステムが、色と味と食感のプロトコルに応じて好みの料理をつくってくれる。おぞましく聞こえるかもしれないが、試行錯誤をくりかえせば、本物の食べ物と区別がつかなくなる。しかも、それはその人の舌の味蕾(みらい)にあわせて調整されているので、毎回、味も食感も非の打ちどころがないのだ。きみには、アボカドを切ったら、未熟で硬すぎるか、熟(う)れすぎて茶色くなっているかでがっかりした経験があるはずだ。いや、こっちに来るまで、そんなことがありうるなんてぼくは知らなかった。あちらで食べていたアボカドは、いつだって最高の熟れ具合だったからだ。

存在した経験と存在しなかった経験の両方を懐かしく思うだなんて奇妙なことだ。たとえば、毎朝、この上なく新鮮な気分で起きられること。あまりにあたりまえだったから、当時はなんとも思わなかった。だが、いうまでもなく、肝心なのはそこだ――あたりまえだったものが……存在しなかったことだ。

ぼくが懐かしく思っていないのは、毎朝、この輝かしいテクノロジーのユートピアで目覚め、服を着、朝食をとっていたとき、ひとりぼっちだったことだ。

3

一九六五年七月十一日、ライオネル・ゲートレイダーは未来を発明した。

きみは彼の名前を聞いたことがないはずだ。だがぼくが来た世界では、ライオネル・ゲートレイダーは地球上でもっとも有名で愛されていて尊敬されている人物だ。どの街にも、通りや建物や公園など、数十カ所に彼にちなんだ名称がついている。子供は全員、〝G-O-E-T-T-R-E-I-D-E-R〟と、彼の名前のつづりを、覚えやすいメロディに乗せて歌って暗記している。

きみにはチンプンカンプンだろう。だがぼくと同じ世界の住民には、きみにとってのABCの歌と同じくらいの常識なのだ。

五十一年前、ライオネル・ゲートレイダーは無限で堅牢で絶対的にクリーンなエネルギーを生みだせる革命的な方法を考案した。彼が発明した装置はゲートレイダー・エンジンと呼ばれるようになった。一九六五年七月十一日は、彼がはじめてその装置のスイッチを入れた日なのだ。それがすべてを可能にした。

過去五十年間、エネルギーを無制限に使えていたらどうなっていたかを想像してほしい。地面をどんどん深く掘って空をどんどん汚さなくてよくなっただろう。核は不必要な荒っぽさになっただろう。石炭と石油は無意味に汚いものになっただろう。ソーラーと風力、さらに水力は、社会の網の目を離れて生きる決意をしないかぎり、だれもわざわざ使ったりしない、風変わりなローテク代替エネルギーになっただろう。

では、ゲートレイダー・エンジンの仕組みは？

電流の仕組みは？　電子レンジの仕組みは？　携帯電話やテレビやリモコンの仕組みは？

きみはそれらを、そう、具体的な技術の詳細まできちんと理解しているだろうか？　もしもそれらのテクノロジーが消滅したら、きみはそれらを一から再設計してつくりなおせるだろうか？　できないとしたら、それはなぜだろう？　きみはそれらをほぼ毎日、使っているだけだからだ。

だがいうまでもなく、きみはわかっていない。その分野の専門家でないかぎり、わかっている必要はないからだ。それらはただ、設計どおり、簡単に使えるからだ。

ぼくが来た世界におけるゲートレイダー・エンジンも同じだ。ゲートレイダー・エンジンは、ゲートレイダーという名前をアインシュタインやニュートンやダーウィンと肩を並べるくらい有名にするほど重要だった。だが、その、技術的な仕組み？　ぼくはきちんと説明できない。

きみはダムがどんな原理でエネルギーを生みだすかを知っているだろうか？　タービンは、重力によって流れ落ちる水の自然な推進力を利用して発電しているのだ。はっきりいって、ぼくは水力発電について、ほとんどそれしか知らない。重力が水をひっぱりおろすので、その途中にタービンを置いてやれば、水がタービンをまわし、どういうわけかエネルギーを生みだせるのだ。

ゲートレイダー・エンジンは惑星を使ってそれをやる。きみは地球が地軸を中心に回転しているし、同時に太陽の周囲をまわっていることを知っている。そして太陽自身も移動しつづけている。タービンが水からエネルギーをとりだすように、ゲートレイダー・エンジンはつねに回転しつづけている惑星から無限のエネルギーを得る。その過程にかかわっているのは磁気と重力と……正直いって、ぼくは知らない——アルカリ電池や燃焼機関や白熱電球についてはっきりとは知らないのと同じだ。それらは、とにかく使える。ゲートレイダー・エンジンも同じこと。とにかく使えるのだ。というか、使えた。そう、ぼく以前は。

4

ぼくは天才ではない。ここまで読んでくれたなら、もうそれがわかっているだろう。だが、ぼくの父親は、正真正銘、掛け値なしの大天才だ。三つめの博士号を取得したあと、ヴィクター・バレンは、有意義だった数年間、長距離瞬間移動について研究したあと、みずからの研究所を設立してニッチな分野に専念した——時間旅行に。

ぼくが来た世界でも、時間旅行はほぼ不可能と考えられていた。じつのところ、時間のせいではなく、空間のせいで。

きみが観たことのある時間旅行映画がどれも救いがたくダメなのはそのせいだ。地球が動いているせいなのだ。

きみはそのことを知っているはずだ。ぼくも前の章で指摘した。地球は一日で一回転しているし、太陽のまわりを一年で一周している。その間に太陽も宇宙的なルートにそって進んでいる。太陽系自体も銀河系のなかを突進しているし、銀河系も宇宙のなかの壮大な道をたどっているのだ。

きみの足もとの地面は、猛烈な速さで動いている。地球は、赤道上で、一日二十四時間、時速千六百キロ以上で自転しているし、太陽のまわりを時速およそ十万キロで公転している。一日だと二百四十万キロだ。一方、太陽系は天の川銀河に対して一時間に二百万キロ、一日で四十八億キロ移動している。

きのうに戻ったら、地球は空間上の異なる場所に存在していることになる。それどころか一秒過去に戻っただけで、きみの足もとの地球は五百メートル近く移動してしまっている。たった一秒で。

時間旅行をテーマにした映画がどれもこれもナンセンスなのは、地球が動きつづけていることを無視しているからだ。一日過去に戻ったら、同じ場所にはいられない――外宇宙の虚空に出現してしまう。

《バック・トゥ・ザ・フューチャー》のマーティ・マクフライは三十年前の故郷、カリフォルニア州ヒルヴァレーには出現しなかったはずだ。改造デロリアンは地球から約五千六百万キロ離れた、宇宙という広大無辺な漆黒の虚空に実体化するはずなのだ。酸欠で即座に意識を失わなかったとしても、気圧がゼロなので、体液がすべて沸騰し、一部は蒸発して凍結する。一分もたたないうちに死んでしまうはずだ。

無敵の殺人ロボットのターミネーターなら、宇宙でも生きのびられるだろうが、二〇二九年から一九八四年まで移動したら、サラ・コナーは約八千四百五十億キロのハンデを得られることになる。

時間旅行は、時間をさかのぼるだけではすまない。空間内の特定の地点にピンポイントで戻らなければならないのだ。さもないと、ありふれた旧来の瞬間移動のように、なにかの内部に出現してしまいかねない。

きみがいま、すわっている場所のことを考えてほしい。オリーブグリーンのカウチに腰かけているとしよう。つくりものの緑色の梨と本物の茶色い松ぼっくりが入っている白い陶磁器のボウルが、足もとのチーク材のコーヒーテーブルに置かれている。つや消しスチールのフロアスタンドが肩の上で光っている。高くついたがじつにきれいなニレの再生古材の床には目の粗いマットが敷かれている……。

もしもきみが、どの方向でも、数センチ、瞬間移動をしただけで、きみの体は固体のなかに埋まってしまう。三センチで負傷。六センチで重傷。九センチで死亡。

いついかなるときも、ぼくたちは死から九センチしか離れていないのだ。

瞬間移動が安全かつ有効なのは、厳格に調整されたシステムの特定の専用ステーションのあいだでのみなのは、それが理由だ。

ぼくの父親がまず瞬間移動について研究したこととの重要な理由は、離れた場所のあいだで人体が分解され再構成される仕組みを理解するのに、それが役立ったからだ。それまで時間旅行計画を阻害していたのはそれだ。時間の流れを逆行させるのはそんなに難しくない。とんでもなく複雑なのは、数十億キロにもおよぶ可能性のある瞬間的な空間移動を絶対的な正確さで実行することなのだ。

ぼくの父親が天才なのは、時間旅行の理論的な難題と実用化するための難題の両方を解決したからではない。日常生活におけるほかの多くの事柄と同様、ぼくたちを救ってくれるのはライオネル・ゲートレイダーだと見抜いたからなのだ。

5

最初のゲートレイダー・エンジンは、初始動以来、一度も切られていない——一九六五年七月十一日、日曜、午後二時三分からずっと動きっぱなしなのだ。

ゲートレイダーのオリジナルの装置は、大量のエネルギーを生みだし、放出するようにはできていなかった。発明者の予想をはるかに上まわる性能を発揮した実験的試作品だった。しかし、ゲートレイダー・エンジンで肝心なのは、惑星が動きを止めないように、停止してはいけないということだ。だからその試作品は、サンフランシスコ州立科学技術センター地下B7区画にある地下研究室で、わずか十六人の立会人が見守るなか、はじめてスイッチを入れられたとき以来、ずっとそこで動きつづけていた。

ぼくが来た世界では、生徒は全員、〈十六人の立会人〉の名前と顔を知っている。そのひとりひとりについて、おびただしい数の本が書かれているが、事実に即していようがいまいが、どれも、その立会人がこの究極の歴史の転換点に居あわせたことは、その人物の個人史における決定的な出来事だったとしている。

『ゲートレイダー・エンジンの起動』を描いた芸術作品は数知れない。それは現代版『最後の晩餐』であって、その十六の顔はそれぞれが異なる反応をあらわしている。〈懐疑〉〈畏怖〉〈注意散漫〉〈愉快〉〈嫉妬〉〈怒り〉〈思案〉〈恐怖〉〈冷淡〉〈心配〉〈興奮〉〈無関心〉〈苦悩〉――あと三つ。くそっ、知ってるはずなのに……。

はじめて試作エンジンのスイッチを入れたとき、ゲートレイダーは計算を検証し、自分の理論がとんでもない見当はずれではないことを実証しようとしていた――実際に動くことをたしかめたいだけだった。試作機は動いた。ただし、大きな欠陥があった。特異な痕跡を残す放射線を放射してしまうのだ。この放射線は、のちに、物理学者が相対性理論を扱うときに〝固有時〟をギリシャ語の大文字の〝T〟であらわすことにちなんで〝タウ放射線〟と呼ばれるようになった。

このエンジンの驚異的なエネルギー生産能力が全世界の需要をまかなえるまでに高まったころの大型産業用モデルは、タウ放射線を放射しないように改良されていた。だがその試作品は、敬意と懐旧の念から、またゲートレイダーの遺言状で法律的に明確に指定されているため、サンフランシスコにある――地球上でもっとも多くの人が訪れる博物館のひとつになっていた——かつてのゲートレイダー研究室で、理論上は永遠に運転されつづけることになっていた。

ぼくの父親のアイデアは、オリジナルの装置のタウ放射線痕跡を、時空に残されたパンくずの道しるべとして利用することだった。宇宙のなかで弧を描きながら過去へとのびている、ひとつひとつが原子の大きさのパンくずからなる結び目だらけの糸の末端は、歴史上もっとも重要な瞬間である一九六五年七月十一日の日曜日、午後二時三分四十八秒、つまりライオネル・ゲートレイダーが未来を開始した時点に固定されていた。おかげで父親は、だれかを厳密な時点まで時間をさかのぼらせるだけでなく、タウ放射線という道しるべをたどって、そのだれかを厳密な地点、つまり世界が永遠に変わる寸前のライオネル・ゲートレイダー研究室まで導くことができた。

それに気づいたことによって、ぼくの父親は時間旅行パズルのピースをほとんどすべて手に入れた。残りのピースはあとひとつ、意識ある人間を過去へ送りこむことと比べたら些細だが、現在をはからずもずたずたにしてしまわないためには重要なこと、つまり時間旅行者がいかなる形であっても過去に影響をおよぼせないようにする方法だった。父親の設計には厳重な安全装置が何重にも組みこまれていたが、ぼくが関心を持っているのは〝分離球〟だけだ。なぜなら、ペネロピー・ウェクスラーの人生とぼくの人生が激突したのはそのせいだからだ。

6

この世界では、ほぼすべての芸術作品と娯楽作品が異なっている。当初、差はさほど大きくなかった。ところが一九六〇年代末から一九七〇年代にかけての技術的・社会的な大変革によって世界ががらりと変わって以来、それまでは存在しなかったポップカルチャーが生まれた――作家たちと芸術家たちが、五十年間にわたってまったく違う作品を生みだしつづけた。興味深い相似に気づくこともある。一方のヴァージョンではストーリーの流れがゆるやかなのに、もう一方では山場になっていることがある。ある台詞が別の登場人物の台詞になっていることもある。印象的な視覚構成の文脈が違っていることもある。耳なじみのあるコード進行にまったく別の歌詞が乗っていたりもする。

まだだれも知らなくても、一九六五年七月十一日は歴史の転換点だった。

さいわい、ライオネル・ゲートレイダーが好きな長篇小説は一九六三年に出版されていた――カート・ヴォネガット・ジュニアの『猫のゆりかご』だ。

ヴォネガットの作品の内容は、ぼくが来た世界とは異なっている。こちらのヴォネガットは、機知と洞察にあふれているものの、作家は世界に現実的な影響を与えられないと思っている印象がある。書かずにはいられないが、自分の作品がなにかを変えられるとはほとんど思っていない印象が。

というのも、ぼくの世界では、ライオネル・ゲートレイダーが『猫のゆりかご』から大きな影響を受けたという理由で、ヴォネガットは二十世紀末の偉大な哲学者のひとりとみなされていたからだ。ヴォネガット個人にとってはいいことだったかもしれないが、どんどんお説教臭くなった彼の作品にとってはそうともいいきれない。

『猫のゆりかご』のあらすじは説明するまでもないだろう。短い小説だし、この本よりずっとすばらしい作品なのだから、ぜひ読んでほしい。倦怠を漂わせていて厚顔で賢明な作品だが、ぼくは、それら三つの特徴を備えている人と芸術が大好きなのだ。

ちなみに――〈倦怠〉と〈厚顔〉と〈賢明〉は、ぼくが思いだせなかった、〈十六人の起動立会人〉の象徴の残り三つだ。

『猫のゆりかご』にはさまざまなことが描かれている。だが、触れるものすべてを凍結させる物質アイス・ナインが、発明者にも制御不能になって、地球上の全生物が滅んでしまう、というのがメインストーリーだ。

ライオネル・ゲートレイダーは『猫のゆりかご』を読み、彼が〝不測の事態〟と呼んだものについての重大な洞察を得た――新しいテクノロジーを発明すると、同時にそのテクノロジーが起こす事故も発明することになるのだという洞察を。

自動車を発明すれば、自動車事故も発明することになる。飛行機を発明すれば、飛行機事故も発明することになる。原子力発電を発明すれば炉心溶融（メルトダウン）も発明することになる。アイス・ナインを発明すれば、うっかり地球をカチカチに凍りつかせてしまうことになる。

ゲートレイダー・エンジンを発明したとき、ライオネル・ゲートレイダーは、どんな事故が起こりうるか、そしてどうすれば事故を防げるかを解決するまで起動できないことを承知していた。

ぼくが好きなゲートレイダー博物館の展示は、ゲートレイダーが初起動したときにエンジンに異常が発生していたらなにが起こりかねなかったかのシミュレーションだ。最悪、未曾有の量のエネルギーがエンジンに殺到して取り入れコアを圧倒してしまい、サンフランシスコはどろどろに溶けてくすぶりつづけるクレーターとなり、太平洋はタウ放射線で汚染され、二万五千平方キロの耕作可能な土地が苦痛のるつぼと化し、北米のかなりの広さの地域が数十年にわたって居住不能になる爆発が起こりかねなかったのだそうだ。このシミュレーションの悪夢じみた映像は、子供には刺激が強すぎるし、実験が失敗しなかったのは明らかなのだから、どうして地球規模の災害のシミュレーションをグロテスクなほどリアルに描いて人類文明へのゲートレイダーの偉大な貢献から注意をそらすような真似をするのかという苦情が、来館した子供の両親から博物館の学芸員に寄せられたのだそうだ。結局、そのシミュレーションは博物館の片隅に移され、見学に来た高校生が大勢、暗闇に詰めかけて世界がくりかえしえんえんと崩壊するさまを眺めるようになった。

ぼくは、ライオネル・ゲートレイダーやカート・ヴォネガットや父親のような天才ではない。だが、ぼくも仮説を立てた。事故の原因はテクノロジーだけではない。人が原因になることだってある。きみが会うだれもが、きみに事故をもたらすおそれがあるのだ。いいことも悪いことも起こりうる。親密になれば必ず影響を受ける。

これでペネロピー・ウェクスラーとぼくたちが巻きこまれた事故に話を戻せる。ぼくたち全員が巻きこまれた事故に。

7

ペネロピー・ウェクスラーは宇宙飛行士になるはずだった。幼少時の評価マトリックスによれば、ペネロピーは不可欠な心理適性と身体能力と揺るぎない野心を備えていた。幼いころ、早くもペネロピーは、これこそ自分の道だと思いさだめ、以後、脇目も振らなかった。学校の内外で、たゆむことなく努力した。月面を歩くためではなかった。月面ならだれだって歩けた。ひと月にわたる軌道クルーズにならだれだって行けた。ペネロピーは次のフロンティアを突破しようとしていた——深宇宙探査にたずさわるつもりだったのだ。

勉学と訓練に明け暮れ、ひっきりなしに検査を受けていればいいわけではなかった。社交性も重要だった。というか、じつのところ、非社交性も。長期の宇宙事業に、募集担当機関は、両親のもとで兄弟姉妹とともに育ち、数年、ときには数十年続くミッション中、同僚に適用しうる共感モデルを備えている宇宙飛行士を選ぼうとする。他人を思いやれる人物を採用しようとするのだ。だが同時に、六年がかりのミッションのうちの六カ月間をふさぎこんで過ごしたりしないように、故郷に残しただれかを恋しがりすぎないことも選抜のポイントになる。これは心理的な二律背反だ――両親が離婚していない、自信家の一匹狼が好ましく、目つきの悪い反社会的人物は好ましくないのだ。

高校を卒業して以来、ペネロピーはずっと、波風を立てることなく人間関係に制限をかけていたので、彼女を地球につなぎとめる相手はひとりもいなかった。

それに彼女は正真正銘の猛者（もさ）だった。どの分野でもトップだった。生まれついてのリーダーとして広く知られていた。彼女は開拓者だった。木星の嵐を自分の目で見、宇宙遊泳をして土星の輪でサーフィンをするつもりだった。それは、親友をつくったり、恋に落ちたり、忠実な犬を飼ったりするのをあきらめるに値する夢だった。

なにもかもが予定どおりだった。ペネロピーがはじめて宇宙に出るまでは。打ち上げは完璧だった。彼女の働きぶりは、新人に宇宙飛行士がどんなに有能かを知らしめるための教材にできそうなほどだった。彼女は用意ができていた。準備OKだった。完璧だった。

地球の大気の最上層を通過したとたん、意識を完全に失うまでは。

ごく一部の人々は、宇宙空間に出ると認識機能に異常をきたす。たしか、真空の気圧変化が脳内の神経細胞（ニューロン）の分子結合に影響をおよぼすせいだ。原因はまだ解明されていない。しかし、ペネロピーはそのごく一部に含まれていた。長年にわたって徹底的な検査をおこなったにもかかわらず、その事実は明らかにならなかった。一瞬前まで、彼女は打ち上げロケットをてきぱきと操作して大気の最上層を通過していた。はじめて空虚な宇宙空間を見つめている彼女の鼓動は、規則的だが歓喜の早鐘をついている。こんなに幸福だったことはない。そして突然の……空白。

ペネロピーは自分がだれなのかわからない。どこにいるのかわからない。なにをすればいいのかわからない。ふと目を覚ましたら、なんと宇宙船を操縦していて地球がどんどん小さくなっていることに気づいたらほとんどの人が起こすはずのパニックは、気質のおかげで起こさない。けれども彼女はなにも思いだせない。何年もかけて操作法を習得した計器盤を見ても、なにがなんだかさっぱりわからない。不可解な略語が記されているランプが、見たかぎりではでたらめなパターンで点滅している。展望ドームの外に目をやると、宇宙という黒いキャンバスに塗りつけられた輝く星の霧が見える。祖父母の家の裏庭で、リスが杉林の枝から枝へと跳んだときに上がる花粉の霧のようだ。しかし彼女には、イヤホンから聞こえている声がどんどんやかましくしつこくなっているのに、自分はなぜ、八歳のときに見たきりの光景のことを考えているのかわからない。

「ごめんなさい」ペネロピーはいった。「だけど、わたし、ここがどこなのかよくわからないの」

ペネロピーに負けず劣らず訓練を積んでいて、彼女がいつだって自分たちよりはるかに高く評価されていることに小さな嫉妬の炎を燃やしていた副操縦士たちが操縦を引き継いだ。金銭的損失は少なくなかったが、彼女がなにをしでかすかわからなかったので、ミッションは中止せざるをえなかった。こうして、最高のなかの最高のなかの最高だったペネロピーはお荷物になりはてた。

急な帰還中、観測席にシートベルトで体を固定されたペネロピーは、かすみが渦を巻いていて塗ったような青に染まっている地球が、眼下で大きくなっていくさまを眺めた。彼女はさめざめと泣いた。それは彼女が見たもっとも美しい光景だった。そして、このときはまだ知らなかったが、彼女はもう二度とその光景を見られなかった。

地球に戻って知的能力が正常に戻ると、ペネロピーは自分の宇宙飛行士としてのキャリアに終止符が打たれたことをさとった。彼女は、地球を離れて何十年も宇宙で過ごそうと決意していた。それなのに、奮発して、日曜の午後に大気圏上層の熱圏を飛ぶ格安シャトルに乗りこんだ観光客よりも短い時間しか宇宙にいられなかった。彼女を非の打ちどころのない宇宙飛行士にしたのと同じ脳のせいで、宇宙飛行士としての仕事ができなくなったのだ。

こんな目にあったら、ふつうの人はめげてしまうだろう。しかしペネロピーはふつうではなかった。数カ月間、渦巻く憂鬱という重力井戸の深みへと潜水しつづけ、新たな目標に影響することを恐れていかなる薬物療法も拒否したあと、彼女はみずからの才能を燃やして粉骨砕身（ふんこっさいしん）するに値する新たな野望を発見した。

宇宙飛行士にはなれないなら、時間航行士になればいい。

8

ぼくは二百七十階建て高層ビルの百八十四階にある自分のアパートメントを出る。その棟を含め八棟からなる八角形の集合住宅は連絡通路で相互につながっていて、基部が交通ハブになっている。父親が、このビルを所有しているのは自分たちの家を管理しているのと同じ不動産コングロマリットだというコネを使ったおかげで、少なくとも、ぼくの部屋はトロントの、ビルがびっしりと並んでいる地区のほうは向いていないので、彼方にオンタリオ湖とナイアガラ断層生物圏保護区が望め、弧を描く地平線上でバッファローのダウンタウンの高層ビル群が朝日を浴びて輝いている景色を楽しめる。

多くの人が通勤に自家用車を利用しているが、正直いって、3D交通はくそだ。空飛ぶ車にどんな利点があるとしても、すべての通りの二十階上が大混雑していてはだいなしだ。

ぼくは、市内に何重にも張りめぐらされたルートを飛んでいる交通カプセルを使うほうが好きだ。カプセルは二枚貝のように開く流線形の金属製ポッドで、なかにはふかふかのベンチシートが備えられている。乗客は自分の娯楽インターフェースをカプセルのスクリーンとスピーカーに接続できる。カプセルは指示に応じて乗客を市内運輸システムのどこへでも連れていけるが、カプセルには格納式ホバーエンジンが装備されているので、短距離ならシステム外へも行けるようになっている。

ぼくは十二分遅れで職場に着く。よくあることだ。ぼくの上司は、ぼくの生活のあらゆる側面に心底うんざりしているので、常習的な遅刻に目くじらを立てたりしない。なにしろ上司というのはぼくの父親なのだ。

ビルにかかっている看板には〈時間航行士協会〉とある。ぼくはそれを悪趣味だと思うが、職員はみんなぼくの父親を尊敬しているので、明らかにぼくは少数派だ。ぼく以外はだれも、研究所に出勤してきたとき、看板を見て眉をひそめたりしない。彼らは、忙しすぎてぼくに眉をひそめたりもしない。

ひとつはっきりさせておかなければならないことがある――研究所に勤務していても、ぼくは頭がいいわけじゃない。ぼくが来た世界では、だれもが研究所に勤務しているのだ。

日常の雑多な仕事はすべて機械がやってくれる。食料品店もガソリンスタンドもファーストフード店もない。だれも道端の容器からゴミを回収したり、そう、ガレージの道具で車を修理したりしない。過去、全世界の労働の大半を占めていた単純な手仕事は、いまや自動化・機械化され、そうした技術を保持している国際的コングロマリットはちょっとした改良に努めている。自宅の有機ゴミ処理モジュールが故障したら、たとえ水道屋が存在していたとしても、水道屋に連絡したりしない。なぜなら、その建物には修理ドローンが常駐しているからだ。灯油入れと灯心のついた棒を使って街灯を点けてまわる点灯夫が、現代における仕立屋や管理人や庭師や大工に相当するのだ。

書店やカフェのような店はまだ存在しているが、それらは懐古マニア向けの特殊なニッチビジネスだ。実在のレストランにおもむいてシェフの手づくり料理を食べることもできる。だが、給仕するウェイターは、基本的にセットで役を演じている俳優だし、きみも出演者だ。

リアルタイムで繰り広げられる、没入型ライブエンターテインメントなのだ。

物質的な欲求がなくなったため、世界経済はほぼ全面的にエンターテインメントに特化することになった——エンターテインメントは、現代文明の礎(いしずえ)にして糧(かて)となったのだ。現在、ほとんどの人は、エンターテインメントにおける次の魅力的な技術革新を構想し、企画し、実現するための研究所に勤務している。なにかを求められることがほとんどない世界では、ほんとうに必要とされるのはそれだけだからだ。そのエンターテインメントの代金の支払い以外では。新しく、輝かしく、強烈であればあるほど代金は高い。

きみが科学者で、破れない暗号を破り、解けない謎を解こうとしているとして、しょっちゅう財源を余らせているごく一部の政府機関でもないかぎり、きみが暗号を破り、謎を解くために補助金を支給しようとはしない。だが、どうにかしてそれを新しくて輝かしくて強烈なエンターテインメントに仕立てあげられれば——得られる補助金にかぎりはない。

世界でも屈指の天才として広く認められているぼくの父親が、時間観光旅行にキャリアと名声を捧げてきたのもそれが理由だ。

〝時間旅行〟では投資家の食指は動かない。ところが、〝観光〟という言葉を加えたとたん、惑星地球の好みの時代を自分の目で見たがっている客の行列ができる見込みが立ち、その結果、金が流れこんでくる。だから——〝時間航行士〟なのだ。

9

二〇一六年七月十一日に予定されていたぼくの父親の実験では、人間をはじめて過去へ送りこみ、オリジナルのゲートレイダー・エンジンのスイッチが入れられるところを見学させることになっていた。エンジン自体を時間版の錨（いかり）として利用し、タウ放射線の痕跡をたどって、地球がたどった軌道上の、五十一年前の一九六五年七月十一日にあたる空間に移動するのだ。

二〇一五年は、疑いなく重大事だったゲートレイダー・エンジンの起動五十周年にあたっていた——世界じゅうの都市が、盛大さを競って祝賀行事を予定していた。ライオネル・ゲートレイダーが偉大な科学的発見をしたのはアメリカだが、生まれたのはデンマークだったことを全世界に知らしめる機会を得たデンマーク人全体の血圧は危険なほど高くなった。しかし、もっとも大規模なイベントがおこなわれるのは、かつてのサンフランシスコ州立科学技術センターをすっぽりと包むように建造されたゲートレイダー博物館だった。昼は日光を、夜は月光を反射する、きらめく渦巻きのような壮麗な現代建築のなかに、味気ないコンクリート壁と低い窓の建物がすっぽりとおさめられているのだ。

二〇一五年七月十一日土曜日の朝、ゲートレイダー博物館の真ん前にしつらえられた壇上で、ヴィクター・バレンはマスコミ陣に、世界初の時間旅行実験をこの瞬間からきっかり一年後、つまり二〇一六年七月十一日月曜日十時零分におこなうと公式に宣言して五十周年祝賀会の開始を告げた。彼は壇上の大きな時計を示してカウントダウンを開始した。三千百六十二万二千四百秒、五十二万七千四十分、八千七百八十四時間、三百六十六日。それは、そう、ゲートレイダー・エンジンの起動以後でもっとも重要な実験になるはずだった。そして、しかるべき政府機関がその安全性に満足すれば、そのテクノロジーが商用化され、免許を受けた時間航行施設へ行けばだれでも安全に時間旅行できるようになる。世間の期待はめいっぱい高まっていた。ぼくの父親のタイムマシンが、史上最高の成功をおさめる商品になるのは確実だった。

こうして、ヴィクター・バレンはゲートレイダー・エンジン五十周年のスターになった。トロントの〈時間航行士協会〉に運ばれたその大時計はカウントダウンを続けた。ぼくの父親が科学の巨人たちに仲間入りする正確な瞬間が数学的な必然であるかのように。必要なのは時計の数字が減ることだけであるかのように。

ちなみに、五十周年に科学的な重要性はない。一般の期待をあおり、ぼくの父親は革新的な最高級エンターテインメントを開発したと信じている出資者たちに好印象を与えるための、芝居がかったお祭り騒ぎにすぎなかった。

だが、それを存続可能な事業にするために、父親は人間が安全に時間旅行できることを実証しなければならなかった。時間航行士が誕生したのはそういうわけだった。

機密保持と安全のため、試作タイムマシンの目的地はひとつだけに絞られている。一九六五年七月十一日、カリフォルニア州サンフランシスコ市にあったライオネル・ゲートレイダーの地下研究室だけに。タウ放射線の痕跡はそこに、そこだけに通じている。それなら、計算ミスのせいで時間航行士が間違った時代に送られてしまうことはないはずだ。試作品は、ふたつの高峰のあいだに吊られたゴンドラにたとえられる——好きなとき、好きなところへ行けるわけではないからだ。この実験が成功し、二〇一六年と一九六五年を結ぶルートが、空間的にも時間的にも正確にマッピングされたら、そこ以外の調査が可能になる。しかし、ミッションが開始されるまでは、きわめて高くつく、立証されていない仮説にすぎない——だから時間航行士はあらゆる事態に備えていなければならないのだ。

チームは六人からなっている。それがこの種のミッションには理想的な人数らしい。心理学的にいって、集団と感じるには充分な人数だが、各人が適度に親密になりにくくなるほど多くはないからだ。六人とも、多方面にわたるサバイバル術をみっちりと教えこまれる。肉体的なサバイバル術だけではなく、文化的なサバイバル術も。たとえば、なんらかの問題が生じて、五十年前ではなく、五世紀前、あるいは五千年前に行ってしまう可能性だってある。だからチームは、自分たちがどの時代に到着したかを現場の状況を見てきちんと判断できるようにしておかなければならない。

チームを即座に呼び戻す中止プロトコルも用意されているが、命にかかわる危険があっても、それを実行するには決定的な数秒を要する。もちろん、破局的なシステム障害が発生したときに起動する自動回収機能があるので、チームが全滅しても、テクノロジー自体が過去に置き去りになって歴史に予測不能な影響がおよぶおそれはない。

無生物か訓練した動物のほうが科学的な理屈にかなっているのは明らかだ。ただ、より慎重な手法にはふたつの問題がある。第一に、ぼくの父親はみんなの度肝を抜きたがっているし、人間のチームを過去へ送ることは、たとえばロボットドローンやうさちゃんを送るよりもずっと目立つのだ。第二に、時空をいじるときは誤差の許容範囲がごく狭いので、機転のきく人間が熟慮の上で決定をくだすほうが望ましい。そうすれば、不測の事態が起こっても、時間線に災厄をもたらす変化をうっかり引き起こしたりしないですむ。そんな変化が起きたら大変だ。

ほとんどどんな悪いことだって起こりかねない。プレッシャーがかかっても冷静沈着で先の見えない絶体絶命の状況でも生き残れる人物が必要だ。六名の時間航行士は、全員がえり抜きの精鋭でなければならない。

だから、このミッションにぼくを参加させるなんて愚の骨頂もいいところだったのだ。

10

このあたりで、四カ月前に不慮の事故で亡くなったぼくの母親、レベッカ・バレンについて語っておいたほうがよさそうだ。

そう、ぼくの世界は驚異的な科学技術であふれているが、それでも人はこれといった理由もなく死んでしまう。また人は、これといった理由もなくくそみたいなふるまいをする。だけど、失礼、ここでは、父ではなく母のことを語ろうとしているのだった。

　思考によって大きな衝撃をもたらす人々の例に漏れず、ぼくの父親は彼の大きな脳にかかわらないすべての事柄をだれかにやってもらう必要があった。いうまでもなく、そうした些事の大半は自動化できたのだが、母は家族の生活を自分の手で支えていた。古風で手のぬくもりがあると見ることもできたし、神経症的で惨めと見ることもできた。たとえば、母は自分の手で夫の服をたたみ、書斎を掃除し、料理をつくらなければ、夫は時間旅行の謎を解明できないと思っているかのようだった。母が正しかった可能性はおおいにある。なにしろ、父は実際に時間旅行の謎を解明したし、母が急逝して数カ月で、なにもかもがめちゃくちゃになってしまったのだから。

　父と母はトロント大学で出会った。父の両親は父が九歳のときにウィーンからトロントに移住したのだが、父はいつまでたってもオーストリアなまりが抜けなかった。母はイギリスのリーズから、文学の学士号を取得する勉強を続けるために留学してきたのだが、無意識のうちにみずからを厳格な階級力学の内にとどめられるというイギリス人の能力を死ぬまで失わなかった。

　父が物理学の院生だったとき、母は父が、いつも左右違う靴下をはいてキャンパスを歩いていることに気づいていた。母は、それが自分の理解を超えたファッションなのか、それとももっと重要なことを考えているあかしなのかを知りたがった。ある日、母は父に歩み寄ってプレゼントを渡した——箱のなかには同じ靴下が百足入っていた。父には、母が何者なのか見当もつかなかった。ふたりはそれから一年もたたずに結婚し、それぞれ、母が死ぬまで続いた役割に落ちついた——父が灯台で、母はゼンマイ仕掛けを巻き、レンズを磨き、長い岩の階段を掃除する灯台守(とうだいもり)になったのだ。

父にとって、妻は母親代わりだった。そしてぼくにとって、母はどちらかといえば姉のようだった。父は高く評価されて科学者としてどんどん出世したが、一方、母は家に閉じこもっていたため繊細で深い友情をはぐくめなかった。母には——父が天才的発明をするのを助けるという——役割があったから、だれにも、自分の生活が空虚で孤独で不安に満ちているなどと認めるわけにはいかなかった。

ぼく以外には。母はぼくにはすべてを打ち明けた。ぼくは母の親友で、まぬけなセラピストになって、母が底なしにためこんでいる愚痴にいつまでも耳を傾けた。父の仕事は世界を変えることだった。母の仕事は父が羽づくろいをしやすい温かくてやわらかい巣をつくることだった。ぼくの仕事は母の話を聴きつづけることによって、宇宙的思索にふけっている父をわずらわさないように自分の気持ちを抑えこんでいるせいで母がノイローゼになるのを防ぐことだった。

母の慰めは本だった。ほとんどの人が楽しんでいる没入型ヴァーチャル・ストーリー・モジュールではなく——もう書かれていないどころかつくられてもいない、紙とインクからなる本物の本だった。母は、暇があると、前時代に書かれた文字を読んで過ごしていた。父と出会う前、母は本に囲まれる仕事につきたいと思っていた。本について教えたり、本を編集したり、それどころか書きたいと願っていたのだ。

父がそんな献身を求めたわけではなかったことは明記しておくべきだろう。誇大な自己評価のおかげで、おめでたいことに父は、母の献身にまったく気づいていなかった。父は、どういうわけか、みずから進んで内助の功に徹してくれる妻をめとったのだ。母は、足が冷たいと父が感じたら、いつでも引き出しを開けてとりだせる、清潔ではき心地のいいふわふわの靴下になった。父の知るかぎり、家のなかはひとりでに整理整頓されていた。

ところが四ヵ月前、自宅の芝生でコーヒーを飲みながら小説を読んでいたとき、ナビゲーションシステムが故障したせいで制御不能になったホバーカーが傾き、車列をはずれて母の半分をつぶし、芝生の上の血と骨と皮膚からなる濡れた筋にして、すべてを終わらせた。

人は死ぬと、冷たくなって動かなくなる。あたりまえに聞こえるだろうが、死んだのが母親となると、あたりまえには感じない——衝撃的に感じる。医療技術者たちが静止場を無効にし、人工臓器代謝機のスイッチを切るのを目のあたりにすると、息が乱れて足もとがふらつく。だが、額にキスするという感傷的な行為をしてぎくりとする。なぜなら、唇が皮膚に触れたとたん、母親がどんなに冷たく、どんなに静止しているか、その冷たさと静止がどんなに永久不変かを実感するからだ。熱湯に飛びこんだように体が震え、生まれてはじめて、死は生物学的な状態なのだと、生物が機能を停止することなのだと理解する。死体に触れたことがなければ、母親の顔を持つ生命のない物体を生気のない肉が包んでいることに対する本能的な違和感はわからない。あきれ顔をしたり、愛に飢えた求めをはねのけたり、つまらない話を聞き流したりしたことが脳裏で渦巻いて、罪悪感と後悔と悲嘆で吐き気がこみあげる。ないはずはないのに、自分が思いやったりやさしくしたり愛情深く接したことをまったく思いだせない。脳裏によみがえってくるのは、自分がいかに頻繁にちっぽけで狭量で不誠実にふるまったかという記憶だけだ。死んだのは母なのだ。母はぼくをだれよりも深く愛してくれたし、これからもそんなに深く愛してくれる人はあらわれないだろうに、その母はもういないのだ。

ぼくを産んだあと、母は庭にレモンの木を植え、年に一度、ぼくの誕生日に祖母のレシピでレモンタルトをつくってくれていた。その、ぼくと同じ三十二歳の木が、ホバーカーが父の書斎の大きな窓に突っこむのをかろうじて防いでくれた。そのとき、父は書斎で母の手づくりホットチーズサンドイッチをうわの空で食べながら、とびきり重要なことをつらつら考えていた。母はそのサンドイッチを、ひなたぼっこをしながらディケンズの『大いなる遺産』を読むときに飲むためのコーヒーをいれたとき、一緒につくったのだ。読書は、父の生活を快適にするための、信じられないほど思いやり深い日課をする時間が来るまでの楽しみだった。父は、母が死んではじめて、母は三十年以上、それを続けてくれていたことに気づいた。

その木がなかったら、父も死んでいただろう。ぼくは孤児になっていただろう。そしてなにもかもが、みんなにとって、ずっと、ずっとましな状態になっていただろう。

子供のころ、木はどれも半分しか見えていないこと、土のなかの根も天にのびている枝と同じくらい大きいこと、全体の半分が地下に埋もれていることをはじめて知ったときのことを覚えている。だが、人も同じだと気づいたのはもっとあと、すっかりおとなになってからだった。

11

葬儀はさわやかに晴れた朝にとりおこなわれた。父の部下数十人と彼らの配偶者と退屈している子供、イングランド北部からやってきた母の親類、オーストリアからやってきた父の親類、近所の数家族、何人かのぼくの友人、それに三人の元彼女が、母が亡くなった場所に集まり、多くの人が追悼の辞を述べたが、その人たちが母の内面をなにも知らないことがすぐに明らかになった。

ぼくも話すべきだったし、そうしたかったが、この日はなんといっていいかわからなかった。

薄っぺらいのに、じつのところぼくが大泣きしてしまった追悼の辞のあと、父がぼくの誕生日に植えられ、父の命を救ったレモンの木の根元に遺灰をまくさまを参列者全員が粛々(しゅくしゅく)と見守った。だがぼくは、夫のために犠牲になった、やさしくて傷つきやすかった女性をこんなふうに追悼するなんてぞっとすると叫びたかった。だが、それはいいがかりだった。実際には、文句のつけようのない追悼式だった。母が生前最後にしたのは、故障したホバーカーの致命的な運動量を、レモンの木で止められる程度にまで減らすことだった。死ぬときも、母は生前と同様、父のために犠牲になったのだ。

だから父は遺灰をまいたのだし、葬儀のあと、ぼくは子供のころの自分の部屋で元彼女のひとりと寝たのだ。

ぶっちゃけると、ぼくはこのあと、葬儀に参列してくれたほかの元彼女ふたりと寝た。それに高校時代の親しい友人のひとりとも。その友人は、恋人になって必然的にがっかりさせたくないほど魅力的だったから、結局、気持ちを打ち明けなかったのだ。

自慢しているわけじゃない。もっと控えめにしておくこともできただろうが、彼女たちの名前を明かさないことによって控えめにしているつもりだ。敬意を払うために。だが、ひょっとしたら、彼女たちの名前を出さないせいで浅薄にもったいをつけているような印象になっているのかもしれない。

四度の情事の成り行きはおおむね同じだった。まず相手がふたりきりで話したがる。〝心の内をぶちまけてほしいの〟と相手はいう。自分ならぼくに悲しみを訴えさせられるはずだ、その悲しみを、腐敗して皮膚を突き破る前に吐きださせられるのは自分だけだと考えてぞくぞくしてるのかもしれないぞ、とぼくは自分に言い聞かせていい気にならないように努めた。

振りかえってみると、ぼくは悲しみと引き換えに、彼女たちから体を与えてもらったのかもしれない。彼女たちは、ぼくにはわからない理由で、ぼくの涙に興奮したのかもしれない。それとも、たんに、彼女たちは、ぼくが必要としていて自分たちに与えられるものを与えてくれたのであって、それは役に立ったのだから、ぼくは彼女たちに感謝するべきなのかもしれない。当時、ぼくにとってそれは、悲しさと欲望をそのまま吐きだせる機会だった。ぼくは、生き生きとしたものを必死で求めていたのだ。なにしろ、セックスは心のもつれをほどく手段として真っ先に思いつくものだったし、あの四人の女性に拒まれていたら、ぼくは次善の策を講じていただろう。だが、彼女たちはやさしく受け入れてくれたし、ぼくは想像力に欠けていたので、四度、ほとんど同じようにして情事をくりかえすことになった。

　夜遅く、ふたりきりでいるとき、ぼくは彼女たちに、事故から母の公式な死亡時刻までのあいだ、病院で母の枕元にすわっていたときのことを話した。腰から下を失った母を、静止場が生きながらえさせていたのだ。母は、ただひたすら、同じ言葉をくりかえした。母の脳内の何兆個もの神経細胞（ニューロン）が、意識の残り滓のなかで力をあわせ、だれでもいいから自分の意志を伝えようとしているかのようだった。

「彼は途方に暮れてる。見つけてもらえるように助けてあげて」母は何度もくりかえした。

　そしてぼくは泣きながら、そのとおりだよ、ぼくは途方に暮れてるんだ、と訴えた。でも、ぼくが見つけてもらえるとは思えないよ、と。自虐的なジョークでごまかしたりむっつりと否定するのではなく、涙にむせびながらそんなふうにいえば、相手の女性に同情してもらえるとわかっていた。三人がぼくと別れた理由はわかっていた。ぼくの強がりにうんざりし、ぼくには将来の見込みがないと気づいたからなのだ。ただし、高校時代の友人は、ぼくをよく知っていたので、恋愛関係になりかけることすらないようにした。結局、ぼくの強がりにうんざりし、ぼくに将来の見込みがないことに気づいて別れるはめになるとわかっていたに違いない。

だから、ぼくは泣き、彼女たちはぼくを抱きしめ、ぼくたちは見つめあい、ぼくは彼女たちにキスをした。

「これはいい考えなのかしら？」彼女たちはいう。

「これしか思いつかないんだ」ぼくはいう。

彼女たちはぼくのキスに応じる。ぼくたちは服を脱ぐ。ぼくは無限の驚嘆と技術的驚異の世界に住んでいたが、それらのどれも、その四夜とは比べものにもならなかった。

彼女たちがぼくと同じように感じていたとは思えない。ぼくは哀れだったし、哀れみには奇妙な催淫性があるにすぎなかったのかもしれない。そのことが、高校時代の友人を混乱させたのは間違いない。後悔していないと彼女はいったが、ぼくの立ち位置は明らかに変わっていたし、その時点でそれ以上深く考えるのは好ましくなかった。彼女は、時間とともにぼくたちの関係がもとどおりになることを望んだ。同感だとぼくは応じたが、結局、そのあと、一度しか会わなかった。そのときはほかの友人たちも一緒だったが、ぼくの前では明るく陽気にふるまっていた。母親を失った友人にどう対処していいかわからなくて、全員が葬儀に参列してくれたのに、なにもなかったようなふりをしていた。ただし、親しい友人の彼女は、いつもより静かで、ぼくの救いがたいジョークに悲しげにほほえんだ。まるでぼくが必要としているのは、ぼくの救いがたいジョークを聞いた彼女が悲しげにほほえむことであるかのように。

休日を月で過ごしたり、ショッピングモールに瞬間移動したり、セレブの子宮のなかで胎児が成長したり原形質スープから人体の一部やらなにやらが再生するのを見たりという、きみにとってはSFのように思える事柄がぼくにとってはドキュメンタリーでも、ぼくたちがなにもかもを解決したわけではない。ぼくたちは、あいかわらず人間だった。仲間のひとりの人生が崩壊したときはどうふるまっていいかわからない、頭がイカれ、混乱している人間だった。だから友人たちはぼくの前でジョークを飛ばしたり決まり悪そうにしたりしたし、ぼくは何人もと寝た。それがよかったのか悪かったのかはともかく、一、二時間は気が楽になった。だがぼくには、ぼくが友人たちとまた友人に戻る方法を見つけられたのかどうか、元恋人のだれかとよりを戻せたのかどうかを知るすべはない。あの悲しみと欲望の夜のどれかが何年も続く幸せと豊かさにつながったかどうかを知るすべはない。

ぼくの友人の名前はデイシャ・クライン。彼女は愉快で頭がよくていたずら好きで愛らしかった。元彼女はヘスター・リーとメーガン・ストラウドとタビサ・リースで、彼女たちも愉快で頭がよくていたずら好きで愛らしかった。彼女たちの名前を出しても問題はない。彼女たちはもう、みんな存在していないからだ。

12

父は、「彼は途方に暮れてる。見つけてもらえるように助けてあげて」という母の言葉を、ぼくに仕事を与えなければならないと解釈した。

ぼくたちは父の書斎ですわっていた。窓の外には父の命を救ったレモンの木が見えていた。枝には太ったレモンがなっていた。レモンタルトにするのにちょうどいい熟れ具合だが、父は忘れるだろうしぼくは無視するはずの誕生日にタルトがつくられることはなかった。父は未来についての講演を数えきれないほど何度もおこなっていたが、父がぼくについて話したのは、ぼくが覚えているかぎりではこのときだけだった。父は祖父から自由に自分の道を探させてもらったので、父もぼくに同じようにしてやるつもりだった、という趣旨だった。ぼくが的はずれな努力ばかりしてジタバタと悪戦苦闘しているように見えても、たぶん最後には、まるで魔法のように、でたらめと気まぐれという靄のなかから現実的な方向が浮かびあがるのだろうと期待していた、という。だが三十二年たって、父は方針を再検討すべきだと考えた。なんといっても、祖父は薬剤師であって先見的な発明家ではなかったのだから、偉人の息子のぼくは、親からもっとしっかりした指導を受けて当然だと。

要するに――父は天才でぼくはそうではないし、ぼくは期待はずれで父はそうではないのだ。父にはぼくに、自分は天才で、ぼくはそうではないという必要はなかった。ぼくには、父におまえは期待はずれだといわれる必要はなかったが、父はそういった。興味深いことに、父もぼくも、一瞬たりとも、母がぼくのことをいったのではないかもしれないとは思わなかった。「彼は途方に暮れてる。見つけてもらえるように助けてあげて」と母はいった。父もぼくも、途方に暮れている彼はぼくで、助けてあげてと父に頼んだのだと思いこんだ。母の臨終のとき、枕元で母の手を握って、胸郭の下が消えてなくなっているという、おぞましいマジックのような事実を無視しようとしながら、指で母の肌のかさつく感触を感じていたのはぼくだったのに。だが、父が途方に暮れているとは思えなかった。まして、ぼくが助けるほうだなんてありえなかった。

時間航行士には全員、代役——正式には非常時要員——がついていて、彼らとともに訓練を受け、すべてを学んで、不測の事態が生じて時間航行士が不適格になったときにはすぐさま歴史的ミッションにつけるようになっていた。ぼくをペネロピー・ウェクスラーの代役に指名したとき、父は、ぼくを信頼しているから最高の時間航行士とともに訓練を受けられるようにしたのだと説明した。

そんなのは嘘っぱちだった。ぼくがペネロピーの代役になった理由はふたつあった。第一に、父の恩着せがましい部分は、ペネロピーのような優秀な人物のそばでぼくを働かせれば、ぼくも少しは集中力がついてやる気がでるかもしれないと望んでいた。第二に、父の実際的な部分は、全時間航行士のなかで、ペネロピーが断トツで代役を必要とする可能性が低いことを知っていた。ペネロピーが、もっとも教育効果が見込め、かつもっとも安全な選択だったのだ。

ぼくはいまだに、いじましくも悲しく青臭いレベルで、あんなに知能が高い父が、ペネロピーを完全に誤解していたことを思うと、うれしくてちょっぴりぞくっとする。

だが、ぼくについてはそうではなかった。ぼくについての評価は正しかった。

そういうわけで、ぼくのような飛び抜けた才能のない凡人が——明らかに偶然とはいえ——地球上でもっとも注目を集めていた科学実験で重要な役割をはたすことになったのだ。

父が母の最期の願いをきちんとかなえてやろうとしたせいでそうなった。ぼくは、母は父が自分の言葉に耳を傾けるようにするために死ななければならなかったという考えが気に入っている。

13

去る者は日々にうとし。人の心は忘却するようにできている。時とともに、人は喪失によってあいた隙間に対処するすべを学ぶ。まるでブラックホールのように、光をいっさい放たないので、それがそこにあるのはわかる。肉体的な疲労もあった。悲しみによってもたらされる疲れは、いくら寝ても回復しないらしい。頭がはっきりしていたら、父に提供された仕事を引き受けたりしなかっただろう。

母には数えきれないほどかっとさせられたが、母がもういないということをどうしても納得できなかった。母はぼくを産んでくれた。ぼくの半分は母でできている。母は、ぼくが自意識を持つ前にぼくの意識を形づくってくれた。どんなあやまちを犯したにしろ、母は極寒の日でも暖かい場所だった。それなのに、もういないのだ。

人は幼いころ、両親をごく単純な形容詞で考える。年を重ねると、形容詞は増え、それらがたがいに矛盾していることに気づく。パパは大きい。パパは大きくて強い。パパは大きくて強くて賢い。パパは大きくて強くて賢いけど忙しい。パパは大きくて強くて賢いけど忙しいし冷たいしうるさい。ママは頼りになる。ママは頼りになるしやさしい。ママは頼りになるしやさしいし思いやりがある。ママは頼りになるしやさしいし思いやりがあるけど悲しい。ママは頼りになるしやさしいし思いやりがあるけど悲しいし孤独だし傷つきやすい。青年期の心に成熟が植民する。巨大な星雲の紫外線写真が、よく見ると点描画法の自画像だったとわかるようなものだ。

犯罪がほとんどない世界では、警察の業務は保険数理に統合されている――警察官には、連邦政府から警備員兼保険員としての権限が与えられていて、被害の程度と責任の割合を評価し、賠償額を決めることになっている。母が死亡した事故が起きてから数時間で状況検分がすみ、妥当な賠償金が振りこまれ、接続されている全ナビゲーションシステムに診断パッチが送られ、事故を起こした企業が詫び状を出し、欠陥のあるコードボックスをつくった組み立てロボットが停止され、再利用すべく溶かされてスクラップにされた。

父は葬儀を手配し、法律問題を処理して一週間もたたずに仕事に戻った。なんといっても、自分で決めた締め切りを守らなければならなかった——悲嘆は日々の経過を長くも短くも感じさせるが、二〇一六年七月十一日は決定事項だし、なにがあっても、たとえ妻が死んでも、父が歴史をつくるのを止めることはできなかった。そして、たとえぼくの一部が、一瞬であっても、父も頭がはっきりしていないのかもしれないと疑ったとしても、それはほんの一部の声なき少数派だったので、発言権はなかった。

14

ぼくがペネロピーの代役に選ばれたのには理由がふたつあるといった——父の恩着せがましさと現実主義だと。加えて、いまわのきわの約束が第三の理由として挙げられるだろう。

だが、第四の理由もある。ペネロピーとぼくは、分離球を利用するにあたって遺伝的に一致しているのだ。分離球は、時間旅行者の体を分子非実体化場に導入して、物体のなかを物理的に移動すること、またはその逆を可能にする機械だ。そのおかげで、時間航行士は、過去に戻ったとき、偶然、大小を問わず物体のなかに出現してしまっても、その物体は時間航行士の体のなかを、そして時間旅行者はその物体のなかを、なにごともなく通り抜ける。時間航行士は、過去に滞在しているあいだずっと、非物質的なままでいるのだ。時間航行士はなにも触れられないし、なにも時間航行士に触れられない。

非実体化場は最大で十四分間持続する。それを越えると、体の分子がちりぢりになって、まあ、死ぬはめになる。非物質化した瞬間から十四分間以内に分離球に戻らないと、ばらばらになって命を失うのだ。

十四分間の制限は厳密なので、六人の時間航行士は全員、自分の分離球を持つことになっている。そうすれば、時間旅行装置を起動する前に、同時に非物質化できるからだ。しかし、分子レベルでの正確さを求められる装置の調整はとんでもなく複雑だ。それに非常に高くつく。

ひとつの分離球には遺伝的に一致する者しか入れなければ、調整の困難さも費用も軽減できる。遺伝的に大きく異なる者を入れるための再調整には数日を要するのだ。父の発明を市場に投入するさいには、時間旅行者を過去で非物質化するためのもっと効率的な方法を考案しなければならなかったが——すぐに解決しなければならない問題ではなかった。

ペネロピー・ウェクスラーとぼくは、たまたま遺伝的にきわめて適合性が高かった。凍結受精卵の胎性幹細胞を誤って損傷したことによる真核性生体分子病のための細胞提供事業で探さないと見つからないほどの適合性だった。あるいは、家族をつくりたいが子づくりができないときの相手探し並みの。人の染色体は、ひとつひとつがファスナーの歯のようにひとりでに並ぶ。おかげで、非常時要員が使用することになったときも、技師たちはすばやく簡単にペネロピーの分離球を再調整できた。

技師たちによれば、代役のなかで、ぼくは、正規の時間航行士からの再調整がもっとも少なくてすむのだそうだった。それがぼくにとって唯一の長所なのは間違いなかった。なぜなら、いうまでもなく、努力する必要がなかったからだ。ただの……体質だった。

15

実際に非物質化するのはじつに奇妙な体験だ。まず、服をすべて脱いであのスキンタイトな、そう、スキンタイツをはかなければならない。なんと、皮膚でできたタイツを。ありがたいことに、他人の皮膚ではない。スーツは自分が提供した皮膚細胞を遺伝的に加工して作成する。深く考えないほうが賢明だ——ぞっとしてしまうからだ。分離球には、搭乗者の分子を再構成するためにその搭乗者の遺伝子配列が登録してあるので、スキンスーツを着るか、裸で時間旅行をするかなのだ。

つまり、基本的に、自分の皮膚でできているが、見栄えがよくなるようにブルーブラックに染められているレオタードを着るのだ。また、スキンブーツをはき、スキングローブをはめ、ほつれ毛がたまたま脳内で物質化するのを防ぐためにスキンキャップをかぶる。要するに、リュージュで滑走するときのような格好だ。

人体はおそよ7×10の27乗個の原子からなっている。分解し、時空を逆戻りさせ、完璧な順番で組み立てなおすにはかなりの数の原子だ。しかし、生物学的存在は無生物よりもずっと有利だ。ばらばらの粒子ではないからだ。その7,000,000,000,000,000,000,000,000個の原子は人体を構成する三十七兆個の細胞のなかで回転しているのだし、それらの細胞ひとつひとつはおのおのの建築設計図にもとづいてつくられている。石や金属やプラスチックと違って、人は37,000,000,000,000枚の地図でできているのだ。

あとはその地図を読めるように量子コンピュータをプログラムするだけだ。

父の立場になって考えれば、人を過去へ送るなら、その人物とまったく同一の、、、遺伝物質でできているものしか身につけさせないのが最善だと判断するはずだと納得できる。つまり、最先端の生物工学チームを雇ってそれらの原形質に暗黒魔法をかけさせて、すべてのスキンスーツに個人用生体コンピュータを統合させるのだ。中央制御ノードは神経軸索束でできているケーブルを通じて十二の調整ポイントと接続する。そして顕微鏡サイズの脳細胞の束を利用したそれらが単純な電気インパルスを発する。

そう、時間をさかのぼるときは、十二個の小さな脳に通じている神経が織りこまれている皮膚製スーツを着ていくことになるのだ。生体コンピュータシステムの目的はひとつ――時間航行士を過去から現在へ、無事に帰還させることだ。

時間航行士が真珠光沢のある白い球体の分離球に入ってハッチが閉まり、継ぎ目がわからなくなると、装置が起動してブーンというごく低い音が響く。全身に鳥肌がたつ。開口部という開口部が開く。喉のなかでマッチをすったように鼻と口が乾き、いがらっぽくなる。静脈と動脈のなかで血が泡だつ。眼球が眼窩(がんか)のなかで浮きあがり、視神経でつながっていなかったらヘリウム風船さながらに頭蓋から漂いだしてしまいそうに感じる。

そして時間航行士は幽霊になる。姿を見られなくなるわけではないが、どんなに硬いものでも通り抜けられる。声を発することはできないが――非物質化のせいで声帯が正常に機能しないのだ――見たり聞いたりは問題なくできる。嗅覚はおかしな感じになる。目の前のものの匂いを嗅いでも、何キロも先からそよ風に乗って漂ってきたかすかな匂いのように感じるのだ。

非物質化しているあいだに、特に難しいことをする必要はなかった。実験的な訓練にすぎなかったからだ。ぼくは平均して十二分間で、手順どおりに一連のテストをすませ、残りが二分を切ってレッドゾーンに入ると、急いで分離球に戻って再構成を待った。そのあと二時間は、体の分子が重力にあらためて慣れる必要があるかのようなだるさを感じるが、それ以外に問題はない。

もっとも、ぼくの非物質化テストの結果がどうだろうと関係はなかった。ぼくが過去へ行く可能性はゼロだったからだ。ペネロピーは、代役など必要ないほど優秀だった。

ぼくが代役に選ばれた理由は四つあったといったが、実際には理由はひとつだけ――同情だった。

16

どうして分離球についてこんなにくわしく説明しているのか？　それのおかげでペネロピー・ウェクスラーの裸をはじめて見られたからだ。そのとき同時に、ペネロピーもぼくの裸をはじめて見た。ぼくは前者のほうにずっと興味があったが、のちに後者のほうが重要だったと判明した。

ペネロピーとぼくはいつもの訓練プログラムをこなしている。非物質化しているときに歩けるようにするための、そう、地面に沈んだり宙に浮かんだりしないで、次の一歩を前の一歩の前に実際に出せるようにするための仮想シミュレーションだ。そのためには、足の触知可能な分子を床の凝集した分子とぴったりあわせなければならない。いうなれば、薄氷が張った池を突き破らないようにそろそろと歩くようなものだ。

ぼくはふだんどおりにしている。つまり、必死でペネロピーの真似をしようとしているが、はるかにおよばない。そしてペネロピーもふだんどおりにしている。つまり、ぼくを完全に無視しながら、課せられた作業をこれまでの記録を次々に破りながらこなしている。

そして……なにかが起きる。警報が鳴り響き、赤いランプがひらめいて、ペネロピーとぼくはあわててエアロックつき除染室に入る。スピーカーから、大きすぎて割れている声で、セキュリティシステムが医学的に安全な放射線レベルを越える未確認の汚染発生を知らせていると告げる。手順どおりにしなければならない。

　ぼくたちは服を脱ぐように命じられる。ぼくは呆然としている。なにしろ、たったいま、致死量の放射線を被曝したかもしれないといわれたのだ。だから、ペネロピー・ウェクスラーと小部屋にふたりきりでいて、ふたりとも服を脱いでいることを、はっきりとは意識していなかった。ぼくが服をすべて脱ぎ、ペネロピーが服をすべて脱ぎ、ぼくたちが服を容器に入れると、ロボットアームがその容器を壁にひきこむ。

　ぼくは全裸で立っている。ペネロピーも全裸で立っている。天井のノズルがぼくたちにミストを吹きつける。ミストは金属的な匂いがするが、基本的にきらきらと光って見える。そう、糊に振りかけてきらめかせるための、子供の工作用パウダーのようだ。きっとその見た目にはちゃんとした医学的理由があるのだろうが、放射線傷害で死ぬかもしれないというのに、ひどく楽しげに見えた。

　百八十センチほど離れて立っているぼくたちのまわりで、きらめく雲が渦巻いている。じろじろ見ていることに気づかれるのがいやだから、ぼくは必死で目をそらすが、まず間違いなく、これがペネロピーの裸を見られる最後のチャンスになることもわかっている。だから、ちらちらと彼女に視線を向ける。

　ペネロピーはまっすぐにぼくを見つめている。

　続いて起きたことは、生理的にはちっとも不思議ではないが、それにしても——ちなみに、次のくだりを記すのは、なんでも包み隠さずに伝えるという方針ゆえなので、すべては真実だと信じてほしい。こんなにばつが悪いことを認めておいて、ほかになにを隠すっていうんどうしようもない。ぼくは勃起する。
だ？——渦巻く輝きのなか、裸でペネロピーと見つめあって立っているのだから、ぼくには
ペネロピーは、そう、驚きの表情を浮かべる。なにしろぼくたちは、緊急抗放射線剤を浴
びている最中なのだ。ぼくも馬鹿げていることは承知している。ぼくは悲惨な死をとげるか
もしれないのだ。体に病変が生じ、臓器が溶け、骨がぐずぐずになってしまうかもしれない
のだ。だが、死にかけている感じはしない。めちゃくちゃなのはわかっているが、ぼくは生
の実感を味わっている。

そしてペネロピーは、なんというか、はじめてぼくに気づいたような顔でぼくを見つめる。
念のためいっておくと、ぼくのペニスがりっぱだから、ペネロピーがむらむらしたわけで
はない。これまでぼくはペネロピーの前でなにひとつ注目に値することをしなかったし、こ
れはこの状況にはあまりに似つかわしくない反応だったので、めだたざるをえなかったのだ。
耳ざわりな音が響いてきらきらスプレーが止まる。スピーカーから声が響いて、所定のテ
ストを実行した結果、放射線漏れは発生していなかったと告げるが——セキュリティシステ
ムが誤作動して汚染を誤感知し、警報を発したのだが、予防手順が実行され、ぼくたちは重
圧がかかる状況にみごとに対応したので、除染室の外に用意されている清潔な制服に着替え
しだい、訓練を再開できるのだそうだ——ぼくは聞き流す。なにしろ、一緒にいられる残り
数秒間ででペネロピーの体の輪郭を脳裏にくっきりと焼きつけようと必死なのだ。
エアロックが勢いよく開いてシュッという減圧の音が響くと、ペネロピーは無言のまま出

口のほうを向いて先に歩きだす。これで終わりだとぼくは思う。熱に浮かされたような想いを、しょっちゅう水をやっているみぞおちの豊穣な自己嫌悪に押しこめ、これ以上の進展はないだろうとあきらめる。ところが、ペネロピーは狭いエアロックを抜けようと腰をかがめながら、振りかえってぼくを見た。怖い思いをしたぼくがだいじょうぶかどうかを、あるいはぼくが手順に従っているかどうかをたしかめるためではなかった。ぼくが出ていく彼女の尻を凝視しているかどうかを確認するためだった。ぼくは凝視していた。ペネロピーがどうしてそんなことを気にしたのかを理解したときには、もう手遅れだった。

17

上司の息子であるぼくを紹介されたとき、時間航行士チームは最初、それなりの興味を示した。代役の何人かはぼくに色目を使いさえした。だが、彼らが怒りと軽蔑をあらわにするまでに時間はかからなかった。新しい同僚たちは、ぼくが生まれた日から父がたどったのと同じ感情の遍歴をしたようだったが、それには三十二年ではなくひと月しかかからなかった。

正規の時間航行士は、ほとんどがやさしく接してくれた。その日の話題に対するぼくの意見やポップカルチャーに関するぼくの趣味やぼくのごく個人的なエピソードなどに興味を示したわけではなかったが、彼らはおおむね礼儀正しかった。あそこまで集中して打ちこまなければならないことがある人たちは、直面している信じられないほどやりがいのある仕事以外のことにはほとんど時間を使わない。自分と基本的に無関係なだれかについての意見をまとめるために、たとえ一ジュールでもエネルギーを使うよりも、あたりさわりなく愛想よくするほうが簡単なのだ。理論モデルに取り組んでいる科学者も、すさまじく複雑なテクノロジーを実際に組み立てなければならない技術者も同じだ。なんといっても、ぼくは上司の息子だったのだ。

だが、ほかの補欠たちは、ぼくを憎んだ。

考えてみると、主要任務チームに選ばれた正規の時間航行士ではなくても、彼らは全員、おそらく今後の任務に参加する、能力の高い一流のプロだった。

そしてぼくがやってきた。彼らはみな、ぼくがここに来られたのは、父があらゆる資格条件をゆるめさせたおかげだと知っていた。ぼくが課題をしくじるたび、訓練でミスをするたび、認知解析がうまくできないたびに、ぼくのせいで気分が悪くなるばかりか、全体の累積スコアが下がってしまった。平均をそこそこのレベルに保つために、あの勤勉な男女は、ますますがんばらなければならなくなった。

大変だった。ぼくは、ひと月でやめていただろう。ペネロピーがいなかったら。

父の研究所の職員たちは、母の葬儀には参列しないわけにはいかないと考えたので、ぼくがそのあと研究所に出勤すると、だれかと顔をあわせるたびにお悔やみの言葉をかけられるという、例の気まずい儀式がはじまった。心からの言葉なのだとは思うが、同時に、ぼくが父と話しているときに彼らが話題に出たら彼らの思いやり深さに触れてほしいというのが彼らの本心に違いなかった。だが、そうなる望みはなかった。なぜならぼくは父とめったに話さないからだ。ぼくが父とうまくいっていないことが知れわたると、同情を示されることも、断続的に色目を使われることも、なにかと関心を持たれることも徐々に減った。

　ペネロピー・ウェクスラーとはじめて会った瞬間、ぼくは彼女の評判に怖じ気づいたわけでも、気に入られようと必死になったわけでもなかった。もっとも、すぐに怖じ気づいたし、必死になったわけだが。ぼくが無力感に打ちひしがれていたのに対して、彼女はすらっとしていて力強くてやる気に満ちあふれているように見えたことも最初に受けた印象ではなかった。まず最初に気になったのは、彼女がしなかったことだ。ぼくの母についてなにもいわなかったのだ。

　たぶん、ペネロピーは自分の訓練のことで頭がいっぱいで、社交辞令には関心がなかったのだろう。だが、ぼくが彼女の補欠になって二週間後、ぼくはオリジナルのゲートレイダー・エンジンの試作品を操作する方法についてのセミナーに出席した――ちなみに、内部機構はすさまじく複雑だが、一本のレバーをひきあげれば装置は起動したし、ひきおろせば停止した。もっとも、装置は、いったん起動させたら、緊急事態が起こらないかぎり停止しないようになっていた。セミナーでは、講師を務めた初対面の技術者が、ぼくを隅に連れていって、儀礼的な同情の表情を浮かべた。ぼくは社交上の義務として感謝をぼそぼそとつぶやき、ペネロピーのとなりの所定の席に着いた。それまでの二週間、ペネロピーはぼくに、許容比やグリッド診断についての技術的な指示以外はひと言もかけていなかった。だからぼくは、ぼくにしか聞こえない小声でペネロピーから声をかけられたとき、びっくりした。彼女は、ぼくたちの前でおこなわれている説明から一瞬も目をそらさなかった。

「同情は取引よ」とペネロピーはいった。「悲しみを売りに出したら、結局、価値を失う」

ペネロピーから話しかけられた驚きで、ぼくは返事ができなかった。だが、彼女がなにをいおうとしたのかははっきりわかった。

あの小さな医療用ハンマーで膝を叩くと脚が動く反射と同じで、生まれてからずっと父親と距離があり、母親に頼られつづけたため、ぼくは通りかかった白鳥について行ってしまう捨てられたアヒルの子のごとく、心からの共感に特有の周波数に、一瞬で惹きつけられるようになっていた――哀れみを剝ぎとった正真正銘の理解に。

ぼくはペネロピーに惚れた。たとえ、彼女はそれを知らないか気にしていないか欲していないかでも。彼女が知らないか気にしていないか欲していないかのことは彼女の魅力の本質ではなかった。だれかに訊かれたら、もしもペネロピーがぼくにほんとうに好意を持っていたとしても、きっとはねつけられるだろう、とぼくは答えていただろう。ところが、例によってぼくは間違っていた。

18

特に生きがいがない男が、ペネロピー・ウェクスラーのような人物のそばで長時間過ごしていたら、のぼせてしまって当然だ。ペネロピーのほうは、ぼくが彼女と一緒に訓練を受けているのは雇用の条件と割りきって、つべこべいわずに受け入れていた。研究所職員が着ている制服のように、ぼくは仕事の一部だった。

とにかく、ぼくはそう思っていた。崖から飛び降りたとき、落下は飛翔に酷似している。少なくとも、しばらくのあいだは。

ぼくは数あるデートアルゴリズムを、プロフィールを粉飾しながら何時間もあさってシステムがペネロピーを紹介してくれることを期待したが、彼女の名前は出てこなかった。職業は相性に大きな影響におよぼすとみなされているので、ほかの補欠の何人かがぼくのアピールスペクトルにひっかかったが、AIデータ相関を広げても、ペネロピーとぼくは釣りあわなかった。数値上、ぼくたちはお似合いではなかった。

ぼくは三カ月間、ペネロピーと一緒に訓練を受けていた。彼女はいつも髪をきついポニーテールにしていたが、ときどき、ほつれ毛がエアコンの微風でなびいていた。かろうじて気まぐれといえるのはそれくらいだった。彼女はそれ以外、この上なく集中力があっててきぱきしていてやる気にあふれていた。

ぼくとともに訓練を受ける以外の選択肢がないペネロピーをいやらしい目つきで眺めるなんて、どう考えたって不適切だしおぞましいので、プロとして正当な理由がないかぎり、彼女を見ないように努めた。例外は手だった。ぼくは彼女を見習うことになっていたので、シミュレーターを操作している彼女の手なら凝視しても問題なかった。ペネロピーの指は長くて先が細く、付け根が盛りあがっていた。手首は、見せつけている引っ張り強度を考えたら意外なほど細かったが、筋肉はぴんと張っている。ぼくは、昔ながらの手相見のように彼女の手の筋を凝視した。

ペネロピーはどんな課題でもみごとにこなしたし、ぼくが彼女の動きを真似ようとしてしくじるのを、辛抱強く無表情で見つめていた。ぼくは屈辱を味わったが、その屈辱を、別のなにかが絶縁材のように包んでいた――ぼくが手間どれば手間どるほど、彼女に長く見てもらえたのだ。

わかってる。そんなことをいうと、信じがたいほどの負け犬に聞こえるだろう。だが、母を亡くし、父とは疎遠、同僚たちにはさげすまれ、友人たちはぼくといるとぎこちなく、元彼女たちはそれ以上にぎこちなかったら、日々の救いはペネロピー・ウェクスラーしかなかった。

ペ、ネ、ロ、ピ、ーはぼくをけっして見くださなかった。礼儀正しいがそっけなかった。もちろん、彼女は全員に対して礼儀正しいがそっけなかったのだが、補欠たちのあからさまな愚弄と比べたら、ほとんど温かく感じた。ぼくはなにもかもに優秀な成績をおさめつづける彼女に付き従ったが、彼女はさりげなくぼくを無視した。除染室でふたりとも全裸になったあの日までは。その後も、彼女はぼくをほとんど無視した。とはいえ、なにかが変わっていた。はっきり指し示せないが、電荷のようなものが存在していた——ふだんは見えないが、ある角度からだと朝つゆが点々と浮かびあがる蜘蛛の巣のように、ブーンとうなっている磁性フェロモンがぼくたちのあいだに漂っていた。それは、ときどき一瞬、きらりと輝いた。

ぼくたちがふたりきりになることはなかったが、シミュレーターの前や、毎日の医療スキャンや一九六〇年代についての研修の最中に、ペネロピーがぼくをちらちら見ていることに気づいた。目があうと、彼女の鎖骨のあたりが赤らんだ。ペネロピー・ウェクスラーのような女性がぼくに惹かれるなんて信じられなかった。除染室での出来事を恥ずかしがっているだけだろうとぼくは思った。だがすぐに、エアロックを出る間際に彼女が振りかえってぼくを見たときのことを思いだした——あの表情はなにを意味していたのだろうか？

ぼくはそこで、ついに父の内陣に誘いこまれ、死んだばかりの母を悼みながら、画期的な科学実験で、ささやかながらもどうでもいいというわけではない役割を果たそうとしていたが、ペネロピーのこと以外なにも考えられなかった。

19

二〇一六年七月十日の日曜日、実験が公式に実施される前夜、このプロジェクトに資金を提供したコングロマリットのひとつの豪華でスタイリッシュな本社で上品なパーティーが催された。全員がフォーマルな服を着ていたし、父がみずからの主導権を支えてもらうために集めた、大企業の重役や政府の高官や科学顧問も出席していた。

ぼくたちが会場に入る前に、父は招待した出席してくれそうな重要人物全員のリストをぼくに渡していた。その意味は明らかだった――それは、父に恥をかかせないために、ぼくが話しかけてはいけない人々のリストだった。

ぼくは腹の、肝臓の真上あたりに薬剤パッチを貼って血中アルコール濃度を制限できるようにした。いわば酒の自動速度調整（クルーズコントロール）だった。指定しておいた限度を超えると、肝臓の毒素フィルターがめいっぱい働きだす。おかげで、ふわふわした気分になったり饒舌（じょうぜつ）になったりするだけで、運動機能に支障をきたしたり、社会的抑制がきかなくなったりはしない。大胆と傲慢のあいだのちょうどいいところ、リラックスしているがはた迷惑にはならない程度にとどまれるのだ。

だから、ぼくはシャンパンを何杯か飲み、父のリストに載っている名士とは少なくとも二段階は離れている人々と雑談し、誇り高いが謙虚な息子役を演じるべく最善をつくした。とうとう、ぼくは会場を抜けだしてビルの建物のなかを見てまわった。ちょっとでも興味を惹（ひ）かれそうなものはみな施錠されたドアの向こう側だったので、たいしておもしろくなかった。

やがて、ぼくは彫刻が点在する戸外の中庭に出た。彫刻は、片隅に押しやられた、企業の文化信頼性指数を高めることが目的の、ある芸術家のライフワークだった。彫刻は、様式化された人の形がつややかなガラスの目で空を見上げているというものだった。

月が明るかったので、ガラスの目が月光によるみごとな視覚効果を発揮していた。屈折した月明かりが彫刻のうつろな内部に導かれ、内側からぼうっと照らしていたのだ。それで彼女に気がついた。内側から照らされていない人形(ひとがた)は彼女だけだった。ペネロピーだった。ぼくは彼女とふたりきりになっていた。

20

ペネロピーは青い月明かりの下に立って暗い空を見上げていた。ぼくは、近づくべきか引き下がるべきか決めかねた。ほかの時間航行士は、パーティー会場で出席者たちに囲まれてちやほやされていた。彼女はひとりになろうとしたのだろうし、ぼくが勧化されるシナリオは思いつかなかった。ところがそのとき、夜空から目をそらすことなく、ペネロピーがぼくに話しかけた。

「いまだにしょっちゅう考えちゃうの」ペネロピーはいった。「あそこへ行くことを。みんな、こっちのほうがずっとすごいっていってくれるけど。宇宙飛行士だったら百万番めだけど、時間航行士はひとりめだって。なのに、どうしてわたしは宇宙へ行きたがってるのかしら?」

ぼくはペネロピーの横に行った。肩と肩が触れそうで触れないほど近くに立ち、彼女を真似て空を見上げた。もちろん、以前に話をしたことはあったが、ほとんどは技術的な事柄と訓練の手順についてだった。こんなのは――個人的な打ち明け話をするのははじめてだった。ぼくには、すぐになにかいわないと、自分の神経がもたないのがわかっていた。

「目的地について、なにもかもわかってるからかもね」ぼくは応じた。「過去に謎はない。新しいのはそこへ行く方法なんだ。きみは、宇宙船のテストをするために宇宙へ行きたかったわけじゃないだろ？　だれも見たことのない光景が見たかったんじゃないかい？」

どうしてあんなことをいったのかはわからない。とにかく、言葉が口から出たのだ。ペネロピーは返事をしなかったので、間違ったこと、出過ぎたことをいってしまったのではないかと不安になった。だが横を向くと、彼女はぼくを見つめていた。なぜか、ぼくは黙ったまま、彼女を見つめ返した。

ペネロピーはぼくにキスをした。

数えきれないほど何度も想像したのに、ぼくはふいを突かれた。いや、感情的にっていう意味じゃない。その感触だ。ぼくの唇に触れたペネロピーの唇の、強烈な引力だ。ぼくたちの体が意図的に触れたのは、このときがはじめてだったと思う。ぼくは、大気という厚さ五百キロのクッションによって無限の空虚から守られている、五億平方キロの岩と鉱石と水からなっている球の硬い表面に立って、輝く彫刻に囲まれながら、彼女と唇をあわせていた。

あれは生涯最高のキスだったし、同時にあの瞬間まで、ぼくは間違ったキスをしていたと感じるキスだった。

ペネロピーが唇を放し、ちらりと空を見上げてから歩み去った。一瞬、残りの一生を、ほかの人といまのキスのすばらしさを再現するために費やさなければならないとしたら、とてもそれに、そんな傷心に耐えられそうもないと思った。

ところが、ペネロピーが振りかえってくれた。

「来て」ペネロピーはいった。

21

大きくなると、ぼくはしょっちゅう家出の脅しをかけるようになった。原因は些細(ささい)でありきたりだった——両親にもっと注目を、というか違った形の注目をしてほしかったのだ。思春期の若者のちょっとした達成に、もっと手放しで感心してほしかったのだ。ぼくは特別だったといっているのではない。ぼくは自分が特別だなんて一度も思わなかった。だから家出したくなったのだ。

しかしあるとき、たぶんこれがぼくの子供時代を左右した瞬間だったのかもしれないが、父がぼくの脅しにまともに反応したことがあった。父は小惑星の予測不能な軌道が時間旅行者の逆進ルートに接近したときの影響という厄介な問題で頭がいっぱいだった。その小惑星はとっくに消え失せているかもしれないという事実が頭痛の種だった。だから父は気分転換の材料を探していたし、ぼくの人生ではじめてのような気がしたが、それにぼくを選んだ。

ぼくは父に、家出するつもりだと告げた。

「勝手にしろ」と父は応じた。

ぼくはその言葉にどう応じればいいかわからなかった。父は、いつだって忙しすぎてぼくの相手をしてくれなかった。ところがこのときは、行き当たりばったりにこのときを選んで息子を見定めようと決めたかのように、ぼくの目を見つめた。ぼくがそこにいることに気づいた父は、息子の本性を見きわめようとしたのだ。

ぼくになにができた？　ぼくはバッグに荷物を詰めて家出した。

ぼくは十二歳だった。このときの家出は十九日間続いた。

22

父のもとで働く前、ぼくはいくつかの職についた。いつも同じだった。企業が利用している独自雇用アルゴリズムがぼくの名前を吐きだし、ぼくの父親がだれかを知ったその企業内に利益のさざ波が立ったという理由でぼくに連絡してくる。ぼくも天才で、彼らの製品やサービスやシステムを刷新してくれるかもしれないと期待するのだ。ぼくを面接した彼らは、ぼくの挙動不審な態度を傲慢な無頓着さと勘違いする。ぼくは採用されるが——いつだって採用されるのだ――彼らは数週間で誤解に気づく。ぼくは天才ではない。非凡なのは姓だけの平凡な男なのだ。

直前には、知覚マーケティング専門の広告代理店に勤めていた。その広告代理店は、消費者が日常で目にする広告が、その消費者の趣味嗜好や人口統計、その他数知れないからみあっている基準に適合するようにしていた。看板の前を人が通りかかると、看板にはその人がほんとうにほしがっている商品や、その人がすでに持っているものをアップグレードする商品が表示される。リアルタイムで轟々と流れているデータを利用し、ランチの前かあとか、遅刻しそうかのんびりできるのか、配偶者と前夜にセックスをしたのかそれともけさ喧嘩をしたのか、というように、そのときの気分に応じて異なる広告を見せるというわけだ。ある企業の商品にがっかりしたあとなら、その人のライバル商品への忠誠を揺るがそうとする。

顧客は月額を支払えば広告をいっさい見なくてすむようになる、というのがぼくの名案だった。個人をターゲットにしたニッチマーケティング全盛の時代に、なんと騒がしいCMと縁を切れるのだ。大失敗に終わった。

結局、人々は広告が好きなのだ。特に、視覚環境で包みこんで、その人が地球経済の欠くべからざる中心であるかのように、その人のニーズを最優先する広告が。だれも、商業的利益と無縁になるために金を払おうとしなかった。ぼく以外は。ぼくは、いうならば、勤め先に、ぼく専用の高価な新製品を発売させたのだ。消費者がひとりしかいない事業を立ちあげさせたのだ。

その前は、マイクロトレンド企業に勤めた——一日で、それどころか数時間で誕生しては
やってすたれてしまうファッション関係の会社だった。世界的な流行になることもあるが、
たいていはごく狭い特定の地域で千人単位の人々が似たような靴と上着と髪型で出勤するが、
昼休みには、だれもそんな格好をしていないのだ。

携帯可能な衣類リサイクラーが普及しているので、ファッションが変化する速度は目がく
らむほどだ。いつでも気軽に服を分解・再生できる。とはいえ、その手のことを気にしてい
るなら、莫大な数の人が気にしているのだが、見た目をつねに最新に保つのは大変だ。一部
の人々は、マーキングドットつきで単色のボディスーツを身につけ、そこにデジタル投影し
たほうが見た目をどんどん変えられると判断している。

ぼくが勤めていた会社は、すさまじい量のデータを噛み砕いて、大手デザインレーベルの
ために加速する流行を予測し、コントロールしていた。そしてぼくが商売を繁盛させてくれ
ることを期待していた。問題は、めだつのが嫌いなぼくは、ファッションのことを考えると
いらいらすることだった。ぼくはその手のことにうるさい連中が放っておいてくれるように
するためだけに、自宅の衣類リサイクラーを軽くランダムに調整していたが、さもなければ、
毎日、ほとんど同じ服を着ていただろう。当初、ぼくは自分たちを煙に巻くためにわざとわ
けのわからない服装をしているのだろうと考えていた上司たちも、最初の一週間が終わるこ
ろには疑いだしていた。

ぼくはほとんど即座に、実際に利益を急増させることに成功したが、やがて上司たちは、

ぼくが自宅でやっているのと同じことをしている、つまり予測アルゴリズムをランダムに設定していることに気づいた。何百万人もの人々が、システムの指示どおり、特定のスタイルのパンツや特定のカットのシャツや特定の厚さのベルトを身につけた。しかし、それは美意識ではなく偶然の所産だった。ぼくは契約していたから、馘にはできなかった。だからペット部門という閑職に配置転換された。

あいにく、その会社は利益を重視していなかった。なにもかもが豊富な世界では、人々は本心からきちんと機能するものをつくりたがる。企業は顧客をあざむきたがらない。顧客を満足させたがっているのだ。

それなのに、ぼくが得意なのは人を失望させ、破滅させることだった。

大学を出てからの十年間、ぼくは父のおかげであっさりとチャンスをもらえることにむかつきながら、それ以外のチャンスをつかむ努力はしなかった。それがおとなとして好ましからざる態度なのは自覚していた――元彼女たちもみな、ことあるごとに、さまざまな強さでそれを指摘していた。両親のどちらかとでも健全な関係を築いていたら、なにが問題なのかを理解するのが難しい――ただ、そう、成長すればいいだけだからだ。だが父のせいにするのは、ほんとうにいい気分だった。いつだって掻きたくなるかゆみのようだった。

ぼくとペネロピーの、もっとも本質的なレベルでぼくたちをカチッとはめこんだもの以外のすべてを剝ぎとれたら、それがぼくたちの共通点だった――発振器が壊れている時計のように、どんなに頻繁にネジを巻いても正しい時を刻めない者もいるのだ。

23

家出したとき、ぼくは重大な、そして振りかえってみるときわめて鋭かった決断をした――十六歳以上に見える相手には話しかけないことにしたのだ。ぼくはバッグに、埋めこまれている追跡プロトコルを無効にした食料合成器(フードシンセサイザー)と、衣類リサイクラーと、エンターテインメントインターフェースを詰めて、玄関から出ていった。

そして交通カプセルを拾ってトロントの郊外地区へ行き、出会った最初の男の子に話しかけた。ぼくはその子に、家出をしたので、今晩泊まる場所が必要なのだと語った。その子はそれはカッコイイと感動し、自分の部屋に泊まっていいと即断した。その子の両親は、ぼくがその家に入ったことに気づきもしなかった。ぼくたちはその子の部屋で夜遅くまでヴァーチャル没入ゲームをやった。翌日、そこを出てカプセルを拾い、別の地区へ移動して同じことをした――男の子を見つけ、ほんとうのことをいい、その子の両親に気づかれることなくその子の部屋に泊めてもらい、翌日、また移動したのだ。

まだ十二歳で女の子にびびっていたので、最初は男の子にしか話しかけなかった。いくらなんでも出会ったうちの何人かには密告されるのではないかと覚悟していたが、だれもそんなことをしなかった。二週間後、ぼくは女の子に声をかけた。その子は、それまでのどの男の子よりもぼくに入れこんだ。その子は、物心がついて以来ずっと、見知らぬだれかが歩みよってきて冒険を持ちかけるのを待っていたのだ。ただし、その子の部屋という安全地帯を出ずにすむ冒険を。その夜、ぼくたちはゲームをしなかった。四時間にわたってイチャつきあうのをゲームに勘定しなければ。女の子とキスをしたのはそのときがはじめてだった。その女の子の名前はロビン・スウェルターだった。

ぼくはロビンの家に五日間泊まった。そしてとうとう、ロビンの部屋で、ふたりして下着姿でいるところを彼女の兄に見つかった。兄はぼくを妹から引き離すと、膨らみかけた胸を隠している彼女の前で、ぼくの顔面に一発食らわせた。飛びこんできた彼女の両親は、五日間もぼくが自分たちの家にいたのに気がつかなかったことに愕然としていたので、まともに怒らなかった。彼らがぼくの両親に連絡しているあいだに、彼らの家の医療ドローンがまわりに黒いあざができたぼくの目を冷やしてくれた。ぼくの母が、険しい表情で迎えに来た。

五夜連続で思春期のまさぐりあいをしたロビンとぼくは、異性の相補的な体の構造についてくわしくなり、おたがいの学校でトップクラスの性体験の持ち主になった。廊下を歩くとき、ぼくは新たな伝説扱いされた。ぼくをかたくなに無視していた女の子たちが、いきなり注目するようになった。そしてロビンと、彼女の骨張っていたが惜しみない好奇心のおかげで、そのような注目を受けたときにはどうすればいいか、ちょっとはわかっていた。

ロビンとぼくは連絡をとりつづけたが、ふたりとも、魔法はもう解けてしまったことに気づいていた。彼女を愛したとはいえないが、ほかのだれかを彼女以上にありがたく思うことはないだろう。

ぼくが彼女と出会ったのは家を出てからだったが、ぼくの家出の原因はロビンだったと母は自分を納得させた。若者の恋ならなんとか受け入れられた。父の思いやりのない挑発はそうではなかった。

父についていえば、多少は心配してくれたが、それはもっぱら、その十九日間、母がぼくを案じてうろたえたせいで、いつもの暮らしがおびやかされたからだった。ロビン・スウェルターのやわらかな抱擁に誘惑されなかったら、ぼくはいつまでも生きていけたはずだと気づいたとき、父は父親としての仕事は終わったと判断した。家を出てひとりきりになっても、ぼくは死んだりしない。それどころかBまで行けたのだ。

24

家出後、学校に戻ったぼくは、思春期でもっとも重要な発見をした——どうにかして一番になれば、頭がいいかどうか、技術を身につけているかどうかは関係なくなるのだ。

ロビン・スウェルターと五夜過ごしたおかげで、ぼくは思春期の性という重要な分野のパイオニアになった。男の子たちは、もじもじもたもたしながらぼくの発見について聞きたがったが、ぼくがなにをいっても、そんなことは知っているといいはった。ぼくはすぐに、またひとつ重要な教訓を得た——知ったかぶりは嫌われる。嫉妬は敵意にエスカレートし、男の子たちはぼくを仲間はずれにした。でも、女の子たちがいたから、ぼくは気にしなかった。それに、女の子たちは説明してほしがらなかった。実証してほしがったのだ。このときばかりは、ぼくは姓に関係なくもてはやされた。ぼくが来た世界では、悪い生徒でいるのは、じつのところ容易ではない。子供の教育プランはひとりひとりにあわせた学習法にもとづいていて、だれも落ちこぼれないように、定期的に評価し、アップデートしているからだ。だから、偉大なるヴィクター・バレンのひとり息子で、勉強をさぼり、ぼくを欲してくれる相手ならだれとでもつきあうという、唯一夢中になれる課外活動にふけっていたぼくは例外中の例外だった。

とにかく、そんな状態がしばらく続いた。幼いころの体験という通貨が供給過多によってがくんと価値が下がるとは思ってもいなかった。十五歳までに、秘密の知識はいくら絞っても水一滴も出てこないほどになったいて、ぼくは突破不能な障害物にぶつかっていた。女の子たちは、それに意味を求めた。彼女たちはぼくに期待した。ぼくが彼女たちに胸の内を明かすことを望んだ。セックスだけではもう充分ではなかった。彼女たちは愛をほしがった。

ぼくは、なんと、自分が走っているのはマラソンではないことに気づいたランナーのような気分になった——そのレースはトライアスロンだし、自転車を持ってくるのを忘れたのみならず、泳ぎかたを習ったこともないことに気づいたランナーのような。

十五歳のとき、友達がいなくてまともな趣味もない凡庸な生徒だったぼくが、サンフランシスコのゲートレイダー博物館を見学しに行ったとき、デイシャ・クラインのとなりにすわっていなかったらどうなっていたか、見当もつかない。ぼくがはみだし者になったあとではじめて好意を持った彼女に、これまではほとんど注意を向けていなかった。デイシャはよそよそしくて中性的な雰囲気だったので、ほかの女の子たちと疎遠だったし、小学校以来の親友だったシャオ・モルデナードとアシャー・ファロン以外のほかの男の子たちを信用していなかった。ぼくたち四人はその日ずっと、展示室で故障したゲートレイダー・エンジンのシミュレーションを、世界が終わるところを何度も眺めていた。ぼくたちは親密になり、それが二十代になっても続いた。

ほとんどの実験は失敗する。ほとんどの仮説は誤りだとわかる。ところが、父が失敗したと聞いたことは一度もない。時間旅行に取り組んでいた数十年間で失敗したことがあったとしても、父はそれを口に出さなかった。科学史上でまれなことに、ヴィクター・バレンはミスしなかったのだ。子供のころのぼくの家では、失敗は恥ずかしいものだった。だから、ぼくはどこへ行っても恥ずかしい思いをした。

デイシャとシャオとアシャーと出会って、ぼくは代わりにおもしろがることを覚えた。同僚たちはみな、どんなに些細（ささい）な技術革新にも夢中になって取り組んだので、失敗の通になり、期待どおりの結果にならなかった発明のことで頭がいっぱいになっていた。はからずも皮膚を半透明にしてしまうホログラフィックタトゥー。故障すると家をぐるりと取り巻く時速四百キロの竜巻を生じさせてしまう裏庭天候ジェネレーター。視界をさえぎるほかの建造物がいっさいないときの景色が見えるはずの景観エミュレーターですっぽり包まれているのだが、誤作動を起こして居住者がトイレでしていることを三百メートルの映像にして映写する建物。

高校卒業後、ぼくたちはばらばらにならないように四人ともトロント大学に進学したし、卒業後も数年は、ときどき、週末に近くの生物圏保護区への日帰り旅行をしたりして親密さを保った。だが、年に二回が年に一度、年に一度が二年に一度になり、彼らが引っ越してぼくが故郷にとどまり、どんどん自堕落になると、二年に一度が一度もなしになった。

アシャーは婚約者のイングリッド・ジューストとオークランドで暮らし、反対側（アンチポーダル）、つまり地下を通って地球の反対側へ行ける乗り物を開発している企業でふたりして技術者として働いた。ふたりは結婚についてじっくり計画していたが、どうやらそれは、鉄と溶岩に一万三千キロのトンネルを掘るよりもほんのちょっぴり複雑ではないだけのようだった。シャオは同僚の恋人、ノア・プリヤと結婚し、女の子を授かってフェイと名づけた。フェイは、人間の精神に考えうるもっともかわいい存在なのだそうだった。メキシコシティにある彼の研究所は、女性職員が自分好みの男たちのバイオメトリックスキャン記録をハックし、原形質模型合成器（シンセサイザー）を使ってDNAがまったく同一なセックスの相手をつくったという最近の事件を参考に、瞬間移動データを利用して合法的になにができるかを調査していた。あいかわらず不可解なことに独身のままのディシャは、南極のバイオドームで機器テストを実施して火星への入植の可能性を探っていることをほのめかしはしたがはっきりとは認めなかった秘密主義のシンクタンクで働いていたが、詳細は不明だった。昔からディシャは、フェイが生まれてからはノアに対する態度がめっきりやわらいだものの、ぼくたちの恋人に冷たいことで悪名高かったので、それはちょっぴり皮肉だった。

ぼくたち四人が、最後に長い時間一緒に過ごしたのは三年前のシャオの結婚式だった。ところが、母が亡くなった二週間後、友人たちは全員、なぜかスケジュールがぽっかりあいて、遠隔地の自宅から瞬間移動して来てくれた。葬儀以来、ぼくのおもな活動は三人の元彼女たちと寝て、その後、彼女たちのメッセージに返信しないことによって、彼女たちがぼくに持っていた愛情の名残を消し去ることだったから、デイシャとシャオとアシャーと会うことは、悲嘆に暮れ自分のことで頭がいっぱいの馬鹿者にとって、格好の休暇のように思えた。

25

アシャーがホバーカーを操縦し、シャオは助手席に、ぼくとデイシャは後部座席にすわった。ホバーカーはナイアガラ断層生物圏保護区の上を飛んでいた――アメリカとカナダの国境にまたがってひろがっている六万五千平方キロの荒野は、人間の知恵によって妨げられずに生物が成育できるようにすることが定められている、地球上に鎖状に設けられている環境保護区のひとつだ。加速するテクノロジーのおかげで工業生産と資源収穫が不必要になった一九七〇年代の大規模な都会への人口移動以降、そこにはだれも住んでいないので、空から見おろすと、いまや自然に再征服され、建物が植物でおおわれている町がところどころに見えた。二週間前にホバーカーのせいで母を亡くしてからホバーカーに乗っていなかったが、だれもそれに気がつかなかったか、強烈なショック療法なのかのどちらかだった。

一時間飛びつづけたあと、ぼくたちは見捨てられた町のひとつを調べてみることにした——大通りのさびた自販機のなかに残っている新聞の日付からして、もうだれもそうは呼んでいないミシガン州アブリーの最後の住人は一九七八年に出ていったようだった。四月の肌寒い日だったが、発熱糸でできている服のおかげで、歩きまわっていても体は冷えなかった。

古びていたし汚らしかったし傷んでいたが、放棄された町はぼくたちが置き去りにした過去の、一種の記念碑だった。人類はかつて、地球自体の強力なエントロピーの永遠に続くレースにとらわれていて、自然に食いつくされないようにいつもほんの一歩先んじてきたと感じていた。ほとんどの建物は崩壊し、枝とつるでおおわれており、ばらばらに分解されていた。木は腐り、煉瓦（れんが）は砕けているので、あとは人が放っておきさえすれば、それらはまた木と土に戻るのだ。

冷笑的な若者だったぼくたちは、旧式のテクノロジーや古臭い素材を見つけて騒いで当然だった——なにしろ、それらの家は合成ポリマーと組み換え合金ではなく、木材と煉瓦でできていたのだ。しかし、このときの旅には緊張感が漂っていて、内輪受けのジョークを飛ばしたり、懐かしい話をしたり、それどころか久しぶりに会った友人同士の近況報告をじっくりとする雰囲気ではなかった。みなぎる緊張感をやわらげようと、ぼくは、十代のころはえんえんと笑いつづけられた、最近の科学的な大しくじりを話題に出した。

「無重力減量クリニックのことは聞いたかい？」ぼくはいった。「ええと、軌道ステーションに医療設備をつくって、通常の重力じゃ脂肪を燃焼できそうにない人々を対象に実験をおこなったんだ。だけど実験は大失敗に終わり、対象者たちの腋と膝の裏側に脂肪で満たされたメロン大の塊ができてしまって、脂肪を吸引して美容再建をしなきゃならなくなった」

「ああ、見たような気がする」とシャオ。

「見逃したみたいだ」とアシャー。「だけど、どうやら、愉快な実験だったらしいな」

「なにいってるのよ」デイシャがいった。「そんな目にあった人たちは大変だったに違いないわ」

「おいおい」ぼくはいった。「前はきみも、この手のことをおもしろがってたじゃないか」

「子供のころは」デイシャは応じた。「実際になにかをなしとげようとして、それがどんなに難しいかを知る前はね。もしもわたしが取り組んでるプロジェクトが失敗したら、あなたはわたしのことも笑うの？」

「ホバーカーに戻ろう」とシャオ。「こんなことでいい争うことはないよ」

「そうね、こんな話はやめましょう」とデイシャ。「彼抜きで会って、彼の生きかたをどれだけ心配してるかを話してればいいのよね」

「デイシャ、トムはおかあさんを亡くしたばっかりなんだぞ」とアシャー。

「そうね。じゃあ、そのことについて話しましょう。わたしたちがいまだに遊んで暮らしながら、実際にはなにかを気にかけてる負け犬どもを笑いものにしてるガキみたいにふるまうのをやめて。なんでだと思う？　彼らは正しくて、わたしたちは間違ってたからよ。なにかを気にかけるのは気持ちがいいものよ。それよりもっと気分がいいのはなにか知ってる？　ささやかであっても世界に貢献することよ。わたしがいいたいのはそれなの、トム。なにかして。何者かであって。なにかをつくって」

「どうやって？」ぼくはいった。「ぼくは何者でもないんだ。で、それは悪化する一方なんだ。父は七月に試作品をテストする。それが成功したら、成功するに決まってるけど、父はますます天才になって、ぼくはますます……何者でもなくなるんだ」

三人とも言葉を失った。人々をよく知りすぎることの問題は、彼らの言葉が意味をなくし、沈黙がすべてを意味しはじめるようになることだ。

26

ぼくたち四人は、荒廃し植物におおわれた建物の前を通ってぶらぶらとホバーカーのほうに戻りはじめた。シャオとアシャーは先を歩きながら、ひそひそと結婚式について話していた――シャオが花婿付添い人を務めることになっていた。ディシャがもっといいたそうにしているのはわかっていたが、三人がぼく抜きで集まって、ぼくがいかにひどいありさまかについて話していたという事実が頭のなかでぐるぐるまわっていたので、聞きたくなかった。

歩道の残骸は着実に崩壊していて、割れ目という割れ目から膝の高さの雑草が生えていたので、足をひっかけないように、つねにうつむいて歩いた。足もとの地面になかば埋まっている金属のきらめきに気づいたのはそれが理由だった。旧式の懐中時計だった。金張りのケースは傷み、まだらに変色していたが、蓋がきちんと閉まっていたので、なかのガラス面にそんなにひどい傷はついていなかった。主となる時計には先が矢印になっている時針と分針がついていて、その下に埋めこまれている小さな時計には細くて繊細な秒針がついていた。磁器製の文字盤には――〝ハミルトン時計社、1909年〟と記されていた。

列車を発明すると、脱線も発明することになる。二十世紀初頭、線路は単線だし、時計は不正確だったので、鉄道事故が頻発していた。正確な時刻を知るのはまさに生死の問題だった。このような時計は、人々を守るために開発されたのだ。ぼくの世界の工業製品には世界時間を刻んでいる時計が組みこまれていて、マイクロ秒単位で同調していた。全世界の人々が調和して暮らしていたのだ。だが、この懐中時計は時間が分裂していた時代、世界各地の人々がそれぞれの定義する時間のなかで生きている時代の遺物だった。

ぼくも同じように感じていた。ディシャとシャオとアシャーは、文字どおり別の時間帯で暮らしていたが、おたがいの時間をあわせておく手立てを見つけていたのに、ぼくは脱落していたのだ。

「トム」ディシャがいった。「これを見て」

ぼくは動揺し、デイシャにひどい言葉で応じそうになったが、彼女は二階建てで、木工部分のクリーム色の塗料がはがれかけて縞模様になっている赤煉瓦（れんが）の建物の前に立って窓のなかをのぞいていた。ガラスは割れていたし汚れていたが、のぞきこむと、かつては図書館だったとわかった。おびただしい数の腐った本が床に散乱し、堆肥状になった紙から十数本のひょろ長い松の木が生えていた。松は、崩れかけている屋根から差しこんでいる日光のほうにのびていた。デイシャは目を見開いてぼくを見たが、彼女がそんないたずらっぽい表情をするのを見たのは、たぶん十年ぶりだった。デイシャは年を追って生真面目になっていたが、それが自然な成り行きなのか、それとも人為的ミスが招いたことなのか、ぼくには見当もつかなかった。ぼくたちは、以前のように親しくはなかった。十代のころの友情の熱い親密さはとっくに消えていた。

「あんなことはいうべきじゃなかったんでしょうね」デイシャはいった。「だけど、いつ次のチャンスがあるかわからないでしょ。会う機会が減っちゃったから」

「きみは南極の秘密基地に住んでるからな」ぼくはいった。

「瞬間移動機（テレポーター）があるじゃないの。話すこともできたのよ。真剣な話も」

ぼくと友人たちは自分たちの思春期らしい人間関係ドラマについてよく話していたが、ときおりの卑猥なジョークを別にすれば、セックスを話題にしなかった。それに、ぼくたちがデイシャとそんな話をしたことは一度もなかった。ぼくたちは彼女とのあいだのその線を越えないという了解事項が、口にはしなかったが厳として存在していた。だが、肩を触れあわせながら並んで立って、朽ちたページから生えている木々を汚れた窓越しに眺めているうちに、その線は、実際にはどれくらい越えづらいんだろうという疑問が湧いてきた。結局、線っていうのは越えるためにあるんじゃないのか？

ホバーカーに戻ると、シャオとアシャーがサンドイッチとビールを合成していた。黙ったまま街まで帰ると、アシャーはオートパイロットを切り、自分で操縦してぼくたちを送ってくれた。デイシャは木々を見おろし、シャオは後部でぼくの肩にもたれて眠り、ぼくは女性の親友にキスしたらどんな感じだろうと考えないように悲しみに集中していた。絶対にやっちゃいけない、どこからどう見ても間違ってることなのに、それでもやっちゃうと自分でわかっていることを指す言葉はあるのだろうか？　それとも、それが――人間というものなのだろうか？

ふと気づくと、ポケットに旧式の時計が入っていた。持ってくるつもりはなかった。国際法で、生物圏保護区からはなにも持ちだしてはいけないことになっていた。ぼくは、うっかりはじめて罪を犯してしまったのだ。このあと、罪を重ねることになるのだが。

アシャーとシャオに別れを告げたあと、ぼくはデイシャに、きみに時間があるなら、これで真剣な話ができると告げた。ぼくはもう、葬式後の夜にヘスター、メーガン、タビサと寝ていたので、どうなるかわからなかったとはいいはれない。ぼくの家に戻ると、ぼくはデイシャに母の最後の言葉を語って涙を流し、彼女はぼくを抱きしめてくれた。ぼくは彼女にキスをし、ぼくたちは寝た。気にかけてくれている人と疎遠になるのに、これ以上の手段があるだろうか？　あるのかもしれない。でも、ぼくは古典的な方法が好きなのだ。

　翌日、ぼくは父の研究所に採用された。三日後、ペネロピー・ウェクスラーと会った。デイシャとシャオとアシャーとは、最後に一度会ったあと、二度と会わなかった——バーに行って馬鹿なジョークをいいあい、寂しい笑みを浮かべたが、デイシャはずっとよそよそしかったし、別れのハグをしたときもぎこちなかった。旧友とはしだいに疎遠になるものだ。それが旧友というものなのだ。

27

　人生はもっぱら、失敗にどう対処するかで決まる。ぼくは成功したことがないので、ぼくにとって失敗は、ほとんど人生の同義語だ。だがほかの人たち、取り組んだことに多かれ少なかれ成功する人たち、父やペネロピーのような人たちの失敗に対する反応は予測困難だ。

　たとえば、宇宙飛行士になる道が閉ざされたあと、ペネロピーは見知らぬ男たちとの無防備なセックスをくりかえした。彼女はさまざまなところで男と知りあい、男の部屋へ行って、避妊について訊かれたら——彼女が口に出さないのだから、しかるべき避妊剤を服用しているはずだと思いこんで、それを話題にする男はごくわずかしかいなかったが——彼女は嘘をつかずにただこういうだけだった。避妊処置はしていないので、抱きたかったら、あとは運を天にまかせるだけね、と。ほとんどの男たちは、この飢えた美しい女性に誘われているという事実にのぼせ上がっている男たちのほとんどは、その言葉の意味をじっくり考えてためらったりしなかったし、ごく一部のためらった男たちも、彼女の飢えと美しさにあっさり誘惑されてしまった。

容易に避妊できるのに、なぜ無防備なセックスをしたのだろう？　それは、そうだな、運命だかなんだかのせいだ。ペネロピーは、運命のおかげで自分は完璧な宇宙飛行士になれる脳に恵まれたのに、検出不可能な神経の欠陥のせいで宇宙を飛びまわることが絶対にできなくなったと考えた。運命にコケにされたと。だから彼女は、運命をコケにしてやろうと考えた。自分の体を賭けの対象にしたのだ。朝、目を覚まして妊娠していないとわかるたび、きょうもまた運命の鼻をあかしてやったと思うのだった。

もしも妊娠したら、子供を生むつもりだとペネロピーはいった。父親がだれであれ、その男とともに両親になれるように精一杯努力すると。満々たる野心を母親業に向けると。惑星間を飛行することはできなくても、最高の母親にはなれると。

ところが、ペネロピーは妊娠しなかった。何人の男の部屋に行っても、運命を出し抜けなかった。

もちろん、ペネロピーと寝たとき、ぼくはこのことを知らなかった。自分は特別だと思っていた。もしかしたら無事に帰還できないかもしれない、時空を旅するという先駆的な実験ミッションに乗りだす前に、最後に男と寝たいのかもしれないと。それに、どういうわけか知らないが、ぼくの見た目を気に入ってくれたのだと。

ペネロピーは避妊についてなにもいわなかったので、なんというか、ぼくもまた、彼女は当然、対策をしているのだろうと思いこんだ。ぼくがなにかの対策をするなんて、だれも期待していなかった。ぼくの精子が彼女の卵子を受精させないようにするなんていうあたりまえのことさえも。

ちょっとでもぼくが道徳を論じたがっているように感じられるなら、ぼくの意図がきちんと伝わっていないことになる。ペネロピーが多くの行きずりの男と寝たことなんかどうだっていい。なにしろぼくもそのひとりだったのだ。どうだってよくないのは、ぼくが愚かにも、これは彼女にとって無意味な行為だと気づかなかったことだ。とにかく、ぼくが期待したような意味はなかったのだ。

28

ペネロピーとぼくは一夜をともに過ごしたのだから、こんなぼくでもどきどきするような官能的な描写をすることが可能だ。だが、それは控えることにする。彼女の裸は以前にも見たことがあったが、じつのところ、もっとも魅惑的だったのは裸ではなかった。彼女の感触だった。ぼくの肌に触れる彼女の肌、ぼくにかかる彼女の体重、彼女の体のなかに入ったぼくの体、味と匂い、ぼくたちが立てる音、そうした知覚体験のすべてが、彼女の裸をなんだか的はずれに感じさせた。もっとも、彼女が明かりをつけたままにしておくようにいったので、ぼくは彼女の裸をはっきりと覚えている。

もう語りすぎている。とにかく、心に秘めておきたい。どうだっていいし、どうだってよかったことはわかっているが、ぼくにとってはどうだってよくなかったし、どうだってよくないのだ。

あらためてはじめよう――ぼくたちは寝た。

そのあと、好きなときに出ていけるように彼女はぼくの部屋に来ていたので、ぼくのベッドで横になったまま、ぼくたちは話した。

ぼくがいいたいのはそれだ。三十八分間にわたるエアロビクス並みの腰づかいと緊迫した別れだけではなかったということだけだ。彼女は三時間近くとどまった。ぼくたちは丸くなって抱きあったまま、自分たちの人生について語りあった。もっぱら、ペネロピーが自分の人生について語ってぼくは耳を傾け、これが一度かぎりの関係に終わらず、それ以上のものになったときのために、正しい質問をし、彼女の答えを記憶するように努めた。

あれをきっかけに関係がはじまるかもしれないと考えたぼくが、かわいらしくて悲しいということはわかっている。

ペネロピーは、自分の子供時代、宇宙飛行士の訓練、失敗、落ちこみ、性的に放縦になった時期について語った。ぼくが彼女についてこれまでに述べたことはすべて、この夜に彼女から聞いた話だ。このとき、ぼくは魅了された。彼女があんなに個人情報をあけすけに明かしてくれたのだから、ぼくは彼女にとって特別な存在に違いなかった。

いまとなってみると、ペネロピーがぼくにあんなことをいったのは、強烈な自滅的傾向の格好の実例に思える。なにしろ、ぼくは上司の息子だ。だれもが役立たずだと知っている上司の息子なのだ。ぼくと寝て、彼女が抱えている問題を打ち明け、朝早くに研究所へ行って何兆ドルもかかった実験的時間旅行ミッションを遂行（すいこう）する前日の夜、真夜中過ぎまで起きていたのだ――ぼくは、自分の身に起きたことにすっかり夢中になっていて、冷静な判断ができなかった。

正直いって、いまも気にしていない。あんなことが起きたあとでも……彼女への愛に変わりはない。それでぼくのこのあとの行動が正当化されるとは思っていない。だが、それで説明はつく。

ある時点、早朝といっていいほどの深夜に、ペネロピーはぼくに、宇宙をあきらめて時間をとり、時間航行士になる決意をした理由を話してくれた。

「わたしは一生を賭けて、史上最高の宇宙飛行士になれるように努力した」ペネロピーはいった。「なのに、安全中止手順の教訓となる実例として記憶されるはめになったのよ。長いこと落ちこんでた。ある日、ふと気がつくまで。最初になれば、最高かどうかなんて関係なくなるって」

もちろん、ぼくは理解した。それはぼくが十二歳のときに学んだ教訓だった――ミスも傷も妥協も失敗も痛みも堕落も、最初になれば、すべて枯葉のように吹き飛ばせるのだ。

29

ぼくは、ペネロピーに抱かれたままいつのまにか眠ってしまい、いつのまにか彼女はぼくから離れて立ち去った。この日ばかりは、ぼくは遅刻しなかった。研究所はざわついていた。科学者や企業関係や政府関係の見学者たちが、十五秒ごとに通信機器をチェックしていた。きょうは父の人生の絶頂だった――人類初の過去への時間旅行をおこなうのだ。

準備は万全だった。あとは、正規の時間航行士チームが任に堪える状態であることを確認するための型どおりの健康診断だけだった。だけどこのひと月、毎朝、検査をしてるっていうのに、きのうからなにが変わってるっていうんだ？

ぼくは医療センターに入ると、さりげないふうを装いつつ見まわしてペネロピーを探し、ぼくに気づいたとき彼女はどんな顔をするだろうと想像した。これからの一生が、その瞬間の、心の壁が非言語的反応を隠してしまう前の彼女の表情で決まるように思えた。彼女がぼくに気づく前に見つけて、なにが彼女の顔をよぎるかを見たかったのだ――興奮、後悔、困惑、希望、愛。

なんて馬鹿だったんだろう。

それが、目が覚めても自分の夢のなかにいることに慣れているときの問題なのだろう。ロマンチックな錯覚を簡単に現実と思いこんでしまうのだ。

ぼくのほうが先にペネロピーを見つけた。彼女は緊張した面持ちの医療技術者たちに囲まれていた。部屋は妙に静まりかえっていて、雪が降ったあとか、真空の宇宙空間に突入したときのようだった。全員が黙っていた。全員が、ペネロピー以外のどこかに目をやりながら、彼女がなにかいうのを待っていた。彼女をまともに見つめているのはぼくだけだった。そしてぼくに気づいた彼女は、予想外の反応をした。

ペネロピーはきびしい表情をしていた。ぼくをあんな表情で、あんなにきびしい顔でにらんだのは、十二歳のぼくを、家出から十九日後にロビン・スウェルターの家の玄関でにらんだ母以来だった。

そしてペネロピー・ウェクスラーは思いもよらないふるまいをした。わっと泣きだしたのだ。

30

ペネロピーは妊娠していた。

たいして時間はたっていなかった。受精したてだった。ぼくのもっとも野心的な精子が、彼女の卵管の外から三分の一あたりで二次卵母細胞と結合した。この時点で六時間が経過していたが、接合体はまだ一度も分裂していなかった。単細胞生物のままだった。有糸分裂するまでにはあと十八時間ほどあった。ぼくの二十三本の染色体と彼女の二十三本の染色体がからまりあって分裂紡錘体にとらえられ、彼女のなかで脈打っている顕微鏡サイズの球の両端へと移動していた。人間の生命として、これ以上ないほど暫定的な状態だ。

人体は約三十七兆個の細胞からなっている。消化管のなかの微生物を勘定に入れずにだ。その三十七兆個の細胞のそれぞれにその人固有のDNAが含まれている。ぼくが彼女の膣管に、愚かにも射精してから六時間後にあたっていたこのとき、無名のウェクスラー－バレン接合体はたったひとつの細胞にすぎなかった——法的に命名されるまでには、あと三十六兆九千九百九十九億九千九百九十九個、細胞を増やさなければならなかった。

人は、一時間ごとに三万ないし四万個、一日で約百万個、年に重さにして三・六キロの皮膚細胞を失う。死んだ細胞が剝がれては、次々に脱落しているのだ。

それだけの細胞のなかのひとつの細胞がなんだというのだろう?

ペネロピーの時間航行士としてのキャリアを終わらせるのに充分なのだ。

その接合体——ぼくたちの接合体——が単細胞生物でも関係なかった。それはペネロピーの遺伝子構成を、取り返しがつかないほど変えてしまったのだ。毎日、医療スキャンをするのは、時間航行士チームのすべての生理周期の超正確な予測マップを作成するためだった。たったひとつの余分な細胞がその予測マップを損ない、ペネロピー固有のDNAマトリックスを崩壊させてしまったのだ。

ペネロピーはいますぐ中絶すると主張した。中絶するといっても——忌まわしい細胞がひとつ生じただけだった。医療ドローンにまかせれば、ほんの十秒の処置で、ぼくの痕跡すらなくきれいになるはずだった。

無駄だった。手順はゆるがせにできない。これは時間旅行だ。人体は複雑だし、扱いづらいし、機器は精密に調整されているので——あまりにこみいっていて、危険で、重大だった。たとえいますぐペネロピーが中絶したとしても、彼女の体にはもう、微細だが検出可能な生物学的変化が生じていた。彼女という生体系から、堕胎のために使われる毒を排出しなければならなかった。診断をし、新しい医療スキャンを古い医療スキャンと比較対照し、この莫大な予算が投じられているミッションが、予想外の出来事によって暗礁に乗りあげることがないようにしなければならなかった。

たとえば、正規の時間航行士が、計画のもとになった発明をし、多くの企業と政府と科学界の関係者を説得して自分の大計画に巨額の投資をさせた天才の愚かな息子と無防備なセックスをするというような予想外の出来事によって。

たとえペネロピーがミッションを遂行(すいこう)できるかどうかを確認するために計画を二カ月延期することが可能だったとしても——そうはならなかった。これは公的資金も民間資金も投じられている計画だった。完全な透明性が義務づけられていた。父はこの事実を出資者から隠しておけなかった。こんな失態を演じたペネロピーの続投を認める者などいるはずがなかった。

そう、ペネロピーにとってはもうおしまいだった。彼女が過去へ旅立つことはもうなかった。

補欠チームを用意してあるのは、ひとえにミッションをとどこおりなく進めるためだった。正規チームのメンバーを解任せざるをえない事態になっても、非常時要員が訓練を受け、診断され、スキャンされ、代わりを務められるようになっていた。

ペネロピーはもう正規チームの一員ではなかった。そして彼女の非常時要員はぼくだった。つまり、手順によれば、ぼくがミッションにおける彼女の地位を引き継ぐことになるのだ。

31

ペネロピーが飛びかかってきたときのことは覚えていない。覚えているのは彼女の表情だけだ。彼女はぼくに惚れているのかもしれないとぼくは夢見ていたが、彼女の目に浮かんでいたのは、氷のように冷たいが白熱している憎悪だけだった。わざとだったのね、と彼女は叫んだ。ミッションでの立場を奪うためだったのねと。こんなひどいことをたくらんだって、あなたは追いだされないのね、と。

なんだか褒められているような気がするのは変だろうか？　なにしろペネロピーは、そんなすばらしく汚いはかりごとをめぐらせられるほどぼくを狡猾だと思ったのだ。つまり、彼女はぼくに、そう、感銘を受けたのだから、なんらかの感情的錬金術によって、憎しみを最後には愛に変えられないだろうか？　ぼくたちはまったく新しい生命をつくりだしたのだから、たとえそれが偶然の産物だったとしても、その文字どおりのつながりは、きっとなんらかの意味を持つきずななんだ……そうだろう？

ペネロピーがぼくを素手で殴り殺そうとし、医療技術者たちが必死で彼女を止めようとしている最中にぼくがそんな常軌を逸した考えにふけっていたという事実は、ぼくが彼女を誘惑して妊娠させ、このミッションで彼女に取って代わるなどという計画を、実行するどころか立てられるほど狡猾ではないことの充分な証拠だ。

ペネロピーは、ぼくがあんなミッションなんかどうだっていいと思っていたことに気づいていなかったのだろうか？　ぼくは時間旅行を憎んでいた。時間旅行は父の強迫観念であってぼくのではなかった。ぼくが補欠を続けていたのは彼女のそばにいたいからにすぎなかった。たぶん、ぼくたちはおたがいのことがちっともわかっていなかったのだろう。

生物現象はソウルメイト同士ではなくても進行する。

警備要員が飛びこんできてペネロピーをぼくから引き剝がし、部屋から連れていった。医療技術者たちがぼくに群がって、皮膚再生ランプをちょっとしたすり傷にあてた。そのとき、床にすわりこんでいるぼくの目に壁のスクリーンが入った。そこには、てっぺんにかすかなくぼみがあって端がぼやけている円が映っていた。

それはペネロピーの体内の細胞だった。ぼくたちの細胞だった。

32

ペネロピーとぼくは父のオフィスですわっていた。ペネロピーは露骨な臨床用語を使って前夜、なにがあったのか、彼女はそれを解決するためにどうするつもりなのか、どうして彼女はミッションチームを率いるのにいまも飛び抜けてふさわしい人物なのかを父に説明していた。

叱られている子供のようにすわっているとき、前の夜に寝た相手がその体験をことこまかに父親に説明しているというのはとんでもなく居心地が悪かったが、それ以上にきつかったのは、屈辱的な状況を挽回しようとがんばっているペネロピーを目のあたりにしていることだった。脚をじたばたさせて叫びながら警備チームによって医療センターから連れだされてから十分後に、彼女がどうにか身にまとっていたおだやかで冷静な見せかけは痛々しいほどほころびが目立って、同じ部屋にいるのがつらかった。

十一分前のぼくは、どんな部屋でもいいからペネロピーと同じ部屋にいたいと熱望していたことを考えると、すさまじいどんでん返しだった。

父はぼくたちに背を向け、時間空間輸送機――タイムマシン――が設置されているメインプラットフォームを見おろせる壁一面の窓に目をやりながら耳を傾けていた。大きな時計はゼロに近づいていた。一年前、父が高らかに宣言した瞬間まであと四十七分だった。ミッション開始のための最終準備をしているはずだった技術者たちが、いかにも手持ち無沙汰にたたずんで指示を待っていた。

なにもかもがインチキだ、と思ったことを覚えている。ぼくは、装置は設計者である父ひとりで操作できるという事実を知っていた。技術者集団は見せかけだった。出資者たちに、自分たちが出した金にはそれだけの価値があったと感じさせるためだった。たしかに、プラットフォームの上にいる技術者には、それぞれ仕事が割り当てられていたが、機能はすべて自動化されていた。計算がここまで厳密だと、人間の介入は邪魔になる。つねに父がみずから制御インターフェースを操作することになっていた。それをきちんとやりとげられると父が信頼できるのは、父自身しかいなかったのだ。

目の前で自分の未来が崩壊するのを見ていると、いろいろな考えが沸いてくるものだ。

父がペネロピーのやみくもなひとり語りを止めた。父は、きみの意見は理解したが、そんなことはどうだっていいと告げた。時間航行士には、強烈なプレッシャーがかかり、取るに足りないように思える落ち度が破局をもたらしかねない状況でも理性的な判断が求められる。よりによってこの日にこれほどの問題を起こしうる個人的なミスをしたという単純な事実が、彼女のこのプロジェクトへの関与を終了させていた。きみを信用できない、と父は告げた。きみは信頼に足る人物ではないと。

ペネロピーは取り乱し、代わりを務めるのは彼なんだからまったく好都合ですよねと指摘した――あなたの息子なんだからと。それを聞いたとたん、父は、なんというか、心の底からの嫌悪の表情になった。そしてぼくをミッションに送りだすことはありえないと断言した。実験は無期限延期すると。

父はこの日のために三十年間研究を続けていた。

ぼくはひと言も口に出さなかった。だが、表情だけで父を怒らせるのに充分だったのだろう。三十二年におよぶ冷ややかな無関心のあとで、ぼくは父の熱い怒りを感じた。子供のころ、ぼくは怒らせるほど父の気を惹くことを望んでいたが、いまや父の本気の怒りに圧倒されていた。父の目は、それまで見たことがなかったうるみを帯びていた。顎の下にたるみが生じていた。父の怒鳴り声が一オクターブ高くなったので、怒りの迫力が減じたように思えた。

要するに、ぼくなど生まれてこなければよかったのだと父はいった。

ぼくなど存在しなければ、なにもかもがよくなっていたはずだと。やる気も目的もない役立たずなぼくの人生にはなんの価値もなかった。それどころか、ぼくは優秀な人たちの人生をだいなしにしてしまった。つまり、父と、それよりはずっと被害は小さいがペネロピーの。ぼくがどんなにひどいしくじりをしたかを知る前に死んで、母は幸運だったのだそうだ。

はたと気づいた――父は、ぼくがペネロピーにしたことの目的は、父だったと考えていたのだ。父殺し的な攻撃だったと。ペネロピー・ウェクスラーをこのミッションの先頭に据えたのは、ほかのだれよりもすぐれているとして時間航行士に選んだのは父だった。そして父の科学界の伝説としての地位を固めるはずの実験の前夜、ぼくは彼女とセックスをしたのみならず、妊娠させたのだ。彼女を自分のものだと主張するかのように。

正直なところ、ぼくの渇望と欲望の奥深くには復讐という刺のある根が張っているかもしれないなどと、考えたこともなかった。違う。いくらぼくでも、それはイカれすぎてる。だから、ぼくは激怒した。まるで、いうまでもなく傲慢で自己中心的で根暗な父が、これをぼくから奪って自分のものにしているかのように。たぶん、人は自分では認められない真実を突きつけられるとかっとなるのだろう。

ぼくは、いまこそぼくの人生の根幹にかかわる質問をするべきときだと判断した。

「そもそも、どうしてぼくをつくったんだい？」

「わたしには仕事があったからだ」父は答えた。「それにおまえのかあさんは孤独だった」

この日は、人類史上特筆すべき日になるはずだった。実際、そうなった。父がとうとう、ぼくに本心を打ち明けた日になったのだ。

愛した女性が、どうすれば会話を自分にとって有利な展開にできるかを考えている一方で父親に怒鳴られているうちに、ぼくはまるで時間旅行をして、ぼくの人生の、父がぼくを怒っていてもおかしくなかった、なんらかの感情をぼくに向けてもおかしくなかったすべての瞬間に戻っているような気分になった。ぼくがこの、嘘つきで天才で幽霊ではない、正直な父親のもとで育った場合の人生を垣間見ているかのようだった。

　ぼくが十九日間家出したとき、ぼくが望んだのはこれだった。母がホットチーズサンドイッチをつくってくれ、家出についてはなにもいわれないなんていう展開は望んでいなかった。父はふらりとキッチンに入ってくると、ぼくが帰ってきたことに気づきもしないで、自分用だと思いこんだサンドイッチを手にとり、ぶ厚いドアを閉ざした書斎で食べるべく足早に戻っていった。母は泣きだし、ぼくは母を抱きしめて謝りつづけた。

　ついに父の癇癪がおさまり、ペネロピーが会話を、このミッションにとって自分はいまもきわめて重要だという主張に戻そうとした。

「きみはわたしの息子と寝た」父はいった。「きみには、この、いやほかのミッションにも二度とかかわらせない。きみがなにをしたかはだれもが知っている。きみはもうおしまいだ」

「このミッションはわたしにとってすべてなんです」ペネロピーは訴えた。「おねがいです、バレン博士……」

「ぜひともヴィクターと呼んでくれたまえ」父はいった。「きみはもうわたしの部下じゃないんだからな」

　父はペネロピーを傷つけようとしたのか、ぼくへの怒りの暈の端に近づいた者すべてに嚙みついただけなのかはわからないが、彼女のなかでなにかがパチンと切れた。彼女は無表情になった。顔から血の色と生気が消え、目がどんよりとくもった。彼女は理解したのだ。

　父は、これから出資者たちに、残念な個人的問題が生じたため、追って通知するまで実験は延期すると伝えるから、そのあいだに最終報告を提出するようにとペネロピーに命じた。

　父は本気だった。過去に戻る最初のミッションを中止するつもりだった。ぼくにとって人生最高の日の翌日は、人生最悪の日になった。全員が知ることになるはずだった。全員がこのことを永遠に忘れないはずだった。

　ペネロピーは無言で部屋を出ていった。ぼくも立ちあがったが、父にはまだぼくにいいたいことがあった。父はもう怒っていなかった。ペネロピーにとどめを刺したことで気がすんだのか、またよそよそしく尊大になっていた。父はこれまでにぼくのせいで味わった失望――かんばしくない学業成績、好奇心のなさ、ぱっとしない職歴、社会的、文化的、それどころか政治的に意味のある関係ひとつ築けないこと――をくどくどと並べたてた。そして、正直いって、ぼくが同じ部屋にいてもめったに気づかなかった父がそのひとつでも覚えていたことに、ぼくは驚いた。

　そしてそのとき、あることに気づいて頭が爆発しそうになった。

　ペネロピーは報告書を提出しに部屋を出ていったのではなかった。彼女にはもういうべきことがなかった。彼女は別の場所へ、いますぐ行くつもりだったのだ。

33

天才の父でも、ぼくがどうして部屋を飛びだしていったのか見当もつかなかった。父は、ペネロピーがなにをするつもりなのか気づいていなかった。

ぼくは廊下を走りだし、角を全速力で曲がろうとして足首をくじき、あざができるほどの勢いで壁にぶつかって跳ね返り、足の激痛に耐えながら階段を駆けおりた。分離球がおさめられている天井の高い部屋のドアが開いて気密が破れたとたん、聞き慣れたごく低いブーンという音が聞こえたので、ぼくの推測が正しかったとわかった。

球のひとつが作動していた。

ぼくは床に釘づけになった。頭が真っ白だった。宇宙に出たときのペネロピーもこんなふうだったのだろう。背後で人々が部屋に駆けこんできたのが音でわかった。技術者たちが、どうやってセキュリティプロトコルをオーバーライドしたんだと怒鳴りあった。ペネロピーとぼくがはじめておたがいの裸を目にした日と同様に、警報が鳴り響いた。しかし、あれが告げたのははじまりで、これが告げているのは終わりだった。

ペネロピーが分離球から出てきた。ただし、入口ハッチは閉まったままだった。彼女はハッチを通り抜けて歩いてきた。分離球は非物質化を阻害する高密度合金でできているのだから、そんなことは不可能なはずだった。少なくとも、安全限界内のパラメーターでは。安全限界を越えたらどうなるかはだれも知らなかった。

ペネロピーが歩みでてきたとき、全員が黙りこんだのはそのせいだった。通り抜けてきたときに。

ペネロピーは変わりないように見えた。非物質化しているときの、皮膚の最外層の触れえない分子が周囲に凝集している空気分子ときちんと相互作用していないかのような、あの不気味な揺らめきが生じていた。だが、それ以外はいつもどおりに見えた。

ただし、だれもペネロピーに触れたり、つかんだり、分離球に引き戻したりできなかった。彼女にこんなことをしちゃだめだと叫んだりわめいたり懇願したりしても関係なかった。だれかがこの瞬間、自分が欲しているのを知らなかったすべてがばらばらに崩壊しようとしていることをどんなにはっきりさとったとしても関係なかった。彼女の体だった幽霊の少なくともひとつの細胞の半分は他人の者でも関係なかった。
関係ないのは、ぼくが望んでいるものは非物質化しているからだった。

ぼくたちには多くのことができた。この驚異に満ちた世界に命をもたらすことができたはずだったし、その命がぼくたちふたりを変え、よりよくしてくれ、幸せが手の届くところにあるのに幸せになれない原因になっている、脳のなかの時計の故障をなおしてくれたはずだった。失われたのは、彼女のなかのだれかだけではなかった。どこか、つまりぼくたちふたりが、ぼくたちがなるはずではなかった人間からようやく脱することができたはずの場所が失われた。それこそが命を生みだすことの魔法なのだ——ありとあらゆる判断の誤りをくりかえしつつ、それらを家庭へと導いてくれる危険な小道を進む欠くべからざる歩みにしてくれることが。ほんの一瞬、ぼくは家庭を持った。その大きさは細胞ひとつぶんだったが、ぼくが望むものすべてをおさめるのに充分だった。

ぼくは床にへたりこんでペネロピーを見つめた。彼女は見つめ返した。

ペネロピーは腹に手をあてた。その瞬間、彼女は思いなおし、ぼくたちの子供を産んで家族になることを決意したと思いたい。

しかし、もちろんもう手遅れだった。たとえペネロピーが分離球に駆け戻って過程を逆転させようとしても、彼女はもう動けなかった。彼女はばらばらになりかけていた。彼女の神経細胞（ニューロン）はもう発火して筋肉に指示を出せなかったし、彼女の筋肉はもう骨を動かせなかったし、彼女の骨はもう骨ではなかった。彼女の心臓は止まっていた。それの心臓、ぼくたちの赤ちゃんの心臓が彼女の子宮のなかで打つことはなくなっていた。

ペネロピーはぼくの目の前でちりぢりになった。彼らだ。彼らはぼくの目の前でちりぢりになった。腹にあてた彼女の手。恐怖と後悔と悲嘆で凍てついた彼女の目。ぼくの目も凍てついていた。

ぼくは、ペネロピーがまだ形を保っているあいだにすべての輪郭を脳裏に焼きつけようとしたが、彼女の目から視線をそらせなかった。彼女の分子が漂いだし、四方八方へ散って壁を、天井を、床を抜けていき、とうとう消え失せた。

34

ぼくの世界のなにもかもが完璧だったわけではない。人はやはり不安やストレスや神経の化学反応の不調によって混乱していた。薬物を乱用していた。パニック状態にもなった。権力はやはり腐敗していたし、不倫されて傷つく人はいたし、結婚生活はやはり破綻することがあった。愛が実らないこともあった。子供時代は遊び場にも地下牢にもなった。生まれつきベッドでうまくふるまえず、いくらインタラクティヴポルノで学んでも改善されない人もいた。

だが、ゲートレイダー・エンジンが生みだす無限のエネルギーが基盤となっている世界では、石油にはだれも見向きもしないし、基本資源は豊富だし、だれもが、メジャーなものもマイナーなものも、ありとあらゆる高度技術を利用できた。全員が全世界的なテクノユートピアで生きることを選んだわけではなく、国同士の意見が対立することもあるし、駆け引きをすることもあったが、兵器は高度化していたし、生活は快適だったので、深刻な地政学的紛争は何十年も起きていなかった。いったいなんのために戦うんだ？

上からものをいっているように聞こえたらお詫びするが、これが現実なのだ。

どんなに難解な仮説でも豊富な資源を使って検証できるので、科学的発見がおもな社会的動機づけになっていた。宗教には公的領域での居場所はほとんどなかった。何億人もがあいかわらず宗教を信じていたが、どちらかといえば文化的嗜好だった。東欧ふう水餃子(ピエロギ)や民族舞踊のたぐいだった。

道徳はニヒリズムに堕していなかった。人々は親切だったり、粗野だったり、寛容だったり、強欲だったり、勇敢で臆病だったり、賢明で頭が鈍かったり、自己犠牲的で自滅的だったり、強情でおおらかだったり、幸せで悲しかったりした。間違ったバーで間違った相手に間違ったことをいったら、やはり殴りあいに巻きこまれかねなかった。被害を受けた人々も誤った判断をすることがあった。優秀な人々も馬鹿なことをすることがあった。しかし、だれでも、望みさえすれば居場所を得られた。

宗教とはなんだ？　哲学とはなんだ？　芸術とはなんだ？　疑問だ——なぜ？　だ。制度的な不平等と中毒性の欲求の悲惨な世界で生きていると、その答えはとらえがたいし不満が残る。そしていつだって責任転嫁しやすいなぜならがある。なぜなら人間だから。なぜなら金のせい。なぜなら政府が悪い。なぜなら魔法使いのような人形使いが天のねぐらからわれわれをあやつっているからだ。〝なぜなら〟は〝なぜ〟にほんとうには答えてくれない。

ぼくの世界とこの世界の実在的な差異は、ぼくが来た世界の〝なぜなら〟は自明なことだ——見まわすだけでいいのだ。だれも〝なぜ〟と問う必要がない。答えは明らかなのだ。人々は幸福だった。人々の目的はそれを維持すること、そして貢献する手段を持っていたら、前の世代がそうしてくれたように、あとの世代のために少しずつよくしていくことだった。

そう、それはイデオロギーのかなりいいとりあえずの定義だった——どっぷり浸っているので疑問の余地がなくなっている信念体系というのは。

完璧な世界ではなかった。ミスはあった。事故は起こった。野望は挫折した。人々は傷ついた。母親は死んだ。息子はどうして父親が愛してくれないのかわからなかった。妊娠した女性は赤ん坊を望まなかった。自殺する者もいた。

それでもいい世界、まともな世界だった。何十億人もが価値ある人生を送っていた。利己的な者も無私な者もいたが、大半は両方を少しずつ持っていた。だれひとり、ぼくがあわせたような目にあういわれはなかった。

35

病院で意識を取り戻したとき、ぼくは頭がひどくぼんやりしていた。一瞬、耳が聞こえないのかと思ったが、その殺風景な回復キューブ内で消音装置が作動しているだけだった。視神経をうねりながら伝わる光の波が途中で消えてしまっているかのように目の焦点をあわせるのに時間がかかった。こんなに強い薬を投与されたってことは大暴れしたんだろうな、とぼくは思った。このあとで起きたことは、医師たちが投与量を間違ったせいかもしれない。神経スキャナーによる脳内分泌物質の測定に誤りがあったのかもしれない。このあとのぼくの選択は、選択ではなかったのかもしれない。

とはいえ、ぼくたちの選択は、ほんとうに選択なのだろうか？　脳という千四百グラムほどのやわらかい肉のなかでは、どろりとした雷雨が荒れ狂っている。そもそも意識的な決断などというものは存在するのだろうか？　それともすべてはゆがんだ論理で飾りたてた本能的反応なのだろうか？

化学的なもやが晴れて重い真実が戻ってきたときのぼくの頭には、絶対にそんな疑問は浮かばなかった。ペネロピーは死んだ。ぼくたちの細胞は消滅した。父の天才としての名声は泥にまみれた。研究所はおしまいだった。ミッションは無期延期された。時間航行士、技術者、顧問、父を含むチーム全員が外部と連絡がとれない部屋に隔離されているあいだに、弁護士たちが、必要な照会をしたり、法的処分や地に落ちた評判や政府による締めつけや法人監査などなどについて話しあっていた。時間旅行研究全体がひと世代後退してしまったのだ。

一本のペニスがこれほどの被害をもたらせられるのだから驚きだ。

36

ぼくが来た世界では、人々の当局との関係は異なっていた。食料合成器（フードシンセサイザー）や衣類リサイクラーや複雑に組みあわさった巨大な住宅団地があったので、だれも衣食住に困らなかった。あらゆるものにコードがつけられ追跡されていたので、なにかを盗んだところで、それを使ったりどこかへ持っていったりできないので、窃盗はほとんどなかった。精神疾患と薬物乱用はあったが、健康問題として管理されていた。薬物は地元の治療施設に行けば自分で合成可能なので、その気になれば、フォーミングアンプやバイナリースイートやモルホカインの中毒になって橋の下で寝ることもできるが、だれもそんなことはしなかった。とにかく反抗的な世界ではなかった。へなちょこで、たとえばパンクロックが似合わないように思えるだろうが、ぼくの世界でパンクロックは生まれなかった。パンクロックは不必要だったのだ。

エントロピーが体制に混乱を生じさせることがないわけではないが、そういうときは、当局が混乱を収拾し安心と安全と豊かさを取り戻してくれるのをほとんどの人が辛抱強く待つだけのことだ。ぼくたちの物質的な欲求はすべて、企業による配慮の行き届いたすばらしい顧客サービスによってかなえられていたので、選挙で選ばれた政府機関の仕事は、もっぱら、法的監督、治安維持、貿易交渉、災害対策などだった。人々は体制を信頼していた。

厳密には、退院したら警察に拘留されることになっていたぼくが病院をあっさり抜けだせたのはそのおかげだった。人々が故意に手順を破る社会ではなかったので、だれもぼくを止めなかったのだ。

防音された回復キューブで横になっていたら静謐さを感じて当然だろう。ところが、しんとしたなかで考えていると、棺に入れられて生き埋めになっているような気分になってきた。ぼくの脳は、臓器自体が汚染を防ぐために緊急停止したかのように、状況のきちんとした評価を拒絶していた。肉体が傷に対してするように、脳も記憶にかさぶたをつくれるのだろうか？　ぼくの脳がそれをしようとしていたのは明らかだ。

ぼくはキューブを開いてそれが置かれている細長くて窓がない部屋を見まわした。警備員はいなかった。だれも、ぼくを警備しなければならないと思わなかったのだ。ぼくは服をつくりなおしてから廊下をゆっくりと進んだ。医療技術者たちはみな、患者にかかりきりか、ぼくを見て病院を出ていこうとしているようだと思ったとしても、許可を得ているはずだと思いこんだ。ぼくは緊張を隠してさりげなさを装っているのではなかった。急性のショック状態におちいっていたのだ。血は溶岩のようだった。心臓は火を吐いていた。だが、どんな痛みが神経を発火させても麻痺した心には届かなかった。

病院の前はホバーカー発着ポートと交通カプセル乗場と瞬間移動プラットフォームがある広場になっていた。何百人もが行き来して、出勤したり、見舞いに向かったり、検査を受けに行ったり、配偶者を送ってきたり、家族を迎えに来たり、同僚と世間話をしたり、友人と雑談したり、見知らぬ相手をナンパしようとしたりしていた。日常生活のフラクタルな結び目だった。午後の日差しを浴びている人々は、だれもぼくの絶望に気づいていなかった。

ぼくは上空を飛びかっているホバーカーを見上げた。上からと同じくらい頻繁に下からも見られるので、ホバーカーは裏側も車体と同じくらい見栄えを気にした設計がされていた。ほっそりしたうね状の配管は虹色に輝いていたし、反重力エンジンの丸みを帯びたケースはものうげな力で揺らいでいた。母を殺したホバーカーのドライバーがどうなったかを思いだせないことにぼくは気づいた。顔も名前も思いだせなかった。その人物も怪我をしたのか？ぼくがいま出てきた病院に収容されたのか？　葬儀に参列して、直接お悔やみをいうべきか、黙ったまま端で恥じ入っていればいいのかわからなくて、気まずい顔で列席者のうしろに立っていたのか？　自分がぼくの家族にしたことをどう思っているのだろう？　その存在は、光のいたずらで投じられた影のようだった。ぼくの人生を根底から変えてしまった人物なのに、ぼくはきれいさっぱり忘れてしまっていた。

ぼくはすれちがう全員ににこやかにほほえみかけながら広場を横切って交通カプセルに乗った。

自分がなにをしているのか説明できなかった。なんの計画もなかった。十二歳に戻って家出しようとしていた。だれにも見つからないところへ行こうとしていた。

37

ぼくは自分のアパートメントに戻った。警察の追跡は心配していなかったから、監視されている公共交通網を使ったし、白昼堂々と玄関から入った。ぼくは隠れていなかった。逃げていたのだ。違いは明らかだった。

荷物はなかったが、体はきれいにしたかったし、服もつくりなおしたかった。寝室でそれに気づいた——ペネロピーの髪の毛に。それがあれば、柔肌で内側が温かくて寛大な人工知能を搭載した、遺伝的に正確なアンドロイドダッチワイフを培養できた。それはぼくが望むときにぼくが望むことをなんでもしてくれるし、彼女にそっくりなはずだった。それでは自発性が足りず、あまりに従順すぎると思うなら、出会いサイトで引き受けてくれる見知らぬ女性を探してデジタルメーキャップをしてもらってもいい——その女性の顔にヴァーチャルなリアルタイムイメージプロジェクションをするのだ。その女性にはどんな見た目にもなってもらえる。それで興奮するのなら虎にもイルカにもガチョウにも。だが、このロールプレイに彼女自身の奇妙な理由で満足しているその女性は、生きていて予測不能な人間なのだ。

なんだったら、ペネロピーの画像をスキャンし、無数にあるデートアルゴリズムのひとつに送って彼女そっくりな女性を探し、言葉をつくしてその女性の気を惹き、闇のフェロモン剤を飲ませてホルモンにもとづくきずなを結び、じわじわとその女性の自信を切り崩して美容整形は自分の願いだと思わせてから結婚し、子供をもうけて、目の前で崩壊した人生のまがいものに老いるまで浸ってもいい。

要するに、別の選択肢が頭に浮かんだ瞬間もあったのだ。賢明な選択肢ではなかった。愚かしい選択肢だった。不気味でゆがんでいて自滅的な選択肢だった。だが、結果はぼくの感情が直接影響をおよぼす範囲にかぎられている選択肢だった。個人的な問題にとどめておくことが可能だったのだ。

しかし、ぼくはそうしなかった。

時間があれば乗り越えられたのかもしれない。穴を掘ってそれを埋め、その上に新しいなにかを建てられたのかもしれない。だが、ぼくの心のなかにそういう種類の時間はなかった。

38

研究所のなかは薄気味悪かった。ぼくはいつも遅く来て早く帰っていたから、大忙しな研究所に慣れていた。ところがいま、所内は無人だった。

父の時間旅行装置は設計が洗練されていて操作が簡単だった。馬鹿でも操作できた。あるいはとんでもなく出来の悪い息子でも。

操作するのに五十人必要な機械をつくってしまったら、過去に旅している最中に問題が発生したときにどうなる？　たとえば、チームが行動不能になったら、彼らの命とプロジェクトの未来、すべての未来は、負傷したり頭が混乱したりしている生き残りが、緊急帰還手順をぎこちなく起動して現在に帰ってこられるかどうかにかかってしまう。内部構造がどんなに複雑微妙で調整がきわめて厳密でも、装置自体の操作は簡単でなければならないのだ。

ぼくが入所のためのスキャンを受けても警報は鳴らなかった。前述したとおり、ぼくが来た世界では、権力はそのように使われていなかった。不埒な目的のために研究所に押し入る者はいなかった。ライバル企業はなかったし競争相手の科学者もいなかった。父は、研究者がごくわずかしかいない分野のパイオニアだったのだ。そして数少ない同分野の研究者は父に雇われていた。

時間旅行装置がおさめられている、天井がアーチ状で格納庫じみた部屋の外にも警備員はいなかった。何者かが自動ドアを抜けて殺菌剤の匂いのする空気のなかに入って、製造に何兆ドルもかかり、なにごともなければ何千兆ドルもの収入をもたらしてくれると期待されているこの機械の前に立ったりするはずがないと考えられていたのだ。この施設が建造されたとき、現在のような――プロジェクトは延期され、チームリーダーは死亡し、父の名声はずたずたになったという――事態は長期的にも予測されていなかった。

にもかかわらず、ぼくはそこにいた。

機能を考えれば、時間空間輸送機はさほど大きくなかった。中央軸構造物には輝く金属の装置類がとりつけられている六基の台がつながっていて、その横ではランプが光っている計器盤が可能性のうなりをあげていた。

ぼくはその出力を上げた。

使われることのない機械は生まれることのない赤ん坊のようなものだ。

39

ライオネル・ゲートレイダーは生きて自分がつくりあげた未来を目にできなかった。彼とオリジナルの実験の〈十六人の立会人〉は三カ月以内に死亡した。死因は、ゲートレイダー・エンジンを初起動したときにあふれだしたタウ放射線の予期せぬ大量被曝だった。ゲートレイダーは、自分が発明した装置がどんなに強力かを予期していなかった。というか、そばにいたら命とりになるということを。

ゲートレイダー・エンジンから未来が噴きだした瞬間、それらの有名な顔にどんな表情──懐疑、畏怖、注意散漫、愉快、嫉妬、怒り、思案、恐怖、冷淡、心配、興奮、無関心、苦悩、倦怠、厚顔、賢明──が浮かんでいたにしろ、全員が致命的な被曝をした。血液生成細胞の死滅は再生不良性貧血、不規則な細胞分裂、遺伝子の異常、胃腸の液化と血管虚脱、重大な神経損傷、昏睡、祈り、死につながった。

最初に死んだのはゲートレイダー本人だった。約束の地を前にしたモーセだ。ほかの者も、ひとりまたひとりと科学の殉教者になった。

ぼくが来た世界に宗教があったとしたら、それは発見という祭壇への自己犠牲だ。ライオネル・ゲートレイダーは世界を、想像を絶するほどの楽園にするためにみずからの命を犠牲にした。彼の犠牲が事故によるものだったという事実は詩的だといえるだろう。

一九六五年七月十一日へ戻る試みは実際的だった。なぜなら、オリジナルのエンジンが残した放射線の痕跡は過去につながっているロープ、ぼくの世界が生まれた正確な時空座標まで点々と続いている、分解しかけの原子からなっているパンくずだったからだ。しかし、その原子の糸は、血まみれの、あるいは毒まみれの、あるいは詩情の漂う道でもある。なぜなら、それはまさにゲートレイダーと〈十六人の立会人〉を殺した放射線だからだ。オリジナルのゲートレイダー・エンジンを特別にしているのはそれだ。だから時空のなかをたどっていけるのだ。あの十七人が輝かしい未来の聖堂で起きた不慮の事故で犠牲になってくれたおかげで、のちのモデルでは修正された、致命的な欠陥を持つエンジンのもとまで。

ぼくの世界の創造を見に行く時間旅行は、ただの科学実験でも歴史見物でもない。殺人事件の捜査でもあるのだ。未来の誕生と、それを可能にした人物の死を目撃することになるからだ。

ぼくは以前から、この傑出した先見の明の持ち主は、自分を過小評価していたせいで死んだという事実に感銘を受けていた。あんなに画期的ではなかったら、ゲートレイダー・エンジンは完全に破損していただけだっただろう。

『起動』の絵を興味深いものにしているのは、〈十六人の立会人〉の反応ではなく――それらは時間がたつにつれて型にはまっているように思えてきた――自分の発明を世界に解き放つ瞬間のライオネル・ゲートレイダーの顔に画家が浮かべさせている表情だ。懐疑？　畏怖？　注意散漫？　愉快？　嫉妬？　怒り？　思案？　恐怖？　冷淡？　心配？　興奮？　無関心？　苦悩？　倦怠？　厚顔？　賢明？　画家がこの意味深い細部にどんな選択をしたかでその作品の本質がわかるのだ。

ゲートレイダーが自分の発明品のスイッチを入れる直前の顔が見たい、というのが、父がこの瞬間を訪れたがったほんとうの理由だった――鏡を見て、自分もその表情を浮かべているかどうかをたしかめたかったのだ。要するに、ヴィクター・バレンは自分が思っているようにライオネル・ゲートレイダーとそっくりかどうかを知りたかったのだ。

ぼくも興味がある。なぜなら、ふたりは父が期待していた以上に似ているとわかったからだ。ふたりの天才は根本的な計算違いをし、思いがけない結果を生じさせて、彼らが知っているものすべてを終わらせ、世界を変えてしまったのだ。

ゲートレイダーにとって、彼を殺したタウ放射線が致命的欠陥だった。父にとって、それはぼくだった。ぼくが致命的欠陥だったのだ。

40

ぼくは無人の研究所を歩いて時間航行士の更衣室に入った。そこには着替えができるスペースと私物ロッカーがあった。ぼくはペネロピーのロッカーをあけた。たいしたものは入っていなかった。汚染されないように無菌ゲルパックに密封されている、彼女が着ることはもうなくなったスキンスーツがあった。きちんとたたんで棚に置かれている予備の制服の横には、彼女がいつもしていたポニーテール用のヘアゴムの袋があった。それからもうひとつ——旧式の懐中時計。

どれだけそこに立ちつくしていたのか覚えていないが、結局、激しくむせび泣きだして体が震え、立っていられなくなった。ぼくは両手で懐中時計を持って、指でひんやりした金属をなでていた。

六週間ほど前、ぼくはペネロピーと、タイムマシンの緊急帰還手順のシミュレーションを受けていた。計算エラーのせいで宇宙空間に出てしまったら、できるだけ早く手動で緊急帰還手順を起動させる訓練だった。ペネロピーは、毎回、チーム全員をみごとに救出した。ぼくは何度も、全員を殺してしまった。事後検討のミーティングで、ペネロピーがぼくにしてくれたアドバイスによれば、彼女は、命がかかっているひとつの重要な手順として考えるのではなく、それを毎秒ごとの個別のタスクの連続とみなしているのだそうだった。そして個別のタスクをこなしながら、一秒を不連続な単位時間として、頭のなかでカウントダウンするのだそうだ。古い腕時計が一定のリズムで時を刻むように。

翌日、ぼくは放棄された町に友人たちと行ったときに見つけた懐中時計を持って出勤し、飼い主にボールを持ってくる子犬のようにペネロピーに見せた。壊れているが、技術者に頼んだらなおしてもらえるかもしれない、とぼくは彼女にいった。

「だめよ」ペネロピーはぼくを止めた。「その技術者は、補欠に余分な仕事をさせられたと思って怒るか、断ったらおとうさんに告げ口されるかもしれないと心配するかのどっちかよ」

「ああ。なるほど。たしかにそうだね」

「わたしに貸して。わたしが頼めば、技術者は貸しをつくったなんて考えないだろうし」

ぼくはペネロピーに懐中時計を渡し、それきりその話はしなかった。ペネロピーは忘れてしまったのかもしれないな、とぼくは思った。彼女にとってどうでもいいことに違いなかったからだ。

懐中時計はぼくの手のなかでカチカチいっていた。秒が分に、分が時になっていた。ぼくはすわりこんだまま、ペネロピーはどうしてこの懐中時計をなおしてもらったのにぼくに返さなかったんだろうと考えていた。ぼくは懐中時計を彼女のロッカーに戻してドアを閉めた。自分のロッカーをあけて服を脱ぎ、ゲルパックを開封してスキンスーツを着た。なにをするべきかはわかっていた。

ペネロピーができなかったことをするつもりだった——最初のひとりになるつもりだったのだ。

41

ぼくが来たところについて、まだ話していないことはたくさんある。

空気。空気もここのとは違う。軽やかですっきりしている。大きな湖に、海藻の臭いが鼻をつく海ではなく、ただの清浄で混じりけのない無に浮かぶボートに乗っているかのようだ。一九七〇年ごろ以降、だれもわざわざ炭素を燃やしたりしなかったので、空気につんとする油っぽい不純物は含まれていなかった。これは、海に放りこまれた淡水魚のえらが塩で焼けてしまうように、慣れていないものに接してはじめて気づくたぐいのことだ。

植物工学について、きみはなにも知らないはずだ。すべてが木でできている家は有機的に空気を清浄化し、地中の自然な分解サイクルによって発電し、キッチンの壁に新鮮なフルーツがなり、野菜が生える。そういう家は一般的ではなかったが、旅行に行ったときなどに借りることができた。一年を通してそういう家に住んでいる人もいた。

初対面の相手を一瞬でスキャンし、友人や恋人や配偶者にふさわしいか、他人のままがいいかについての判断の参考になるデータを教えてくれるので、社会不安の多くは穏便に予防されていた。データどおりにしなくてもかまわなかった。多くの人がデータを無視し、結果が吉と出ることも凶と出ることもあった。相手が過去に評価データを何度無視し、何度うまくいって何度うまくいかなかったかまで知ることができた。

個人の嗜好によってまあまあかっこよくも、過度な科学技術にも感じるだろう例をずらら並べつづけることもできるが——もうわかっただろう。

ひょっとしたら、まだわかってもらえていないかもしれない。日常的な驚異は陳腐なものなのだ。ぼくは吸っている空気について考えたことなどなかった。ああいう木の家で休暇を過ごしたことはなかった。データプロフィールも便利だったが、ぼくが気に入っていた機械は、話している女性が誘惑ホルモンを発していると小さな音を発して、少なくとも会話を続けていいと思う程度にはその女性がぼくに関心をいだいていることを教えてくれるフェロモン探知機だった……。

こんなふうに、結末を知らないふりをして一語ずつ物語をつづることも――ぼくには奇妙に感じられる。ぼくが来た世界では、母のような特別な小説マニアで、生垣の迷路を手をひいてもらって抜けるのを楽しめるような人は別として、ほとんどの人が楽しむエンターテインメントには、目覚めをよくしてくれる仮想環境シミュレーターに組みこまれているのと同じ神経追跡技術が使われていて、最低でも受動的な双方向性を備えている。物語はすべてその人にあわせてつくられている。その人の願望や恐怖や不安や癖や変態性が、既成のあらすじにごちゃ混ぜに組みこまれる。へんてこでちっぽけな脳が、骨格のまわりに独自の肉体を育てるように。

デジャヴは物語の重要な材料だ。聞いたことがあるようなストーリーだが、どこで知ったのかははっきりわからないというおちつかない感覚は。そのぞくぞくする奇妙な不快感はぼくたちの世界の物語の最大の楽しみのひとつなのだが、それはこちらにはほとんど存在していない。こちらでは、物語がどう進むかがわかると文句をつける。まるで筋がいちばん大事であるかのように。この世界では、同じ単語がいつも同じ順番で、作者の個人的な奇妙さに応じて並べられる。ぼくは、このストーリーが自分についてだという感じが好きではない。ぼくの世界では、どんなストーリーも、いつだってあなたについてなのだ。

申しわけない。わかっている。自分が、えんえんともとの交際相手について話しつづけ、忘れられないからではなく、きみも知っておいたほうがいいからだといいはる、ひどいデート相手のようになっているのは。ぼくは、このストーリーのこの部分が終わってほしくないのだが、そろそろ時間だ。

42

カウントダウン時計を見ると――00:00:00だった。カウントダウンは終了していた。

時間空間輸送機には六基の台があった。標準的な時間航行士チームのひとりに一台ずつだ。ぼくはスキンスーツを着ると、ペネロピーまたは彼女の非常時要員――つまりぼく――に割り当てられていた台に体をおちつけた。一瞬、後悔したとか、せめて足を止めたとか嘘をつくこともできるが、ぼくは深いショック状態になっていた。

ぼくは本能のままに行動していたが、目的は自己防衛ではなかった。ぼくは復讐しようとしていたのだ。いまならわかる。もっとも、当時は正義のためだと思っていた。ヒステリックだしメロドラマチックなのはわかるが、ぼくはヒステリックでメロドラマチックな精神状態だったのだ。

できることなら、ペネロピーの命を救える時点まで戻っていただろう。半日戻りさえすればよかった。あいにく、タイムマシンはそういうふうには動かなかった。人類が作成したもっとも高度な装置だったが、まだ試作品にすぎなかった。たとえぼくが時空航行コードをプログラムしなおす方法を知っていたとしても、実際には知らないわけだが、この装置は行き先がひとつしかないように意図的につくられていた。

だから、そう、ぼくにはペネロピーを救えなかった。だが、彼女がはじめたことにはけりをつけられた。

ぼくは、父にはとりあげられないことをするつもりだった。過去へ旅した最初の人間になるつもりだったのだ。告訴されたり逮捕されたり、それどころか死刑になったとしても――そもそも時間旅行は違法なのか？――功績は永遠に残る。このあとだれが時間旅行をしたとしても、いちばん最初はぼくなのだ。

もうすぐ死ぬかもしれなかったが、ぼくはためらわなかった。もしも理性的に考えていたらなかなか踏ん切りがつかなかっただろう。だが、ぼくは理性的に考えていなかった。なにも考えていなかった。練習を積んだ一連の操作を実行した。躊躇なくシーケンスを開始し、ペネロピーから教わったように、一秒ごとにカウントダウンしながら一定のリズムで処理していった。結局、あの何百時間もの訓練シミュレーション中、ぼくはペネロピー以外にも注意を向けていたらしい。

時間旅行装置のアクセス手順は三段階に分かれている――遺伝子スキャン、複雑なパスワード、そして大きな赤いボタンだ。生物的手順と知能的手順と物理的手順だ。

ぼくはタイムマシンを起動した。

時間旅行は特別な視覚的・聴覚的現象をともなわない。だが、派手な現象がないと、このテクノロジーの初期の利用者はがっかりするのではないかと父は心配した。科学的には無意味な、純粋に興行的な懸念だった。ただ過去へ戻るだけでは父の出資者たちがねらっている高級消費者には魅力が足りないかのように。

だから、人々をこの体験に感情的に惹きつけるための方法を開発するために雇われた心理学者のチームが考えたのが、メロディアスな持続音と徐々に明るくなったり暗くなったりしつづける暖色の光だった。

その心理学者たちは優秀だった。持続音と光がはじまると、ぼくの悲嘆と怒りとショックはきれいに消えた。おちつき、希望が湧き、気持ちが軽くなった。

そして、これは最低最悪のアイデアだと確信した。

しかし、もう手遅れだった。あの馬鹿ばかしくもいまいましい持続音と馬鹿ばかしくもいまいましい光は、装置が起動する直前まではすばらしい体験だったといえただろう。だが、起動したとたん……。

脳を締めつけられたように感じた。脳が、カタツムリよろしく殻のなかにひっこんだかのようだった。氷の上で滑り、自由落下したがいつまでたっても地面に激突せず、バランスが重力に負けた瞬間に宙吊りになっているような、いやな感じだった。血が重く、濃くなって、静脈と動脈が濡れタオルをかけた洗濯ロープのようにたわんだ。指の爪と足の爪がうずき、ぎょっとするほどの速度でのびて曲がり、白っぽいケラチンの環になりかけているように感じた。眼球が脈打ってよからぬ光で満たされ、なかのねっとりしたシロップが沸騰しはじめた。舌で奇妙な味が生じては消えた——酸っぱいお茶、腐ったレモン、甘い草、ペネロピーの唇。髪がひっこんで頭蓋骨を貫き、縒(よ)り集まって樹枝状晶(デンドライト)になったように思えた。はたまた、そのデンドライトは上にのびて外へ飛びだし、頭皮が突起で埋めつくされてヒトデの皮膚のようになっているのかもしれなかった。

とんでもなくおかしな感覚だった。

そしてぼくは消えた。

43

あらすじ——1章から42章まで

トム・バレンは人間が生きるはずだった世界で生きている。一九五〇年代の楽天的なSFが想像していたテクノロジーのユートピアが、一九六五年、ライオネル・ゲートレイダーという科学者が画期的な——クリーンで堅牢で無限な——エネルギー源を発明したことによって可能になったのだ。ゲートレイダー・エンジンに支えられて、科学の発達は大幅に加速した。二〇一六年には、全員が、幸福で快適な人生を送るために必要なものをすべて手に入れている。日常の活動はすべて自動化され、なんでも合成できるようになっているので、ほとんどの人はいまも重要な唯一のことの開発に従事している——エンターテインメントに。

世界のほとんど全員と同じく、トムは研究所で働いている。上司の父親、天才ヴィクター・バレンは最先端分野である時間旅行のパイオニアだ。画期的なすばらしい科学研究だったが、企業から資金を調達し、政府の認可を得て実験を実現するため、ヴィクターは高級観光旅行の体裁をととのえる。

トムの母親レベッカ・バレンが事故死したあと、ヴィクターは罪悪感と憐憫(れんびん)からトムに仕事を与える。ヴィクターはいつも重要な研究のことばかり考えていたし、トムはいつも父親を落胆させてばかりだったため、この父親と息子の関係はずっと以前からこじれていた。

トムは、過去へ戻るミッションのチームリーダー、ペネロピー・ウェクスラーとともに訓練を受け、まずありえないが彼女の身になにかあって任務遂行(すいこう)が不能になったときには彼女の補欠を務めることになる。

トムはたちまちペネロピーに惚れる。彼女はいつも自分を無視しているので、関心を持たれていないのだろうとトムは思う。ところが、だれも気づいていなかったが、ペネロピーはひどく傷ついていた。彼女はただ、それを隠すのがうまかったのだ。

ミッションの前夜、トムとペネロピーはプロジェクトの出資者が主催したパーティーで静かな出会いをする。ふたりは寝る。その夜はトムの人生で最高の一夜になる。

ところが翌朝、その日はトムの人生で最悪の一日になる。型どおりのミッション前医学検査で、ペネロピーはトムに妊娠させられ、そのため自動的にメンバーからはずされることを知る。トムは公式の交代要員なので、彼女はわざとやったのだろうとトムを責める。息子の無責任な行動のせいでライフワークをおびやかされてかんかんに怒ったヴィクターは、ふたりとも叱りつけ、ミッションを延期する。屈辱を受け、必死の努力の末に得た職業的成功が水泡(すいほう)に帰したペネロピーは恐ろしいことをする——自殺してしまうのだ。

プロジェクトは無期限に延期される。法律的混乱が解決するまで研究所は無人になる。ペネロピーを失った悲しみで呆然とし、父親に対する怒りで我を忘れたトムは自分でミッションを完遂(かんすい)しようと決める。彼は研究所に忍びこんでタイムマシンを起動する。

44

過去で実体化した当初は共感覚がある。感覚がごちゃ混ぜになり、触覚が味覚に、味覚が嗅覚に、嗅覚が聴覚に、聴覚が視覚に、視覚が触覚に混じる。そしてすぐに、ゼラチンが型におさまるように、すべてがもとどおりにおちつく。父の発明は時間旅行を一瞬に感じさせるが、あたりまえの月への瞬間移動が足裏マッサージに思えるほどの、内臓まで響く衝撃を感じる。ぼくはついに歴史上はじめての時間旅行者になったわけだが、その瞬間は、二〇一六年の朝食を一九六五年の床にぶちまけないように必死なので、ちっともいい気分にならない。

数秒かけて足がふらつかないようにしてから周囲の様子をうかがう。そしてそのとき、ぼくは気づく――ぼくは未来が誕生した、まさにその研究室にいる。もちろん、この建物全体が、サンフランシスコ州立科学技術センターB7区画の窓のない五十平方メートル足らずの地下研究室が、オリジナルのゲートレイダー・エンジンが作動したまま、恒久的博物館展示品として保存されている。だが、ぼくの時代に訪れるのと、いまここにいるのとではぜんぜん違う。

　欠けているタイル製の床から工業用洗剤の匂いが漂っているのがわかる。かごに包まれた白熱電球の照明は、研究室の隅々にまで温かくて安定した赤銅の輝きを届けている。この時代最先端の設備だが、鋭利な棒を使っておこなう心臓手術のような愛らしい古風さがある。

　そしてゲートレイダー・エンジンの本体がある。ゲートレイダーが死の数週間前に設計し、死後に製造されたすっきりと洗練されているタイプと比べるとずんぐりむっくりしている。外装は鈍色の鋼鉄製で、仕様にかなうようにゲートレイダーがみずから強化したものだ。弾性のある金属線を太く巻いた吸収コイルがある。文字どおりの矢印が計器の目盛り上で揺れているし、表示カウンターは小さな数字が記されたいくつもの金属製の環が軸を中心に回転する方式だ。歯車は滑稽なほど大きくて不格好だし、排気筒の束はもくもくと煙を吐くヴィクトリア朝時代の煙突のようだ。主要部である放射パルス場エミッターは、わずかに現代的に見える唯一の部分だ――というのも、丸まっている角と波打つ花びらと嚙みあわさった部分という革新的な形状は現代のスタイルに大きな影響を与え、研究所から建築、工業デザイン、ファッション、芸術、料理などさまざまな分野に広がったからだ。
　この部屋に立って眺めていると、世界を変えた機械は滑稽なほど手づくり感満載だった。ゲートレイダーが集まった立会人たちからやれやれというあきれ顔以外の反応をひきだせたのは奇跡だ。

　ゲートレイダーの研究は理論的観点からそこそこの関心を持たれていたが、注目の的というわけではなかった。少額の補助金を承認する程度の権力を持っている役人がゲートレイダーを気に入ったのは、彼が助成金申請書をきわめて丁寧に記入し、その役人はなによりもきちんとした書類を重視していたからだった。

　ゲートレイダー・エンジン自体はコンパクトだが、排気筒群と冷却管の太い束が部屋を占めている。試運転がうまくいかなかったときは装置を停止させ、発生したエネルギーを安全に解放するためだ——そうすればエンジンが爆発し、たとえば世界が破滅してしまうような事態は避けられる。

　ぼくは周囲を見まわしてこの部屋にほかにも人がいることに気づく。何者かがメモ帳にかがみこんで鉛筆で方程式を走り書きしている。ぼくは、その男性に気づくより先にメモ帳に気づく。ぼくはゲートレイダー博物館の盗難防止対策が万全の陳列ケースにおさめられているそのメモ帳を見たことがある——ライオネル・ゲートレイダーがエンジンのスイッチを入れる前に最後の計算を書きつけたメモ帳を。

　ということは、いま噛み跡のある黄色い鉛筆を使ってあの有名な数字を書いているのはライオネル・ゲートレイダーなのだ。

45

死んだとき、ライオネル・ゲートレイダーは有名ではなかった。彼の遺体は焼きつくされて強い風に吹きあげられ、ゴールデンゲート海峡を越えて太平洋にまき散らされた。だから、最初、だれもエンジンの技術仕様書以外に彼の意見を記録しようと思わなかった。もちろん、のちに、数少ない知人や同僚、彼を知っていたことを知られたい人々が記憶している彼のすべての発言から、自己申告とパクリの世界規模巨大産業が誕生した。

ライオネル・ゲートレイダーは一九二三年にデンマークのオルフスで生まれて――ぼくの世界では、デンマークには彼にまつわる祝日が十五くらいある――デンマーク人の母親とポーランド人の父親とふたりの弟がいる中流家庭で育った。温かくて楽しい子供時代にかかっていた唯一の暗雲は、父親がときおり妄想性障害の発作を起こすことだった。一九四〇年にドイツがデンマークに侵攻したとき、父親の傷害は妄想といいきれなくなった――何者かがほんとうに彼をねらっていたからだ。だが、それでも人生は続いた。ゲートレイダーは十七歳で奨学金をもらってコペンハーゲン大学の理論物理学研究所に入った。そして、デンマーク政府がナチスに降伏して占領下に置かれ、恐怖のため父親の精神状態が悪化する一方で、ゲートレイダーはコペンハーゲンに引っ越しておばと暮らしながら、尊敬する科学者、研究所の創立者でノーベル賞受賞物理学者のニールス・ボーアのもとで研究をはじめた。

一九四三年九月二十九日、ボーアはナチスが、全員が家にいるはずだと考えて新年祭(ロシュ・ハシャナ)の十月一日にデンマークのユダヤ人を一斉襲撃することを計画しているという警告を受ける。ボーアは即座にスウェーデンに向かい、そこで、伝説によれば、スウェーデン王グスタフ五世に、デンマーク王クリスチャン十世と協力してデンマークのユダヤ人を救うことに同意させる。帆船の漁船や手漕ぎボートやカヤックでエーレスンド海峡を越えてひそかにスウェーデンに渡った七千人以上のユダヤ人のなかに、ライオネル・ゲートレイダーも含まれていた。彼の救出は世界にとってこの上ない贈り物だった。

五カ月前、ライオネル・ゲートレイダーの父親はポーランドにいる友人たちから、ユダヤ人が駆り集められ、協力すれば保護施設に収容すると約束しておきながら、実際には強制収容所で葬られているという話を聞いていた。父親は母親を説得して、手遅れになる前に家族でデンマークから脱出することを同意させた。ゲートレイダーは、研究で忙しかったしデンマーク王が守ってくれるというボーアの主張を信じていたので、漁師に金を払ってひそかに北海を渡してもらい、スコットランドへ渡るという両親と弟たちに同行するのを断った。それ以来、ゲートレイダーは家族と音信不通になった。戦後、彼が突きとめたところによれば、家族が乗っていたボートはドイツの巡視船に拿捕(だほ)され、家族は父親の生まれ故郷であるポーランドのウッチから遠くないところにあったヘウムノ絶滅収容所へ送られていた。つまり、ライオネル・ゲートレイダーは王さまを信じたおかげで助かったのだ。

スウェーデンに着いた数日後、ライオネル・ゲートレイダーは、家族がすでにジュフフの森の集団墓地に葬られているとはつゆ知らず、スコットランドで無事に過ごしていると信じながら、滞在していた農家の外の原っぱに寝っ転がって、冷たく澄んだ夜空を見上げた。この戦争は世界の終わりのように思えるというのに、実際には、人々がなにをしあっていても、太陽系内の地球の運動はまったく影響を受けず、その軌道は変わらないし変えられないし一定だし永遠だった。外国にひとりでいる彼は、無力感に圧倒されたが、そのとこしえの回転に慰めも感じた。慰めだけではなく――力も。

そしてその瞬間、ライオネル・ゲートレイダーはひらめいた。

戦後、ゲートレイダーはオックスフォードで修士号を、スタンフォードで博士号をとり、一九六五年に死亡するまでサンフランシスコにとどまった。一九七二年にそこでゲートレイダー先端物理学研究所が創立され、世界でもっとも優秀で野心的な若手科学者たちを、さらに優秀で野心的にするべく訓練しはじめた。ヴィクター・バレンもこの研究所で三つの博士号のうちふたつを取得した。父がぼくを見限った瞬間を特定するとしたら、それはぼくがゲートレイダー研究所に応募して落ちた日だった。父はもっとも尊敬されている卒業生のひとりだったが、その父のひとり息子も例外にはならなかったのだ。ぼくは両親の家を出て百八十四階のアパートメントに引っ越し、代わりにトロント大学に入学した。

戦時中の体験についてたずねられると、ライオネル・ゲートレイダーはニールス・ボーアに命を救われたとしかいわなかった。彼は一九六二年、ボーアの葬儀に参列するために一度だけデンマークに戻った。そしてどうやら、彼は二度と他人を信用しなかったらしい。数少ない友人は礼儀正しい同僚だけだった。彼はひとりで暮らした。結婚はしなかったし子供ももうけなかった。ほかの人間は生みださなかったが、みずからの心の無限の可能性とよりよい世界を築きたいという揺るぎない意欲を生みだした。

少なくとも、世界じゅうの学校ではそう教えている。

46

一九六五年当時、ライオネル・ゲートレイダーは四十二歳だった。しなびた科学の高僧ではなかった。おとなの男だった。若くはなかったが、年寄りでもなかった。

顔が長くて角張り、頬骨が出ていた。鼻は曲がっていて、ずっと以前の殴りあいで折れたように見えた。厚くて弓形の唇。濃くて縮れている茶色の髪。メガネの上に出ているゲジゲジ眉毛。レンズは左右とも端に指紋がべたべたついていた。虹彩は青の環、緑の環、茶色の環と三色になっていた。まつげが長く、眉間にはつねにしわが寄っていた。身長は百八十センチ以上あって肩幅が広かったが、ひょろっとしていて、胴に比して手足が長すぎた。

これらは、人類史上もっとも重要な人物の真ん前に立っているのに、体のまわりの光子をそらしてカメラや目から不可視になる擾乱フィールドに包まれているおかげで気づかれずに観察できることの一部だ。

だが、匂いのことは考えていなかった。

ライオネル・ゲートレイダーは鼻の頭にしわを寄せる。くんくんと匂いを嗅ぎ、研究室をすばやく見まわす。場違いな匂いに気づいたのだ。ぼくはぎくりとして下がる。彼が嗅ぎつけたのは——ぼくの匂いだからだ。

父が匂いのような基本的なことを忘れていたとは考えられない。だがそのとき、ぼくは思いだす——ぼくは非物質化されているはずなのだ。ぼくの分子は実体を失って触れられなくなり、したがって嗅ぎつけられなくなっているはずなのだ。それなのにぼくは、時間をさかのぼる前に分離球に入らなかった。つまり、ぼくは目に見えないが、なにかに触れることが可能なのだ。意図的にではなくても。ぼくの体の分子はぼくの周囲の分子と相互に作用しうる。ぼくが非物質化していれば、ぼくから揮発して空中に漂いだした混合物は、ライオネル・ゲートレイダーの曲がった鼻の嗅覚受容器をなにごともなく通過していただろう。ところがぼくは非物質化されていない。

ぼくが生まれてからずっと、みんなぼくが、なにか華々しいことをするのを待ち焦がれていた。父の息子だと証明することを。とにかく、ぼくはついにやる——華々しいまでの馬鹿だと証明する。

ぼくはとんでもなくひどいミスをする。

ゲートレイダーから下がるとき、制御卓にぶつかって、その上に置いてあったコーヒーマグを揺らす。なかのねっとりした黒い液体がふちからあふれる。こぼれたコーヒーが白い磁器の上を流れ、制御卓の灰緑色の金属の表面に達する。

ゲートレイダーもそれに気づく。鼻の頭のしわが眉まで広がって眉間のしわがいっそう深くなる。コーヒーがマグカップの底のまわりにたまっている。ゲートレイダーはマグカップをとりあげて手でコーヒーをぬぐい、糊のきいた研究所の白衣に手をこすりつける。当惑の表情で見まわす。

ぼくは自分がペネロピーの自殺で受けた心の傷のせいで分離球を目にしたくなかったのか、それともたんなる救いがたい愚か者なのかはわからないが——時間旅行装置はぼくが非物質化したことを確認することなく起動できるという事実が父の大きな手落ちだったと気づく。必死で感情を抑えようとしていなかったら、もっと喜んでいただろう。

ぼくはだれにも、なににも触らずに立っていられる場所を探す。しかし、問題は意図的な動作だけではない。ぼくの体では自律反応、熱、ホルモン、ガス、化学物質、放射が渦を巻いている。どうすればいいか考えようとするが、後悔とパニックと自己嫌悪が頭のなかでぶくぶくと毒の泡を立てている。まるでだれかがぼくの脳のなかで炭酸のボトルを振ってから蓋をあけたかのようだ。吃音かこだまの認知版のように、心が不気味に二重化、三重化、四重化しているように感じる——たぶんこれが恐怖の感覚なのだろう。一歩また一歩と進むのに精神を集中しなければならないのだから、ぼくが苦労知らずだったのは間違いなさそうだ。

これまでの人生で何度もあったように、頭がうまく働かなくなっているが、今回はだれも助けてくれない。険しい表情の母がドアをノックして、性衝動に突き動かされての家出から連れて帰ってくれたりしない。もう夢は終わってしまったし、ベッドのなかで目覚めているのだから、そろそろ仕事へ行く準備をはじめなければならないと気づいた瞬間の気持ちにそっくりだ。ただしこのとき、ぼくの仕事は急いで過去から去ることだ。

一方の端に、二基の制御卓が奥の隅にぴったりおさまっていないせいで生じている隙間がある。事態がますます手に負えなくなるのを防ぐため、ぼくはなるべく音を立てないようにしながら移動し、そこに体を押しこんでひと息つこうとする。ぼくは真鍮(しんちゅう)の留め金があいたままの革のリュックをまたぎ越して逃げだそうとする。リュックのなかに、つややかな素材のリボンがかけてあってプレゼント包装してある箱が入っている。ぼくはそのリュックはゲートトレイダーのものだと気づく——このあと時代遅れにならないので持ち主が彼だとわかる。

しかし、シミュレーションを体験中に、なかにプレゼントが入っていることに気づいたことはなかった。全体像ではなく、細かな部分に注目するのはいいことだ。だがそのとき、ぼくはまさに大災難に巻きこまれようとしていた。

47

時間旅行が人間の認知作用におよぼす影響をきちんとモデル化するにあたってのおもな問題は、いままでだれもやったことがないということだ。

　父はどうして試運転をしなかったのだろうと不思議に思うかもしれない。時間航行士を一分か一日か一時間か一日過去へ送ってデータを集め、分析して少なくともそれなりの安全を確認すればよかったではないかと。たしかに時間旅行には変わりない——だが、それでは地味すぎないだろうか？

　そう、明らかに地味すぎる。数人いる父の慎重な顧問は、その提案を何度かした。しかし父はそれらの提案を、このような画期的なプロジェクトに必要な大胆さに欠けているとしてにべもなく却下し、そんな警告はほかのどこかの研究所に売れと言い放った。

　ぼくが来た世界にはありえないことが満ちあふれている。だから父の名声を不朽にする実験は成功すればいいわけではない。ドラマチックである必要がある。拍手喝采を浴びる必要がある。堂々としていて先見の明に満ちた声明を発表しなければならない。これは、父が自分と直接結びつけたがっている、人類史上もっとも重要な科学実験を目撃しなければならないミッションなのだ。父の目的は、バレンとゲートレイダーの名前ができるだけ頻繁に同じ文章で言及されるようにすることなのだ。

　そしてぼくはここにいる。実際に歴史を目にし、父の自己を拡大する夢を実現している——なのに、ぼくのがっかりな精神崩壊のせいでだいなしになりかけている。名をあげる大チャンスが、脱線と記憶と専門用語の袋小路で迷子になりかけている。ぼくがこのために、ペネロピーと並んで何カ月も訓練したなんて信じられない。ぼくたちは強すぎるエアコンの風下にすわっていたので、彼女の髪のライラックとオレンジの花の香りを嗅げるほど近かったのだ。ぼくの思考は盛大に空まわりする。母を殺したホバーカーの、誤作動を起こしたナビゲーションシステムのようだ。

ぼくはここに、これまでだれもしたことがないことをしにやってきた。いちばん最初になるために。歴史を目撃して歴史をつくるために。混乱した意識のフラクタルな霧のどこかで、時間航行士訓練のときに叩きこまれた教えの声が大きくはっきりと聞こえる――集中しろ。具体的な情報に集中しろ。見えるものに。聞こえる音に。嗅げる匂いに。味わえる味に。触れた感触に。なにを感じるかなんてどうでもいい。痛みなんかどうだっていい。悲しみ、怒り、屈辱、愛、畏怖、どれもどうだっていい。現実に集中しろ。

現実に、ぼくは窮地に追いこまれている。現実に、ぼくはミスを犯した。現実に、これは難問を解決できるチャンスだ。たとえそれが、自分の愚かさのせいで生じた難問であっても。

48

ゲートレイダーは奇怪な現象を不審に思ってあたりを見まわす。しかし、彼がそれ以上調べはじめる前に、この研究室の唯一のドア、ごつい錠を備えたぶ厚い鋼鉄製のドアを抜けて女性が入ってくる。ひと目でだれだかわかる――〈厚顔〉だ。

　女性の名前はアーシュラ・フランコーア、スタンフォード大学の物理学教授だ。ぼくの高校のときの歴史ゼミの記憶が正しければ、はじめて終身在職権を得た女性物理学教授のはずだ。〈十六人の立会人〉のなかの唯一の夫婦の片割れでもある。夫は〈嫉妬〉のジェローム・フランコーア、ゲートレイダーの補助金を認めた役人だ。連邦政府の科学技術助成金担当職員が科学者風情を、思いがけない勝利の瞬間であってもなぜ嫉妬するのかは、いつまでたっても興味がつきないこの歴史的な瞬間の未解決な謎のひとつになっている。

　ライオネル・ゲートレイダーが彼女をじつに妙な笑みを浮かべて見たあと――ふたりはほとんど付き合いがなかったというのが通説になっているのだ――アーシュラ・フランコーアがドアに鍵をかけたときになって、ぼくはなんだかおかしいぞと思いはじめる。心配している。慎重になっている。高揚している。その笑みにはさまざまな感情がこもっている。

　そしてそのとき、ぼくは数かぎりない評伝や学者の議論や芸術家の空想やヴァーチャル表現でも言及されているのを知らないこと、実際に目にするまでだれも夢想だにしないことを目撃する。

49

ゲートレイダーとアーシュラ・フランコーアがキスをする。

最初のキスではない。相手をよく知っている者同士の、激しくむさぼるようなキスだ。

くそっ。事情を知らないとこれがなにを意味するかわからないだろうが、ぼくは驚愕する。だれも、ほんとうにだれも、ライオネル・ゲートレイダーとアーシュラ・フランコーアが、その、なんというか、不倫をしているなんて知らなかった。だから彼女の表情は〈厚顔〉なのか？　だから彼女の夫の表情は〈嫉妬〉なのか？　実験が失敗していたら、事故死しなかったら、だれかが生きのびていたら、これはゲートレイダーにとってなにを意味したのだろう？

最後の数週間、ゲートレイダーとほかの立会人のほとんどが放射線傷害で死にかけていたときも、フランコーア夫妻は、アーシュラがゲートレイダーと不倫をしていたとも、ジェロームがそれを知っていたともほのめかさなかった。

ところがふたりはここで、実験の開始予定時刻直前に、秘密のときを共有している。しかも、すばやく軽いキスではない。濃厚なキスだ。ここでふたりを見つめて立っていると変質者になったような気分になるが、顔をそむけるのもおかしい。

過去に目撃したのがこれだけになるとしても、ぼくはもう、学者としてのゲートレイダー像を永遠に変えてしまった。子供たちは学校でゲートレイダーの顔の画像を何千種類も見せられているが、キスを終えたときの彼の顔は、子供たちが目にしたことがない悦楽にふけった表情になっている。

「もうすぐみんなが来るわ」アーシュラがいう。「ドアの鍵をはずしておかなきゃ」

「今夜は来るのかい？」とゲートレイダー。

「無理よ。彼があやしんでるんじゃないかと思うの」

「わたしたちを？」

「いいえ。わたしをよ。どうしようもないの。あなたと過ごしたあと、家に帰って彼に触れないの。態度がよそよそしくなってしまうのよ。ひどいわよね。彼はそんな仕打ちがふさわしいことをしてないのに」

「彼はきみにふさわしくないのさ」

「わたしがそういういいかたをいやがるのは知ってるはずじゃないの。これはメロドラマじゃない。わたしの人生なのよ」

「わたしの人生でもある」

「同じじゃないわ」

「そうだな。すまなかった。きみのほうが失うものが多いのはわかってる。でもこの実験がうまくいけば……」

「うまくいくと思ってないの？」

「さあな。計算上の出力は信じられないほどなんだ。でもきみの夫によれば、具体的な成果がなかったら、出資者は資金をひきあげるといっているんだそうだ。発表できるような成果がなかったら。たとえ失敗に終わっても、せめて紙に書きつけた山ほどの仮説じゃなくて本物の発見をしないと」

「ほら、ジェロームはドナルド・ホーニッグにコネがあるから……」

「ホーニッグはケネディに任命されたんだ。科学顧問たちはみんなヴェトナム戦争に反対してるから、ジョンソンは彼らの話に耳を傾けないっていうのがもっぱらの噂だぞ」

「ハノイなんか関係ない」とアーシュラ。「肝心なのは月よ。計画の何分の一かのエネルギーを生みだせれば、ジェミニ計画とアポロ計画に多大な貢献ができる。それこそジョンソンが残したがってる遺産なのよ。世界じゅうの老若男女が夜空を見上げれば目にするものが」

「アーシュラ、きみの夫は、どうしてわたしが大統領になるのを手伝ってくれないんだい？」

「あなたって、ほんとに政治音痴なのね」

「そっちには頭が働かないんだ」

「あなたの頭の働きかたは好きよ。それに、あなたのほかの部分も」

ふたりは間近に立っている。ふたりの体は磁石のN極とS極のようだ。アーシュラが鍵のかかっているドアのほうに顔を向ける。鍵をはずすべきなのはわかっている。

「大勢の人が、あなたはここでなにをしてるのかって彼にたずねたの。だから彼が関係者を何人か連れてくるのよ」

「何人かって、何人だい？」

「さあ。十何人かじゃないかしら」

「じゃあ、この実験がうまくいかなかったら、いい笑いものだな」

「とりあえず、街の半分を吹き飛ばさないようにしてね」

「大陸の半分が吹き飛ぶかもしれないぞ」

「頼むから冗談だっていって」

「わたしのいうことはたいてい冗談さ」

「まあ、これが最後だとしたら、最後の夜をともにできてよかったわ」

「わたしもだよ」

またもキス。

ドアノブがガチャガチャいう。アーシュラの目に不安の色が浮かぶ。ゲートレイダーが身振りで彼女の唇を示す。口紅がにじんでいる。彼女は小さなバッグから口紅を出して塗りなおし、エンジンの鋼鉄製外装に映っている自分を見て身なりをととのえる。ゲートレイダーは手の甲で口をぬぐう。

ゲートレイダーはドアをあけ、鍵が硬くてなどと気まずそうに言いわけをする。ジェローム・フランコーアが入ってくる。礼儀正しい笑みを浮かべているが、妻がすでに研究室のなかにいてほかの人々を歓迎し、ゲートレイダーの研究の成果を見てもらえて興奮していると話しかけるのを見て、笑顔が一瞬こわばる。

立会人は、列をつくって入ってくる――〈懐疑〉〈畏怖〉〈注意散漫〉〈愉快〉〈怒り〉〈思案〉〈恐怖〉〈冷淡〉〈心配〉〈興奮〉〈無関心〉〈苦悩〉〈倦怠〉〈賢明〉。〈厚顔〉がほかの人々と会話しながら、〈嫉妬〉に体を寄せて彼と腕を組む。

　日曜日なので、建物のここ以外は無人だ。世界を変えたこの実験がいかに期待されていなかったかのあかしだ――だれも、無名の科学者によるわけのわからない見世物のために忙しい週末を使いたくないのだ。歴史的記録では、立会人たちは、職業上の興味と科学的発見の大いなる理想への崇高な献身のために集まったとされている。だが、礼儀正しいがじれったげな彼らの態度と、アーシュラの接待役じみた愛想のよさからすると、ほんとうの理由は明らかだ――彼らは全員、自分たちの研究の資金となる小切手に署名する男の妻のために来たのだ。

　その男、ジェローム・フランコーアは目を細めてゲートレイダーを見る。言葉が喉まで出かかっているときの表情になっている。

　ゲートレイダーはだれとも目をあわせない。眉間（みけん）にしわを寄せて一心にメモ帳に鉛筆を走らせている。そのとき、彼はシャツの袖口に口紅がついていることに気づく。口をぬぐったときについたのだ。彼はその汚れに気づいたあと、反射的にジェロームを見てしまう。ジェロームはゲートレイダーを見て汚れに気づく。ライオネル・ゲートレイダーは天才かもしれないが、ごまかしはうまくない。

　ゲートレイダーは目をそらし、計算に集中しようとする。ジェロームはアーシュラの腕をぎゅっとつかみ、世間話をしていた彼女が気を惹（ひ）かれる。彼女は夫の顔を見るが、彼は目をあわせようとしない。

50

ゲートレイダーは立会人を無視し、こめかみに汗を浮かべながらずらりと並ぶ計器を見ている。そのとき、なにかに気づく……異常に。メーターをとんとんと指で叩く。顔をしかめる。

「だいじょうぶですか、ミスター・ゲートレイダー？」ジェロームがたずねる。

「もちろんです」とゲートレイダー。「最後に数値を確認する必要があるんですよ」

「あなたの機械になにができるのか、みんな期待してますからね」とジェローム。「あっと驚く準備はととのってるんです」

「ジェローム、やめて」とアーシュラ。「あせらないで」

「アメリカ国民がこの実験の費用を全額負担してるんだぞ」とジェローム。「国民の投資が無駄にならないようにするのがわたしの役目なんだ」

集まった立会人は気まずそうに顔を見合わせるが、ゲートレイダーの態度にとまどっているのか、それともジェロームの底意地の悪い言葉にいたたまれなくなっているのかはなんともいえない。

ゲートレイダーは制御卓に装置をつなぐ。その装置は、彼が改造したガイガー＝ミュラー計数管で、放射性物質の半減期を計測するためのものだ——エンジンが未発見の放射線を発生させたら、それを同定し記録しなければならないからだ。その装置の原始的な色あいの真空管が光り、センサーが耳ざわりなかん高い音を発する。起源不明の放射線痕跡を感知したのだ。ゲートレイダーはあわただしく計算し、緊張の面持ちでこれを見てくれとアーシュラに声をかける。ふたりはささやきあう。ぼくがいるところからでは聞きとれないが、好奇心がアーシュラの分別を上まわったらしい。

「どうして？」とアーシュラ。「まだスイッチも入れてないのに」

すばらしい質問だ。エンジンはまだ起動していないのに、未発見の放射線が放射されるなどということがありうるのか？ その答えは——ぼくだ。

あとの祭りだが、ぼくは、非物質化は時間航行士がコーヒーマグをひっくりかえさないようにするためだけのものではないことを思いだす。未来からのものが過去で物理的に存在しないようにするためのものなのだ。たとえば、そう、未発見の放射線のようなものが。

51

ぼくは、一九六五年で取り返しのつかないことをしでかす前に現在に戻りたいというパニックに近い欲求と、目にしているものすべてに対する火がついたような興味の高まりのあいだで引き裂かれる。そのどちらも、ぼくはすでに過去で取り返しのつかないことをしでかしてしまっていて、ぼくの現在はもう存在しないかもしれないという懸念にまみれている。

だけど、ぼくが一九六五年に存在してるんだから、二〇一六年はまだあるはずだ。だって、ぼくはどこかから送られてきたはずじゃないか……そうだろう？　哲学的な存在論が生か死を分ける問題になったら、その日は最低の日といってかまわないだろう。

飛ばされたところから時空の正確なポイントに自動帰還できるようにするため、父は時間旅行装置に何種類もの技術的な安全対策を組みこんだ――時間航行士は〝ブーメラン手順〟と呼んでいるが……じつのところ、ぼくは理由を知らない。たぶん響きがいいからだろう。安全対策はぼくを、出発から一分後の父の研究所内で再物質化する。つまり、もしもぼくが時空旅行中に帯びた予測不能なエネルギーが、調整に問題があった内部機構にはからずも干渉したせいで、ゲートトレイダー・エンジンが起動したときに動作不良が起きず、父の研究所がのちに建設されることになるトロントの土地を含む大陸の半分が蒸発してしまうようなときには。

だから、ひょっとしたらもう存在しないかもしれない未来にブーメランのように帰る前に、せめてゲートトレイダーがスイッチを入れるまで待って、どうなるかを確認するべきだろうとぼくは結論する。

52

ゲートレイダーは部屋の雰囲気が好奇心からいらだちに変わりかけていることをはっきりと意識しているようだ。だれかがジェロームに、あとどれくらいかかるのかとたずね、彼は肩をすくめる。大袈裟ににやりと笑い、迫りくる失敗のオゾンのような臭いを楽しんでいる。彼は
 ぼくは、予兆と壮大さに満ちた、人類の発見における意義深い断層線を目撃できるものと期待していたが、その期待はうかつな情事とくだらない職場力学のせいでしぼんでしまったし、史上最高の頭脳を宿している額には脂汗がにじんでいる。

「問題ありません」ゲートレイダーはいう。「計測された数値は実験に影響をおよぼすほどの高さではありませんから」

ゲートレイダーは気づいていないが、彼はタウ放射線を発見したのだ——ぼくがたどって時間をさかのぼってきた跡、ぼくを構成する分子から立ち昇って、矛盾したことにそれがこの世界に誕生する数分前にその存在を告げ知らせた、ゲートレイダー・エンジン自体に特有なエネルギー痕跡を。つまり、そう、ぼくは大しくじりをしたのだ。

アーシュラはためらうが、席に着く。放射線の計測値が心配なのか、となりにすわろうとしたとき、夫が目にかたくなで攻撃的な怒りを浮かべたせいなのかはわからない。ゲートレイダーは集まった立会人のほうを向いてひきつった笑みを浮かべる。

「実験に立ち会っていただいてありがとうございます。見に来た甲斐があったと思っていた

だけることを期待しています」とゲートレイダー。「わたしの研究の概要はミスター・フランコーアから説明していただけているはずだし、わたしが装置をいじっているところを見るのにはもう飽きているでしょうから、もしも、ほんとうにもしも、わたしの理論が成立するなら、そして地球の絶え間ない自転を利用して効率的で堅牢なエネルギー源をつくりだせるなら、わたしたちの技術的なくわだてにとっておおいに役立ちます。もちろん、わたしは本日の実験に多くは望んでおりません。しかし少なくとも、わたしの理論はこれからも追及しつづける価値があることを示してくれるはずです」

試作品のスイッチを入れる前にゲートレイダーがなにをいったかについての記録は残っていない。彼は原稿をつくらず、即興でスピーチしたのだ。その骨子は、その後、全員が死亡するまでの数週間で何人もの立会人が伝えたが、彼らは科学者だったので、始動した装置が発した放射線でその場の全員が意識を失うまで、だれも彼の言葉にたいした注意を払わなかった。その後の数十年で、何千人もの作家がこのスピーチを想像で再現し、華麗さや予言や政治や哲学を組みこんだ。学者は可能性を吟味した。詩人は大袈裟で不可解にした。

そしてぼくはいまそれを聞いた。慎重で控えめだが、自尊心が基調をなしている、本物のスピーチを。自分がなにを達成しようとしているかをゲートレイダーが予測していたかどうかについてはつねに激論がくりひろげられてきた――だが、ここに立って彼の言葉を聞き、彼のふるまいを見るぼくにいわせれば、彼が野心満々だが期待薄だと思っていたのは明らかだ。大勢の前で恥をかきたくないというのが最大の望みのように見える。

アーシュラがゲートレイダーに励ますようにやさしくうなずくと、彼は背筋をまっすぐにのばす。制御卓を見渡して、なにも問題がないことを確認する。大きく息を吸って、立会人に向かっていたずらっぽく片眉を上げると、起動レバーをひきあげてゲートレイダー・エンジンのスイッチを入れる。

53

ぼくは、あいかわらず立会人たちの背後の隙間におさまっているので、エンジンが稼働サイクルを開始するまでに移動し、集まった立会人の顔を見て彼らの有名な反応を目撃できるようにするための残り時間はおよそ三十秒しかない。

たとえ実験と立会人がよく見えなくても、ここにいれば安全だ、と心の奥からむずがゆさが語りかけてくる。これからくりひろげられる出来事と物質的に相互作用しないための最善の方法はここでじっとしていることなのだ。残念ながら、理性は虚栄心と驚異の念にかなわない。

エンジンの出力が上がって吸収コイルがパチパチという音を立てはじめると、ぼくは隙間から滑りでて、起動レバーを握ったまま立っているゲートレイダーの正面、立会人がよく見える部屋の反対側に移動する。全員が似たような、ぼんやりした興味はあるが、ぼんやりとしらけているという表情を浮かべている。ただしアーシュラの顔は心配でこわばり、歯を食いしばっているせいで顎の筋肉が収縮している。

エンジンは快調に動作しはじめ、内臓がぶるぶる震えるような低いうなりを発する。ぼくが倒しかけたコーヒーマグのような固定されていないものはその場で小刻みに揺れている。数人の立会人が不安そうな半笑いを浮かべるが、いまや全員が明らかに注目している。ゲートレイダーは、なにかあったらスイッチを切れるようにレバーから手を放さないまま、みずからの発明品を見つめているが、次への期待に心を奪われているのがわかる。

次は、吸収コイルからきらきらと輝くものが噴出し、研究室内にのびて銀色の光の渦で立会人たちを包む。

何人かが悲鳴をあげる。何人かが手を上げて身を守ろうとする。残りは無言のまま驚きの表情で見つめている。アーシュラが明るい喜びの笑い声をあげる。噴出は彼らを傷つけないが、全員の髪が、重力の軛（くびき）を逃れて立ちあがっている。

輝くエネルギーの噴出がもう一本、螺旋（らせん）を描きながら部屋のなかにだれも傷つけることなくのびる。

そのとき、ぼくは十六人の顔を見る。彼らは必ずしもいわれているような表情になっていない。〈懐疑〉は自分がなにを目にしているのかたんに理解していない。〈畏怖〉は大袈裟だろうが、彼の目は大きく見開かれている。〈注意散漫〉は手をのばしてエネルギーの噴出に触れようとし、〈愉快〉は噴出から身をひいている。〈怒り〉はただただ光のショーにたじろいでいる。〈思案〉の女性は自分が前例のないなにかを目撃していることを理解している。〈恐怖〉も同じだが、彼はそれがなにを意味しているのか懸念している。〈冷淡〉はむしろめんくらっている。〈心配〉はむしろ興味しんしんだ。〈興奮〉は大袈裟だ。〈無関心〉は理解しているようだ。〈苦悩〉と〈倦怠〉を区別するのは難しい。〈賢明〉はむしろ感心しているように見える。そして、〈嫉妬〉がまさしくそのとおりなのに対して、〈厚顔〉は影も形もない——あるのは誇らしさだ。

エンジンからまた一本、明るい銀色の噴出がのびる。それはぼくのほうにまっすぐ突進してくる。うっとりするような光景だ。間近からだと、エネルギーの渦のなかが見える——軟体動物が体を丸めてみずからのなかに滑りこんでいるようなその渦は、天才ゲートレイダーが人類に与えたすべての象徴になっている。きらきら輝いて見えるのは、大きな渦が無数のより小さな渦からなっていて、その小さな渦もさらに小さな渦でできているという過程がくりかえされているからだ。無限の渦が原子以下のレベルでも螺旋(らせん)を描いているのだ。純粋な力からなる回転する糸の一本一本が、集まった立会人たちが安っぽいSF雑誌でしか読んだことがない未来へと続くドアの鍵をあけている。四分の三は困惑し、四分の一はわくわくしながら、このあざやかな夢を実生活に生かすためにはどうすればいいか考えている。毎朝、ぼくを起こしてくれている仮想環境プロジェクターのように、この瞬間、彼らは全員、なかば目覚めている過去となかば眠っている未来のあいだで漂っている辺土(リンボ)に送りこまれていた。彼らはまだそれを知らなかったが、ゲートレイダー・エンジンは、彼らのもっともとっぴな夢が現実世界へといたる道筋を描くための手段になったのだ。

「うわっ！」とゲートレイダー。

全員が彼を見る。ぼくは彼を見る。そして彼と目があっていることに気づく。

彼にはぼくが見えている。

ぼくが驚嘆していた壮麗な輝く噴出が、ぼくを包んで見えなくしている不可視フィールドを乱し、ぼくを半透明だが目に見えるようにしている――そしてぼくは、もしもパニックを起こしていなくて余裕があったら、父の大計画にまたもとてつもなく大きなエラーが生じたことに歓喜していただろう。ライオネル・ゲートレイダーは青ざめた顔で立ちつくしたまま、研究室の反対側から呆然とした表情で自分を見つめている幽霊を見つめかえしている。

ぼくは十七人めの立会人――〈暗愚〉なのだ。

54

ぼくは手首の操作パネルの緊急リセットトグルボタンを手探りする。おかげで〈十六人の立会人〉がぼくのほうをさっと振り向く前にふたたび不可視になる。

「見ました？」ライオネル・ゲートレイダーはたずねる。「だれか見ましたか？」

「なにを？」アーシュラが問いかえす。「ライオネル、なにを？」

「じゃあ、いまはライオネルと呼んでるんだな？」とジェローム。

またもエンジンから勢いよく噴出がのびる。みんな、どこを見ればいいかわからない。人類史上もっとも重要な実験が目の前で進行中なのに、彼らは全員、緊急帰還手順を実行して過去から逃げだそうとしているぼくが立っている、なにもない空間を見つめている。

これからどうなるかはだれでも知っている。

最初の打ち上げ花火のあと、エンジンは安定している。電力が発生していることを証明するため、ゲートレイダーはこれ見よがしに電球を差しこむ。電球は明るく輝く。明るすぎる。明るさがどんどんまし、破裂する。すぐに建物がある街区が、あたり一帯が、街が、大陸が停電する。建物全体が停電する。針金状の電気の指が放たれ、コンクリートの天井を焦がす。だが、闇と混乱のなか、エンジンは動きつづける。底なしのワットを吸いあげ、万が一、自分の発明品が実際に作動したときのためにゲートレイダーが用意しておいた大容量バッテリーをたちまち満タンにする。停電による騒動がおさまったあと、権限が重なりあっている多くのチームが装置を検証する。そして調査が完了すると、まずアメリカ、続いてカナダ、メキシコ、中米、さらに世界のほとんどが試作品に接続する。その電力は広がりつづけ、やがて世界各地の中継センターに専用のエンジンが建造され、ネットワークが形成される。いくつかの国は独自の発電を維持することにこだわるが、放射線傷害で血の気を失って痩せこけ、歯と髪と指の爪が抜け落ち、眼球がどろどろになって視力を失い、内臓が真っ黒な泥のようになっているゲートレイダーが、いまわのきわに、設計に関する法的権利を放棄し、だれでも自由にエンジンをつくれるようにする。彼は妻も子供もなしに死んだし、両親と兄弟姉妹と親戚のほとんどはホロコーストで殺されていて財産を残す相手がいなかったので、無限の電力というプレゼントを世界に贈り、世界は彼に永遠の名声という返礼をする。未来がはじまった。

そして起こるはずのないことが起こる。

ゲートレイダーはつやつやしたボディスーツを着た半透明な見知らぬ男が研究室に立っているのを見てパニックを起こすはずではない。

ゲートレイダーは起動レバーをぐいとひきあげてゲートレイダー・エンジンを途中で停止させるはずではない。

エンジンは、生みだしていた途方もない量のエネルギーが行き場をなくしたせいで振動し、火花をあげるはずではない。

無害な脈打つ銀色の光がきらめきながら燃えているような青に変わるはずではない。

脈打つ青い光が制御卓に食いこみ、金属とガラスを溶かしてコンクリートまで貫通し、炎が壁を下から上へ舐めるはずではない。

アーシュラがゲートレイダーに機械から離れてと叫ぶはずではない。

次の青く脈打つ光が、ねらいすましたかのようにアーシュラに向かって飛ぶはずではない。

ジェロームがわけのわからない叫びをあげながら走り、アーシュラを突き飛ばすはずではない。

ジェロームの腕の肘のすぐ下にあたった青く脈打つ光が皮膚と筋肉をごっそり剝ぎとって奥の壁を貫き、彼が骨がむきだしになっているが熱で焼かれて血は出ていない腕をつかみながら恐怖と激痛の悲鳴をあげているうちに、露出した骨が粉のような灰になって散ったりするはずではない。

アーシュラが、夫ががっくりと膝をつき、煙をあげている切り株のようになっている腕を振りまわすのを見て、大きく口をあけるが声は漏らさないはずではない。

聡明で頭の切れる科学者ばかりのほかの十四人の立会人が、すすり泣き、はいずり、恐怖で震えながらつかみあう暴徒と化し、椅子をひっくりかえして唯一のドアに殺到し、突き飛ばしあい、指が折れ、硬い歯がやわらかい唇に食いこんでいるとき、新たな青く脈打つ光が渦を巻きながら天井にあたり、貫通して上階に達し、光に触れた鋼鉄製の梁が溶け、炎が天井に走ったジグザグの割れ目にそってのび、重いコンクリート板が不穏にもずりさがるはずではない。

ライオネルは身を守ろうとむなしくも両手を上げるが、振動しながらメルトダウンしかけているエンジンの吸収コアから熱がどっとあふれだすと彼の両手に水ぶくれが生じて弾け、まつげと眉の細い毛が燃えだすのに、彼はこの惨事に魅せられていて瞬きしなかったりするはずではない。

だがなにより、ぼくがここにいるはずではない。つまり、起こるはずのないことがどんどん起きているのだ。

じつのところ、この部屋にいる全員が死ぬ運命にある。だがそれは歴史をつくり、殉教した預言者として未来に名を残したあとでのことだ。こんなふうに、泣き叫びつつ、突き飛ばしあい、よつんばいになって身を隠せるところへ行こうとしながらではない。アーシュラが片腕を失った寝とられ夫を抱きしめている一方で、世界最高の頭脳はみずからの天才の産物の残骸を凝視しているうちに、鼻の先が焼け落ちて軟骨がむきだしになる。

この混沌と恐怖の瞬間、ぼくはぼく自身に関してすばらしいことに気づく——ぼくは重圧がかかっているいま、まずまず冷静なのだ。恐怖で取り乱してアメーバのようにふるまうことなく、ぼくは不可視のまま研究室の反対側に走っていき、ゲートレイダーを力いっぱい突き飛ばしてエンジンから遠ざける。彼は奥の壁に叩きつけられるが、とりあえず、安全地帯にほんの少し近づく。

またも燃えるような青の噴出がエンジンから生じ、ぼくはそれにさらされる。燃えつきて当然だが、スキンスーツの物理的損傷に対する抵抗力はきわめて強い。とはいえすさまじいサージ電流がその有機回路に流れこみ、システム障害が次々と起こる。さいわい、父と部下の技術者たちは二重安全対策（フェールセーフ）を組みこんでくれている——広範囲で全面的な不具合が生じたときは、自動的に緊急帰還手順が発動するのだ。

一秒後には帰れるはずだ。

なんと、たぶん人生に一度だけ、ぼくの脳は最高に効率的に動作する。一秒というのは、ぼくの神経系が肩の筋肉と腕と手と指に単純なメッセージを伝えるのになんとかまにあう時間だ。大陸の半分が吹き飛ばないようにスイッチを入れなおせ、というメッセージを。

ぼくは見えない手で起動レバーをひきあげる。

そしてぼくは消える。

55

あらすじ――44章から54章まで

ショックと悲しみと怒りと愚かさに突き動かされて、トム・バレンは父親の試作タイムマシンを使って二〇一六年から一九六五年の、ライオネル・ゲートレイダーがはじめて世界を変える発明品、ゲートレイダー・エンジンを起動する数分前に戻る。

トムは目にもカメラにも見えなくなっているが、興奮していて非物質化措置をおこなわなかったため、環境と物理的に相互作用可能になっている。そしてまもなく、はからずもライオネル・ゲートレイダーの注意を惹いてとまどわせてしまう。

ゲートレイダーは好奇心をいだくが、ゲートレイダーの実験を目撃した高名な〈十六人の立会人〉のひとり、アーシュラ・フランコーアに気をとられる。ふたりは研究室にいるのは自分たちだけだと思っているので、トムは明らかになっていなかった事実を知る――ゲートレイダーとアーシュラは不倫をしているという事実を。

ゲートレイダーの研究への資金提供を決め、監督役も務めている役人でアーシュラの夫、ジェローム・フランコーアと、彼を含めた十五人の立会人たちがやってくる。室内のだれも、驚くべきことが起こるとは期待していない。

ゲートレイダーは最後の計算をしている最中に奇妙な現象に注意を惹かれる——正体不明の放射線がわずかに検知されたのだ。トムはその放射線を発しているのは自分だと気づく。非物質化していないせいで過去まで一緒に持ってきてしまったエネルギーを、ゲートレイダーの計器がとらえたのだ。

さいわい、その場の社会的圧力がゲートレイダーの懸念を圧倒する。彼の研究の未来はこれからおこなう実験しだいなので、ちょっとでもためらいを見せたら、すでに疑念をいだき憤慨しているジェロームを刺激するはめになりかねないからだ。

ゲートレイダーはレバーをひきあげてエンジンを起動する。

滑りだしは順調に思える。装置は快調に動作し、膨大な量のエネルギーを吸収しはじめる。室内をきらきらと銀色に輝く光の噴出が渦を巻いて激しく飛びかう。まばゆいばかりだが害はない。

そのとき、噴出した光の一本がトムを襲い、不可視フィールドが異常をきたす。トムを目にするのはゲートレイダーだけだ。しかし、もちろん、研究室内に立っている幽霊じみた人影を見たゲートレイダーは驚愕する。

狼狽（ろうばい）したゲートレイダーはレバーをひきおろし、最高出力に達したばかりのエンジンを急停止させ、エネルギーの奔流を解放してしまう。装置は激しく振動しながらメルトダウンしかける。無害だったきらめく噴出が灼熱の青く破壊的な渦巻きと化し、コンクリートの壁を貫通し、鋼鉄製の梁（はり）を溶かして頭上の天井を崩落させかける。ジェロームは勇敢にも噴出に直撃されかかった妻、アーシュラを押しのけて救うが、肘の下で片腕を切断されてしまう。ほかの立会人は我先に安全な場所をめざすが逃げだせない。過熱しているエンジンのすぐそばにいるゲートレイダーの皮膚に火ぶくれができる。エンジンを停止しないと、メルトダウンして北米の半分が蒸発してしまう。

トムには行動を起こし、ゲートレイダーを突き飛ばして救う以外に選択の余地がない。装置が発するすさまじい熱で時間旅行装置の回路が焼ききれる——そして自動的にもとの時代に戻してくれる緊急帰還機能が起動する——寸前、トムはレバーをひきあげて、手遅れになる前にエンジンを再起動する。

死にものぐるいの最後の行為が功を奏したかどうか知らないまま、トムは消える。

56

くそ。くそくそくそくそくそくそちくしょうくそ。くそくそくそ。ちくしょう。くそくそくそ。

57

くそくそちくしょうちくしょうちくしょうちくしょうくそ。くそくそくそくそちくしょうくそちくしょうくそちくしょうちくしょうくそ。**ちくしょう。**ちくしょうちくしょうちくしょうちくしょうちくしょうくそ。くそくそくそ。ちくしょうちくしょうくそちくしょう。くそちくしょうくそくそくそくそくそくそくそちくしょうくそちくしょうちくしょうくそちくしょうちくしょうちくしょうちくしょうちくしょうちくしょうちくしょうちくしょうちくしょうくそちくしょう。くそくそちくしょうくそくそくそちくしょう。**くそ。**

きみは病院で目を覚ます。

きみは病院で目を覚ますと、彼らから、きみは建築現場で倒れたのだと聞かされる。彼らはきみの脳にどんな問題が生じたのかよく知らない。だが、原因がなんだったにしろ、きみはコンクリートを打っただけの床でのたうちまわりながら、ほとんど「くそ」、ときどき「ちくしょう」といいつづけたのだそうだ。

彼らは、きみの名前はジョン・バレンだという。

彼らは、きみの名前はジョン・バレンだというし、どうしてきみが自分の名前はトム・バレンだと思っているのかわからないという。

彼らは、きみの名前はジョン・バレンだというし、どうしてきみが自分の名前はトム・バレンだと思っているのかわからないが、たぶんそれは倒れてのたうちまわりながら悪態(あくたい)をつきつづけたことに関係があるのだろうという。

きみは必死になって気持ちをおちつかせる。

きみは必死になって気持ちをおちつかせると、どうしてぼくの名前はトムじゃなくジョンだなんていうのかさっぱりわからないと彼らに訴える。

きみは必死になって気持ちをおちつかせると、どうしてぼくの名前はトムじゃなくジョンだなんていうのかさっぱりわからないと彼らに訴える。だがきみは、まず間違いなくもっとも重要な十分間についてのぼくたちの見方を永遠に変えてしまうはずのとてつもない光景を見てきたばかりなのだから、父親と会いさえすれば、たとえ父親が、当然のことながら怒っていても、きみがなにを目にしたかを話せば、その重要性を認識して、きみがとりあえず生きているという事実、だれかしらがとりあえず生きているという事実が、きみが最悪のしくじりをしたわけではないことの証明になっていると彼らを説得するのを手伝ってくれるはずだ。きわめてきびしい状況だったにもかかわらず、きみは、すさまじい勢いで悪化して惨憺たる混沌に滑り落ちかけていた窮地をどうにか救い、人類史の基本線が回復不能なまでにゆがめないようにしたのだから、まあ、ご褒美をもらえるとまではいかずとも、事情を考えれば、簡単な感謝の言葉くらいはかけてもらっても罰(ばち)はあたらないだろう。

58

彼らはきみを見ている。
彼らはきみを見ているのできみは彼らの顔を見る。
彼らはきみを見ているのできみは彼らの顔を見ると、彼らはきみの両親だ。
きみの母親が生きている。
きみの母親が生きているのできみは泣きだす。
きみの母親が生きているのできみは泣きだすし、涙を止められない。

ぼくはじらすのが得意ではないから、もうネタバラシをして、なにがどうなっているのか説明しよう——ぼくはここにいるのだ。まさしくここに。きみがいるここに。ぼくがいるはずではないここに。

いまは二〇一六年七月十一日、月曜日午後五時五十七分だ。どうやら、ぼくは三時間近く意識を失っていたらしい。

ゲートレイダー・エンジンのメルトダウンがはじまったせいで時間旅行装置の緊急帰還手順が発動し、ぼくは自動的にもとの時代に呼び戻された。具体的には出発した六十秒後に——直後に戻るようにプログラムすることもできたが、一分間、息を殺して待っているほうが劇的で出資者を興奮させると父は考えたのだ。

ただし、ぼくは父の無人の研究所に戻ったのではなかった。なぜなら、ここではあの研究所は建設されなかったからだ。なぜなら、ここの父は時間旅行を発明しなかったからだ。なぜなら、ここでは、一九六五年七月十一日は歴史の転換点にならなかったからだ。なぜなら、ここでは、その日はごくふつうの日だったからだ。

わかるかい？　ぼくはきみと同じ世界にいる。それぞれが、ずっといたと思っている世界に。さえなくて味気なくて退屈で、ぼくがついさっきあとにしてきた一九六五年からたいして発展していない世界に。

iPhoneやドローン攻撃や3Dプリンター、それにそう、グルテンフリーのプレッツェルなどによって、一九六五年以降、大きな変化があったときみが思っていることは知っている。けれどもぼくにとって、それらは一九七〇年代はじめっぽく感じる。ぼくが目覚めた病院も中世の拷問部屋じみて見えるし、目に映るなにもかもが不格好で野暮ったい感じだ。

ぼくはゲートレイダー・エンジンが北米の半分を破壊するのを防いだ──だが、ゲートレイダー・エンジン自体とそれが起こす無限の電力を基礎にした世界は……生まれなかった。生まれなかったし、きみはここまでのぼくの話はやや一貫性に欠けたSFだと思っている。

ぼくがこのすべてを説明しようとすると、両親は寛容に耳を傾けてくれる。これが一時的な混線であって不治の神経病ではないようにと願いながら、慎重に、心配そうに、思いやり深く。医師たちの古めかしい医療スキャナーは役に立たない。ぼくは自分の頭が正常だとわかっているが、いくら検査をしてもぼくの脳に明らかな異常が認められなかったあと、どうなるかは予想がつく──精神科医の出番だ。

そして、ぼくはこのとき、いうなれば、思いもよらない関係者の干渉に救われる。

両親が医師団と声をひそめて激した調子で話しているとき、病室のドアが開く。

その女性は目つきが鋭く、口が大きく、疑わしげに見つめる癖のせいで弓形の眉のあいだにつねにしわが寄っている。初対面なのに、妙に見覚えがある。

両親はその女性をハグし、彼女はその強さに身をよじる。女性はぼくのベッドの横に来て、これは手のこんだ悪ふざけではないかとなかば疑っているように目を細めてぼくを見おろす。

「いったいなんなの？」とその女性。「ママとパパが興奮しちゃってるじゃないの」

どうやら、ぼくには妹がいるらしい。

59

妹の名前はグレタ・バレン。ぼくの三歳下だ。

グレタは即座に主導権を握り、医師たちに家族だけで話したいからはずしてほしいと頼んで、父と——くりかえしになるが、生きている——母にすわるようにいう。両親は従い、窓の下のくたびれたオレンジ色のカウチにおびえた表情で腰かけてぴったりと体を寄せ、グレタ——くりかえしになるが、ぼくの妹だ——はベッドのそばの壁にもたれて腕を組み、眉をひそめながら、もう一度話すようにぼくに求める。

だから——存在するはずのない現実で生まれなかった妹に話しているあいだ、死んだ母が父と手を握りあうという、ぼくが一度も見た覚えがないことをしているという状況を考えれば——可能なかぎりわかりやすく、ぼくはなにがあったかを話す。グレタはうなずきながら耳を傾け、話をさえぎらない。ところが、話のなかほどで、グレタは眉間のしわをゆるめ、笑いださないようにしているかのように唇に力をこめる。それを見てぼくはかっとなる。それでもぼくは話しつづけ、一九六五年七月十一日にゲートトレイダーの研究室で起きた出来事について語り、本来いるべきあそこに戻って彼らと顔をあわせるはずではなかったぼくが、ここで目覚めて彼らと会っている理由を説明する。

ぼくが話しおえると、グレタはぼくの目を見つめながら笑いだす。彼女は、とまどい心配している表情でオレンジ色のカウチにすわりながら手を握りあっている両親のほうを向く。

「なによ」グレタはいう。「いまのって、おにいちゃんの小説じゃないの」

60

両親は、妹がなにをいっているのか理解できない。

「子供のころ、おにいちゃんが書いてた小説のこと、覚えてない？」とグレタはいう。「未来だかなんだかの暮らしについてのやつよ。それに絵も描いてたじゃない。ほら、ぐるぐると渦を巻いてるみたいなおかしな建物の絵よ。空飛ぶ車とかロボットとか背負い式飛行装置（ジェットパック）とかみたいなくだらないものだらけの絵よ」

「もちろん、覚えてるわ」と母。「だけど、小説がどう関係してるの？」

「何カ月か前に」とグレタ。「昔書いた小説と絵が出てきたんだけど、本にできそうだし、ひょっとしたら映画化も望めるかもしれないなんて、おにいちゃんがいってたのよ。小説を書きなおして、プロデューサーに読んでもらうつもりだって。ほら、おにいちゃんにマリブの家を頼んだプロデューサーよ」

「そのプロデューサーの最新作をふたりで観に行ったよ」と父。「ゴールデングローブ賞を受賞した映画だ。あの映画の科学はひどかった。プロデューサーに手紙を書いて、本物の科学は魅力的なんだから、筋立てのためにでたらめで飾りたてる必要はないっていってやろうかと思ったくらいだ」

「脱線してるわよ」と母。

「すまん」と父。

「まだわからないんだけど」と母。「ジョンはいつ本を書いたの？」

「書いてないんじゃないかしら」とグレタ。「だけど、おにいちゃんがいま話したこと、時間旅行だのなんだのは小説のストーリーなのよ。その話を聞いたときは、てっきり冗談だと思った。だって、本を書いてる時間なんてあるわけないじゃないの。だけど、実際に書いたかどうかはともかく、おにいちゃんは精神に異常をきたしたわけじゃないと思うわ。ちょっと混乱して、現実と小説のアイデアがごっちゃになっただけなんでしょうね。きっとだいじょうぶよ」

両親は感謝の表情でグレタを見る。手はつないだままだ。

病院のベッドで上体を起こしているぼくは、いらだち、侮辱されたように感じて腹を立てる。なぜなら、グレタは間違っていると知っているからだ。ぼくの話はストーリーなんかじゃない——ぼくの人生だ。

だけど、もしもグレタが正しかったら？　自分は正しいと無条件に確信していいんだろうか……それとも、ぼくの脳はいまだ不明の理由で調子が狂い、現実の原則の根幹がぐずぐずになってるのか？

「ねえ、おバカさん、さっさと正気を取り戻してよ」とグレタ。「わたし、今夜はデートなのよ」

61

ぼくの名前はジョン・バレンらしい。誕生日は同じ一九八三年十月二日らしい。ぼくは建築家らしい。

ぼくは五年前にマサチューセッツ工科大学で建築学の修士号を取得し、卒業後、コペンハーゲンのデンマーク王立芸術アカデミーで院生として過ごし、アムステルダムでトップ企業に就職した。そして、マリブの例のプロデューサーの家、クアラルンプールのオフィスビル、ボストンのやはりオフィスビル、スイスのスキー場、シンガポールの銀行ビル、ドバイのコンベンションセンターなど、世界各地でさまざまな建築プロジェクトに参加した。

九カ月前、その会社はぼくの故郷のトロントで高層アパートメントビルを建設することになった。ぼくは設計に関して上司たちと衝突し、向こう見ずにも退職して独立した。はっきりした理由はわからないが、たぶんぼくが施主の企業の取締役会でふるった、このアパートメントビルはトロントの空の輪郭を再定義するのみならず、建物とはなにかについての世界の理解を変え、現代建築の新たな前衛となるだろうという――なにを意味しているのかぼくにはチンプンカンプンなのだが――熱弁が実ってか、とにかくその高層アパートメントビルプロジェクトの全権をゆだねられたので、ぼくは半年前にトロントに戻って自分の会社を立ちあげたのだ。ぼくはたちまち、注目されるはずの契約を何件も請け負い、ぴったりした黒の服を着てとっぴなメガネをかけた社員を何人も雇い、先見的な設計思想の持ち主として、何度も好意的に紹介された。

ぼくは建築のことなんてなにも知らないのだから、こんなのは馬鹿げている。

ところが、ありえないことに、ぼくは知っている。ぼくの脳内で次々と再生される歳月のなかで、ぼくは、勉強し、熟考し、実験し、失敗し、失敗し、失敗し、救いようがないとはいえないものを思いつき、失敗し、失敗し、失敗し、恥さらしとまではいかないアイデアをひらめき、失敗し、失敗し、失敗し、失敗し、やっとささやかな成功をおさめ、ささやかよりはちょっとましな成功をおさめ、ついにあいまいだが自信たっぷりに建築の未来を宣言してひとり立ちすることによって、ナルシスティックな自己欺瞞をまざまざと実現する。

とはいえ、ぼくはまぎれもないまがいものだ。いったいどうしてこのぼくが――独創的な着想がひらめいたことも価値あるものを生みだしたこともない、落胆させ失望させたことしかないぼくが――ぼくとぼくが愛する人たちの暮らしばかりでなく、時空連続体の根本的な統一性までめちゃくちゃにする予測不能な新しい方法以外のことをなしとげられるだろう？

だがぼくは、自分が建設にたずさわっている建物の写真を何枚か見る。そしてわかる。退院後、ぼくは両親と妹に頼んで、ぼくが倒れた建築現場に連れていってもらう。地面にあいた大きな四角い穴に基礎のコンクリートが打たれ、最初の数階が鉄筋で形づくられている。現場事務所になっているトレーラーのなかには精密な完成予想模型があり、ぼくはそれを長時間凝視しつづける。なぜなら、それがふつうだからだ。ここが故郷のように思えている。

矛盾した記憶が心のなかで逆巻いていても、ぼくは自分が真の二〇一六年からやってきたトム・バレンだとわかっている——けれども、ジョン・バレンもぼくのなかに存在している。ジョンの記憶と思考と嗜好と意見が、絆創膏（ばんそうこう）をはがしたあとに皮膚に残るべとつくかすのようにぼく自身の記憶と思考と嗜好と意見にへばりついている。

ちなみに、ぼくがそれに気がついたのは、肘の内側の採血した跡に貼られた絆創膏を剝（は）がしたときだった——ぼくが来た世界では、粘着性のある布で傷を守るなんていうのは唖然としてしまうほど古臭い方法だ。

だが、ぼくは理解しつつある。きょうの午後、なぜかぼくの意識が主導権を握るまで、ジョンの意識が優勢だったのだ。ぼく——トムのぼく——も存在していたのだが、洗濯したジーンズのポケットに入れっぱなしになっていたレシートのように隅に押しやられていたのだ。これもまた、服が組み換え分子ではなく加工処理した植物か動物の皮でできている世界にいることに気づく前だったら、意味がわからなかったはずのたとえだ。

ぼくたち、ぼくとジョンのあいだには壁があるが、その壁にはたくさんの小さな穴があいている。物心がついてすぐのころ、ジョンは物心がついてすぐのぼくの体験を絵に描いた。ジョンはぼくが見たものを見たが、彼はそれを想像力の産物とみなした。ジョンは子供のころ、広大で奇怪な都市の光景を描いた——ぼくはそうした絵を両親の家の地下にしまいこまれていた箱のなかで発見したが、どれも不気味なほど正確なぼくの世界の都市の光景だった。ジョンはオランダの会社でそれを最先端のアイデアとして自分の設計に取り入れ、その大胆なコンセプトで雇い主たちの注目の的となり、同僚たちからねたまれ、嫌われ、おとしめられ、模倣された——それらの特徴は、ぼくがいた世界ではごく基本的で実用的な建物にすら備わっていた。

ジョンの革新的とされている設計コンセプト、つまり思いきった構造効果、なめらかだが有機的な内装とモダンだが荘厳な外部装飾、建材と環境の統合、単純を装った複雑さ、そしてもちろん渦、どこもかしこにもある渦は、すべてぼくの現実の建築物からのパクリなのだ。鋼鉄製の骨の指を空に向かってじりじりとのばしているトロントの高層アパートメントビルを含め、ジョンがいまおこなっている設計は、ぼくの世界、ぼくたちが生きているはずの世界の建物の剽窃(ひょうせつ)なのだ。トロントプロジェクトなどは、もうひとつの世界の同じ場所に建っている建物とまったく同じだ。ジョンはそこにあるはずのものを再現して、それを自分の設計と称しているのだ。

ぼくに先見性などない。ぼくはパクリ屋だ。生じなかった世界の、生まれなかった建築家が設計した、存在しなかった建物をパクっているだけだ。

62

ぼくの父、ヴィクター・バレンはトロント大学の終身在職権を持つ物理学教授で、専門は光子工学(フォトニクス)――さえない電子の代わりに比べものにならないほど速くて大容量の光子を使用して従来の電子工学を書き換える学問で、効率的な動作のために必要な電力を供給して量子コンピュータなどの野心的な計画を可能にすることを目的としている。父は学部と大学院課程で教え、難解な科学論文を発表している。七年間、学内連合会議の学部代表をつとめ、二度、学部長に立候補したが二度とも落ちた。物理学の世界で一般大衆がつかのま興味を惹(ひ)かれるような話題があると、ときどきローカルニュースに出演しているが、それはもっぱら、複雑な科学原理を、真面目くさった表情と低くて威厳のある声で、人気SF映画をからめて笑わせながら説明する愉快な性格のおかげだ。

父自身も含め、だれも天才だと思っていない。科学者としてそれほど成功しているとさえいえない。『デロリアンと交番――時間旅行の理論と実践』という売れなかった一般向け科学書は、薄くて軽くて駄洒落満載の本だった。

いかにも、父は時間旅行への関心を失っていないのだが、研究対象にはしていない。父は大学の同僚に、おずおずと、この本は悪ふざけだと説明した。テーマを手抜きなしで明瞭かつ正確に伝えるという大変だがやりがいのある挑戦に取り組むことなく、支離滅裂な筋立てにあわせて自然科学をねじ曲げるいいかげんな作家たちが書いている時間旅行ものの、馬鹿げた小手先のごまかしに対する科学者の欲求不満にもとづく、子供時代の好奇心を満足させる愉快な本だと。

陽気で、話が長く、ときどきうわの空になる父は、時間を惜しまず助言してくれるので学生に人気があり、母を献身的に愛し、子供たちに対して辛抱強く寛大な、善良で思いやりがあってきわめて快活な人物だ。

この男性はぼくのあの父親ではない。あの父親とこの男性のDNAが同一だなんてありえない。

63

この世界にはびこる政治的混乱、社会的機能不全、技術の遅れ、ひどい汚染にもかかわらず、ここのほうがずっといいものがある——本だ。

ぼくが来た世界では、小説を読むのは母親のような人々、つまり過ぎ去りし時代の芸術的メディアのマニアだけだ。母がそうなったのは、母が最後に幸せを感じた時代のものだからなのだろう。だが、あちらのふつうの人は本なんか読まない。こんな、作者と読者のあいだの擬似テレパシー的なお約束は、一般大衆の興味を惹(ひ)かない。ぼくの世界で主流になっている物語メディアでは、個人の潜在意識が巧みに物語に織りこまれていて、深い個人的な驚異と恐怖、親しみと喜び、思慕と怒りを喚起するし、得られるカタルシスは魅惑的かつ本質的なのに、すわりこんでページをめくりながら、心のなかの秘密の箱をあけるようにはなっていない小説を読む――どうしてそんなことをしなきゃならないんだ？　それって楽しいのか？　もちろん、より強力な人格へとみずからを理想化しがちな性格なら、すべての単語が空想をコントロールするために慎重に配置されている本を読んで自分の想像力の主導権をおそらく一度も会ったことがない他人にゆだねるという行為には、ある種のマゾヒスティックな喜びがあるのだろうが。

　とにかく、ぼくは小説について、ずっとそう思っていた。ところが、ここに来てみると、いい小説がたくさんあることは認めざるをえない。こちらの世界の人々は小説を瀕死の芸術形式だとみなしている。だが、ぼくが来たところでは、小説は、とうに失われた富の断片を乾ききったこぶしに握りしめているミイラ化した死体なので、こちらのどんなに品揃えの悪い書店の棚を見ても、そのおびただしさと種類の多さに圧倒される。

　ぼくの母、レベッカ・クリッテンデール＝バレンは終身在職権を持つ文学教授で、専門はヴィクトリア時代の連載小説、つまりウィルキー・コリンズ、ジョージ・エリオット、エリザベス・ギャスケル、トーマス・ハーディ、ロバート・ルイス・スティーヴンスン、そしてもちろんチャールズ・ディケンズなどだ。十年間、文学部長を務め、三年前にトロント大学教養学部長になった。偉ぶらないし心が広いが、意志は強いし、ときには嚙みつく。政治的計算に聡く、知的ライバルを巧みに籠絡する。野望に素直で、必要な喧嘩からは逃げない。哲学的には、自分に反対する人は無知なだけで、事実を知れば母が最初から正しかったとわかるはずだと考えている。

あか抜けないが鋭い洞察をもたらしてくれる安っぽい飾り物を偏愛している。母のオフィスの壁にかかっている額入りの布には、丸っこい素朴な書体で――「愚かな人たちを喜んで許しましょう。さもなければ、どうやってその人たちが愚かでなくなるのを助けられるのですか?」という、聖書に由来する言葉が刺繡されている。

この女性が母だ。父の天才という枷から解き放たれた母だ。

64

たぶんいまごろ、きみは首をかしげていることだろう――もしも歴史を変えたのなら、彼は生きてさえいないはずなんじゃないのか? なんで存在してるんだ? どうしてこんなに、事実上すべてが変わってるのに、なんだってまったく同じ瞬間に、まったく同じ精子がまったく同じ卵子に入りこんでまったく同じ馬鹿をつくったりできるんだ?

たしかに、そんなことはありえない。そんなことになるはずがない。ぼくが生まれる前に歴史を変えてしまったのなら、ぼくが生まれてこられるわけがない。なのにぼくは生まれた。いまここにいる。

ざっくりいえば、ぼくはいわゆる時間のいかりなのだ。ぼくが存在しているという事実が年表をゆがめたのだ。ぼく抜きだったら出来事の軌道がどうなっていたかはどうあれ、その後の出来事はぼくをここに生じさせるように並んだ。ぼくが向こうにいたあいだについても同じだ。専門用語──失礼、ぼくが無意識に証明した架空の用語──でいう時間抵抗だ。

一九六五年七月十一日から一九八三年十月二日までのあいだになにが起きたのであれ、ぼくをいまのぼくにするため、父と母が厳密にどんな人物だったのか、厳密にいつ愛しあったのかが量子確率によって決まった。

ほかの人々、一九六五年七月十一日以降に生まれたほぼ全員はそんなに幸運ではなかった。ドミノ効果はゆっくりとはじまった。何百万人かはぼくのゆがめ効果の影響を受けずに予定どおり生まれた。だが二〇一六年までに、生きるはずではなかった何十億もの人々が生まれ、生きるべきだった何十億人もが誕生しなかった。

ぼくは、個人的に、何十億人もを殺しただけではなく存在させなかったのだ。同時に何十億人もを生かしたことは慰めにならない。感情を揺さぶられるのは、ぼくのせいで生まれなかった人々のほうだ。

ぺらぺらとまくしたてるつもりはないが、ぼくの犯罪には名前すらない。時間殺人？　きどったSF用語をでっちあげても、その重大さがあいまいになるだけだ。名称や数値ではかれない行為もある。

一九六五年から二〇一六年までに四十億人が誕生した。じつのところ、ぼくが来た世界では産児制限が効果的で、宗教の信者が少なく、エンターテインメントがより発達しているため、三十億人のほうがより近い。それでも、膨大な数の人々が存在したり存在しなくなったりしたのだ。とりわけ、増えた十億人はこのじめじめしたあぶくのような世界に放りこまれた。それは生態系にとっても災難だった。この惑星は一定量の生命しか維持できないらしい。だから、人間がひとり生まれれば、ほかの生き物が死に、ほかの種が挽きつぶされて下水に流されるはめになるのだ。

ぼくにはこんなことをするつもりはなかったが、ほかのだれを責めることもできない。父ですら。だからぼくは途方に暮れている。いつだって、ぼくの人生に悪いことが起きたときは父を責められた――つまり、父のせいにするのはぼくの奥の手だったのだ。

ところが、これについては父のせいにできない。ぼくがしでかした恐ろしい行為についても、それをどうにかできなかったというぼくの罪悪感についても。因果応報の重みにしろ、道徳的結果にしろ、すべてを引き受けるべきなのはぼくだし、いずれ時が来たら責任を甘受するしかない。存在というのは、おろそかに扱っていいものではないのだ。

65

ところで、小説は存在しない。いいね？　ジョンはきちんとした小説を書かなかった。ただしメモはある。モールスキンのスケッチブックに何ページにもわたって手で書かれたメモが。正直いって、ぼくには気どっているように感じられる。もっとも、ぼくの手書き文字が下手なせいで身構えてしまうだけかもしれない。ぼくが来た世界では、だれもなにも手で書いたりしない。学校で教えるべき必須技能とはみなされていないのだ。要するに、ぼくは手で文字を書くことはできるものの、書く必要がないのだ。

そのせいでぼくは、病院でひどい目にあった。医師たちは標準的な認知機能検査をおこない、ぼくにある文字を手書きさせてその結果を以前の手書き文字と比較した。もちろん、似ても似つかなかった。ぼくの下手くそな字は、ジョンの建築家らしいしっかりした筆跡とはぜんぜん違うので、医師たちはぼくが脳卒中を起こしたと確信した。

ぼくは何種類もの認知機能検査と医療スキャンを受けたが、なにも見つからなかった。そのため、さらに何種類もの検査とスキャンを受けたが、やはりなにも見つからなかった。そのため、医師たちは声をひそめ、困った顔で医学用語を使って話しあっていたが、ぼくはとうとうすばらしい解決策を思いついた。丸一日かけてジョンの字を練習したのだ。次に検査を受けたときには、ぼくの真似は、医師たちがぼくを解放してくれる程度にはうまくなっていた。

それでぼくはここの医者について学んだ——標準的な症状にぴったり符合しないかぎり、彼らは患者の体のなかでなにが起きているのかほとんどわからないのだ。ちょっとでもそこからはずれると、お手上げになってしまう。もちろん、彼らはそれを認めない。医学部では、なにがどうなっているのかさっぱりわからなくても絶対の確信があるふりをしろと教えているに違いない。医学用語と、患者とその家族が不安に包まれていることが、専門家づらをして煙に巻くのを助けている。ぼくが自分の筆跡を真似られるようになると、自分たちの中世並みの能力では手に負えないのが明らかな答えを探しつづけなくてよくなったことに彼らはほっとして、あっさりとぼくに全快を宣告した。

　退院後、ぼくは両親の車で建築現場を訪れたあと、ぼくのアパートメントに送ってもらう。車は空気タイヤでアスファルトと石からなる道路を、精製した石油を燃料とする内燃機関によって進む。ぼくのアパートメントはひょろ長い高層ビルにあり、そのビルの周囲に立っている十数棟のひょろ長い高層ビルの隙間からオンタリオ湖が見える。充分な高さがあるので、このあたりにのびている高架の高速道路もぞっとするほど邪魔には感じない。

　ぼくのアパートメントにはガラス窓がたくさんあるが——そう、多形性樹脂ではなく溶かした砂だ——それらには日光を取り入れ、外を眺められる以外に機能がない。ヴィクトリア時代の蒸気機関に似た装置が置いてあるが、それはエスプレッソメーカーらしい。アパートメント全体がグレーと暗色の木で統一され、輪郭がシャープで背の低い家具が天井の高さをきわだたせている。この内装は女性に好印象を与えるためだと思うが、ぼくには俗っぽく感じられる。ジョン・バレンはちょっといやなやつなんじゃないかという気がどんどんしてきて、ぼくは動揺する。

一面の壁には、古い雑誌が入っている大きな額が百かそこら、縦横に整然と飾られている――それらはすべて一九五〇年代のパルプSF雑誌だ。どぎつい色あいの表紙には、がっしりした顎の冒険家と豊かな胸をした科学者、ロボットと光線銃、宇宙船と背負い式飛行装置（ジェットパック）が描かれている。ぼくの失われた世界に捧げられているこのゆがんだ聖堂を眺めているうちに、ジョンの顔を殴りたくなってくる。ただし、それはぼくの顔だ。

ぼくの家ということになっているアパートメントを探索することにはさして興味はない。グレタがいっていた〝小説〟を見つけ、もしもあったら読んでみたいだけだ。ジョンの記憶を含む、混沌と渦巻く衝動に導かれて、ベッドサイドテーブルに置かれているモールスキンのスケッチブックを開くと、それこそ探していたものだ。

内容にはなじみがある――なにしろ、生まれてからずっと、ジョンはぼくの人生を夢見ていたのだ。ジョンが子供のころ、それは想像力とみなされ、理解ある両親ははげまし、教師たちはおもしろがった。ジョンはそれを絵に描き、妹のグレタをただひとりの観客としてアクションフィギュアを使った自作SFメロドラマを上演した。ジョンはぼくの人生のヴィジョンを、ぼくが実際に生きたのと同じタイミングで見ていたらしい――ぼくがなにかを体験すると、ジョンがそれを夢に見るというわけだ。クローゼットの棚に置かれている箱のなかに、たくさんの絵が詰めこまれている。ぼくの人生の瞬間が、クレヨンを使って工作用紙に描かれている。シリーズになっていて、コミックブックのようにコマ割りされ、ふきだしに台詞が書かれている。ぼくが十二歳のときに家出したエピソードもある。ロビン・スウェルターにキスしているところ。ロビンの兄に殴られているところ。母の険しい表情。

ジョンは大きくなってもその夢を見つづけたが、それをほとんどだれにもいわなくなった。ときどきグレタに話したが、ティーンエイジャーだった彼女には、家族の相手をしている暇はなかった。グレタは、この宇宙に他人の夢ほど退屈なものはないという妥当な信念の持ち主なのだ。

夢は止まらなかったが、思春期を終えておとなになると、ジョンはほとんど気にしなくなった。何度も見る都市景観の夢はジョンが建築を志すのにどの程度の影響をおよぼしたのか、彼の設計のセンスにどの程度反映されているのかは明らかだ――おおいに、だ。だがジョンは、自分がぼくの世界をパクっていることを知らなかった。自分を天才だと思っているだけだった。

四カ月前、なにかが変わった――ジョンは、母親が事故で、空飛ぶ車に轢かれて死ぬというひどい悪夢を見た。ジョンはパニックを起こして目覚めると、わけがわからなくなるほど動揺したまま母親に電話をかけた。もちろん母親は生きていた。しかし、その記憶は鮮明で、脳裏にこびりつき、ずきずきと痛むがどうにもできなかった。

ジョンは夢をスケッチブックに書きとめはじめた。スケッチブックをベッドの横に置き、目が覚めたとき、夢が消えてしまう前に意識がとらえられるようにした。何ページにもわたって、ややあいまいな走り書き、細部、意見、洞察、ぼくがいったこととぼくにいわれたこと、ぼくが思ったが口にしなかったことなどが書きつけられている。すべて事実だ。ジョンは、潜在意識が書くべき物語を語ってくれていると思った。これは自分の〝小説〟だと――母が死んで以降の何カ月かのぼくの生活だったのに。

実際にはまだ書きはじめていなかった。しかし、ノートパソコンに〝小説〟のあらすじを書いていた。それどころか、倒れて悪態をつきながらのたうちまわる発作を起こす直前も、建築現場で休憩時間中にあらすじを書いていたのだ。

きみはもう、彼が書いた文章を読んでいる。43章と55章がそれだ。

そういうわけなのだ。

66

ぼくはひとりっ子として育ったので、いきなりおとなの妹ができて、彼女は世界じゅうのだれよりもぼくを――というか、彼女がぼくだと思っているぼくを――知っているらしいというのはじつにおかしな感じだ。ぼくのたわごとに腹を立てているようだが、動転はまったくしていないように見える。ぼくは、同年代の女性と過ごしていると、口にした言葉のせいで魅力のない男と思われないかと心配しないでいられなかった。興味がない女性が相手であっても、やっぱり魅力的と思われたかった。

ところが、グレタが相手だと、そう、そんな心配は感じない。あたりまえだと思われるのはわかっているが、ぼくは兄弟姉妹の力学がさっぱりわからないのだ。ぼくはひとりっ子だった。生物学的な親以外に無償の愛を感じたことは一度もない。

この膨大なジョンの記憶を掻き分けると、ぼくの妹のグレタはそこにいる。ぼくをぼくにした、ジョンをジョンにした体験をしたときには必ず一緒にいる。そしてぼくは、ひょっとしたらぼくは、生まれてからずっと、性差別主義者のたぐいだったのではないかと疑わざるをえない。

というのも、最初のほうの章を読みかえすと、ペネロピーの裸をはじめて見たときとか、母の死後に元彼女たちと寝たときの描写にとまどってしまうからだ――グレタに読まれたら、いたたまれなくなるだろう。これまでずっと、女性について話すときに犯していた退行的な過ちについて開きなおるつもりはない……ただ、盲点に入っているものは見えにくいだろう？

問題のひとつは、この世界が基本的に女性嫌悪の、男性優越主義の、そして人類のとんでもなく多数の人々が些末な事実として受け入れている根っこまでイカれた性意識の肥だめなことだ。ぼくが来た世界では男女平等は当然のことになっている。男女同一賃金のような馬鹿ばかしいほど基本的な制度のことをいっているのではない。政治や経済や文化における男女の認識に本質的な差はないといっているのだ。生殖器は、目の色以上に地位に関係があるとは考えられていないのだ。

もちろん、ぼくが生まれた世界では正常と思われていることのなかに、ここではおぞましいと思われることもある。たとえば、そうだな、ぼくの世界では、だれかと別れるとき、相手に髪の毛を与えるのは親切だとみなされている。そうすれば、その気なら、遺伝的に同一な代理を育てて、きみを忘れるために必要なことをなんでもできるからだ。代理は意識を持たないが、きみにうりふたつだし、基本的な生理機能は使用可能だ。たとえば、そう、セックスの相手を務めさせられるのだ。先へ進む準備ができたと感じたら、きみの元恋人は代理を分解して生物学的などろどろにし、殺菌とリサイクルのために製造業者に返却する。書いていても、異様に受けとられるのはわかっているが、ごく日常的なことなのだ。

だから、母が父に卑屈な献身をしていたことに、ぼくは神経を逆なでされた。ぼくが母の注目の中心になりたかっただけではない――母の自己犠牲はまったく不必要だったのだ。父は、母が死ぬまで、母がしていたことのほとんどに気づきもしていなかった。みずから望まないかぎり、あんな生きかたをする必要はなかった。それどころか、母のような人にとって、ほかにいくらでも選択肢があるのに、父につくしてばかりいるほうが難しかった。だれにとっても。

ただし、ぼくはいまも性差別主義者なのかもしれない。母の選択は母の選択だ。

ぼくは11章に戻って元彼女たちの私生活についての軽率な言葉をいくつか削除した。友人たちについては、十七年間の付き合いがあり、個人情報を明かしても気がとがめないが、へスターまたはメーガンまたはタビサが、彼女たちの生活についての細部を明かす許可をくれるとは、正直いって断言できない。また、彼女たちをこの物語から削除してしまうほうが彼女たちの思い出を冒瀆しているように思えるだろうが、きみにはぼくがデート相手としてどんなに面倒なやつだったかは絶対にわからない。彼女たちのプライバシーは守って当然だった。

ジョンのアパートメントについても同じだ。ぼくの第一印象は、なにもかもが女性にもてるためのインチキだった。だが、ジョンの頭のなかにいるうちにわかってきた――これはジョンのスタイルにすぎなかった。ぼくがこれを安っぽい誘惑のための手管だと思ったのは、もしも自分の趣味に自信があったら、ぼくならそうしたはずだからだ。ぼくの人生でぼくにとって多少なりとも意味があった成果には、なにかしなくてはぼくに惹かれてくれない人物を感心させたことがかかわっていた。ぼくは母の死を使って女性と寝まくる物語を書いている。ぼくの現実の終わりを使ってぼくの傷心についての物語を書いている。

技術的・社会的に進んだ世界から来たという理由で、ぼくは自分のほうがジョンよりすぐれていると感じている。しかし、そんなことはぼくには関係がない。ただ、そこで生まれただけだ。ぼくはなにも貢献していない――権利意識を持っているだけだ。

67

ぼくはずっと間違っている。まとまりのないジェンダー論をだらだらと開陳するのではなく、両親と妹の〝キャラクター〟を掘り下げるべきなのだ。あちらの彼らとの違いを並べるだけではなく。そもそも、あちらには存在しない妹のグレタの場合は比べようもないわけだが。

ぼくは両親の家でグレタとともに夕食をとったが、ふと気づくと、ぼくの家族の日常生活という超濃密なメロドラマについてのさまざまな会話の流れに無理なく乗れていた――母の学部内政治、研究計画、会議で聞いた興味深いか馬鹿げているかまたはその両方だった同僚の発言、父の学部内政治、研究計画、会議で聞いた興味深いか馬鹿げているかまたはその両方だった教え子の学生の発言、近所の人がいったこと、近所の人がしたこと、近所の人がやろうとしていること、ランチをともにした古い友人から聞いたおもしろいか悲しいかまたはその両方だったエピソードに笑うか泣くかその両方をしたという話。グレタが皮肉をまぶしたり、ぼくが断続的にはさむジョークに両親が大きすぎる笑い声をあげて区切りをつけたりした。

快適だし気楽だ。この見知らぬ人々と食卓を囲んでいるときの快適さと気楽さはすさまじいほどなので、これは現実じゃないんだと自分に言い聞かせつづけなければならない。これはぼくの家族じゃないんだと。快適さと気楽さは偽りなんだと。真実なのは、ぼくはここに属していないという感情だけだ。

両親は、グレタとぼくが育った、職場である大学のキャンパスから六ブロック離れたアネックスという地区にある、暖房の効きすぎたヴィクトリア時代ふうのテラスハウスにいまも住んでいる。母は本棚以上のインテリアはないと信じているが、この家はそのあかしだ。並べてある本のジャンルは部屋ごとに分かれている——ダイニングは現代小説、キッチンは料理本、寝室はヴィクトリア時代の小説の復刻版、かつてのぼくの部屋でいまの母の仕事部屋は文芸評論、トイレは父のやわらかい一般向け科学書のコレクション、父の科学専門書は父の書斎、居間を占めているのは保存のいいヴィクトリア時代の小説の初期の版、貴重な初版本はガラスケースに入れて壁の邪魔になる場所にかけられていて、部屋のほかの部分とあまり釣りあっていないが、よく見えて直射日光があたらないように飾ってあるので仕方ない。そのため、どの部屋も狭くて静かに感じる。厚い板でできている本棚のせいで壁が六十センチせりだしているし、大量の紙がほとんどの環境音を吸収するからだ。

ぼくが父の書斎でできるだけさりげなく時間旅行についての本を探しているとき、グレタが出入口でなかをのぞく。

「おにいちゃん、様子がおかしいわよ」とグレタ。

「おかしくなんかないさ」とぼく。

「やたらとジョークを飛ばしてたじゃないの」

「おもしろくなかったか？」

「悪くなかったわ。だけど、おにいちゃんはママとパパの前だとジョークをいわないじゃないの。いつもまじめな顔をしてるじゃないの」

「成長しようとしてるのかもな。ほら、両親とおとなの関係を築こうとしてるのかも」

「馬鹿いわないで」

「ぼくにどうしてほしいんだ、グレタ？」

「おにいちゃんはわけのわからない派手な神経発作を起こして、自分は時間旅行者だっていいはったのよ」

「おまえはそれをからかったじゃないか」

「おにいちゃんは時間旅行者なんかじゃないからよ」

「ああ」

「で、いまのおにいちゃんは様子がおかしい。とても三日前に発作で倒れてわめきちらしてたとは思えないほど、冗談をいいまくるんだもん。おにいちゃんもママもパパも否定したいなら、いいわ、なにも起こらなかったふりをしてあげる。だけど発作は起きたのよ。だからわたしが指摘してるのよ。おにいちゃんはいつもと違うって」

「何度かジョークをいったからか？」

「ええ。わたしのおにいちゃんにはいろいろな才能がある。だけどジョークの才能はないのよ」

「笑えるジョークは友達用にとってあるのかもしれないじゃないか」

「友達？　おにいちゃんに友達なんていないじゃないの。いるのは仕事仲間とわたしだけじゃないの」

グレタはぼくの肩を、必要以上の力をこめて殴る。

「友達ならいるさ。ぼくには友達がひとりもいないと思ってるんだな？」

「本気でくそ未来から来たと思ってるの？」

「いいや。未来なんかから来てないさ」

もちろん、これは真実だ。ぼくは未来から来たわけじゃない。別の時間線から来たのだ。あっちでもきょうはきょうだ。異なるきょうなだけだ。

68

目覚めると、体がこわばっていて頭がぼうっとしているし、仮想環境プロジェクターが不具合を起こしているのでいらだつが、いまいるのはジョンのアパートメントの寝室だと思いだす。頭痛がひどいので、四日前に建築現場で起こしたような神経発作をまた起こしたのではないかと心配になるが、心の霧をひとつの言葉が貫く——、、、コーヒー。ぼくはどうにか蒸気機関を操作してエスプレッソのねっとりした噴流を吐きださせる。頭痛がおさまる。

とうとう、このひどい世界でほんとうに役目をはたすものが見つかる。

ぼくがこの、なんというか、きみが文明と呼ぶ遅れた混乱に適応しようとするときの悪戦苦闘ぶりをユーモアたっぷりに描ければいいのに思う。もちろん、大のおとながピーナッツバターの瓶の開けかたやエレベーターの操作法やクレジットカードの使いかたを知らないのだから、間が抜けているもいいところだ。もしもだれかが部屋にいたら、認知機能に障害があるのではないかと疑われるだろう。

意識的な決断は困難だ。長い時間をかけて服を選んだあげく、妙にきついデニムパンツと、あとでパジャマの上だとわかるものを選んでしまう。

たとえばノートパソコンや携帯電話の使いかたをジョンの記憶から呼びだすには、それについて考えるのをやめなければならない。パソコンも携帯も、ピーピーとしつこく鳴ってジョンの建築事務所からのメッセージが届いていることを告げているが、ぼくには出るつもりがまったくない。

キッチン用品は小学校の歴史の授業で教わったから見分けがつく。フードシンセサイザーを見つけて興奮するが、電子レンジだと気づく。ジョンはほとんど外食ですませているので、冷蔵庫にはヨーグルトとアボカドしか入っていない。それがおおいにおしゃれなのはわかっている。きみは、アボカドが熟れているように見えるので切ってみるが、なかはよくあるように茶色でどろどろだと思うだろう。実際に切ってみると、案のじょう茶色でどろどろだが、空腹なので、見た目は気にせず食べてしまう。味気なくて水っぽい。ヨーグルトをスプーンで何口か呑みこんでから、ヨーグルトの期限が二週間前に切れていることに気づく。食べてしまった傷んだヨーグルトをシンクに吐いたときは、なにもわからない場所で賞味期限がなんなのか知らずにうろうろしているとまずいと感じる。

シャワーの使いかたがわからないといった些細なことが気になる。ぼくにとって、シャワーはきみにとっての屋外便所のようなものだ――風変わりでちょっとおぞましい、人々が大いに満足している時代へのあと戻りという気分はとっくに消えている。そして、デスクの上の、妹、母、父、そのとなりでほほえんでいるぼくの顔をした他人が写っている写真が入っている写真立てといった重大なことが気になる。

ぼくはジョンの写真を凝視して髪型を真似ようとするが、シャンプーとコンディショナーを使って髪を洗ったことがない――ボトルに印刷されている細かな文字を読まなければ、そもそもコンディショナーとはなにかもわからない――整髪ムースなるものを髪に塗りたくるなんてする気にはならない。ぼくの世界では、手入れヘルメットを頭にかぶれば、髪を洗い、刈り、ととのえてくれる。ここでは、髪がのびたら、ほかのおとなにハサミで切ってもらわなければならないらしい。デイケアセンターの工作のように。

ぼくは髪を洗い、服を着、ひとりで食事をして達成感に浸るが、考えてみると、そんなことはしっかりした子供だってできる。だが、とにかくぼくはそう感じる――目が覚めたら家のなかに人気がなく、両親はまだ寝ているのかいないのか死んでしまったのかわからない子供は、いつも朝していることをしようとする。パニックにおちいらないようにするにはそうするしかないからだ。

69

ここにはいられない。母が生きていて父がいつもうわの空のくそ野郎ではなくてグレタが、その、最高であっても。グレタはやんちゃで無鉄砲で鋭い。ぼくなんかよりもずっと生きるに値する。ジョンのほうがうまくやっていたのは明らかだ。ジョンは成功者でやる気まんまんで好印象を与える。たとえジョンのいいアイデアはすべてぼくの世界についての夢からのパクリであっても、彼は人生を仕事だけに限定し、それで充分だと自分に言い聞かせていても、ぼくがその理由を知っていても——彼はつねに、これはすべてほんとうじゃない、会う人、行く場所、頭に浮かぶ思いがすべて、理由は不明だが決定的に間違っているという、揺らぐことがなく暗澹（あんたん）としていて圧倒的な感覚にさいなまれているからなのだ。彼がだれも寄せつけようとしないのは、彼が明確に説明できないが、だが絶対に否定できないレベルで、彼らが存在するはずではないことを知っているからだ。唯一の例外がグレタだが、それは彼女がはねつけられるのを拒み、ジョンをこの世界にとどめておくための、終わりのない苛酷な激戦を続けてきたからだ。ぼくは、両親に関心を持たれたいと願って生きてきた。ジョンは、両親の関心を絶えず払いのけてきた。ジョンはぼくが望むものをすべて持っているのに、それは毎晩、夢のなかで開く空虚を埋めてはくれない。そしていま、その空虚がジョンを呑みこんでしまった——ぼくが。ぼくがその空虚なのだ。

だが、ぼくもやはり受け入れられない。グレタを、両親を、ぼくの人生のこのヴァージョンを。ジョンの意識を抑えこみ、封じこめ、彼の人生という格子を構成している人々にジョンが感じる愛情を呑みこんでしまわなければならない。なぜならこの世界は、じめついていて汚らしくておぞましいしろもので、ぼくはここにはいられない、いられないからだ。なんとかして時間線をもとに戻し、全員をぼくたちが迎えるべき未来へと戻せる方法を見つけなければならない。それができるのはぼくだけだ。そして、この幕間と同じくらい愉快なことに、ぼくのちっぽけな人生が改善されているというだけで、世界の残りを、つまり現実自体を間違った存在と決めつけるのは、途方もなく自分勝手だ。ぼくなんかどうだっていい。ほんとうはどうであるはずなのかを知らない何十億もの人々とは比べものにならない。

70

で、きみなら、時間旅行が楽しい思考実験とみなされている世界のこの五十年間の歴史を、いったいどうやって変える？　科学が存在していても、関連分野——瞬間移動、非物質化、不可視化、さらには単純な部品製造——の不可欠な発達がないのだから、そのような試みには望みがまったくない。それに、もちろん、父の計画は、オリジナルのゲートレイダー・エンジンが発した放射線の痕跡をたどれるかどうかにかかっている。それがなかったら、たとえぼくがどうにかして技術的問題を解決したとしても、やっぱり正確な空間点の正確な時間点にはたどりつけない。

加えて、ぼくはこの装置がどうやって機能するかをまったく知らない。研究所で働いて、父の助手たちと礼儀正しくつきあっていたおかげで関係者が使う専門用語は聞きかじっているが、ジョンのエスプレッソメーカーを一からつくれないのと同じく、タイムマシンを一からはつくれない。

それに、開けられるのを待っているパンドラの箱もある――父だ。なんといっても、父は時間旅行についての本を書いている。父の科学者としての評判にとって風変わりな傷になっていても。この相似はまさにおあつらえ向きに思えるが、ぼくはこの件で父に助けを求めるつもりはない。いまはまだ。

まずはゲートレイダー・エンジンがどうなったかを突きとめなければならない。すべてはそこから生じている。問題の根源はそれだし、解決のためにはそこまで戻るしかない。ぼくはジョンのノートパソコンを使ってネットで〝ゲートレイダー・エンジン〟を検索する――だがコンピュータはヒットなしと答える。〝ライオネル・ゲートレイダー〟を試す――ヒットなし。十億のウェブサイトのうち、ただのひとつも、人類史上もっとも偉大な人物について言及していない。

あきらめる前に、なにしろインターネットなのだから、ぼくは元彼女たちを探す。ヘスター・リー、なし。メーガン・ストラウド、なし。タビサ・リース、なし。ロビン・スウェルター、なし。友人たちを試すが、デイシャ・クラインもシャオ・モルデナードとノア・プリヤもアシャー・ファロンとイングリッド・ジュースとトもヒットしない。オンライン上に彼らの痕跡はない。ソーシャルメディアのページもブログも記事もタグも、なにもない。彼らは存在していない。彼らは存在しなかったのだ。

ぼくは、ミシガン州アブリーの公式ウェブサイトを見つける。友人たちと訪れた見捨てられた町だ。ただしこちらでは見捨てられていない。友人たちは消えてしまったが、現在、約八百三十人がアブリーに住んでいる。ジョンの携帯電話によれば、ここから車で五時間かかる。ドン・バレー・パークウェイから四百一号線に折れ、分岐点で四百二号線に入る。そしてブルー・ウォーター橋を渡ってヒューロン湖ぞいに二十五号線を走り、イースト・アトウォーター・ロードに曲がると、その道が町の中心を通るときにアブリーの大通りになる。腐った本から木が生えているのを見た図書館はいまも健在だ。町の家を一軒ずつノックして、あの懐中時計の持ち主を探すことだってできる。持ち主が生きていて、まだ懐中時計を持っているなら、途方もない金額を提示し、言い値で買いとってもいい。そうすれば、まったく同じ時計が手に入る。研究所での最後の日にしたように。

でも、いったいそれがなんになるんだ？ あれはただの時計だ。人生があるわけではない。デイシャのように仕事があるわけでも、アシャーのように婚約者が、シャオのように子供がいるわけでもない。時計は友達ではなかった。もっとも、ぼくもいい友達ではなかったが。時計はぼくを愛していなかった。ひょっとしたらちょっとは、ヘスターやメーガンやタビサが愛してくれたように、ほんのつかのま、ほとんど見返りもなく愛してくれたのかもしれない。時計は、ロビンが五日間の、ぶざまで輝かしい夜で変えたようにはぼくの人生の軌跡を変えたりはしなかった。時計は物だ。

そして次に、思わずインターネットで〝ペネロピー・ウェクスラー〟を検索する。

少なくとも三十秒間、ぼくは画面をじっと見つめつづけ、しまいに目がうるんでくる。そしてそれは瞬きができないせいではない。

見つかったからだ――ペネロピー・ウェクスラーが。

彼女は存在する。

ただし、彼女はペネロピー・ウェクスラーではない。

71

ペネロピー・ウェクスラーはここ、トロントに住んでいる。みんなにペニーと呼ばれている。

彼女は市の東側、ドン川というリボン状に流れている泥がゆを渡ってすぐのところにあるレスリーヴィルという地区で書店を経営している。ネット上にはその書店を絶賛する記事がたくさんある。その書店は作者の朗読会と毎週の読書会を催している。〝〈印刷は死んだ（プリント・イズ・デッド）〉〟

という書店だ。

何度かクリックすると、彼女の写真が見つかる。

写真を見つめているうちに、頭がぼうっとしてくると同時にそわそわする。

彼女はペネロピー・ウェクスラーではない。いや、そうなのだが、別人に見える。実際に別人だ。

のちに明らかになるのだが、ぼくが時間線に生じさせた変化にもかかわらず、彼女の父親であるフェリックス・ウェクスラーと、彼女の母親、ジョアン・ディヴィッドスンは、やはり高校時代に交際し、やはり大学を卒業後すぐに子供をつくることを決断し、フェリックスはやはり長女に最愛の祖母ペネロピーの名前をつけたがり、ジョアンはやはり同意する。ぼくが知っていたペネロピー・ウェクスラーは一九八五年一月十二日生まれだった。ところがもうひとりのペネロピー・ウェクスラーは、一九八五年六月九日、つまり半年足らずあとに生まれた。

ぼくが最初にぼくの〈ヽ〉ペ〈ヽ〉ネ〈ヽ〉ロ〈ヽ〉ピ〈ヽ〉ーと書いてから消した――まるで彼女がぼくのものであったことがあるみたいじゃないか――あのぼくが知っていたあのペネロピー・ウェクスラーではないのだ。

このペネロピーには、彼女に似ているところもあるし、似ていないところもある。まるで姉妹のようだ。ただし姉妹ではない。五カ月後に同じ両親から生まれた遺伝的なバリエーションのひとつだし、同一の染色体の組み合わせによる異なる結果なのだ。彼女のそばかすは、異星の夜空の星座のように、まったく異なっている。彼女の髪の色、目の色、顎の形、検眼処方箋、指紋の皮膚稜線。

キスの仕方。

ぼくは先走りしている。ぼくの人生は、どっちの人生も、すべての人生が、いつもそうなのだが、ペネロピー・ウェクスラーがからむとつまずいてしまう。

72

ぼくは〈プリント・イズ・デッド〉の前の歩道で足を止める。前もって電話したわけではないので、彼女は店にいないかもしれないが、まともに頭が働かなくて思考の網の目がからまり、まるで海鳴りのような音を立てているので、そのほうがいいのかもしれない。いても立ってもいられずに来てしまった。なんの計画もなかった。

出入口のガラスドアに営業時間が記されている。あと十二分で閉店だ。その書店はまだらな煉瓦づくりの建物の一階にあり、二階は住居になっている。右は薄汚れた法律事務所で、埃まみれのブラインドがおりている。左のコーヒーショップでは、ひげをたくわえオーバーオールを着ているバリスタが、白木の相席テーブルの不釣り合いな椅子にすわっている客たちに、シューッという音をさせながら泡立った飲み物を供している。コーヒーショップの客たちの顔は、目の前にかかげている携帯電話の画面のせいで青白く光っている。路面電車が、アスファルトに敷かれた線路でかん高い音を響かせながらクィーン・ストリート・イーストを走っていく。

ぼくは書店に入る。温かくて明るく、インクと糊の匂いが漂っている。節があって非対称なところに味がある古材製の本棚が並んでいる。さまざまな色あいとフォントのカバーと背。地元作家のサイン本が陳列されている。壁には額入りの稀覯本が並んでいる。

そして、あのペニー・ウェクスラーがカウンターの向こう側で、スツールに腰かけて小説を読んでいる。客はいない。ペニーは顔を上げていない。まだ、ペニーに見られずに出ていける。

ぼくはどこへも行かない。

ぼくは本を見ているふりをする。だから彼女以外に目を向けなければならない。これらの本の作者たちは、ほとんどが生まれなかったのだろうが、ここでは彼らの本がこぢんまりと並んでいる。書かれなかったはずの何百万もの言葉が、語られなかったはずのことを語っている。〈V〉の区画には、存在するはずのないカート・ヴォネガットの小説が八冊並んでいる。ぼくはそれらの背を指でなぞる。

一歩一歩が重い。まるで心臓が重力を放っているかのようで、液化してしまいそうな勢いでぼくを杉綾模様のタイルの清潔な床に押しつけている。

彼女が顔を上げてぼくを見る。礼儀を考えれば、会釈するかほほえむか目をそらすべきだ。

頭がおかしくないかぎり、彼女をじっと見つめたりなんか、絶対にしない。ぼくはおちつけと自分に言い聞かせる。だが言葉が勝手に口から出る。

「ペネロピー・ウェクスラーだよね？」

「ええと」ペニーが応じる。「ごめんなさい、どなたでしたっけ？」

喉頭と舌と歯と唇に違いがあるので、声も違う。相手の目をまっすぐに見るところは同じだ。

「イエスでもノーでもあるな。ぼくは別の現実から来たんだ」

ペニーはしるしをつけることなく本を閉じる。

「じゃあ、別の現実では知りあいだけど、この現実ではそうじゃないっていうこと？」

「うん」

「どうやってここに来たの？　この現実に？」

「話せば長いんだ」

「でしょうね」とペニー。

「聞いてくれるなら話すけど」

「あなたはジョン・バレンね」

「どうして知ってるんだい？」

「写真を見たの。ダウンタウンに建つ高層ビルを設計したんでしょ？　インターネットでは、ちょっとした天才だっていわれてる。インターネット以外でもいわれてるんだろうけど。現実の人たちにも」

「でも、ぼくは別の現実からアイデアを盗んだんだ」

「あなたが来た現実から？」

「うん。やけにあっさりしてるね。ぼくはイカれてると思ってるのかい？」

「さあ。あなたはイカれてるのかもしれない。だけど防犯カメラで録画してるし、あなたはそれなりに知られてる。まあ、有名人とまでは行かないけど。でも、地元の市の情勢に関心がある人のあいだでは、そこそこ顔が知られてるはずだわ。もしも暴力を働いたり馬鹿な真似をしたりしたら、すぐに身元がバレるはずよ」

「だろうね」

「どうしてここに来たの？　わたしの書店にっていう意味だけど」

「きみと会うためだよ」

「わたしと会うため？」

「ぼくがいうことはなにからなにまで常軌を逸してることはわかってる。申しわけない。計画をちゃんと立ててから来るべきだったんだ。だけど、きみを見たとたん、嘘をつけなくなってしまったんだ」

「あなたはそこそこ有名な建築家だけど、別次元からこっそりすばらしいアイデアを盗んでるっていうことについて？」

「自分がそんなことをしてるって気がついたのは、つい何日か前なんだ」

「何日か前になにがあったの？」

「説明したいのはやまやまだけど、なにしろ時間旅行がかかわってるもんだから、そこのところを話しただけで、頭がこんがらがってどうしようもなくなるんじゃないかって思うんだ。どうかしてるように聞こえるに決まってるのに、どうしてきみにほんとのことを話さずにいられないのか、自分でもわからない。だけど、すごくいい話だよ。たとえ信じなくても、楽しめはするんじゃないかな」

「わかった」

「なにが？」

「わかった、すぐに店を閉めるわ。これからあなたと飲みに行くけど、もしもわたしが行方不明になったら、きっとあなたに殺されたか、ひょっとしたら食べられちゃったと思ってって、大勢の人にメールするから、外に出てて」

「名案だな」

「大勢の人に伝えちゃってかまわない？」

「こんなことをいったあとで、あと何分かでも一緒に過ごしてかまわないといってくれてるんだから、ほんとにありがたいよ」

「あなたの話は、どれもとてもまともには聞こえない。だけど、もっとまともじゃない話をしてあげましょうか？　わたしは、生まれてからずっと、あなたがここに来るのを待ってたような気がするのよ」

73

ぼくはペニーに、ある程度の事実を話すが、嫌悪を催させ、痛みをともなう細部は省くことに決める。そうした事柄はあとで、彼女が一部始終を聞く気になるほどぼくを信用してくれたら話そうと心に決めるが……。

ペニーと向かいあわせにぐらつくバーテーブルにつき、彼女に見つめられ、彼女の注目を一身に集めると、言葉が口をついて出る。すべてを話してしまう。

数時間かかる。ぼくたちがいる照明の暗い陰気であやしげなバーは、ペニーの書店があるのと同じブロックにある。いまやこぎれいな現在に呑みこまれつつあるこの界隈の荒廃していた過去の名残だ。適度な背徳の香りを漂わせれば、一杯の酒にいくらの値段をつけられるかに気づいたバーの女主人はほくほく顔になっている。ぼくたちのふたり用テーブルは正面の窓ぎわに置かれていて、バーのほかの部分とは切り離されているので、高すぎるバーボンを何杯も飲みながら閉店までふたりで話すには最高の場所だ。

ペニーはもうひとりのペネロピーについて、次々と質問をする。あのような女性になった経緯、宇宙飛行士としての挫折、再起と自滅、ぼくがはたした役割。ペネロピーが、それに、ああ、ぼくたちの細胞が死んだときのことについて話すとペニーは涙を流す。さらに、研究所に忍びこんで時間をさかのぼり、世界をめちゃくちゃにし、ここにジョンとしてやってきたぼくは――ペニーは時間抵抗の作用についてはよくわかっていないが、それはぼくも同じだ――事態を収拾しなければならないのだが、どこから手をつけていいかわからないんだと伝える。

ぼくが話しおえると、ペニーはしばらく黙りこむ。バーから客がいなくなり、ぼくたちはバーテンダーにいやな顔をされる。ペニーは四杯めのバーボンを飲みほすと、テーブルに現金を放って立ちあがる。

「来て」とペニーはいう。

74

数ブロック歩いて着いたペニーのアパートメントは工場を改装した古い建物にあり、床から天井までの窓が並んでいる。床はコンクリート打ちっぱなしで、二百人かそこらの都会人の腹を満たせそうなステンレス製キッチン設備がととのっている。窓から見おろすと、似たような工場が何カ所かで解体されている最中だから、まもなくそこに高層ビルが建って、ただでさえビルの隙間からしか見えていない、ダウンタウンのグレーと青緑色のでこぼこした輪郭と広大なオンタリオ湖はますます見えにくくなることだろう。

　ペニーはぼくを自宅に招いてくれた。それはいい兆候に思える。もっとも、なんの兆候なのかはさだかではないが。

　ペニーは蹴るようにして靴を脱ぎ、キッチンに行って自分とぼくのために水を持ってくる。照明はつけないが、窓から入ってきている街明かりで、こっちを見ているペニーの輪郭がぼんやりと浮かびあがっている。

「ねえ」ペニーがいう。「あなたはどうしようもなくイカれてるか、わたしが会ったなかでいちばんおもしろい人物かのどっちかだわ。わたしを口説くためにあんな話をでっちあげたんだったら、四杯のバーボンがかなりの効果を発揮してるとしても、はっきりいって、効果は抜群よ。わたしは、男がわたしに服を脱がせようとしてつく嘘には、スパイダーマン並みの勘が働くの。なのにこうなってるんだから、ほんと、お見事ね。あなたの話を信じるなんてどうかしてる。だけどわたしは、そうね、生まれてからずっと、わたしの人生はこうじゃないはずだって感じてたの。書店はうまくいってるし、わたしはささやかだけどきちんとしてて快適な暮らしを送ってる。めったに地元を離れないし、お客さんたちは、たぶん、むさぼり食われて吐き戻されて、得体の知れないなにかに変わりかけてる地域にわたしの店があることを本気で喜んでくれてるみたいだし、わたしのことを、そうね、変わりかけてるそのなにかはそんなに悪いものじゃないかもしれない、ひょっとしたらいままでよりいいもの、殺伐とした気分になるくそみたいなチェーンレストランやチェーンストアだらけじゃない、個性のある本物のなにかになるかもしれないっていう希望のシンボルかなにかとみなしてくれてる。だけど、なんとなく違和感があって、これがわたしの人生だっていう気がしなかったの。わたしは思弁小説（スペキュレイティヴ・フィクション）をたくさん読むの。いかにもおたくっぽいものが、小さいときから大好きなのよ。そのせいで変人扱いされて、びびって女の子になにもできないような男の子しか寄ってこなくても。だから、いつだってわたしのほうが先に声をかけなきゃならなかった。ううん、先に声をかけるどころか、なにからなにまでわたしがしなきゃならなかった。そういう男の子たちは、否定されることをなにより怖がってて、ベッドで惨めな思いをする危険をおかしたくないから、なんと怒りだしてわたしを尻軽女って罵ったりするの。要するに、わたしは想像力を鍛えられてたってわけなの。わたしは、いまのじゃない、ほかのたくさんの人生を想像してた。当時は、いまの自分じゃない別の自分になるっていう、絶対にありえないと思ってた想像にひたってた。で、いま、あなたがわたしの前にあらわれて、不満だらけの若者だったときもおとなしいおとなになってからもわたしがいだいてた、馬鹿ばかしくてくだらない空想は、なんと、控えめだったっていってるの？　わたしが送ってるはずの人生は、わたしが想像もできなかったほどぶっ飛んでるって。わたしはネズミのなかで暮らしてるくそ雌ライオンだって」

「まあ、そんなところだね」とぼく。

　そしてペニーはぼくにキスをする。

75

そのあと、ペニーはぼくに、どうして自分は意図せざるパクリ屋だと思うのかとたずねる——かなりの量の酒を飲んでいたし、彼女がまだ存在していると知ったときのことをしゃべりたかったので、最初に説明したとき、それについては大雑把にしか話さなかった——だからあらためて説明する。

「なるほどね」とペニー。「だけど、創造的なアイデアはどれも、その人の別の現実での体験から無意識のうちに借りたものだったら？　すべてのアイデアが、知らず知らずのうちのパクリだったら？　アイデアっていうのは、不可解で立証できない現実の漏れから来るものなのかもしれないじゃないの」

「つまり、ええと、ほかの現実でアイデアを思いついたきみの別ヴァージョンも、さらにまた別の現実の別ヴァージョンのきみから盗んだってことかい？」とぼく。

「さあ。かぎられた数の、たとえば隣りあってる現実にしかアクセスできないけど、世界の別ヴァージョンからしょっちゅうアイデアをかっぱらってるくせに、それを自分自身のひらめきだって勘違いしてるのかもしれないわね」

「だけど、アイデアの質についていえば、ほかの現実よりもすぐれてる現実があるんじゃないかな。けなすつもりはないけど、ぼくの現実にこの現実から学ぶことがたくさんあるとは思えないんだ」

76

「ええ。だけど、ことによると、あなたの現実のすばらしいアイデアは、この現実から盗んだものかもしれないわよ。ただし、ここでは実現できなかったアイデアから。なぜなら、わたしたちにはエネルギー源が……なんていったっけ、あれは？」

「ゲートレイダー・エンジン」

「わたしたちにはそれがなかったせいで、思いついたものの実際につくることができなかったから、SFとして表現した。夢のなかにしまっておいたのよ。そしてあなたたちがわたしたちの想像力をかっぱらって自分のアイデアにして楽園を建設した」

「たしかに……ありえなくはないな」

「つまり、わたしたちは個人を過大評価してるのかもしれないわ。もしかしたら、途方もない異星の知性体が、わたしたちの心に元となる概念を植えつけて、わたしたちをほかの次元から隔ててる境界をその概念が抜けられるかどうかを調べようとしてるのかもしれない。たとえば、透過性があるアイデアもあれば、浸透性がなくて根を張った現実から逃げだせないアイデアもあるのかもしれない。いいアイデアっていうのは、自由に現実を行き来できて、特定の個人にはっきりと属してないのかもしれないわ」

「きみはもうひとりのペニーと違ってるんだね」

彼女はまったく違っている。もうひとりのペニー――もう彼女をペネロピーと呼ぶのはおかしい気がする――には、肉体的にも感情的にも、張りつめた堅さがあった。彼女の体は、歩くときにきびきびと動いた。動きがきちんと調整され、筋肉が重力と調和していて、一ジュールのエネルギーも無駄づかいされていなかった。猫のようにきわめて用心深く、たとえば、話すとき、要点を伝えるのに必要最低限の言葉しか発しなかったが、それはほかにいいたいことがないからではなく、窮地におちいると口にしたすべての言葉が自分を害するために利用されかねないので、言葉づかいは明確かつ慎重にしないと、過去の発言のせいで痛い目にあう恐れがあると知っているからだった。彼女は意志が堅固で、しかも堅固さが足りないのではないかと心配していた。清廉潔白に見えるように、歯を食いしばってがんばりつづけていた。

こっちのペニーはしゃべる。激しい身振りとともに口から言葉がほとばしる。かすかに猫背で、歩きかたがのんびりしていて、屈託なく笑う。神経をピリつかせているようには見えない。みんなと同様、問題はかかえているが、ペネロピーがひた隠しにしようとみずからを律していたがときどき水道管が破裂したときの水のように噴出させていた、悪いのは自分だというあの恥の感覚を、こっちのペニーはまったく持っていない。鬱々とした個人的矛盾がないわけではない――彼女なりの悩みはある――が、悪いのは自分だとも、それを恥だとも思っていない。みんなと同様、スーツケースいっぱいのトラブルをつねに持ち歩いているが、鍵をかけていないので、興味を持った者はだれでも、そのスーツケースのなかを探せるのだ。

肉体的な違いはほかにもあるが、それらを並べたてても意味はないし、失礼だ。彼女たちは名前が同じで両親も同じだが、結果は明白に異なっていた。

共通点もあった――手だ。シミュレーター訓練の最中に、ぼくはペネロピーの手をよく見ていた。てのひらの線やしわや渦は違っていても、ペニーの指も長くて先細りだし、手首が細くてきゃしゃだ。

それにぼくを見るときの見方。ペネロピーはめったに目をあわせてくれなかったが、目があったときは自分が宇宙の中心のような気分になった。ペニーもそんな感じだ。彼女に凝視されると、目から目へとなにかが流れこんでくるように感じる。まるで、これからぼくが、この世でいちばん興味深いことをいおうとしているかのようだ。

たしかに、ぼくは別の現実から時間旅行してきた使者か、ひどい発作を起こしている真っ最中の精神障害者のどっちかだったのだから、ぼくが興味深いことに間違いはなかっただろう。だが、ペニーはぼくの注意を惹(ひ)くためにイカれた話を必要としなかった――ぼくは彼女に惹かれていたし、それはなにがあっても変わらなかった。そしてぼくと会ったとたん、彼女もぼくに惹かれてくれたのだった。

じつのところ、異なる現実など存在しない。少なくとも、ペニーがいうようなものは。無限の多宇宙(マルチヴァース)は、二個の原子の衝突だろうがふたりの人間の衝突だろうが、ありとあらゆる作用によって生じているのかもしれない。現実はぼくたちのまわりでつねに揺らいでいるが、ぼくたちの感覚はそのような量子変動を感知するようにはできていないのかもしれない。それこそがぼくたちの感覚なのかもしれない。さえない生物的なふるいにかけることによって、実在という混沌を処理できるようになり、朝、ベッドから出られるのかもしれない。ぼくの横で乱れたシーツと毛布に包まれ、唇をぼくの口から放したときのすぼめた形のままにして寝ている、ぼくがすでに恋に落ちている女性の顔と比べたら、ぼくたちが感覚でとらえている現実の全体像は、子供がチョークで歩道に描く落書き並みに下手くそな現実の描写なのかもしれない。

しかし、ぼくたちの実際の体験という点から見れば、現実はひとつだけ、この現実しかない。もうひとつの現実、ぼくの現実はもうない。ぼくが過去と相互作用したときに消してしまったのだ——〝相互作用した〟というのは〝跡形もなく崩壊させた〟のうまい言い換えだ。ぼくの世界では、だれもぼくはどこにいったのだろうといぶかしんだりしていない。なぜなら、世界がもう存在していないからだ。いまあるのはこの世界だけなのだ。

ぼくはこれをペニーにことこまかに説明する。ぼくが彼女に恋をしたくだりを除いて。どういうわけか、そのことは自分の胸に秘めておきたい。ペニーとはきのうの夜に会ったばかりだし、イカれた男がまとわりついているようには見られたくないからだ。

「はっきりいって」とペニー。「あなたは自分がなにをいってるのかわかってない。別の現実だの時間旅行の矛盾だの意識の転移だのっていうたわごとについて、実際のところ、あなたはなにも知らない。あなたがこの件の権威みたいにしゃべってるのは、わけのわからないものをコントロールできている気がして安心できるからなのよ。だからまず、おちついて。で、それから、わかってることを楽しみましょう。つまり、この現実で、わたしといちゃつけることを」

　ぼくはそうする。だが、自分が正しいのはわかっている——なぜなら、忘れはじめているからだ。

　オーバーヒートしかけている脳の混乱を整理するため、ぼくは退院したあとで見つけたジョンのスケッチブックに、間違いなく起こったとわかっていることを書きつけておいた。ほんの数日前のことなのに、いまそのメモを見ると、そのほとんどを覚えていないのだ。記憶は薄れ、かすみ、アクセスできない認知のひだかなにかのなかで丸まって眠りこんでいる。脳も傷を癒やすのかもしれない。とげ抜きでとげを抜いたとき、先がとれて体内で腐敗しかねない異物が残ってしまったときのように、すっぽり包みこんでくれるのかもしれない。

　とりあえずメモをとったとき、こんなにくわしく書くなんて大袈裟だという気もしていた。重要な出来事を記録したのだが、当然のことながら自己陶酔のせいで脱線しつづけ、不安や疑問や罪悪感や後悔についても記した。だが、その記憶がすべて失われはじめると知っていたら、ぼくの世界について覚えていることを、関係なさそうだったり些細だったりあたりまえだったりすることも含めて、なにからなにまで、毎日、ただひたすら書きつづけていただろう。なぜなら、いまでは、ぼくに残されているのは、その散漫で自信なさげなメモくらいだからだ。メモはフィクションのようなものだ。ぼくはフィクションのようなものだ。人生が、世界が、全宇宙が、二十七ページの走り書きに縮んでしまった。

ぼくは毎日、どんどんトムではなくなっているのを感じる。そうなっているのがわかる。ぼくは彼になりつつある。ジョンに。

78

ぼくたちは翌日も一緒に過ごす。近所を散歩してコーヒーをテイクアウトする。ペニーのお気に入りの店で朝食をとる。ペニーは書店を休みにすることを決め、ぼくたちはただ、ダウンタウンを西に向かって歩く。ペニーはぼくに街を、ぼくが一生のほとんどを住んできたのにほとんど見覚えのない場所を見せたがる。

ぼくは建物がどれもそっくりなことについて話す。皮膚と髪は違っていても、骨格と筋肉と神経と内臓はほぼ同一だ。人はそれでかまわないが、街となるとそれでは退屈だ。人と同様、建物にも重力と老化の対策は避けられない。だが人と違って、建材は骨と肉に限定されていない。ぼくが来た世界では、建築物に関するノスタルジーは高く評価されていなかった。過去は見苦しいイボで、おおむねさしさわりはないが、放っておくとまずいかもしれないとそれとなく警告しているものとみなされていた。もちろん、有名な建物はあった。タージマハルやエッフェル塔やワシントン記念塔のような、絵はがきになるような歴史的建造物は。だが、それら以外は、取り壊してしまうほうがみんなのためになると考えられていた。

そしてぼくは、建物がまったく異なっていることについて話す。ぼくの世界では、とっくの昔にマ、ク、ロ、建築が主流になっていた——個々の建物を街全体の連結部品のひとつとして設計し、先行する文化、地元の嗜好、世界的傾向、環境要因、地勢的特殊性と融合させるのだ。うさん臭いマクロ設計が建造されてしまうこともある。たとえば、北京が空から見ると龍のように見えたり、サンアントニオが巨大版アラモのようになっていたり、ブラジリアの通りがブラジルの地図の形になっていたりというように。しかし、マクロ建築はおおむね、街の景観がこの世界のように支離滅裂になってしまうのを防いでくれる。

ペニーは異を唱える。いま歩いているふぞろいな建物が並ぶ通りを、彼女は視覚的な混乱とみなさない——歴史があざやかに浮かびあがっているし、多様性があるからこそ街のことがわかる。独特な細部のひとつひとつ、日付が刻印されたリフォームのひとつひとつ、煉瓦や屋根材や窓やドア階段のひとつひとつが、それらが形づくっている街についてなにかを語っている。そしてすべての街に、そのような街区が、終わらない物語が記されているページが何百も、何千もある。

ぼくはもうひとりのペネロピーを思いだし、彼女とこんなふうに一日を過ごす可能性はあったのだろうかと考える。彼女とは一夜をともにしただけだったし、そのあと……その相似に愕然となる。激しい衝撃を受ける。いまは、結ばれた夜のあとの朝なのだ。ペニーと歩道に立っている現在とほぼ同じ時刻に、ペネロピーは分離球から歩みでてぼくの目の前で宙に散ってしまった。しかし、過去は掻き消され、彼女は、彼女のこのヴァージョンは、行き来する車の音が響いているなかでコーヒーを飲んでいる。この世界は、耳に突き刺さるようなやかましい音に満ちあふれていて、こういうときにじっくり考えごとをするのが難しい。

「だいじょうぶ?」とペニー。

「ああ」とぼく。「ええと、その、もうひとつの世界のことを考えてたんだ」

「もうひとつの世界ね。つまりもうひとりのわたしのことなんでしょ?」

「もうひとりのきみはもう存在してないんだ」

「してるわよ。あなたの記憶のなかに。わたしは、元彼女問題を理解してあげなきゃならない男と、何度もデートしたことがあるの。男たちの記憶のなかでは、愛した女は、完璧な天使かがみがみ女になっちゃうのよ。だけど、彼女はたぶんあなたにがみがみいわなかったんじゃないの? それから、わたしよりセクシーだったんじゃない? でもだいじょうぶ。自分に嫉妬したりしないから。まあ、ほんのちょっとは……」

ペニーはいたずらっぽくほほえみながら顔を近づけてくる。だが、ぼくはそわそわしてしまっておちつかない。

「まだ、それをジョークにする気分になれないんだ。平気そうに見えるのかもしれないけど」

「ごめんなさい。正直いって、わたしはまだ、あなたが演技をやめて、この時間旅行だのなんだのは、女をひっかけて充分に楽しんだら自分の次元に永遠に戻れるようにするため、つまり女を捨てて二度と会わなくてすむようにするためのただの手管だと認めるんじゃないかって期待してるのよ」

「戻りたくても戻れないんだ。タイムマシンのつくりかたを知らないからね」

「だけど、もしも戻れたら、わたしは生まれなかったことになるのよね？　わたしもほかのみんなも」

ぼくはペネロピーから聞いた、作業を一秒ごとに分割するという助言を思いだす。あれはすべてに有効なのだろうか？　ぼくが消してしまった人々のことを忘れるためにも役立つのだろうか？　チクタクという着実なリズムは、全世界を一掃してくれるのだろうか？

「ところで、どっちのわたしがセクシーかっていう質問にあなたが答えなかったことに気がついてるわよ」

「きみだよ」

「いい答えね。軽くキスしてくれたら、もしかして信じるかも」

ぼくたちはキスをし、歩きながら話す。遅いランチをとってペニーの部屋に帰り、夕方まで眠る。

これまでに過ごしたいちばん楽しい日だ。それも断トツで。
目が覚めると、ペニーはぼくの横で丸くなってまだ寝ている。
ペニーはペネロピーではない。宙で散り散りに分解したりしない。

79

ぼくたちがベッドに横たわって、夕食をどうしようかとだらだら話しているとき、ぼくの携帯電話が鳴る。ペニーのベッドで寝ている女性以外とは話したくないので出る気はないが、彼女が起きてトイレへ行ってしまうので、ぼくもベッドを出る。事務所からの電話はもう何日も無視している。少なくともぼくが生きていることを教えてやれば邪魔をするのをやめるかもしれないと思いつく。

だが、電話をかけてきたあわてふためいている女性プログラミングアシスタントは、ぼくはどこにいるのかとたずねる。彼女によれば、スタッフたちはもう何時間も電話をかけていたのだが、ついさっき、ぼくのオフィスの電話と携帯電話の番号を取り違えていることに気づいたのだそうだ。彼女は、もうすぐディナーが終わるから、ぼくの基調演説は三十分後にはじまる予定になっているという。

今週末、建築都市計画国際会議がはじめてトロントで開催されるのだが、地元の神童として、ぼくが会議の幕開けを告げるスピーチをすることになっているのだそうだ。何カ月も前にぼくは同意したのだそうだが、どうして入院したあとにキャンセルしなかったのかぼくにはわからない。だが、だれも会議のスタッフに伝えなかったらしく、スピーチの前のディナーにぼくがあらわれないので、彼らは大あわてしているのだそうだ。なにしろ、五百人の建築家と都市計画者と評論家と院生、それに、ええと、とにかく五百人がホールの外に集まってぼくの話を聞こうと待っているのだ。

ぼくには五百人の建築おたくに話すことなどなにもない。とはいえ、潜在意識のなかの厚かましいおしゃべりが、これはジョンにとって重要なのだと主張するので、ぼくはジョンになりたくないのだが、電話をかけてきた女性に、ジョンはスピーチの開始時間にそっちへ行くと告げる。ペニーに状況を説明し、この十八時間で四回愛しあっているいま、逃げだすための口実だと疑われるのがわかっているので彼女を会議に誘い、はじめて一緒にシャワーを浴びて、そう、心からシャワー室を出たくなくなるが、ペニーは急にてきぱきと支度をはじめ、ぼくが脚と腋(わき)用の剃刀(かみそり)を借りてひげを剃っているあいだに、かわいいシンプルなドレスを着てメークをする。

ぼくたちはタクシーを拾ってぼくのアパートメントに行く。ぼくは、メーターを切らないでいいからといってタクシーを待たせたまま、ペニーが部屋を見てまわっているあいだに急いでスーツに着替える。ペニーがネクタイを結んでくれるが、その親密さにぼくは泣きそうになる。ペニーはぼくにほほえみかける。温かいと同時に興味しんしんなその笑顔を見て、ぼくはこれからやることの前に勇気をもらう。

80

　ぼくはすごく頭がいいはずのこの人たちになにを話すのか、まったく考えていない。才能豊かな人たちは、ぼく――いや彼、ジョン――に騒がれるだけのものがちょっとでもあるかどうかを知りたがっているに違いないが、もちろんにぼくにそんな才能があるはずはない。会議のスタッフたちは、ペニーと手をつないでホールに入ろうとするぼくのまわりに集まって、視聴覚資料は持ってきたのかとたずねる。ぼくは五百人が席を埋めている会場を見わたし、カーテンがひかれている床から天井までの大きな窓の前に置かれた小さな演台に視線を向け、その瞬間、ぼくの心から人間の思考が消える。汗腺から、全身の液体分子がすべて絞りだされる。喉に、蛾の群れを呑みこんでしまったような、むずがゆく粉っぽい感覚が生じる。

　カーテンに、最後にもうひとひきするのを忘れたかのような隙間があることに気づく。ホールは湖畔の高層ビルの最上階にあるので、その隙間から街の輪郭の一部が見えている。ぼくはマジックペンを持ってきてほしいと頼んでカーテンを引き開け、街の景観をあらわにする。プログラミングアシスタントが大あわてで太い油性フェルトペンを持ってくる。ぼくはペンのキャップをはずし、五百人の視線を後頭部に感じながら、窓に直接描きはじめる。いま見えているほうではなく、ぼくの記憶にあるほうの街を。この街の輪郭ではなく、ぼくの街の輪郭を。ぼくは絵が描けないがジョンは描けるので、彼の才能とぼくの記憶のあいだでうまくバランスをとるという、奇妙な認知体験を味わう。ぼくはあるべき街を描きだす。会場は静まりかえっている。ささやき声と咳払いは聞こえるが、だれも、たとえば、〝窓に落書きをするな、馬鹿者〟などと怒鳴ったりしない。だからぼくは描きつづけ、あるべき街の輪郭を完成させる。そしてようやく、ぼくは聴衆に向きあう。

「わたしたちはしくじっているのです」とぼくは語りだす。「自分たちを、世界をだめにしているのです。建築はなかで人が暮らせる芸術です。わたしたちは奇跡のなかで暮らせるのです。おもしろみのない箱のなかではなく。幾何学のなかではなく。ここに集まったわたしたちは、世界がみずからの反射像を見るための枠をつくっています。そしてもしも世界がわたしたちの想像力を解き放つための材料を提供してくれないのなら、わたしたちから要求しなければなりません。この街を、すべての街をふたたび想像するために必要なあらゆること、この惑星上における人間の生きかたをふたたび定義するために必要なあらゆることは、すべて実現可能なのです。実現不可能なアイデアなどありません。わたしたちに必要なのはインフラだけです。しかしわたしたちは、自分たちの壮大なヴィジョンを追求するために物質世界を急き立てているのでしょうか？　それともインフラに枷をかけられているのでしょうか？　みなさんは自分たちをだめにし、世界をだめにし、未来をだめにし、窓の外に目をやって文明としてのわたしたちができることを眺めるすべての人をだめにしているのです。この窓から、わたしたちが語った物語をごらんになってください。誇りを持って語れる物語でしょうか？　きょう、自分がつくろうとした建物について考え、それがこの世界を、わたしたちが必要としているものに変えるかどうか、自問してください。もしも変えないとしたら、それはなぜなのでしょう？　やりなおしてください。これらは建物ではありません。わたしたちが暮らすに値する記念碑なのです」

ぼくのスピーチは一時間が予定されていたが、まだ、たぶん二分ほどしかたっていない。だが、いいたかったことはもういったので、ぼくはペンにキャップをし、目を丸くしているプログラミングアシスタントにそれを放り投げると、ペニーの手をとってホールをあとにし、背後で重い木のドアが閉まるにまかせる。

エレベーターを待っているとき、聴衆が素手で床にボルト留めしてある座席をむしりとり、それを壁に投げつけてホールを破壊しているような音が響いてくる。あとでだれかから聞いたのだが、それは五百人が拍手喝采している音にすぎない。

81

念のためいっておくが、ぼくは自分のスピーチが拍手喝采に値するようなものだったとは思っていない。大胆な輪郭の絵はドラマチックだったし、聴衆はぼくの、みんなしくじっているという言葉に驚いただろうし、自分の職業が世界全体の流れを決めているといわれればだれも悪い気はしないはずだ。だが、聴衆が拍手喝采したのは、ぼくのスピーチに刺激を受けたり奮い立たせられたりしたからなのか、それとも最初のひとりが拍手しはじめたせいで同調圧力がかかり、群集心理でみんなが続いただけなのかどうかはさだかではない。

理由はどうあれ、翌日のトロントスター紙はそのスピーチを、ぼくが窓に描いた絵の写真とともに一面トップで報じた。たちまち、すさまじい数の解説記事が続々とネットにアップされた。賛否両論だった。給料をもらうために記事のネタを探さなければならない新聞記者たちが、ぼくのスピーチや街の輪郭や職業としての建築、それにさまざまなほとんど無関係な話題について、遅ればせながらつまらない記事を書いた。

多数のインタビューの申し込みがあったし、ぼくの事務所には新たなプロジェクトを依頼したいからぼくと話がしたいという電話がじゃんじゃんかかってきた。ぼくが沈黙を保ったせいで、好奇心の渦がいっそう強まったのだろう。これはPR戦略なんかではなかった。ぼくは、ペニーとベッドにいて、出たくなかっただけだ。

そういうわけなのだ。いまごろきみは考えていることだろう――それなら、なんでこの物語は終わらないんだ？　このまぬけ野郎にとって、なにもかもがうまくいってるみたいじゃないか。母親は生きてて、父親はいいやつで、妹は魅力的で、仕事は絶好調で、もうひとつの人生で片思いをしてた女性とほんとにつきあえてる――母親は死んでて、父親はくそったれで、妹は存在してなくて、仕事上でなにひとつ達成してなくて、愛した女性は自殺してしまった世界にどうして帰りたがるんだ?

　だがぼくはわかっている。ほんとうだ。ほとんどそのことしか考えていない。ぼくはぼくの時間線に対する忠誠と、この壊れた悲しい惑星に閉じこめられている種としての人類に対する同情を痛いほど感じているが、ぼくの人生はずっとよくなっている。

　ただし、これはぼくの人生ではない。彼の、ジョンの人生だ。ここに長くとどまればとどまるほど、ぼくはぼくでなく彼になってしまうし、自分の意識がそのゆがんだ鏡のなかに呑みこまれていくのがどんな感じかを説明するのが難しいことはわかっているが、やってみよう――すさまじく恐ろしいのだ。自分自身の心という炎で焼かれて死ぬようなものだ。自分のなかに根を張った他人の記憶に生きながら食われるようなものだ。自分を自分にしているものを食いつくされ、自分の脳のなかにだれかが吐きだされるようなものだ。大量の情報が心の濃密で濡れているひだのなかに詰めこまれるところを想像してほしい。記憶と意見と衝動、数えきれないほどの、重大なものも取るに足りないものもあるコイル状に尾をひくアイデンティティが。そうしたら、同じ湿った箱のなかでそれらを倍にし、混ぜあわせて戦わせる。ジョンの心は、真実だとわかっているもの、つまりぼくの記憶、ぼくの意見、ぼくの衝動、ぼくの重大なものも取るに足りないものもある屈辱と歓喜という抗体によってぼくの心が防ごうとしている病気のようなものだ。ただし、じつのところ――ぼくのほうが癌なのだ。ぼくがジョンのなかにはびころうとしているウイルスであって、その逆ではない。ジョンは自分の思考を奪還しようと決死の戦いを続けているのだし、ぼくはどうにかして彼の夢から抜けだし、彼の意識を歪曲した侵入者なのだ。

これが、頭がおかしくなるときの気分なのかもしれない。くるぶしを冷たい指でつかまれ、ぽっかりとあいた喪失と恐怖と恥辱の口にひきずりこまれかけていて、すべての幸せな瞬間が危険にさらされている。あきらめてジョンになってしまうほうが楽なのだろう。そしてぼくは、いつだって安易な道を選ぶタイプだったのだ。

世界を破壊した報いを受けている気分だ。ぼくがまだ自分は自分だと、トムだと感じているのは、おまえはしでかしたことの報いを受けなければならない、おまえが幸せになることは許されないと告げている、ずきずきする低レベルの痛みのおかげにほかならない。おまえが触れるものはすべて灰と化す。おまえが愛する者はすべて闇に呑みこまれる。おまえは犯した罪の責任を負わなければならない。たとえ、判決を下せる者がおまえしかいなくても。

82

バレン&アソシエイツ社のスタッフは会議室でぼくを待っている。ぼくが彼らのメッセージをさらに一週間無視し、ペニーと部屋にこもりつづけた結果、きょう、事務所に来ないとぼくのアパートメントで会議をするとおどかされた。ぼくはガラスドアの前で開くのを待つ。

当然、開くはずなのに開かない。ドアが自動的に開くようするためのテクノロジーはすでに存在するにもかかわらず、ドアには取っ手がついている。典型的なドアノブにどれだけの数のバイ菌がついているか、ご存じだろうか？　手で公衆便所のなかを隅から隅までぬぐったも同然の病原菌にさらされることになるのだ。

　十五人の職員が拍手しはじめ、頬骨筋を収縮させて歯と歯ぐきをむきだすので、ぼくはぎょっとするが、彼らはぼくにほほえみかけているのだと気づく。メープル材の板が透明なエポキシ樹脂の立方体に閉じこめられている会議テーブルには、ぼくのスケッチが一面に載っているトロントスター紙が数部積まれている。ぼくはジョンの記憶から情報をさらうことに慣れはじめているので、ひとりだけ拍手していない男がだれだか思いだす。ぼくより十歳年上のスチュアートという名前のその男は、事務所の業務マネージャーだ。

「社長のスピーチについてかかってくる電話が多すぎて、インターンに電話番をさせなきゃならないんです」とスチュアート。

「それは、ええと、よかった」とぼく。「だよね？」

「いいですか、わたしたちは全員、この事務所に応募したとき、どんな仕事をすることになるのか承知していました」とスチュアート。「社長はジョン・バレン、あなたです。わたしたちは従業員(アソシエイト)です。でも、わたしたちはあの会議のオープニング・スピーチのために何週間も費やしたんですよ。チームとして。視覚資料の作成だけじゃありません。原稿。参考文献集め。調査。あのスピーチは、この事務所を世界の建築業界にお披露目するためのものだったんです。社長は、みんなで用意した原稿を完全に無視した。会場にいたわたしたちへの感謝の言葉をいってもくれなかった。あの夜は、わたしたちにとっても大事な夜になるはずだったんです。ちなみに、会議スタッフから、社長が汚したガラスを取り替える代金の請求が来てますよ」

スチュアートにとって乾坤一擲の発言なのが雰囲気でわかる。高まった圧力を解放せざるを得なかったのだ。ぼくは、いますぐここを出ていって二度と戻ってきたくなくなる。職場内政治にかかわるくらいなら、絵を描いたあの窓から飛びおりて自殺したほうがましだ。ぼくは責任ある立場になったことがこれまで一度もなかったし、父親ならこの場をいったいどうするだろう、という対策しか思いつかないことが、ぼくがどんなに無知かを如実にあらわしている。

「会議スタッフに、窓の代金は喜んで支払うから、ぼくのスケッチを損なうことなく取り外してもらいたいといってくれ」とぼく。「窓ガラスはこの事務所に、入ってきた人の目にまっさきに飛びこむようにとりつけよう。ところで、あのスピーチを聞いたのは五百人だったよね？　このトロントスター紙の購読者数は？」

アソシエイトのひとりが携帯電話で検索し、答えをスチュアートに示す。

「平日版で三十万人ですね」とスチュアート。「週末版だと五十万です」

「新聞社に連絡して、週末版にあのスピーチの拡大版を独占で掲載してもらいたいといってくれ。そうすれば、ぼくが話すはずだった内容を、見せるはずだった画像つきで公開できる。

あのホールにいた五百人じゃなくて、街じゅうの五十万人に向けて。ネット上ではそれ以上の人数に見てもらえる」

「広まるのは、もちろん社長の名前ですが」

「きみたち全員の名前も明記する。見出しに載るのはトム・バレンの名前だろうけど、スピーチの作成に協力した者全員の氏名を記載してもらう」

「いま……トム・バレンといいましたか？」

「いや」とぼく。「いったかな？　いってないと思うけど。とにかく、間違ったのなら謝るよ」

「社長が……謝る？」

「ああ」

「社長がだれかに謝ってるところなんか、一度も見たことがありませんよ。だれか、見たことがあるか？」

アソシエイトたちが全員、無言のまま、呆然とした表情で首を振る。

「社長、だいじょうぶですか？　まだ退院したばっかりなんですから。社長は、現場監督に指示を出し、クライアントにヴィジョンが欠けていることに文句をつけてたと思ったら、いきなり泥のなかでのたうちまわりはじめたんですよ。あのとき、救急車を呼んだのはわたしなんです」

「心配はいらない」とぼく。

「わたしたち全員が、すばらしい会社のすばらしい仕事をなげうってここで働くことに決めたのは、社長にはほかのだれにも見えていない建築の未来が見えていると信じているからです。でも、だからといって、社長抜きのわたしたちだけでいまの仕事を続けられるわけじゃありません。もしも社長の健康に問題があるなら、プライバシーを尊重します。わたしたちを信用して、なにがどうなっているかを教えてほしいだけなんです」

「わからないんだ」とぼく。

「わからないんですか」とスチュアート。「それもまた、わたしが社長の口から聞いたことのない言葉ですね。社長はいつだってわかってる。社長は、わたしが会ったなかでいちばん傲慢な知ったかぶりなんですから」

脳がふくれあがり、もっと快適な居場所を求めて耳から飛びだそうとしているような感じがする。ぼくは額をテーブルのひんやりとしたエポキシ樹脂の表面に押しつける。汗が腋の下から胸郭を流れ落ちているのを感じる。ぼくは、物心がついて以来ずっと、みんなが答えを求めてぼくを見つめるような状況を慎重に避けてきた。

「そのとおりだ」とぼく。「ぼくは知ってる。この街のすべての建物がどんなふうに見えるべきかを知ってる。地球上のすべての街がどんなふうに見えるべきかを。ぼくたちは、あるべき姿から遠く離れてる。だけど多すぎる。ぼくに全世界は修正できない」

「だれもあなたにそんな期待はしていませんよ、社長」とスチュアート。

「ぼくは無期限の休暇をとる」とぼく。「きょうからだ」

「なにをいってるんですか？　現在、六件のプロジェクトが進行中なんですよ。あのスピーチ以来、仕事の依頼は何百件も来てます。シカゴのコンサートホールもある。来週、社長の初期コンセプトを届けることになってるんですよ」

「週末に来て設計をしあげるよ。ぼくのサインが必要な書類はぼくのデスクに積んでおいてくれ。サインしておくから。そのあとは、きみたちだけでやってくれ」

出ていくとき、ドアが自動で開かないことを忘れて鼻をぶつけてしまう。鼻中隔前部の血管が破れるほどの勢いだった。ぼくはガラスにひと筋の血を残し、振りかえらずに去る。頭がずきずきするがその理由は痛みだけではない――とぐろを巻いている怒りは奥深くに埋もれているのでぼくを足止めできない。ジョンが築きあげたものをすべて破壊しているのはわかっているが、ぼくは気にしない。なぜならなにもかもが偽りだからだ。ぼくは天才でも先見の明の持ち主でもリーダーでも、あの連中が思いこんでいるようななにかでもない。いまも、そしてこれまでも。

83

ペニーは、ぼくの両親の家に足を踏み入れ、苦心して収集したマニアックな本のコレクションを目にしたとたん、その真価に気づく。母はひと目で同好の士だと見抜き、六十秒もたたないうちに、ふたりはヴィクトリア時代のさまざまな装丁法のメリットについて議論しはじめ、ぼくは自分が蚊帳(かや)の外に追いやられた現状を受け入れる——今夜はもう、ぼくはだれかにちょっとでも興味深いと思われることはいえそうにない。

夕食中に事態はさらに悪化する。父がトゥールーズで開かれた学術会議中に聞いてきた変わったラタトゥイユのレシピを披露しているとき、ペニーが父の時間旅行の本について質問する。グレタがティーンエイジャーのようにうめき声をあげ、父は赤面し、娘にからかわれているのかどうか分析しようとする。自分は幼いころからの思弁小説(スペキュレイティヴ・フィクション)のファンだとペニーは父に打ち明け、このテーマについての父の見解を知りたいと述べる。

父はそれ——そして二杯のピノノワール——だけで青春時代にどっぷりハマったことと秘めたる屈辱について勢いこんで話しだすが、大声でいったら玄関のドアを破って飛びこんできた科学警察にまともな物理学に対する犯罪で逮捕されてしまうかのように、鍵になる単語を口にするときは小声になる。もうひとつの世界の父は傲岸不遜(ごうがんふそん)な態度で、自分の話はことごとく好奇心をそそるし重要なのだが、自分以外の者にも理解できるところまでレベルを落とすために使う精神エネルギーがもったいないと思っているかのように、いかにも退屈そうに話した。こちらの父は、質問されただけでうれしそうだ。というのも、だれにも褒められなかったし、一般大衆から完全に無視された本が出てから何年もたつのに、いまだに同僚からその本のことでからかわれているからだ。

父の本は時間旅行の軽い解説で、主流エンターテインメントで描かれる時間旅行は、どんなふうに科学的、技術的、物資調達的におかしいかを指摘している。しかし、駄洒落と大衆文化への言及のあいまに時間旅行の可能性を真剣に考察もしている。もちろん、父は時間旅行について真剣に考えつづけていたのだが、自分の仮説を名だたる科学者の前で開陳したり、もっと悪いことに論文にして発表したりしたら、学界に困惑を巻き起こし、爪弾きにされるに決まっているのはわかっていた。

　だが、食卓でなら――ぼくはパリパリのスペルトブレッドでラタトゥイユの残りをぬぐい、母はオーブンから焼きたてのデザートを出し、妹はピノノワールをもう一本開け、ペニーはテーブルの下でときどきぼくの足を踏みながら心から興味深そうに父の話を聞いている――水を差されるとしても、ワインを一杯飲むごとに微細運動能力が指数関数的に衰えているせいでコルクを割り、ボトルのなかに半分落としてしまったグレタが、いらだちを隠そうともせずにため息をつくくらいでおおっぴらに話せる。ぼくは、グレタが自分のグラスにワインをつぎ、点々と浮いているコルクの破片を親指でとるさまを眺めておもしろがる。グレタはぼくを見やって肩をすくめ、ぼくの心を彼女への愛がさっとよぎる。

　キッチンでデザートに粉砂糖を振りながらぼくたちのほうをちらりと見た母と目があう。母は小さくうなずいてペニーの親密さにお墨つきを与える。

　ぼくがいいたいのはこれだ。これはぼくが味わうに値しない幸福だ。あんなことをしでかしたぼくが。この温かい家族の団欒（だんらん）は、血の海に浮かぶコルクのかけらだ。

84

母が祖母から譲られたアンティークの磁器の大皿を持ってキッチンから出てくる。淡青色で金線細工がほどこされた幾何学模様の縁飾りがある皿だ。

そこにレモンタルトが十二個載っている。

「あなたの好物をつくったの」母がいう。

ぼくの内臓が縮こまり、毛穴から冷や汗がにじみでる。いかにも気分が悪そうに見えたのだろう、母が皿をテーブルに置くのをためらう。

「わあ」とグレタ。「きれいなお皿ね」

「どうかしたの？」と母がたずねる。

「なんでもない」とぼく。

「おいしそう」とペニー。

「わたしのおばあちゃんのレシピなの」と母。「毎年、ジョンの誕生日につくってるのよ。五歳になる直前に、ジョンはバースデーケーキは嫌いだって宣言したの……」

「そんなことをいう子は、鞭で打って目を覚まさせるべきよ」とグレタ。「バースデーケーキが嫌いだなんて人がいる？」

「だからレモンタルトをつくるようになったの」と母。「年の数だけ」

「五歳のときにはかわいらしい決まりだったけど」とグレタ。「三十二歳だとそうでもないわね。おにいちゃんは、ひとつだけ食べてあとは捨てちゃいそう」

「ジョンはそんなことしないわよ」と母。「捨てたりしないわよね、ジョン？」

「ジョン、だいじょうぶか？」と父。「顔色が悪いぞ」

空飛ぶ車にまっぷたつにされて死んだのに、母はいま生きている。ぼくがもう味わえないはずだったレモンタルトを載せた大皿を持って立っている姿勢がいいことをのぞけば、どこも変わっていない。

「だいじょうぶだよ」とぼく。「タルトをつくってくれてありがとう」

ぼくはレモンタルトをひとつ手にとる。ぼくの世界で食べたのと同じ味だ。現実と現実を隔てる感覚の境界を破ることは、ペストリーには荷が重い。ぼくはワインボトルに手をのばす。そして飲む。

もちろん、ちょうどよく熟(う)れたアボカドと夢を見ながら目覚めることと背負い式飛行装置(ジェットパック)がティーンエイジャーにうってつけの誕生日プレゼントなことときれいな空気と世界平和が好きだから飲むが、ぼくはけっして利己的ではない——両親とグレタとペニーがいるここのほうが、すでに記憶が薄れてあやふやになりかけているもとの世界よりも、ぼくには幸せだ。けれどもデイシャがいる。それにシャオとアシャーが。それにヘスターとメーガンとタビサが。それに父の研究所の時間航行士たちと補欠たちとぼくの同僚たちとクラスメートとロビン・スウェルターと彼女の両親とぼくを殴った彼女の兄と家出したときに助けてくれた男の子たちと学校に戻ったあとでつきあった女の子たちと何十億人もの会ったこともない生まれざる見知らぬ人々がいて、ぼくが彼らの命を奪った自分を許したら、その瞬間、彼らは全員、永遠に失われてしまうのだ。

85

父はまず、大衆文化に登場するほとんどの時間旅行モデルが理屈にあわない理由を説明する。地球が動いているからなのだ。

ぼくはすでに4章でこれについて概説したが、きみがそこを飛ばしているといけないので、くりかえしておこう。地球は地軸を中心に回転——その一回転が一日だ——しているが、同時に地球は太陽のまわりを回転——その一回転が一年だ——しており、同時に太陽を中心とする太陽系は銀河系内を移動し、同時に銀河系は宇宙を移動し、宇宙はおそらく多宇宙（マルチヴァース）を移動しているのだろう。それらの動きを意味する言葉はないが、それはそのパターンがいまの人類のツールでは計算できないほど巨大だからだ。個人的には、混沌とした全体を支配する魔法のような時計仕掛けがあるのだと思うが、ぼくたちにわかるのは、現実という無限の時計面上のちっぽけな針の先のぽつんとした一点だけだ。

地球は毎日、宇宙空間を猛烈な速度で移動している。きみがこの文章を三秒間読んでいるあいだに、地球は地軸を中心に一キロ以上回転する。時間旅行は時間を戻るだけではすまない——空間内の莫大な距離を跳躍し、きわめて厳密な一点に到着しなければならない。さもないと、なにかのなかで実体化するはめになる。時間旅行者は、非物質化するか、その場所が分子レベルで空っぽでなければならない。粒子が一個、脳のなかに迷いこんでも命とりになりかねないからだ。

ペニーが妥当な想定をはるかに越えるほど時間旅行について知っているので、父は大喜びする。ふたりはデザートを食べながら、追跡可能な半減期を持つ放射性物質を発する原子力エンジンを動力源とする真空気密ポッドの利点について話しあう。もしも未来で時間旅行が一般的になっているなら、時間旅行者が安全に到着できる場所と直行ルートが用意されているはずだ。理屈の上では、そのようなポッドは時間旅行が可能であることを証明できる。なぜなら、ポッドをつくれば、起動したとたんに、おそらく未来から訪問者がやってくるはずだからだ——父いわく、これぞ究極の〝それをつくれば彼らはやってくる〟（映画《フィールド・オブ・ドリームス》の有名な台詞のもじり）だ。

いい気分になった父はキッチンの戸棚から少量生産バーボンの埃まみれのボトルをとりだし、全員のグラスにつぐ。母は妙な嫉妬をしているように見える。夕食後、ペニーに自分の本のコレクションのとっておきをもっと見せたかったのに、なぜか父が彼女をがっちりつかまえて放さないからだろう。母は何度か、H・G・ウェルズの『タイムマシン』を使って会話を十九世紀文学に戻そうとするが、父は会話の主導権をがっちり握ったまま放さない。こっちの母が慣れていない性格特性だが、ぼくにはそれが、父が本来備えている可能性のごくおだやかなあらわれだとわかる。ぼくは、ホームシックの不快なうずきを覚える。

ワインを何杯か飲みすぎたグレタはカウチで横になり、ペニーと父はノヴィコフの首尾一貫の原則について論じあっている――厳密な因果関係が成立している現実はひとつしか存在せず、時間旅行者が過去でなにをしても、それはすでに起こったことなので現在の時間線を変えることは不可能なのだそうだ。ぼくは二杯めのバーボンのグラスに向かってふんと鼻を鳴らす。なぜなら、ノヴィコフが自分のいっていることをまったく理解していなかったのは明らかだからだ。

ペニーと父はさらに、枝分かれする宇宙と時間線の損傷、因果ループと自己回復現実仮説について論じる。グレタはうたた寝する。母は皿洗いをする。ぼくはバーボンを飲みすぎる。何時間も黙っているような気がするが、たぶん二十分程度だろう。だが、ふたりの話題が時間結合仮説に移るとき、ぼくは破局的な決断をして口をはさむ。

「時間抵抗は？」とぼく。

「すまない、なんだって？」父が目を細めてぼくを見ながら問いかえす。

「ぼくが生まれる前の時代に戻って」とぼく。「なんていうか、うっかり歴史を変えてしまう。そのせいでぼくが生まれないことになったら？　生まれるけど、遺伝子レベルのほんのわずかな違いで同じ人物じゃなくなったら？　過去に戻って変化を生じさせるためには、ぼくはその変わってしまった現実に存在しなきゃならないんじゃないのかな？」

ペニーが判別しづらい表情になる。ぼくがぼくの人生に、そしていまや彼女の人生に重くのしかかっている難題を父にぶつけたので、緊張しているのかそれとも喜んでいるのだろう。

「まあ、そうだな」と父。「時間結合仮説によればそうなりそうだ。無数の同時に存在する次元はなくて、一貫した現実がひとつあるだけだとするわけだから、過去で因果関係に変化が生じたら、それがさざ波のように時間線に広がってパラドックスを解消するんだ。ただし、どんな仕組みによってそんなことが可能になるのかについてはさだかではない。核反応のような、パラドックスが生じると蓄積・解放される一種の時間エネルギーが存在するんだろうか？　存在するとして、わたしたちは、特定の個人の取るに足りない人生よりもはるかに大規模な宇宙的メタシステム内の存在だというのに、どうしてそれがこの地球上のタイムパラドックスを解消するように作用するのだろう？　この種のことはたちまち、強大な知性が出来事を誘導し、矛盾を解消するという話におちついてしまうんだが、それはわたしには、ちょっと神学的すぎるんだよ」

「神さまの話をしてるんじゃない」とぼく。「実際に起きてることの話をしてるんだよ」

「おまえがこの手のことに興味があるとは知らなかったな」と父。「そもそも、いつわたしの本を読んだんだ？」

「ほんとに楽しい夜でした」とペニー。「でも、そろそろ失礼します。お招きいただいて、ほんとうに……」

ペニーはぼくの足をぎゅっと踏んづける。母がキッチンから、タオルで手を拭きながらこっちを見ている。

「いまそっちに行くわね」と母。「お皿を洗ったらすぐに保湿しないとガサガサになっちゃうのよ」

「基本的には知るすべはない」と父。

「いや」とぼく。「それが起こってるんだ。時間旅行者が、自分が生まれる前の過去を変えると、彼らは時間のいかりになる。その後の出来事は彼らが生まれるようにおさまるんだ」

「それはただの因果ループじゃないのか？」

「違う。なぜなら、彼らが現在に戻ってみると、なにもかもがらっと変わってるかもしれないんだからね。とうさんは屈辱にまみれた天才で、かあさんは死んでて、グレタは生まれてなくて、ぼくは落ちこぼれの厄介者になってるかもしれないんだ……」

「ジョン」とペニー。

「ぼくの名前も変わってるかもしれない」とぼく。「名前はジョンじゃなくてトムだけど、まったく、つまり遺伝的には同一の人物なのかもしれない。もしもぼくが変わってしまった現在に戻ったら、ぼくという存在が時間の流れを泳いでさかのぼったという事実が、ぼくが現在、生きていてぼくの意識を宿せるように出来事が並ぶ必要がある。ぼくが時間のいかりだし、時間に広がる波及効果が時間抵抗なんだ」

ぼくはグラスをとろりとしたバーボンで満たす。そして、デモンストレーションのために別のグラスにもつぐ。父は、興味しんしんだが疑わしげな顔で椅子の背にもたれる。

「つまり、液体がおまえの心でグラスが異なる現実なんだな？　わたしにはニューエイジっぽすぎるように思えるな。時間線を移動する意識か。変化した現在にいるヴァージョンのおまえはもとの現実の記憶を持っているのか？」

「持ってる。だけど彼はそれを夢だと思ってるんだ。それとも、子供の豊かすぎる想像力だと。だけど、ここは自分の居場所じゃない、ここはあるべき世界じゃないという漠然とした不安にさいなまれてる。彼はたんにそういう性格なんだとみなされるだろうね。ひょっとしたら、彼が心を許したごく少数の人々は、彼は社会的な不適応症か、診断名がついてない自閉スペクトラム症的な障害をわずらってるんじゃないかとひそかに心配するかもしれない。でも彼は、それ以外はまともに見える。いくつかの面では有能ですらあるので、彼らも心配を押し殺して彼が自分たちと感情的なきずなを保っていられるように最善をつくす。そんな状態が続くけど、彼のオリジナル・ヴァージョン、本物の彼が過去から戻ってきた瞬間、二本の時間線が一本になる。その瞬間、もうひとつの意識が彼の心を制圧し、支配権を握る。彼の心にまったく異なる世界でのもうひとつの人生の記憶がどっとよみがえる。彼の脳はつねに戦争状態になるだろうな。ふたつのヴァージョンの彼が、相手を制圧しようと争いつづけるんだから。それぞれが、相手を存在にかかわる脅威とみなす。実際、そのとおりなんだからね」

全員が黙りこんでいる。母はキッチンの入口で、爪を嚙みながら立っている。父は身じろぎもしない。ペニーはテーブルクロスの複雑な模様を凝視している。グレタはカウチで体を起こしている。ぼくはバーボンを飲みほすと、空になったグラスをテーブルに戻すが、わずかに力をこめすぎ、叩きつけるように置いてしまう。

「ねえ」とグレタ。「完全に頭がおかしくなっちゃったの？　なんでもいって。わたしたちはなんだってするから」

「話をしてるだけじゃないか。仮定の話を」とぼく。

「よして」とグレタ。「いまのはおにいちゃんの小説そのまんまじゃないの。っていうか、おにいちゃんが小説だといってるものの。ほんとにそれが自分の身に起きたと思ってるの、おにいちゃん？」

ぼくはグレタを、母を、父を、そしてペニーを見る。

「ぼくはジョンじゃないんだ」とぼくはいう。

86

気まずい沈黙が続く。ワインとバーボンのせいで頭がふらつくし、ぼくの突発的な暴露のあまりの場違いさが、人体の部分でいっぱいの冷蔵庫のごとく胸に重くのしかかりはじめる。とりわけ、今夜が恋人と両親の歴史上、ほぼ最高の両親への恋人の紹介になったからだ。

「妄想にとり憑かれてるみたいに聞こえるわよ」妹がいう。「わかってる？」

「理論的には」と父。「ジョンがいっていることはほんとうでありうる。単一の身体的形態内における意識の併存という意味だがね」

「ヴィクター、これは楽しみのための科学上の議論じゃないのよ」と母。「わたしたちの息子の話なのよ」

「すまん」と父。

「ジョン」と母。「あなたの名前は間違いなくジョンよ。だって、あなたがわたしの子宮から出てきたとき、わたしたちがそう呼ぶことに決めたんだから。あなたにはある種の神経外傷があったんだけど、医師たちは、無能だったか働きすぎだったかで同定ができなかったの。あなたが倒れたあと、すぐにロジェ・エイムズに相談するべきだったんだわ。ロジェは大学の神経学部長だし、彼には面倒な図書購入を手伝ってあげた貸しがあるの。医学部長のイヴェット・マグウッドにも。なんだってするわ、約束する」

ぼくは両手の人差し指に力をこめて左右のこめかみを押さえる。どうして話してしまったんだろう？　椅子が恥辱と後悔の大海で翻弄されているように感じ、ぼくはバランスをとろうとテーブルをつかむ。

「心配はいらないんだよ、みんな」とぼく。「飲みすぎただけだ。ただの悪い冗談さ。親とは飲まないほうがいいっていうのはほんとだね。不安にさせたんだったら謝る。問題はないんだ」

「わたしに嘘がばれないとでも思ってるの？」とグレタ。「五歳だったわたしがパパの電気スタンドを壊したとき、嘘のつきかたを教えてくれた馬鹿はおにいちゃんなのよ」

「あれはおまえだったのか」と父。

「朝一番にふたりに電話をかけるわ」と母。

「わたしにも何人か心当たりがある」と父。「認知科学の専門家がいいんだろうな」

「もしもほんとうだったら？」とペニー。

またも沈黙が続くが、こんどのほうが緊張感がずっと強烈だ。

「やっぱりね」とグレタ。「完璧すぎると思ってた。あなたはおにいちゃんの妄想を助長してるのよ」

「ペニー」と母。「あなたはかわいい娘さんに見える。その印象を裏切らないで」

「わたしは、みなさんのようにジョンをよく知っているわけじゃありません」とペニー。

「二週間前、ジョンがわたしの店にやってきて、間違いなく、これまでにわたしが耳にしたなかでいちばんとんでもない話をしたときが初対面でした。ジョンの話を合理的に説明することはできません。だけど、ほかにも合理的な説明がつかないことがあるんです。わたしの気持ちです。わたしは基本的にふつうの人間です。基本的にふつうの暮らしを送っています。いいことも悪いこともありますが、常軌を逸したことはほとんど起こりません。ジョンにわたしの人生にかかわってほしいなんて思っていませんでした。ジョンに恋したいと願ったりしませんでした。でもそうなったんです。ジョンにもまだそのことは打ち明けていません。あまりにも気まずいから、みなさんの前でいっちゃったんです。まったくもう。恋をしたことなりあります。結婚寸前まで行ったことも一度あります。でもこんな気持ちになったのははじめてなんです。どっちが上かもわからないんですから」

「上か下かを見分けるのは簡単よ」とグレタ。「目を開けるだけでいいんだから」

「自分の話がどんなに陳腐に聞こえるか、わたしがわかってないと思う？」とペニー。「こんなに陳腐なことを好きでいってると思う？」

「さあ、どうかしら」とグレタ。「わたしはあなたを知らないから」

「怖くてたまらないの」とペニー。「だって、ジョンが完全にイカれてるかどうかわからないんだもの」

「ジョンはイカれてなんかないわ」と母。

「ママ、おにいちゃんは自分が未来から来たと思ってるのよ」とグレタ。

「未来じゃない」とペニー。「別の時間線よ」

「どこが違うのよ」とグレタ。

「わたしの本を読んでおくべきだったな」と父。

「あんな本、だれも読まないわよ、パパ」とグレタ。

「ジョンのいってることがほんとじゃないといいってわたしは思ってる」とペニー。「気味が悪いし、わけがわからないし、ぞっとするから。それでも真剣に受けとめてるのは、ジョンがどこから来たのかを理解できるからよ。だって、まともじゃないように聞こえるのはわかってるけど、もしもほんとだったら？」

「たしかにそのとおりね」とグレタ。「まともじゃないように聞こえるわ」

「ミスター・バレン」とペニー。「あなたは、わたしたちにとって時間旅行の専門家にいちばん近い存在です……」

「たしかに」と母。「ジョンが子供のころずっと、父親が時間旅行について話しまくってたことを考えたら、ジョンの空想の世界がたまたま時間旅行にかかわってるっていうのはほんとに好都合よね」

「あの本を書くように薦めたのはきみだったんだぞ」と父。

「ガス抜きになると思ったのよ」と母。

「恥をかくはめになることがわかってたんだな」と父。「それにキャリアにとってマイナスになることが。自分だけ成功して、わたしをふがいない連れあいに仕立てあげたかったんだな？」

「時間旅行についてのひどい本になるなんて、わたしにはわからなかったのよ、ヴィクター」と母。「わたしは、時間旅行についてのいい本になると思ってたの」

「もういい」とぼく。「もう充分だ！　みんな、黙ってくれ！」

家族は、ぼくがいまにも激怒して凶暴化し、デザートフォークで彼らを惨殺するかもしれないと思っているような顔でぼくを見る。ペニーはただひたすら心配そうだ。

「たぶんぼくはおかしくなってるんだろう」とぼく。「ときどき、そんな気分になる。だけど、たいていは、世界がおかしくなってて、ぼくだけが正気を保ってるように感じてるんだ。

そういったからって、ぼくが正気なように聞こえないのはわかってる。だから、こうしよう。かあさんは、あしたの朝、専門家の友達に電話してよ。グレタ、おまえは難癖をつけて雰囲気を明るくしてくれ。それから、とうさんにはクイズを出してほしいんだ」

「なんのクイズを？」と父。

「なんだっていい」とぼく。「時間旅行と異次元に関係がありそうならなんだって、いや、関係なくたってかまわない。経験したことをすべて理解してるというつもりはないけど、がんばって答えるよ」

「わたしは？」とペニー。

「ぼくと結婚してくれ」とぼく。

「なんですって？」

「きみがぼくをイカレ野郎と即座に判断しないという事実は、きみはぼくがこれまでに出会ったなかでもっともすばらしい人物であることを示すあまたの理由からなる宮殿の玄関広間にすぎないんだ」

「なにいってるのよ」とグレタ。

「こんなことになるなんて、思ってもいなかったわ」と母。

「記憶にあるかぎり、もっとも興味深い家族の夕食になったな」と父。

「ペニー、イエスといってくれ」とぼく。

「無理だわ」とペニー。

「ほんとに？」とぼく。

「いえ、もしかしたらね」とペニー。「わからないの。この場では答えを出せない。いいわ、たぶん、ね。あなたが警備厳重な精神障害者施設に収容されるなんていう、現状だとまずありえないことにならない形でこの一件が片づいたら、一生、あなたとともに暮らす決断をするかもしれない。だけど、イエスとはいえない。〝たぶん〟は絶対に〝イエス〟じゃない」

「わかった」とぼく。

「クイズをはじめてかまわないかな？」と父。

87

心を病んでいると思われていたのは妹のほうだ。ぼくが建築現場のぬかるみに倒れて罵言（ばげん）を吐き散らすまで、両親はぼくのことをまったく心配していなかった。

グレタは、モントリオールのマギル大学で哲学とコンピュータ科学のふたつを専攻していたので、およそ10の20乗回も、ぱっとしないバーでぱっとしない男たちが飛ばしたぱっとしないジョークの相手をしなければならなかった。哲学専攻とコンピュータ科学専攻が交わる部分に生息する馬鹿ではないと推定される連中は嫌気性だった。というか、自由になる時間の多くをスマホアプリの開発に使っている理由をたずねられたグレタはそう主張した。最終的に、グレタはふたりの論文指導教官に、アプリ開発をふたつの専攻を統一する卒論のテーマとして認めてもらい、すべての時間を費やすようになった。

グレタの人生哲学は単純だ――〝みずからがなすことを信じる〟。

自分が信じているもののリストをつくる。自分にとってもっとも重要なもの十個のリストを。たとえば……正義、平等、多様性、持続可能性、なんであれ自分の政治や宗教や道徳。腰をおちつけて箇条書きにする。これが自分の信じるものだ。

ところがグレタは考える――くそくらえ。別のリストをつくる。きょうやったことのリストを。どんな日だってかまわない。平日、週末、祝日、誕生日、カレンダーの日付は関係ない。特定の日に自分が時間を使った事柄をすべて書きとめる。目を覚まし、朝食をとり、ジムで運動をし、出勤し、インターネットを閲覧し、同僚とコーヒーを飲み、仕事をし、ランチをとり、仕事をし、新しいスニーカーを買いに抜けだし、SNSを見てまわり、帰宅し、両親に電話し、TVを観、夕食をとり、服を着替え、だれかと飲みに行き、街角でイチャつき、タクシーを拾って家に帰り、本を読み、就寝したことを。

それが信じていることだ。グレタにいわせれば、ある人の信念体系とは、その人が毎日、実際にどう時間を使っているかなのだそうだ。グレタに価値判断をするつもりはない。人々にもっと自分のことを知ってほしいだけだ。基本的に、グレタは行動を信じている。もしも山ほどのことを信じていても、それらの信念にもとづいて行動しなかったら意味はない。グレタは、人々にもっと自分を知ってもらい、よりいっそう自分になれる可能性を手に入れてほしがっている。それがグレタの人生哲学だし、彼女のスマホアプリの目的でもあった。〈マップU〉というそのアプリはスマホの動作履歴を追跡し、プログラム可能な設定にのっとってユーザーの日々の活動をグラフ化する。要するに、なにをしているかを明らかにすることによってユーザーが何者なのかを示すのだ。日々の活動や移動や時間配分を変えれば、グラフが変化して、ユーザーが思う自分に近づける。

グレタは卒業した日にそのアプリを公開して、だれでもダウンロードできるようにした。卒論のテーマだったので無料で使えるようにした。一年で二百万人がダウンロードした。人気アプリになった。だが利益は生まなかったし、すべてのデータを格納しておくためのサーバースペースは高価だったし、毎月、十万人単位でユーザーが増えるという急成長が続いた。グレタはしばらくのあいだ研究助成金で持ちこたえていたが、彼女にそのアプリで利益を得るつもりはなかった——実験だったからだ。設計と倫理が出会うアプリの開発作業が楽しいだけだった。

だから、ユーザー数が五百万に達したそのアプリを買いたいというオファーを受けたとき、グレタはおもしろがった。グレタがつくったのは無料アプリだった。趣味だった。金がかかるものだった。グレタは法外な金額を提示し、相手が同意すると、すぐに弁護士を雇った。グレタは、なにかの間違いだと思った。結局、収支を計算してみたら、これは運よくちょっとしたソーシャルメディアの波に乗った学生プロジェクトにすぎず、すぐにすたれるはずなのがわかるだろうと。ところが、ペンを手にし、書類にサインすれば、グレタはたちどころに金持ちになった。悪ふざけに違いなかった。アプリを買った連中は、百五十万ドルを失って当然のうつけ者に決まっていた。グレタはサインした。

一週間後、そのうつけ者たちはグレタよりも賢かったことがわかった。

彼らはグレタのアプリなんかどうだっていいと思っていたし、もちろん彼女の哲学など気にもかけていなかった。彼らがほしがっていたのはデータだった。五百万人が、さらに毎月五十万人が、自分たちの移動、趣味、嗜好、購入の記録へのリアルタイムアクセスを許可していた。グレタは、はからずも、人間を分析してどんなものが売れるかわかる機械をつくってしまったのだ。そして買い手のねらいはそれだった——ユーザーに商品を売るためだったのだ。

グレタはウイルスを放ってシステム全体をオシャカにしてやろうかと思ったが、感情的で青臭い行動に思えたし、刑務所には入りたくなかった。両親はずっと学者だった。終身在職権はふたりにとって大きな問題だった。ぼくたちは不自由なく育ったが、金銭にかかわらない不満がなかったわけではない。おおいにあった。

だから、グレタは——気分がふさいでいるだけだったが——鬱々とした金持ちになって、この半年間、両親に心配をかける以外、ほとんどなにもしていなかった。グレタは、家族にとって、サクセスストーリーであると同時に最大の不安の種だった。ぼくが夕食の席で大胆不敵に〝もっともダメなバレン家の子供〟のタイトルを奪取するまでは。

88

両親と徹夜するのはグレタが七年生のときに髄膜炎になったとき以来だ。

父が慎重に系統立てて思いつくかぎりの質問をし、ぼくができるだけくわしく答えているあいだ、グレタはむすっとした顔でノートパソコンをクリックして裏をとろうと、というかあらを探そうとする。論理的に矛盾していると思うことがあると、ときおりぶっきらぼうに確認を求め、ぼくが説明できるとふくれっつらになる。母がポットにコーヒーを入れてからカウチに腰かけ、澄まし顔で『タイムマシン』を読みなおしているのは、受動攻撃性文学的憤激とでもいうべきものなのだろう。ペニーはぼくのとなりにすわって、ときおり、ぼくが以前、彼女に語った脚色をぼくに思いださせては、訊問を続けている父に無視される。数時間で、すべて話しおえる。

朝日が空を明るませるころ、全員の気力が同時につきる。

「ふむ」と父。「妄想にしては、法科学鑑定にも耐えるほど一貫しているのは間違いないな」

〈十六人の立会人〉が大当たりだ。ぼくは全員の名前を覚えているが、何人かはまだ生きている。何年も前に亡くなった者も、オンラインになんらかの痕跡を残している。グレタはノートパソコンを使ってひとりまたひとりと見つけだす——ヘンリク・アデル（懐疑）、ノーマン・ドリースナック（畏怖）、スヴェン・バーテレッセン（注意散漫）、リース・コリンズ（愉快）、ジェローム・フランコーア（嫉妬）、ミシェル・ボービエン（怒り）、スーザン・ローウェンスタイン（思案）、スティーヴン・モデスト（恐怖）、ダグラス・ハリデイ（冷淡）、エイブ・ゲラー（心配）、ダイアン・オルティス（興奮）、フレデリック・サマセット（無関心）、リチャード・エルズミア（苦悩）、バーブラ・タルバート（倦怠）、アーシュラ・フランコーア（厚顔）、ラファエル・ウビット（賢明）。

グレタの並はずれた——情報科学を三学期学んだ——検索スキルでも見つからないのはライオネル・ゲートレイダーだけだ。どこを探しても、ゲートレイダーについての言及はひとつも掘りあてられない。

だが、グレタはフランコーア夫妻を発見する。

「ジェロームとアーシュラのフランコーア夫妻ね」とグレタ。「サンフランシスコに住んでるわ」

「生きてるのかい？」とぼく。

「ええ」とグレタ。「いえ、待って……アーシュラ・フランコーアは二年前に亡くなってる。夫のジェロームと娘のエマは健在よ」

この夫婦を知らないし、ぼくは彼らを自分の妄想を裏づけるために利用しているのだろうとグレタは淡々と答えるが、ぼくは胸を殴りつけられたような衝撃を覚える。

ぼくは、この失われ、忘れられた過去の出来事を掘り起こせば、ゲートレイダーとアーシュラがついに一緒になったことがわかるのではないかという、馬鹿ばかしくもロマンチックな想像をしていたのだと思う。事故のあと、ふたりが実際にどうなったのか、ぼくはまったく知らないが、夫が大怪我を負ったあと、アーシュラは夫のもとにとどまるのが道義的に当然だと考え、ゲートトレイダーとの不倫は、そう、永遠に隠しとおしたのだろうと想像していた——といっても、そんな空想に長々とふけっていたわけではない。だが、どういうわけか、詳細は不明だし具体的なことまで考えすぎると気恥ずかしくなるが、ぼくがかかわったおかげでゲートトレイダーとアーシュラは事実を、自分たちはずっと愛しあっていたのだし、真に幸せになるためには死ぬまで一緒にいる必要があることを認めるだろうと想像していたのだ。

五十年前——ぼくにとっての時系列的にはたった二週間前——に五分間にわたって目撃した様子からして、うまくいくはずがなくて破滅が運命づけられ、別れたほうがよさそうだったのに、どうして自分が彼らにそんなに肩入れしていたのか、ぼくにはわからない。だが、ぼくにはふたりは別れたほうがよかったとは思えない。ふたりの見つめあいかたにはなにかがあった。強烈でつながりあっているなにかが。ペネロピーとぼくはあんなふうに見つめあわなかった。けれども、ぼくがペニーを見つめ、彼女がぼくを見つめるとき、ぼくはそんなふうに感じる。

もしもぼくが干渉しなかったら、ふたりは五十年前に放射線傷害で死んでいたはずだ。けれどもぼくは干渉した。そしてぼくは、自分の鈍くて強欲な心が思いこんでいるだけで具体的な情報は皆無だというのに確信した。ぼくが干渉したせいでふたりは別れ、彼らが送るはずではなかった、離ればなれだが同様に不幸せな暮らしを送ったのだろうと。ふたりが恋慕と喪失感の数十年を送ったのはぼくのせいだと。

ただし、アーシュラは亡くなっている。そしてぼくのロマンチックな妄想がまたひとつ消えた。

安らかに眠れ。

89

母はばたんと本を閉じる。しっかりした素材でできている古書なので、いい音が響く。

「わからないわね」と母。

部屋にいるペニー以外の全員が、母がその声を出したときはこの上なくはっきりわかっていることを知っている。そしてペニーもすぐにそれを理解する。

「望みはなんなの？」と母。「戻りたいの？　その世界では、あなたは負け犬で、ペニーはあなたを愛してなくて、グレタは存在してなくて、おとうさんはいやなやつで、わたしは死んでるのに？　それがおまえの望みなの？」

「もしもママがもうひとつの現実でも生きてて、自分を殺してる古臭い主婦じゃなかったら、ママはこんなにむっとしてないでしょうね」とグレタ。

「あなたのおにいちゃんが熱に浮かされて空想した、このわたしに似た悲しいまがいものがいる現実なんてものは存在しないのよ」と母。「いったいなにがきっかけで、そんな、女性として、母親として、フェミニストとして、学者として……とにかくすべてにおいてわたしがいだいてる誇りを悪意を持って戯画化したような存在をでっちあげたのか、さっぱりわからない。でも、あなたがわたしのことをそうみなしてるなら、わたしが母親の模範（ロールモデル）になれなかったのは明らかね」

「おいおい、レベッカ」と父。「まさか、あっちではわたしのほうが成功してるからむかっ腹を立ててるんじゃないだろうな？」

「あっちってどこ？」と母。「ジョンの妄想のなかっていう意味なの、ヴィクター？　だってわたしには、あっちのあなたは、そうね、冷血漢に聞こえるんだけど」

「じゃあ、聞いてなかったわけじゃないんだな」と父。

「ときどきは聞いてたわ」と母。

「少なくとも、パパとママは存在してるじゃないの」とグレタ。

「なにもかもが悪意のある悪口に聞こえるのはわかりますが」とペニー。「わたしについてはどうです？　だって、会ったことがなかったんですよ。会ったこともない相手について、どうして彼はこんなに複雑な設定をつくりあげなきゃならないんですか？」

「それはどうかしら」とグレタ。「もしかしたら、おにいちゃんはあなたの書店で立ち読みしてあなたにイカれた執心（しゅうしん）をいだき、説得力のある人格をつくりあげたのかも。そのもうひとつの現実のあなたは、名前が同じっていう以外はまったくの別人なんだから、あなたの特徴がどれもこれも違ってるっていうのはものすごく好都合よね。もしかしたら、おにいちゃんはたんに頭がおかしいわけじゃないのかも。性格を見抜くのがものすごくうまいのかもしれないわ」

「じゃあ、ひと晩じゅう、彼の話を聞いた結果、あなたは信じないのね？」とペニー。

「どんな現実にしろ、わたしは自分が存在してるほうを選ぶ」とグレタ。「わたしが存在してるほうを支持して、してないほうを否定するわ」

「なあ」とぼく。「とりあえず、ぼくは臨床的に……そうだな、おかしくなってると仮定しよう。正気を失ってると。もうひとつの現実はぼくの傷ついた脳の投影で、かあさんととうさんの別ヴァージョンは潜在意識のふたりを罰したい気持ちを反映してると。おまえもだ、グレタ。ぼくがおまえの存在を抹消したのは、ええと、とうさんが人喰いアメーバの映画を観るのを許してくれたあと、おまえがぼくのGIジョーをみんな溶かしてひとつの怪物みたいにしたことをいまだに根に持ってるからだ」

「あら」とグレタ。「おにいちゃんは、あのときにはもう、あの人形で遊んでなかったじゃないの」

「人形じゃない」とぼく。「ア、ア、アクション、フィ、ギュ、ア、だ。それに、だからって溶かしてねじくれた塊にして、子供時代の悪夢にしてかまわないわけじゃない」

「ジョンの記憶はないんじゃなかったの」と母。

「いや、あるんだ」とぼく。「なんていうか、実際の……もうひとつの記憶と重なりあってるんだ。それも問題のひとつになってる。脳にあまりに多くの記憶が詰めこまれててあふれそうなんだ」

「ところで、いったいなんの話なんだ？」と父。「とりあえず仮定するっていう話のことだが？」

「ああ」とぼく。「ぼくの頭がおかしくなってて妄想をいだいてると考えたっていい。だけど、どうしてあの人たちが関係してるんだ？〈十六人の立会人〉が。アーシュラとジェロームのフランコーア夫妻が。ライオネル・ゲートレイダーが。どうしてぼくがこの人たちのことを知ってるんだ？」

父が立ちあがって部屋を出ていく。約五時間、ダイニングのテーブルを離れなかったので、トイレに行ったのだとぼくは思う。

「ジェローム・フランコーアはちょっとした大物なのよ」とグレタ。「三人のアメリカ大統領の科学顧問だったんだから。理事や科学賞の審査員も山ほどやってた。スタンフォード大学の学長でもあった。アーシュラ・フランコーアは、北米で最初に終身在職権を得た女性物理学教授のひとりだったし、スタンフォードで最初の女性物理学部長だった。わけのわからない科学専門書を多数、一般向けの本を何冊か出した。それは七〇年代の話だけど、それにしても……」

「それにしてもなんだい？」とぼく。「彼らがどんな人物かすら、どうしてぼくにわかるんだい？」

父が無表情で戻ってきて、テーブルのぼくの前に本を置く。『原子パズル』という本で——著者はアーシュラ・フランコーア、刊行は一九七三年。緑色の布張りの表紙の裏には、アーシュラとジェロームと幼い娘のエマ・フランコーアの白黒写真が載っている。一九七〇年代の髪型で、一九七〇年代の服を着て、一九七〇年代の笑顔になっている。

「この本は、おまえが生まれる前からわたしの仕事部屋にあったんだ」と父。

「この本を見た覚えはないな」とぼく。「記憶にない」

「でも」と母。「なにを覚えてるかわからないんでしょう？」

ペニーは動揺し、緊張しているようだ。首を振るが、なにを否定しているのかぼくにはわからない。

「わかる」とぼく。「わかるんだよ。だけど、もしも気が変になってるとしたら、はっきりと知りたい。だって、気が変になってるような気はしないんだ」

「なんだってしてあげる」と母。「原因は精神的なものかもしれないし、神経かもしれないし、ホルモンかもしれない。もしかしたらウイルスかもしれない。脳は複雑なの。肝心なのは、あなたが助けを受け入れることよ」

「受け入れる」とぼく。「助けを受け入れるよ。ライオネル・ゲートレイダーを見つけたあとで」

「そんな人は存在しない」とグレタ。

「存在するさ」とぼく。「もう死んでるかもしれない。だけど、間違いなく存在してたんだ」

「ちょっとだけ……都合がよすぎるわね」とグレタ。

「都合がいいなんていうな」とぼく。「これのどこが都合がいいんだ？」

「わたしには、その謎めいた存在しない男ひとりしだいでトンデモな世界観を受け入れるつもりはないの」とグレタ。「名前が挙がったほかの人たちについては、ばらばらな昔の科学者たちの名前をおにいちゃんが知ってるのは、たしかに妙だわ。だけどわたしにネット上で見つけられたんだから、おにいちゃんにも見つけられたはずよ。だけどこのゲートレイダーとかいう男は違う。世界でいちばん頭がいいらしい男は。すべてを変えた天才は。なのに、彼の痕跡は見つからない。ひとつも」

「なにかは見つかるはずだ」とぼく。「彼の生まれ故郷に行けばいい。デンマークに。出生証明書を探せばいいんだ。彼はサンフランシスコに住んでた。記録があるはずだ。パスポートとか運転免許証とかを持ってたはずなんだ。あの事故があった。たとえ隠蔽されたとしても、どこかに、なんらかの証拠が残ってるはずだ。あの実験は連邦助成金を受けてた。アメリカ政府は、知らないけど、領収書を受けとってるはずだ」

「わたしはこのジャンルの本を幅広く読んでる」と父。「アーシュラ・フランコーアのことは知っていた。それにほかの十六人の何人かの名前も聞いたことがあった。だがライオネル・ゲートレイダーっていうのは初耳だな。まったく知らない」

「先に助けを求めたらどう？」と母。「それから、まだ調べたかったら、わたしたちもそのゲートレイダーとかいう人物を探すから」

「ライオネル・ゲートレイダーが一九六五年に四十二歳だとしたら」とペニー。「いま、九十三歳よ。まだ生きてる可能性は低いわね。もしも生きてたとしても、残り時間は短い」

「いいわ」とグレタ。「存在しない人物を探しに行きたいんなら、行けばいい。だけど、存在してる人たちを代表していわせてもらえば、時間の無駄だと思う」

「まずどこからはじめる？」と父。

「それは明らかじゃありませんか？」とペニー。

ペニーはテーブルに置かれている本をひっくりかえし、全員にフランコーア一家の写真を見せる。そしてジェローム・フランコーアを指さす。アーシュラの肩をぎゅっと抱きしめている。大事にしているのがわかる。大事にしすぎているかもしれない。もう片方の腕はだらりと下げている。袖は肘があるはずの場所のすぐ下で切られている。その先に腕はない。切断されている。

「ジェローム・フランコーアはまだ生きてる」とペニー。「少なくとも、二年前にアーシュラが亡くなったときはまだ生きてた。一九六五年になにがあったとしても、この世にライオネル・ゲートレイダーのことを覚えてる人物がいるとしたら、それはジェローム・フランコーアだわ」

どうやらサンフランシスコに行くことになりそうだ。

90

父はうわの空でテーブルクロスから拾ったパンくずで自分の前に小さな山をつくる。だれにも目を向けない。ひとつずつ、丹念に、きちょうめんにパンくずを集める。

「ここは慎重にならなければならない」と父。「どの家族にも独自の……力学がある。衝突や危機に対処するための独特なやりかたが。いうなれば、特有な家庭環境への進化的適応が。わが家のような状態、つまり四人のおとなが体験を通じておたがいの性癖を知っていれば、その力学はきちんと安定する。さもないと、わが家のような状態にはならない。離婚してしまう。家族関係がもつれる」

父は指でパンくずの山を崩して正三角形をつくる。

「だが、家族の生活にはさまざまな出来事が起こる。種が存続するあいだにさまざまな出来事が起こるように。絶滅にいたりかねない出来事が。激変が。そして、これまで自分たちを持ちこたえさせてくれた力学が、たんなる衝突や危機以上のものに対処できるかどうかはさだかではない。激変に対処できるかどうかは」

父はてのひらの端を使ってパンくずの三角形を四角にする。

「わが家では力学がうまく働いてる」父は続ける。「ジョークと皮肉と嫌味のおかげで。ときには感情がむきだしになることもあるがね。だが、たいていは、いうなれば感情のティラミスのようにジョークと皮肉と嫌味が積み重なってる。ただ、みんなにはこれを真剣に受けとってもらいたい。なぜなら、どんなに親密な家族でも乗り越えられないことがあるからだ。そして、わが家は親密な家族とはいえない。それはもっぱら、ジョン、おまえがいつもよそよそしいからだ。批判してるわけじゃない。見解を述べているだけだ」

父はパンくず幾何学を続け、四角かった山を円形にまとめる。中指で周囲をなぞって形をととのえる。

「わたしは真実を信じていない」と父。「わたしは科学者だ。わたしが信じているのは、疑問と、現時点での最善の答えだ。それが科学というものだ。現時点での最善の答えの集合が。いつだって改訂される可能性があるんだ。きのうの事実はきょうの疑問だし、あすにはわたしたちがまだ突きとめていない答えが得られるんだ。要するに、わたしはおまえの話を信じているんだ。おまえが自分の話を信じているかぎりは。ただ、おまえには……軽率なことをしてほしくない。おまえにとって重要に思えることをわたしたちに証明しようとして。わたしたちを蚊帳の外に置かないでくれ」

父は円形になっているパンくずの山をテーブルから自分のてのひらの上に落とす。そしてぼくを見てうなずき、パンくずをキッチンに持っていってシンクの下のごみ箱に捨てる。

91

グレタはカウチで目をつぶって横になっている。寝ているのだろうとぼくは思うが、まだ寝ていない。

「おにいちゃんの話は、全体としてなんかぴんと来ないのよね」とグレタ。「なんていうか、おにいちゃんにはもっと期待してたのかな」

「なにを……期待してたんだ？」とぼく。

「わからないってわけじゃないのよ。わかりはする。ここはディストピアだって。破滅後の、階層にわかれた、新世界秩序的な技術偏重の未来っていうのはありがちな想像だわ。だけど実際には、現実の世界、わたしたちが生きてるこの世界がディストピアなのよ。救いようのないアイデアだっていってるわけじゃない。おもしろそうではある。ただ、おにいちゃんの話のいわゆるユートピアは、基本的に、変わりばえのしないゴミなの。人間は世界をコントロールしてるっていう考えがもとになってるんだもん。だけど、じつのところ、世界をコントロールして思いどおりにしようっていうわたしたちの試みは、すべて、そうね、悲惨な失敗に終わってる。世界が最低最悪にならなかったのは、わたしたちが充分にコントロールできないからなのよ。世界が最低最悪になったのは、わたしたちが世界をコントロールしようとしたときなのよ」

「グレタ」とぼく。「それがぼくたちがいま話してることと、どう関係してるんだい？」

「わたしたちは一日じゅう、毎日、嘘をつきあってる。ひたすら前進しつづけられたら、テクノロジーを充分に発達させられたら、全世界のすべての問題を解決できる。わたしたちがもたらした混乱を解決できる。そしてなにもかもが完璧になる。環境汚染も戦争も不平等もなにもかもがなくなる。だけどそんなのたわごとだわ。世界はコントロールするようにわたしたちに与えられたものじゃない。わたしたちは、コントロールできるはずだって勘違いしてるのよ。だけどコントロールなんてできっこない！　それどころか、わたしたちがコントロールしようとしたせいで、この惑星の生命は絶滅の淵に追いやられてるじゃないの。腹が立つことに、そういうくそSF寓話は、いままでどおりのやりかたを続けていれば、なにもかもうまくいって、未来的な楽園で暮らせるって主張してるのよ。実際には、わたしたちが宇宙で唯一の故郷を救える唯一のチャンスは、そのやりかたをやめることなのに。なぜなら、そのやりかたには根本的な欠陥があるからよ。人間はこの世界をコントロールできないし、できるという思いこみがすべてを決定的に悪化させてるのよ。だから、ごめん、わたしは文芸評論家でもなんでもないけど、小説のアイデアは考えなおしたほうがいいと思う」

「じゃあ、おまえはぼくが妄想にとらわれてて、しかも思いついた小説のアイデアもひどいっていってるんだな？」

「ええ」

「おまえはぼくを、ほかのだれよりもよく知ってるといったよな、グレタ。実際、そうなんだろう。だから教えてくれ。ぼくはおまえが生まれてからずっと知ってるおにいちゃんか？

それともどこかが違ってるか？」

「どこかが違ってるわ。で、この騒動でいちばんわたしの頭を悩ませてるのは、わたしが新しいおにいちゃんを、じつをいうと好きなことなのよ。なんていうか、いまのおにいちゃんはふだんと違ってる。気を配ってる。わたしに。ママとパパに。わたしたちの話を聞いてる。一度もケータイを見てない。おにいちゃんと話してると目がどんよりと曇ってケータイを見はじめるから、仕事だかなんだかの、わたしとはぜんぜん関係のないなにかについて考えてるんだなってわかるんだけど、今夜は、一度もそれをしなかった。おにいちゃんのことを、こんなふうに好きになりたくはないんだけどね」

グレタはカウチから体を起こし、ぼくをにらみながらペニーを指さす。

「そのセクシーな本の虫にむかつかせないでよ。やっと、わたしが好きになれそうな人を連れてきたっていうのに、おにいちゃんは、とんでもないやりかたで今夜をぶち壊したのよ……」

「こんなふうに出会いたくはなかったわ、グレタ」とペニー。「だけど、あなたの家族はみんなすごいっていうことは知っておくべきよ。わたしの家族は、集まっても、つまらない話しかしないんだから。今夜の会話のどの三十秒間をとったって、わたしの家族がこれまでにしたどの会話よりも興味深かったんだから」

「そういう見方もできるわね」とグレタ。「別の見方をすれば、わたしが知ってて愛してたものすべてが、嚙みついたら二度と放さない鋭い歯を持った黒くて冷たいなにかに食いつかれようとしてるように思えるのよ。だからわたしにとって、興味深さはちょっぴり減って、ぞっとする怖さがちょっぴり増してるの」

92

父は寝に行く。グレタは、もとは彼女の部屋で、いまはめったに使わない客用寝室になっている部屋で酔いつぶれることに決める。ペニーはトイレへ行く。母はぼくの腕をしっかとつかんで自分の仕事部屋へ連れていき、ドアを閉める。

「わたし、鬱病なの」と母。「薬を飲んでるのよ。抗鬱剤(レクサプロ)を」

「とうさんは知ってるの？」

「もちろん。秘密にしてるわけじゃないわ」

「じゃあ、どうしてぼくは知らないの？」

「話をそらさないで」

「なんの話を？」

「鬱病は遺伝するのよ」

「かあさん」

「鬱病になった両親の子供は、臨床的に、そうじゃない子供の三倍、鬱病になりやすいのよ」

「ぼくは鬱病じゃないよ」

「わたしも、二十五年間そういいつづけた。わたしの脳は混線してるのよ、ジョン。わたしは生まれてからずっと、こんがらがった線をほどこうとしてきた。それをあなたに伝えちゃったの。ごめんなさい。だけどあなたが、心の奥底で、自分は幸せに値しないって感じるなら、その感情は癌やマラリアやインフルエンザと変わらない病気だってことを理解しなきゃだめよ」

母の目に涙がたまる。ぼくが時間旅行者だろうとイカレ頭だろうとたんに悪い薬をたっぷりやっているだけだろうと関係ない——母親が泣いているのを見るとやっぱり心が痛む。

「わかった」とぼく。「検査を受けるよ。だれかに相談する。かあさんが自分が鬱病かどうか知りたいと思ったときにすることをみんなする」

「ありがとう」

「サンフランシスコから帰ったあとでね」

母が目をつぶると、非言語的反応の寄せ集めが顔をよぎる。まぶたをあけてふたたびぼくを見た母の目には、同情が浮かんでいる。

「ねえ、ふつうなのよ」と母。「詐欺をしてるような気がするのは」

「なんの話?」

「話を聞いてたわよ。あなたは詐欺をしてるような気がしてる。あなたは自分のいいアイデ

ア は異次元からの盗用だと思いこんでる」

「大胆で革新的だと思われてる建物は、どれもぼくが考えたものじゃないんだ。夢で見た建物を自分の設計だといってるだけなんだよ。ぼくは天才なんかじゃない。ただのパクリ屋だし、遅かれ早かれそれがバレるはずだよ」

「みんなそう感じるのよ。わたしが学生を教えはじめたとき、そう感じなかったと思うの？最初の本を書いたときに。学部長になったときに。みんな、詐欺をしてるような気分になるものなの。それが人生の秘密なのよ」

「詐欺師症候群のことは知ってるよ。これは違う」

「わかった。あなたはやり手の建築家じゃない。盗っ人のペテン師なのね。だけど、あなたがパクってる建物は存在してない。それが存在してたのはあなたの心のなかだけだった。だから、考えてみたら、なにか新しいものを創造する人はみんなそんなふうに感じるのかもしれない。自分はなにもしてないように。宙からひょいともぎとって下のほうにサインしただけだから、とてもつくりだしたとはいえないって」

「そうじゃないよ、かあさん。これは違うんだ」

「あなたはちょっぴり有名になった。ほんのちょっと有名になっただけで、心に問題が生じるものなのよ。名声ってやつは、そう、認知疾患なの。昔は、問題は権利使用料だけで、それがどういうものかは見当がついた。わたしはフロイトがあんまり好きじゃないんだけど、名声のなにかのせいで、イドと超自我が、共食いをする直前に、自我をむさぼり食ってしまうのよ。名声はアイデンティティをゆがめ、不安を増殖させ、あなたをカボチャちょうちんのように空っぽにしてしまう。触れたものをなんでも酸のように焼いてしまう、きらきら輝く妖精の粉なのよ」

「かあさん、ぼくは建築家だよ。多少、名前が知られてるだけだ。有名人といっていいかどうか迷う程度なんだよ」

「で、どうなったの？」

「どういう意味？」

「あなたが多少は名前が知られるようになって半年で、あなたが精神的におかしくなったことが無関係だっていうの？　偶然の一致だって？　ユングが偶然についてなんていってるか知ってる？　目的地が見えないからといって、そこへ通じる道がないことにはならないっていってるのよ」

「このことについて話しつづけるには、もう疲れすぎてるんだ。特に、フロイトとユングを持ちだされちゃうとね。面倒くさすぎるよ」

「じゃあ、最後にこれだけは考えて。戻ることはできないの。あなたがとらわれてるこの残念な、停滞してる現実にタイムマシンはないんだから。あなたの故郷の惑星は永遠に失われてしまった。それはわかってるわよね？」

ぼくは肩をすくめる。答えをはっきりと口に出せない。

「すべてが事実なのかもしれない」と母。「あなたはほんとうに、おとぎの国からすぐれたアイデアを盗んでるのかもしれない。だけど、その世界が失われてしまってて、あなたが主張してるように、あなたがその世界を消してしまったのなら、あなたはその世界のためにこの世界をよりよくする義務があるんじゃないの？」

「どうすればよりよくできるんだい？」

「あなたには責任がある。楽園がどんな見た目なのかを示せるのは、あなただけなんだから。あなたは、わたしたちが住むべき未来を築けるのよ。文字どおりの意味で、煉瓦(れんが)と鋼鉄とガラスを使って。あなたは自分を天才だと思ってないかもしれない。詐欺師だ、ペテン師だ、世界を滅ぼした怪物だと思ってるかもしれない。だけど、わたしたちにはあなたしかいないの」

ぼくはどう応じていいのかわからない。ちょっぴり結果主義的に思えるが、ぼくの母は子供に対して誇大な思いをいだいた最初の母親ではない。

「そうしなきゃならないなら、その謎を追ってサンフランシスコまで行きなさい。だけど、ちゃんと無事に帰ってきてよ。ここで、この世界で、夢に見てる世界じゃなくてあなたが生きてる世界でやらなきゃならないことがあるんだから。あっちは、じつのところあなたを必要としてないのよ。わたしたちと違って」

母はぼくをハグしてから、ドアを開け、廊下を歩いて父がいる自分たちの寝室に行く。

93

ペニーとぼくは彼女のアパートメントに帰る。ぼくのアパートメントは自分の家のような気がしないので、ペニーと会ってから、ぼくは基本的に、そこで暮らしている。ペニーは店員のひとりに電話して店を開けるように頼んだので、ぼくたちはほとんど一日寝ていられる。ペニーの寝室の窓は東向きなので、朝日のまぶしさが強烈だ。

ぼくはペニーのとなりで眠ろうとしているが、昨夜の出来事の記憶が頭のなかで騒々しく再現されている。下着にやわらかくて薄いTシャツという格好のペニーはぼくの脇にずっしりと体重をかけ、頭を肩と鎖骨の境のくぼみに乗せており、彼女の髪がぼくの顎と唇をくすぐっている。ペニーが重く深く息を吐く。

家族には、ぼくが病院で熱に浮かされたように口走った別の現実についての話は一時的なシナプスの不調にすぎなかったと思わせておいたほうが賢明だったのだろうが、家族に真実を打ち明けたので、ぼくは肩の荷がおりたような気分になっている。

今晩は書くのを忘れた。真実を忘れないようにするため、毎晩、ベッドに入る前の数分、人生の記憶を書きとめることを日課にするようにペニーから勧められた。だからぼくは、毎晩少しずつ、ジョンのノートパソコンに記録してきた。だが世界は大きすぎ、言葉は小さすぎるように感じるし、記憶というものもつれにもつれた塊をきれいにととのった文章にしてしまうと現実味が減り、他人事のようなつくりごとっぽさが増すような気がする。

それに、その記憶はじつのところぼくにとってなんなんだ？　ぼくはあそこで幸せだったのか？　いいや。

ここでペニーと横になっているとき、ぼくは幸福を感じる。ペニーとベッドで丸まっていると心からくつろげる。ぼくは、自分がはじめて意図的にトムを手放していることに気づく。ジョンが地下で起きた火事の煙のようにドアの下から忍びこんできている。四六時中ぴりぴりしていてやかましいトムと比べると、すばらしくおちついている。ぼくが大事に思っている人たちにとっては、きっとぼくがいなくなったほうがいいのだ。ペニーにとってさえ。トムはなにもかもを困難に、面倒に、複雑にする。

ジョンはまだ目覚めないだろう。彼は、これまでの自分の人生はややピンボケだったが、とうとうくっきりとピントがあったことに気づくだろう——心の湿った片隅でじっとひそんでいた診断されていない精神障害が、彼の防御が一時的にゆるんだ隙に支配権を握ろうとしたのだ。だがその瞬間は過ぎた。トムというウイルスに行動計画はない。やりたいことのリストがあるだけだ。多くの野心的な独裁者と同様、支配することを望んでいたが、権力を掌握したあと、日々の面倒を処理しつづけることまでは考えていなかった。だれでも政府を転覆させられる。大変なのは支配することなのだ。

ペニーが寝返りを打って反対向きになる。下着を着けた尻をぼくの腰に押しつけ、毛布を顎までひっぱりあげる。ぼくも横向きになってペニーをすっぽり包みこむ。ペニーの髪はレモンとローズマリーともうひとつなにかの香りがする。ぼくは、それがなにかを考えながら眠りに落ちる。

94

ぼくはさっぱりした気分で目覚める。いや、きれいに掃除されたような気分で、だ。空っぽになったような、ともいえるがいい意味でだ。ペニーのベッドで寝ているあいだにでかい腫瘍(しゅよう)を切除してもらったような感じだ。

トムが消えた。あの泣きごとばかりいう、惨めな壊れたまぬけ野郎はもういない。清々する。

やつは、ぼくが生まれてからずっと、悪霊のようにぼくにとり憑(つ)いていた。やつを檻から出してやったら楽になるかと思ったが、やつは退屈だった。無意味な後悔ばかりしていた。

ただし、ペニーを見つけたことは褒めてやってもいい。ペニーのお膳立てをしてくれたことは。なんの努力もいらないのだ。すぐとなりで寝ていて、いつでも抱けるのだ。だからぼくはペニーが目を覚ますまで彼女の首にキスをし、それからパンティをおろす。ペニーは向きを変えてぼくを見ようとするが、ぼくはそうさせない。乱暴すぎるかもしれない。女はどう扱えばいいかわからなくなることがある。女は、声に出して認められないようなやりかたで扱われたがっていることもある。

終わったあと、ペニーは黙りこんでいる。どうかしたのかと訊くので、ぼくは最高の気分だと答える。実際、そのとおりだ。心がこんなに澄みきったことはない。ペニーは泣きだす。トムはどうしたのかとたずねる。消えてしまったと答えると、ペニーはさらに涙を流す。

ぼくはさっとシャワーを浴びる。水圧がくそだ。このゴミをつくったやつは、配管業者にボラれたのだ。シャワーにはレインヘッドもついていない。ペニーが裸で入ってきてぼくの目を、きつくもやわらかくもある目つきで見つめる。湯がぼくたちに降り注ぐ。そしてペニーは、まだそこにいるのかとたずねる。いったいなんの話だとぼくが問うと、ペニーは、あなたに訊いてるんじゃないという。彼に話しているのだと。トムに。

やつのふりをしてもう一度抱こうかと迷うが、ぼくはもうペニーを欲していない。手間をかける価値はない。

だからぼくはにっこりとほほえんで、トムはもういないしもう戻らないと告げ、また泣きだしたペニーを残してバスルームを出る。どっちみち、湯がなくなりかけている。ぼくのアパートメントはタンクレス給湯システムになっているので、湯が冷たくなることはない。

ぼくはトムが選んだひどい服を着て事務所に向かう。トムは信じがたいことになにもかもを放置している。隠れ、逃げ、言いわけをし、うまくいかないと怖いから決断をくだせないのだ。ぼくは承認が必要な山ほどの書類にサインする。

シカゴのコンサートホールはいい仕事だ。予算はたっぷりだし、場所は中心街だし、市民の誇りになる。大きなプレッシャーがかかっているので、だれかが指揮をとらなければならない。大金を稼げる。集中する必要がある。ぼくは送られてきた仕様書を眺め、製図台へ行く。

ところが、なにも浮かばない。建設予定地の写真を見て夢で見た建物について考えれば、建てるものの基本的な形状と大きさと質感が心のなかにどっと湧きあがってくるはずだ。今回はそれが起こらない。

だが、理にかなっている。トムは、ぼくを乗っとるずっと以前からぼくに憑いていた。ぼくが生まれてからずっと、ぼくの頭のなかにいたのだ。やつの声は、つねに、手の届かないところのかゆみのようにささやきつづけていた。しかし、いまはそれがない。たぶん、いいアイデアも浮かばなくなっているのだろう。どっちみち、ぼくの評価は固まっている。あとは一生、やつから得たものでやっていける。あのくそをわかりやすくしたヴァージョンでまだまだ金を稼げる。単純化し、限界に挑戦せず、クライアントには実際よりも最先端だと思わせて、馬鹿どもからできるだけ多くの金をふんだくってやればいい。世界の見た目を変えるのはほかのだれかにまかせよう。いや、このまま変わらないほうがいい。変えなければならないと考えるのはトムのような不平屋だけだ。おまえが世界の見た目についてどう考えていようが、世界は気にしない。世界の唯一の目標は、できるだけ早くおまえを殺し、おまえの死体を燃料として利用することだ。

母の頼みで、母の大学の建築学部生をインターンとして雇っているのだが、その女の子の尻がすごいのだ。顔はまあまあだが、あの尻はいい。コンサートホールはあの尻のような形にしよう。例のトムのくそ渦っぽく。ぼく以外、いま事務所にいるのは、書類整理だかなんだかをやっているその女の子だけだ。ガラス壁ごしに、青焼きキャビネットの前にいる女の子が見える。女の子はぼくがここにいることを知っているはずだが、なにも意識していないのだろうか？　それとも、ぼくからよく見えるように、腰を折って尻を突きだしているのだろうか？　自分がなにをしているのかわかっていないはずはない。わかっているのだ。

いい気分だ。頭がすっきりしている。これまでずっと、やつに抑えられていたことに気づいていなかった。疑念。疑問。肩に置かれた手。だめだ、やめろ、間違ってる、おまえが欲していてもおまえがそれに値するとはかぎらないんだぞと耳元でささやく声。あのうんざりするささやきは消え、ぼくはなんにでも値するようになっている。欲することと値することが一致している。

やつがペニーを愛していたからぼくも彼女を愛していると思ったのだから笑える。ぼくは若い。見た目もいい。金持ちになるだろうし、たとえならなくても、グレタにいえばいくらでももらえる。グレタは金に無頓着なのだ。ぼくは一応有名人だ。充分に有名だ。もう一生、いいアイデアなんか必要ない。ペニーにも満足できたし、そのうちきみを引っぱり上げてやると請けあう充分に有名な男のためにジーンズをおろせるだけの、りっぱな尻とそれなりの顔をしたインターンたちだっているのだ。だれが職場にあんなピチピチのジーンズをはいてくるんだ？　ぼくに抱かれることが人生最大の野望なんだ。

やつが消えたいま、すべてが明快になっている。

どうしてわざわざこんな文章を書いているのかわからない。やつのせいで習慣になっているのだろう。それにどっちみち、トムの物語には結末が必要だ。

終わり。

95

目覚めると一日たっている。

きのうは土曜日だったのだからきょうは日曜日のはずなのに、月曜日なのだ。ペニーのアパートメントの彼女のとなりで目が覚めるはずなのに、目が覚めるとそこはぼくのアパートメントの寝室で、となりには見知らぬ女性が寝ている。いや、見知らぬ女性じゃない。ぼくの建築事務所でインターンをしている娘だ。ベス。娘の名前はベスだ。ベスは緊張とまどいの顔でぼくの目を見て、これがキャリアを傷つけるミスではなかった証拠を探すが、その表情からは怒りがにじみだしてもいる。その怒りは、ぼくに向けるべきか自分に向けるべきか迷っているかのように抑えこまれている。ベスがぼくに裸の体を寄り添わせた瞬間、ぼくが反射的に体をひくと、もちろん狼狽(ろうばい)したことに気づかれ、彼女の目に自責の壁がどしんとおりたのがわかる。

ぼくはベスに、コーヒーが飲みたいから、きみの分もいれてくると告げる。ベスはぼくにキスしようとするが、ぼくは気づかなかったふりをして早足で寝室を出る。

どうしてこうなったのかさっぱりわからない。頭が真っ白だ。

脳幹のなかのなにかのうなりに導かれて、ぼくはノートパソコンをチェックし、書いた覚えのない書きこみに気づく。目を通すうちに、ひどい風邪にかかったかのように、体が熱くも冷たくもなって震えだす。

彼、ジョンだ——ジョンがどういうわけか支配権を握ってこんなことをしたのだ。

ベスが大声でコーヒーについてたずねるので、ぼくはノートパソコンの画面をばたんと閉じる。ぼくはコーヒーをいれ、ベスはきのうの下着だけをつけてキッチンに入ってくる。無造作すぎる格好を朝の光に照らしだしてぼくに見せつける。左右の尻に小さなあざがある。できたばかりのあざに見える。

ぼくは吐き気を覚える。神経スキャナーは悪夢を見ながら目覚めるようにはなっていない。いまはまさにそんな感じだ。陳腐な常套句なのはわかっているが、くっきりと明晰なのに端がねばついていて、まさに悪夢なのだ。

ベスが朝食を食べに行くかとたずね、ぼくは事務所に行かなければならないから無理だと答える。すると耐えがたい一瞬、ベスは職場でのセクハラについての、彼女がこの手のことに関していかにおとなであるかを示すためのジョークを飛ばすが、結果的に、彼女を若く、あまりに若く見せるだけだ。ただし、そのジョークには脅しという鋼線が入っていて基本構造を支えている。そしてベスはぼくがそれをさとったことに気づいて頬を紅潮させる。ベスはささやかな力を味わっているが、それをどう使えばいいかとまどっているからだ。

ベスはそこに立っている。下着姿でコーヒーにミルクを入れてかき混ぜている。見せびらかし、挑発している。ぼくにはわからないものを求めている。なにかはわからない。ぼくがベスと寝たのかさえもわからない――ぼくにはきのうの記憶がない。まったく。だが、ベスの顔からとげとげしい緊張が高まっているのがわかる。ぼくがすでにベスからほしいものをすべて得たことを認め、あとは気まずい会話を一度すませたらもう彼女のことは二度と考えないようになるのを待ち受けているかのようだ。

ぼくはジョンの書きこみにざっと目を通しただけなので、ペニーとなにがあったのかを完全には把握していない。だが、ひどかったように思える。悲惨だったように。もとどおりにするのが不可能なほど悲惨だったように。

ベスはすぐに出ていったほうがいいかとたずね、ぼくはそのほうがよさそうだと答える。ぼくはトイレへ逃げこんで顔を洗っても、あいかわらず、なにがあったのかさっぱりわからないが、トイレのごみ箱のなかに使用ずみのコンドームが、ありがたいことにコンドームが捨てられている。きのうの服を着、靴をはいて寝室から出てきたベスと目をあわせられない。ベスは左右の脚に交互に体重を移して体を揺らしている。六十秒もしたら、ベスは行ってしまい、ぼくはこの惨事の次の段階に進むことになる。

だが、これはベスが悪いのではない。悪いのはぼく――彼――だし、たとえいまぼくがなによりも望んでいないのがこの混乱を長びかせることだとしても、重要なのはこのベスという名前の娘だ。

「待ってくれ」とぼく。「ベス……ごめんよ、ぼくはこの手のことが得意じゃないんだ。きのうのことは……なんでもなかったとはきみに感じてほしくないんだ。職場ではなにもなかったようなふりをして、きみに他人行儀にふるまうほうがぼくにはずっと簡単だ。だけど、ええと、せめて、ふたりのあいだでは正直になるべきだよ。そう思わないかい？」

ベスは目をぱちくりしてぼくを見る。皮肉ったり侮蔑したりする言葉が続くのを待っているかのようだが、それがないことがはっきりすると、うれしい混乱とそれほどうれしくない悲しみの表情になる。ベスは腕をぎゅっと組む。防御の姿勢だ。

「正直に話しあいたいのね？」とベス。

「うん」とぼく。「だって、その、なにがあったのかを……はっきりとは覚えてないんだ」

「覚えてない？　へえ」

「ぼくたちは……かなり飲んだのかい？」

「たぶん。ええ。わたしはかなり飲んだわ」

「そうか。きみはぼくが入院してたことを知ってる？」

「ええ。だれだって知ってるわ」

「そうだな。じゃあ、きのうの夜、ぼくが、ええと、不適切なことをいったりしたのなら謝らなきゃならないだろうな」

「きのうの夜、わたしたちがしたことに適切なところなんてかけらもなかったわ」

「じゃあ、それに対して心からお詫びするよ」

「どうしてそんなふうなの？」

「そんなふうって？」

「どうして感じがいいの？　きのうの夜は感じがよくなかった。乱暴だった。本気で正直にいってほしがってるならいうけど、惨めな気分になった。あんなのはセックスじゃない。わたしを使ってマスターベーションをしたみたいなものだった。あなたはわたしをそんな気分にしたのよ。突っこむための道具になったみたいな気分に」

ベスは手で涙をぬぐうが、ぼくはなにをいい、なにをすればいいのかわからないので、なにもいわず、なにもせずに、ただ耳を傾ける。

「あなたは気づきもしなかった。けさはなんでもないふりをしたけど、こんな成り行きにはならないようにしようって心に誓ってたから、ほとんど眠れなかった。特に、そうね、尊敬だかなんだかをしてる相手とはそうならないようにって思ってたから。建築学部に入ろうと思ったのは、要するに自分が住みたい世界を築くためだったし、あなたの事務所で働いてるときの気持ちも同じだった。そのための力になれてるかもしれないって思ってた。なのに、それがもうだいなし」

「だいなしになんかなってないさ。きみはなにも悪いことをしなかったんだ」

「わからないわ。きのうの夜のあなたはわたしの顔も見ないで……なのにいまは、まるで別人だわ」

「ごめんよ」
「あやまってばっかりね。きのうの夜はすまながったりしなかったくせに。あなたはわたしの上司よ。わたしを昇進させることも馘にすることもできる。わたしたちがしたのはわたしが好きなセックスじゃない。くそ野郎とのひどいセックスのほうが、くそ野郎じゃない人とのひどいセックスよりましなのね。それから、わたしはあなたを脅してるわけじゃないのよ。わたしがすべてを受け入れたことはわかってる。とにかく終わらせてしまいたかった。だから覚悟を決めて、横になったまま、朝になったら、たいしたことじゃなかったふりをするのよ、そうすればほんとにたいしたことじゃなかったことになるからって、自分に言い聞かせつづけた」

　客観的に見れば、これがぼくにとってよりもベスにとって痛手になることははっきりわかっている。ぼくはそれを知っている。だが、ベスになにをいえる？　ごめんよ、ベス、きみがぼくに訴えてることは恐ろしいし心が痛むけど、あれはぼくじゃなかったんだ、嘘じゃない、あれはぼくが現実をぶち壊すことによって生みだしたぼくの別ヴァージョンなんだ、とでも？　ぼくにベスの言葉によって落ちこむ権利があるかどうかはわからないが、それでも落ちこむ。そして、その下で渦巻いているのは、ジョンはぼくが思っていたようなやつではなかったという思いだ。

　要するに、ぼくはなにも感じていなかったのだ。ぼくはジョンの意識の奥に押しこめられ、そこから出ようと指でひっかいていた。ぼくは完全に無力化されていた。目を覚まして一日飛んでいることに気づくまで、ぼくは自分が消えていたことも知らなかったのだ。深夜まで続いた家族との話しあいのあとで疲れていたからかもしれない。ぼくは弱っていた。抑えがきかなかった。だが、たんにジョンが乗っとっただけではなかった――ジョンが乗っとり、ぼくは跡形もなくなったのだ。

いまのいままで、ぼくはそれに気づいていなかった。ぼくは自分をジョンの夢に出る幽霊のようなものだと思っていた。だがいま、ぼくはつねにジョンの一部だったのだと気づいた。ジョンにとってのたんなる想像力ではなく――良心だったのだ。ぼくが消えると、ジョンには温かみも同情心もなくなる。人とのつながりがなくなる。ぼくは、自分よりもジョンのほうがすぐれていると思っていた。ぼくよりも強く、頭がよく、有能だと。しかし、ぼくたちは釣りあいを保っていたのだ。ジョンが舵とりをしていたが、ぼくはつねにそこにいて、ジョンの卑劣な衝動よりも高い基準を守らせていたのだ。どうすれば主導権を握りつづけられるのかはわからない。もしも今晩眠って、あした、ジョンとして目覚めたら、ぼくにとって大事なことが彼にとっては無意味になってしまう。なぜなら、ジョンは自分の欲望しか気にかけないからだ。

「ぼくはきのうの夜の自分が嫌いなんだ」とぼく。「見た目も声もそっくりなのはわかってるけど、ぼくは彼とは違うし、彼にはもうなりたくない。けさ、きみに謝るのは簡単だけど、肝心なのはきのうの夜、ぼくがきみをどう扱ったかだ。つぐなう方法が見つかればいいんだけど、もしもきみがぼくの謝罪や後悔に興味がないなら、どうすれば敬意を払われていると感じるのか教えてほしい。放っておいてほしいならそうする。ほかのことを望むなら、それにも応じる。いってくれたら、なんでもできるだけのことはするよ」

「たぶん、黙って家に帰ってゆっくりとお風呂に入ったら、あなたを困らせるブログを投稿するつもりだった」

「それがきみの望みなら、そうしてもかまわないよ」

「ほんと、わけがわからない。だって、もう六週間、あなたの事務所でインターンをしてるけど、あなたがわたしの名前を知ってるとも思ってなかった。あなたは、ええと、発作を起こして入院したって聞いたけど、あのすごいスピーチをしたから、みんな、その、あなたは天才だっていってる」

「ぼくは天才じゃない。きみにははっきりわかってるだろうけど」

「どうかしら。天才の定義ってなに？　わたしは、あなたの目にとまりたかっただけなの。あなたが来るかもしれないから、週末に仕事をすることにしたのよ。そうしたら思ったとおりになった。あなたはわたしに目にとめた。わたしはジョン・くそったれ・バレンと食事をして、あなたはわたしの建築についての意見に耳を傾けてくれた。わたしは緊張してたし飲みすぎてた。なのにあなたはワインを注文しつづけた。あなたはたぶん、もうその高いワインの味を気にもしてなかったけど、わたしは、二十ドル以上のボトルを飲んだのはきのうの夜がはじめてだったのよ。それにあなたはわたしにどんどん誘いをかけてきた。じつのところ、気分は悪くなかった。だけど、どうしてわたしをこんな立場に追いこんだの？　わたしは修士号をとろうとしてるところなの。ちゃんとしたキャリアを築こうとしてるところなのよ。わたしは、飲みすぎて上司にお持ち帰りされるような馬鹿女じゃないの」

「このことがきみの仕事に影響しないようにするよ」

「あなたがわたしをもてあそんでるのかどうか、わからないの。あなたがどんなにひどいやつかをわたしがだれにもいわないように、いい人のふりをしてるのかどうかが。もしかしたら、あなたはイカれてるだけなのかもしれない。だって、あなたの脳に見たこともないようなすごい建物を吐きださせてるなにかは、ほかのすべての面ではあなたをめちゃくちゃにしてるのかもしれないじゃないの」

「ぼくがどんなにめちゃくちゃか、きみには見当もつかないと思うよ」

「知りたくもないわ。だけど、じゃあ、こんなことは二度と起こらないのね？」

「うん」

「わかった。じゃあ、事務所でまた会いましょう。つまり、あなたは復帰するのよね？　あなたは辞めるかもしれないってみんないってるけど」

「ベス、ぼくは自分で自分がわからなくなってるんだ。とにかく、これについて気が変わったら、きみの好きなようにしてかまわない。ぼくは受け入れるよ」

　ベスはドアに向かって歩きだし、ノブに手をかける。振り向いてぼくを見る。

「あなたって、ほんとにわからない人ね」ベスがいう。

「ああ」ぼくは応じる。「ぼくもそう思うよ」

96

時間を可変とみなすことはよくある。時間は、なにをしているかによって、ものすごく速く過ぎるように感じたり、なかなか過ぎなかったりする。だが、ふつう、空間をそんなふうにはみなさない。目で見当をつけられるからだろうが、空間は堅くて固定されているように感じられる。センチやメートルが秒や分と同様に恣意的なものだとわかっていても、より具体的だと感じてしまう。けれども、ペニーのカウチにすわって、なにもかもを、ぼくが覚えていいるなにもかもを話していると、空間はもっとずっと流動的だと感じる。ぼくたちは三十センチも離れていないが、広すぎてぼくの肌がペニーの肌に触れるのは不可能に思える。

ベスが出ていくと、ぼくはペニーのアパートメントに駆けつける。ペニーがドアを開け、ぼくを見たとたん、ふたりとも泣きだす。

「あなたはもう完全に消えたって彼にいわれたの」ペニーはいう。

「ごめんよ」とぼく。「いくら謝っても謝り足りないけど。だけど、ぼくたちが死ぬまで謝りつづけることしかぼくにはできないんだ」

それを聞いて、ペニーは体をこわばらせる。ぼくたちはカウチに並んですわっているが、ペニーはぼくを見ようとしない。

「まるでホラー映画だった」とペニー。「目が覚めたら、あなたの顔をした知らない男がとなりで寝てたのよ。ひどかった。最低だった」

「ごめんよ、ペニー。だけどもっとひどくなってるんだ」

ぼくがいっきに告白をして謝罪したあと、長く、静かで、いうなれば胸が痛くなるほど家庭的な時間が流れ、ぼくたちは朝、いつもすることをするが、さりげないスキンシップは欠けている。ふたりでコーヒーをいれ、フルーツを切っているうちに、ひょっとしたら、すぐにではなくてもいつの日か、これも、テーブルクロスのとりきれない赤ワインの染みのような、ほとんど気にならない汚れになるのかもしれないという気がしてくる。

「じゃあ」とペニー。「あなたは自分がジョンにどういう影響をおよぼしてるかわかってなかったのね？　ジョンが生まれてからずっと、あなたが彼の想像力で良心だったことは。だけど、わたしには、それはあなたにとって都合のいい解釈だとしか思えない。そう考えれば、あなたがヒーローで、ジョンが怪物ってことになるんだから」

「ジョンは実際に怪物かもしれないと思ってるんだ」

「だけど、ジョンに人間らしい思いやりがないわけじゃないのかもしれない。あなたが乗っとるまで、ジョンはりっぱないい人で、おおむねきちんとしてる人だったのかもしれない」

「どういう意味だい？」

「あなたがジョンに、贈り物として同情心を与えてたわけじゃないのかもしれない。あなたがジョンからすべてを盗んだのかもね。あなたはそれを必要としてたから。そしてあなたが、なぜかひっこんだとき、ジョンの重要な部分まで一緒に持っていってしまった。そしてジョンはそれらを失った」

「そんな……そんなはずはないよ。そんなのめちゃくちゃだ」

「へえ。じゃあ、それ以外はめちゃくちゃじゃないっていうの？　あなたは先週、ジョンと違って妹と育ってないから、自分で思ってるより性差別主義者なのかもしれないっていった。グレタは、きのうの朝、わたしがベッドをともにした男のような兄からほんのちょっとでもいじめられた妹には見えない。わたしはひとりっ子だから、兄が妹の心の傷にどれだけ無頓着になりうるかは知らないけど。ジョンは、みんなから、ちょっと超然としててとっつきにくいと思われてることは知ってる。けど、わたしが見た彼の、あなたの目はそんなものじゃなかった。怒りと冷たさに満ちてた。目の光と話しかた以外のすべてがあなたにそっくりな、邪悪なふたごがあらわれたみたいだった」

「ぼくじゃなかったんだ。それはわかってくれてるんだよね？」

「ジョンがしたことのどれひとつとして自分はやってないってあなたが信じてることはわかってる。わたしに、それともその女の子に。だけど、やったのはあなたの体なのよ。あなたの体がわたしを、ジョンがわたしを扱ったように扱ったの。あなたの体がその子と過ごして、なにかをしたのよ。その子があんまり好きじゃないらしくて、あなたが都合よく思いだせないなにかを」

「きみとあの子の心につけた傷を軽んじるつもりはないんだ。だけど、この一件はぼくにとってもホラー映画同然なんだよ」

「へえ。ほんとに大変そうね、トム」

「ペニー……」

「すごいじゃないの。おめでとう。インターンと寝るなんて、斬新だわ。あとで、ほんとはすごく感じがよくて思いやりのある男だけど、ちょっぴりよこしまな一面があるんだと納得させるなんて。そしてここで、あなたはわたしにも同じことを納得させようとしてるんでしょ？　あれは自分じゃなかったって。彼だったって。自分には責任がないって。自分は潔白で悪意がなくてやさしくて、正しいことしかいわなくてわたしの話にきちんと耳を傾けて二度とあんな扱いはしないって。笑っちゃうわ。だって、完璧な男なんているはずないんだもの。それなのにわたしはそういう男を見つけた。ただし、もちろん、文字どおりにそんな男は存在しないんだけど」

「ぼくは完璧なんかじゃない。だけどジョンのようでもない」

「あなたが完全に消えたらどうなるかが問題じゃないの。もしもジョンが戻ってきたらが問題なのよ。目が覚めたときは、まさに悪夢だった。論理を超えた邪悪さだった。愛する人と一緒だったはずなのに、見た目はそっくりだし、話しかたと身のこなしとわたしへの触りかた以外の証拠はないけど、他人にすり替わってたのよ。あとで、シャワーを一緒に浴びれば、この悪夢から覚めるかもしれないと思った。夢遊病状態だったみたいに。あなたの目を見つめればあなたが戻ってきて、ベッドで起こったことはすべてただの悪い夢になるみたいに。

だけどそうはならなかった。ジョンが、あなたは完全に消えたといったのよ。で、いまあなたがここにいる。だけど、ジョンはいつまた戻ってくるの？」

「戻ってこさせない」

「なにがきっかけで戻ってくるかわかってないくせに。ほんとにあなたかどうかも確信できないわ」

「ぼくだよ。嘘じゃない、ぼくだ」

「あなたのいう、ぼくだっていうのはいったいなにを意味してるの？」

ぼくは言葉を呑みこむ――なにを意味しているのか？　ぼくはいまだに、ぼくがペニーに具体的になにをしたのかわかっていないが、なにをしたのであれ、それをしたのはぼくの皮膚と骨と筋肉と神経だった。同じ肺が空気を吸い、同じ心臓が血をめぐらせているし、同じ脳にやってもいないことに対する漠とした恐怖と罪悪感が詰まっている。だが、この問題全体の原因をつくったのがその同じ脳なのは間違いない。飼い犬が、敷地に近づきすぎた近所の住人に嚙みついた飼い主のような気分だ。ただし、飼い犬もぼくだし、ぼくが重要なにかの飼い主でもないのも明らかだ。

ぼくたちのあいだのこの隙間は、ただの空間ではない。それはブラックホールだし、ぼくにはぼくたちがそれから脱出できるかどうかわからない。これからどうなるかわからない。だが、わかっていることがひとつある――なんとかしてジョンを殺す方法を見つけなければならないのだ。

97

「昼のあいだずっと、それに夜もずっと、ここですわってた」ペニーはいう。「ほとんどは……もしも彼が戻ってきてひどいことが起きたら、そうね、警察や両親や、あなたがわたしの人生にあらわれてからこの二週間、無視してきた大勢の友達のだれかに、いったいどう説明すればいいのかしらって考えてた。だって、そうでしょ……その男の人はある日わたしの店に入ってきて、自分は別の次元からやってきた時間旅行者だなんていうのよ。で、その別の次元では、わたしは、ええと、超クールな宇宙飛行士だって。っていうか、宇宙空間で神経がおかしくなるまではそうだったけど、そのあと、訓練を受けてこんどは時間旅行者になった。ただし、じつはひそかに、見知らぬ男と片っ端から無防備なセックスをしてた。そして人生でいちばん大事な日、人類初の時間旅行をする日の前夜、どういうわけか、わたしはその人と寝て妊娠してしまい、自殺する。その人はそのことを深く悲しんで時間をさかのぼり、過去をめちゃくちゃにして時空連続体全体を変えてしまう。ただし、彼はまだ存在してるし、わたしも存在してる。でも、わたしは変わってる。もうひとりのわたしは鍛えあげたストイックなセックスロボットだけど、わたしはただの一般人。そう、セルライトだのたこだのができてるし、おかしなところにあざがあるし、走ると胸が痛くなる。ああ、彼はハンサムで成功者で、少なくともインターネットではしょっちゅう天才と呼ばれてる人にしては控えめなのが魅力的。なにしろ、あっちじゃ無名の一般人だから気どってないの。それどころか正反対なのよ。こっちじゃ、彼はちょっとした有名人だけど、あっちじゃ、どっちかといえば負け犬なんだから。だけど、ここがぐっとくる魅力的なところなんだけど、その人はわたしのことを、世界でいちばん興味深い人物だと思ってるの。わたしは、本屋を営む、ただのおとなになったおたくなのに。それから、わたしはほかのだれにも、こんなに惹かれたことがない。わたしはときどき口説かれる。特に、お客さんや友達の〝ボーイフレンド〟の長いあいだデートをしてない大学時代の親友に。だけどこれは違う。電気ショックみたいなの。わたしにとって、その人は電気ショックみたいなのよ。なのに、一緒にいると、すごくくつろげて安心できる。出会ってから、ええと、二週間なのに、生まれてからずっと知ってるみたいな気がする。ロマンスものはあんまり読まないんだけど、これがどんな感情かはわかってる。運命のような気がするの。その人のご両親にも会ったんだけど、これ以上ないほどすばらしい人たちだった。その人のおかあさんはヴィクトリア時代の研究者で、信じられないような稀覯本のコレクションを持ってる。おとうさんは、なんと時間旅行についての本を書いてる教授で、おたくのわたしはその本を読んだことがあった。なにもかもがぴったりじゃない？　わたしは本屋を経営してて、おかあさんは本が好きで、彼は時間旅行者で、おとうさんは時間旅行についての本を書いてる。それから妹さんは、頭がよくて皮肉屋で、おにいさんを守ろうとしてわたしに疑いの目を向けてる。その妹さんが、わたしが友達になりたいタイプだっていうことは、現時点で疑う要素はないんだけど、ますます彼の信頼性を高めてる。なにもかもが完璧なの。完璧すぎるの。というのも、よくよく考えてみると、じつのところ、この完璧な人は妄想にとり憑かれてるような気がしてくるのよ。ご家族も、彼をいちばんよく知ってて愛してる人たちも、彼が心の病をわずらってると考えてる。もしかしたら、頓珍漢なおとうさんは違うかもしれない。おとうさんが、食卓についてる一家のなかで自分がいちばん成功してないことにうんざりしてるのは明らかだから、時間旅行という愛してやまないテーマが、若者の熱狂的な幻想を超えた冒険への、長年温めてきた入口になるかもしれないと、用心しながらも期待してるのかもしれない。息子は頭がおかしくなってるだけかもしれないと心配はしてても。だけど、家族の女性たち、印象的なおかあさんと懐疑的な妹さんは、どんなに複雑な情報が織りこまれていようが、彼の話は、じっくり検討すれば馬鹿げてるんだから、彼にはただちに精神的な助けが必要だと考えてる。だけど、わたしはその人をいままでになかったほど深く愛してるから、信じてあげたくなる。彼を愛するために生まれてからずっと待ってたみたいに愛してるの。ひとりでがんばってきた、自分をわきまえてる女なのはたしかだけど、やっぱり愛はほしい。だから家族会議に参加して、きっとだいじょうぶって自分に言い聞かせる。彼が店に入ってくるまでそんなことがあるなんて信じてなかったのに。でもいまは、愛はすべてに打ち勝つって心の底から信じてる。ところが、会ったばっかりの彼の家族に、彼はほんとうに別の次元から来た時間旅行者だってことを、夜を徹して説明しようとしたあと、思ってた以上に疲れて帰宅して、彼と並んで眠りについて、目が覚めたら彼がなかに入ってきてる。だけど、それまでとは違う。電気ショックもきずなも愛もない。彼を見ようとする。どうして彼が、宇宙次元を越えて探しに来た女性じゃなくて、おとなのおもちゃみたいに突きまくってくるのかを理解しようとする。だけど彼はベッドに押しつけてくるし、全体重をかけてきてほとんど息ができないし、どんどんどんどん痛くなる。だから頭のなかで筋書きを変更し、彼は新しいことを試してるのよ、というささやかな物語をつくりあげる。だれだって口に出すのがはばかられる風変わりな幻想をいだいてるもので、わたしにだって彼にいってない、そのうちいくつかはちょっぴり風変わりな幻想がある。だから、そう、それらをだれとも共有してないんだけど、彼を信用してるから話すつもりだった。だからひょっとしたらこれは、信用してる相手に、自分の恐ろしい暗い面を、愛のおかげで恐ろしさと暗さがやわらぐと信じてるからこそ見せてくれてるってことなのかもしれない。わたしにも恐ろしい暗い面がないわけじゃないから、同じ気持ちになりたいと願う。わたしにも、いつだって愛されないはずの部分があった。彼と会って、わたしのすべてを愛してくれてると感じるまでは。まだ彼に見せてない、愛されないはずの部分まで。だからわたしも、いくら痛くても、彼はわたしにすべてを見せてくれてるんだし、たとえどんなにひどく思えても、これにはなにかしら本質的にはいいところがあるっていうことを意味してるんだから、これを愛せるはずだと自分に言い聞かせる。肉の塊みたいに乱暴に扱われるセックスも楽しめるかもしれない部分の鍵を開けようとする。だけどその結果は？　そんな部分はありはしない。そんな部分はかけらもないので、見つけられない。その男は彼のように感じられもしないからパニックが起きはじめる。もしもこいつが押し入ってきてわたしが愛する人を殺したイカれた見知らぬ他人で、わたしが寝てるあいだに襲いかかってきたのだったら？　そしてとうとう男は果てるけど、なにが見えるかが怖くて振り向けない。彼なのかほかのだれかなのかで、これからの人生が決まってしまうかもしれない。彼がシャワーを浴びはじめる音が聞こえるけど、それはよくない兆し。直後にシャワーを浴びるなんて、どんな異常殺人者なの？　ベッドから出ると、寝るときに着てたTシャツと下着を脱ぎ捨てる。どっちも、もう二度と身につける気はない。シャワー室のガラスはすっかりくもってて、なかにだれがいるのかわからない。なかに入ると、そこにいるのは彼。愛する人。でもそうじゃない。彼だけど彼じゃない。彼はこっちを見る。いろんな男にいろんな見方をされたけど、正直いって、あんな見方をされたのははじめて。肉屋がステーキを品定めしてるみたいだった。わたしは自分の体が好きだけど、あんな目つきで凝視されると、胸を切り落として海に投げ捨てたくなる。あれはぼくじゃないってあなたがいうのはわかる。だけど彼は、あなたがいまわたしを見てるのと同じ目でわたしを見たのよ。同じだけど同じじゃない目で。それに、そのあなたのじゃないけどあなたのでもある口で、彼はわたしに、あなたは完全に消えたっていったのよ。彼が出ていったあとも、わたしは、お湯が水になるまでシャワーを浴びつづけた。シャワー室で、そうね、何時間も冷たい水に打たれつづけた。水が体を分子にまでばらばらにしてくれればいいのにと思いながら。とうとうシャワー室を出たけど、あの寝室には戻れなかったから、カウチにすわって夜までずっと、それにひと晩じゅう、だれかに説明しなきゃならないときのために、どう話せばいいかを考えてた。彼が戻ってきたときのために。だけど、戻ってきたのはあなただった。もちろん、あなたがまだ彼で、彼があなたのふりをするのがすごくうまいわけじゃなければの話だけど」

98

「どうすれば証明できるのかわからないけど、ぼくだよ」ぼくはいう。

「もう二度と彼とは会えない」とペニー。「それにあなたは、あした、目が覚めたとき、彼になってないかどうか約束できない」

「どうすればいいんだ?」

「証拠を見つけて。もしかしたら、わたしは自分で思ってるほど賢くないのかもしれない。いけない男に恋をして、いちばん大事なのは愛だと思いこんで逃げちゃだめだって自分に言い聞かせてるのかもしれない。たいしたことじゃないのかもしれない。あなたは頭がイカれてて、わたしは愚かで、これは法廷か墓地で終わって、わたしを知ってるみんながいうのかもしれないわね。〝賢いように見えた彼女が、どうしてこんな馬鹿なことをしたんだろう〟って」

「ぼくが約束してもなんにもならないのはわかってるけど……」

「ええ、なんにもならないわね。わたしはあなたを愛してるけど、あなたの話が真実だと証明してくれるまで、あなたとは会えないわ」

ペニーはぼくの目を見つめる。慎重に探っている。そしてぼくは、もはや、ぼくがどっちだろうと関係ないことをさとる。もう、なにもかもが変わってしまったのだから当然だ。

父はライオネル・ゲートレイダーと一九六五年七月十一日の出来事の痕跡までさかのぼることに一生をかけた。そしていま、ぼくも同じことをしなければならなくなった。父がたどった痕跡はタウ放射線でできていたが、ぼくがたどらなければならない痕跡は同じくらい有害になりうる別なものでできている――記憶で。

ペニーはぼくの背後でドアに施錠する。ぼくは帰宅して飛行機を予約する。

99

ぼくは飛行機に乗ってトロントからサンフランシスコに向かう。この四十八時間が、いまにもボルトが抜けて巨大手裏剣のように景色のなかを転げまわりだしそうな風車のように、頭のなかでぐるぐる回転している。

ぼくはペニーを、そしてベスを信じている。基本的に、ぼくは意識を失っている最中に人を傷つけるなどという話を信じない。ぼくはいつも、人から聞いたら信じられないような話は信じたくないと思っている。それに――こんなはずじゃなかった、とも感じている。だれもがそんなふうに感じるのだろう。これは、そうとも、時間旅行騒動記になるはずだった。ぼくはいくつかミスを犯すだろうが、最後にはなんとかなる。ぼくは間違ったことをしでかしたにもかかわらず、それどころかだからこそ、この件が片づいたときにはヒーローになっているかもしれないと想像していた。英雄に。

理屈の上では、ぼくは英雄的行為には犠牲がつきものであることを理解している。だが、実際になにを犠牲にしなければならないかは理解していなかった。あきらめるなんて想像もできないもののリストをつくれば、それが失うことを余儀なくされるもののリストだ。ただし、そんなリストはつくることもできなかった。なぜなら、それらはすべて、自分自身の必須要素として、あって当然だと思いこんでいるものだからだ。それらは、自分を自分にしているものから取り除けるようには思えない。

そういうわけで、申しわけないが、これは時間旅行騒動記ではない。ぼくは、因果ループと、現実の変動と、枝分かれする次元と、時空パラドックスを飾りたてる科学的にあやしい解決になるものだと思っていた。生身の人間の痛みは予期していなかった。ぼくは自分の正気の土台に疑問をいだいたことがなかった。時間旅行のトラブルでだれかの存在を抹消してしまうというのは恐ろしいことだが、ぼんやりしていて遠い出来事に感じられる。愛する女性が、ぼくに肉体的に傷つけられたと訴えるのを聞くのは、傷つけたのは正確にはぼくでなくても、ぼんやりしていて遠い出来事ではない。ずっしりと重い出来事だ。それはぼくの皮膚の下に穴を掘って、有毒な卵を産むための毒の巣をつくる。

ぼくは正しいのか、それとも正気を失っているのか、白黒をはっきりさせるためには、ジェローム・フランコーアのもとを訪れ、彼が知っているかどうかをたしかめるしかない。なにも知らないかもしれない。フランコーアは、父の書斎の本棚にあった本に載っていた写真にすぎず、ぼくは子供のころに見たその写真を思いだし、ブレザーの肘に縫いつけた肘あてのように、印象的な細部として妄想を飾ったのかもしれない。

もしもジェローム・フランコーアがライオネル・ゲートレイダーについてなにも知らなかったら、ペニーのもとに戻ってぼくを信じてくれとはいえない。自分でも信じられなくなるからだ。だが、ペニーのもとに戻れないなら、どこへ行けばいいのかわからない。行きたいところはほかにない。

100

「どうか教えてくれ」ジェローム・フランコーアがいう。「いったいなんのためにここへ来たんだ？　妻について書いてるからではないな。いや、きみの言葉に嘘いつわりがないのなら、ほんとうに死んだ妻のことを聞くため来たんだったらすばらしいことだ。わたしがもうちょっと耄碌していたら、うまくいったかもしれん。だから、さっさと教えてくれ。なにが知りたいんだ?」

ぼくがパロアルトにあるジェロームの家で腰をおろしてから、まだ一分半ほどしかたっていない。ぼくが、切妻(きりづま)屋根になっているクイーン・アン様式の家の、屋根があるポーチに立ち、非対称のしゃれた正面(ファサード)を眺めていると、娘のエマ・フランコーアが玄関ドアを開け、きちんとした礼儀正しい態度で迎えてくれた。玄関広間を歩きながら、エマは、ぼくが書く物理学のパイオニアとなった女性についての本に母親の章があることにいかに感動しているかを伝えた。それを聞いて、ぼくの嘘は信じてもらえたようだなと思っていると、エマが書斎のドアを開けた。ジェロームが枝にとまっている鷹(たか)のようにアンティークのウイングチェアに腰かけていた。片方の袖は、失われた前腕のすぐ上で切られている。エマはコーヒーをいれにキッチンへ行く。ジェロームは、娘に声が聞こえなくなるまで待ってから、ぼくの嘘をいっきにぶち破る。

「ミスター・フランコーア」とぼく。「あの……」

「わたしにはそれなりに人を見る目がある」とジェローム。「きみが嘘に嘘を重ねようとしているのはお見通しだ。わたしだってインターネットを使っているんだよ、ミスター・バレン。きみが何者かは知っている。きみの先日のちょっとしたスピーチも読ませてもらった。同僚はそろいもそろって役立たずだと言い放つんだから、たいした度胸だな。だが、わたしにいわせれば、一般論ばかりで具体策に乏しい」

「なにも準備してなかったんです。だから、はったりをかましたんですよ」

「嘘をついてここへ来たことを認めるんだな？」

「ええ。いやその、あなたと奥さんについてうかがいたいことがあるのはほんとうですが、本は書いてません。突然うかがってお目にかかるためにはいい方法だと思ったんです」

「あと三十秒で警察に通報するぞ。厳密には不法侵入じゃないが、それについては警察署ではっきりさせればいい」

「ライオネル・ゲートレイダーという人物を探してるんです」

ジェロームのしわだらけで痩せこけた顔がいきなり凍りついたので、卒中を起こしたのではないかとぼくは一瞬、心配になる。だが、ジェロームはすぐに乾いた唇をゆがめ、ゴリラのように歯をむきだして顔をしかめる。

「なにを知ってるんだ？」

「ライオネル・ゲートレイダーが一九六五年七月十一日におこなった実験の資金をあなたが調達したことを。その実験は失敗し、あなたが片腕を失ったことを。それから、ゲートレイダーが、ええと……」

「なんだ？」

「親密だったことを。あなたの奥さんと」

「このくそったれ。わたしの家にやってきて過去をほじくり返し、死んだ妻の名前に唾を吐きかけるなんて、いったいどういうつもりだ？」

二個のマグ、コーヒーポット、砂糖入れ、ミルク入れが載っている銀のトレイを持ってエマが入ってくる。エマはジェロームの罵倒の最後を耳にして青ざめる。

「だいじょうぶ？」とエマ。

「わたしが警察に通報する前に、このくそ野郎を叩きだしてくれ」

「お気にさわったのなら謝ります」とぼく。「でも、ライオネル・ゲートレイダーを見つける必要があるんです」

トレイをつかんでいるエマの手が震え、磁器が音を立てる。それを見て、ジェロームが目を曇らせて涙を浮かべる。この家には幽霊がとり憑いているのだ。

「どうしてライオネル・ゲートレイダーを探す必要があるんですか？」とエマ。

「なぜなら」とぼく。「彼が父親だと思っているからですよ」

101

そう、たしかにそれは事実に反する。だが、エマの緊張した反応から、ぼくは、本についての嘘はうまくいかなかったが、こんどは行けそうだという手応えを感じる。

「警察に通報するぞ」ジェロームが脅す。

ところが、ジェロームは肘かけ椅子の横に置かれているコードレスフォンに手をのばさない。エマはトレイを置き、シャツの前をひっぱってのばし、両手で裾を握ってくしゃくしゃにする。

「彼を知ってるんですか?」とエマ。

ジェロームがぐったりと椅子にもたれ、いかにも八十代後半に見えるようになる。

「不倫のことを知ってるんだ」とジェローム。

エマはうなずく。そしてぼくにコーヒーをついでくれる。ミルクはいかがとたずね、ぼくがうなずくと、砂糖はいかがとたずね、ぼくは首を振る。すべてがきちんとしてる。ジェロームは手を振ってコーヒーはいらないと伝える。もう鷹には見えない。むしろ甲羅にひっこみたがっている亀に見える。エマは自分のためにコーヒーをつぎ、ブラックで飲む。

「過去をほじくり返すつもりはありません」とぼく。「ライオネル・ゲートレイダーを見つけたいだけなんです。ゲートレイダーがどこにいるかを教えていただけたら、一生あなたの前にはあらわれません」

「ふたりの……関係について、なにをご存じなんですか?」とエマ。

「たいして知りません」とぼく。「事故当時まで続いていたことくらいです」

「あのころは結婚生活がうまくいっていなかったんだ」とジェローム。「わたしは家庭を顧みなかった。キャリアを次の段階に進めようとしていたんだ。そうすれば、子供をつくるために必要な余裕ができるはずだった。あのいまいましい機械が内破したあと、不倫は終わった。あの事故で大陸の半分が消え失せかねなかったことは知っているんだな? あの馬鹿はイカれた発明で、あやうく破滅を引き起こすところだったんだ。地球の自転を利用しようとしたんだ。まったく、なんたる愚行だ。そもそも、助成金を認めるべきじゃなかったんだ。だが、やつの書類は完璧だった。やつはうまい話ばかり並べたてた。わたしがどんな書類を認可するかを知っていた彼女が申請書を書くのを手伝ったんだ」

「機械はどうなったんですか？」とぼく。

「どうなったかって？　やつは研究所を破壊し、十数人を殺しかけ、わたしの片腕を奪ったんだぞ。わたしはあのしろものを分解させ、部品をひとつずつ溶かしてやったよ」

「じゃあ、ゲートレイダーは？」とぼく。

「告訴するべきだった」とジェローム。「刑務所にぶちこむべきだったんだ。だが、妻に止められた。やつと妻とのあいだになにがあったかは、一度も話さなかった。当時は、話しあいで解決したりしなかったんだ。だが、わたしはわかっていた。ふたりとも、なにもいわなくても」

ジェロームは残っているほうの手で切断された腕の二頭筋をつかんでマッサージする。神経質な癖だ。

「妻は、わたしと別れてやつのもとへ行くことを考えていた」とジェローム。「だが、あの日、わたしは妻の命を救った。だから、わたしは腕を失い、妻はわたしのもとにとどまるという取引が成立したんだ。妻はもう死んだが、いつだろうと、わたしはその取引をするだろう。あの事故はわたしにとって決定的瞬間だった。あの機械がなにを発したにしろ、それは清めの炎だった。それはわたしの恨みつらみと愚かさを焼きつくしてくれた。わたしは腕を失ったが、同時にわたしのしくじりが帳消しになったのだ。結婚して三年めだったがうまくいっていなかったアーシュラとわたしは、やりなおす機会を得たのだ。そしてその後、わたしたちは幸せに暮らした。わたしたちは筋書きを書き換えたんだ。妻とはそれから四十九年間暮らした。ひどかった時代のことは忘れていた」

ジェロームは、じつのところぼくに語りかけているのではない。エマに語りかけているのだ。

「いや、忘れてはいなかったかもしれない」とジェローム。「だが、許してはいた」

エマの頬を涙が伝っている。ジェロームも泣いている。二頭筋をマッサージし、肌を揉んでいる。触媒役をはたした部外者のぼくは、気まずさにコーヒーを飲む。

「ゲートレイダーがどうなったのか、ご存じですか？」とぼく。

「信じられないことに、やつにはアーシュラの葬式に顔を出す度胸があったんだ」とジェローム。「やつが、妻が亡くなったことをどうやって知ったのかも、わたしは知らない。おぞましいくそ野郎はネットでストーキングをしていたんだろう」

「待ってください、彼と会ったんですね？」とぼく。「彼は生きてるんですね？」

「ああ」とジェローム。「二年前の時点では生きていたよ」

「どこに住んでいるかご存じですか？」とぼく。

ジェロームは首を振る。かすかに身震いしたあと、目から光が消える。急に眠りこんでしまったかのように、顔から力が抜ける。

「グレイだ」とジェローム。

「え?」とぼく。

「やつはもうゲートレイダーじゃない。グレイに改名したんだ。ライオネル・グレイに。やつは、なんと謝ろうとしたが、わたしは相手にしなかった。追っぱらって、わたしのくそったれな腕を盗まなかったし、くそったれな妻を寝とりもしなかったほかの人と話しに行った。おっとすまない、エマ」

「せめて、住んでいる場所への、その、間接的な言及はしませんでしたか?」とぼく。

「いいや。それに、わたしもたずねなかった。やつは凶兆だ。葬式で、わたしはその臭いを嗅ぎつけられたし、やつのまわりには雲がたちこめていた。まるで、雷雨を前に空気が帯電しているようだった。凶兆なんだ」

そして、そのあと、ジェロームはぼくを家から追いだす。

102

エマがぼくのレンタカーのところまで歩いてくる。ふたりとも無言だが、エマはぼくを見つめつづける。ぼくの目鼻立ちという系図に感情の幾何学をグラフ化しているかのようだ。

「ライオネル・ゲートレイダーはあなたの父親だと本気で思ってるんですか?」エマがたず

ねる。

「どう思いますか？」とぼく。

エマが苦痛に満ちた表情でぼくを見るので、ぼくは自分が踏みこみすぎたことに気づく。調子に乗って、光に予期せざる反応をしかねない、闇で栄えている複雑な生態系をその下に秘めている石を蹴飛ばしてしまったのだ。

「彼を見つけたら」とエマ。「どういう人なのか教えてください」

「どこから探しはじめればいいのかもわからないんですよ。世界は広いですからね」

「あなたは、わたしがお葬式で彼と話さなかったかどうかはおたずねになりませんでしたね」

「話したんですか？」

「ええ。ほとんどはお悔やみでした。お悔やみ申しあげます。おかあさまはすばらしい女性でした。そんな言葉です。父がいったとおりなんですよ。彼、ライオネル・グレイだかゲートレイダーだかは、奇妙な匂いを発していたんです。臭いわけじゃありませんでした。とにかく奇妙な匂いなんです。ぴりっとする、なんていうか……根源的な匂いでした」

「彼はどこに住んでいるかいったんですか？」

「近くに来ることがあったら寄ってほしいといいました。父の前ではいえなかったんです。というのも、このことは、そうですね、両親の結婚にとって大きな傷で、父の傷はいまも癒えていないんです。文字どおりの意味で。母が死ぬまで、父はこのことについていっさい口にしませんでした。あなたのご両親がどちらも秘密を隠しとおせたのは不思議です」

「だれにも不必要な痛みを味わわせるつもりはありませんでした」

「痛みが不必要だとは思えません」

エマは顔をそむけ、子供っぽいしぐさで歩道を軽く蹴る。ひどい侮辱に反抗している幼児のようだ。

「母とは病院でたくさん話しました」とエマ。「最後の一週間、わたしは病室に泊まりこんでいました。父は耐えられませんでした。父は昼間、付き添っていました。でも、わたしは夜を担当したんです。そして、体調が悪くなるのは夜だったんです」

「大変でしたね。ぼくの母も亡くなったんです。亡くなったようなものなんです」

エマはぼくの顔を見る。〝ようなものってどういう意味〟と疑問に思ったようだ。だが、たずねはしない。エマにはぼくに伝えなければならない話がある。ジェロームがキッチンの窓からぼくたちをのぞいている。メロドラマの未亡人のようだ。

「癌(がん)は時間をかけて母を殺しました」とエマ。「わたしは癌が母を食いつくすさまを目(ま)のあたりにしましたが、それはゆっくりで、何カ月もかかりました。まるで、ごちそうを余すところなく楽しみたがっているようでした。それから、スイッチが入ったみたいに速く、信じられないほど速くなりました。母はキッチンで倒れました。癌が、いきなり全身に広がりました。母が癌に殺されるまで、六日間、病院で一緒に過ごしました。もうこれまでだと覚悟した母は、彼のことを話してくれました。母は、彼をずっと愛していたのだそうです。父もずっと愛していたそうです。母が感傷的なタイプではなかったことはわかってください。最期の瞬間まで、母は強い人でした。でも、人の心は、わたしが一生をかけて解明しようとした物理学の難問並みに複雑だし厄介だと母はいいました。それどころか、物理学には答えがあるけど、心には疑問しかないのだから、もっと厄介だと。母によれば、愛と比べたら、物理学なんか楽なものなんだそうです」

エマは袖で目をぬぐう。そしてぼくに決まり悪そうな笑みを向け、ぼくは、充分な共感を伝える手段になることを願いながら、無言で身ぶりをする。

「母は父に、事故のあと、ライオネルとは一度も会っていないといっていました。でも、わたしはふたりが会っていたことを知っています。少なくとも一度は。母は、一九六八年に香港大学で開かれた会議に出席しました。父は、仕事があったので同行しませんでした。わたしは、その約四十週間後に生まれました」

エマはぼくの顔を見つめて目鼻立ちを分析し、厳密に正確かどうかわからない、自分自身のイメージと比較する。

「わたしの知るかぎり」とエマ。「彼はこの五十年間、同じ場所に住んでいます。香港島です」

「ぼくは、彼がどんな人物なのか知りません。でも、どんな人物になるはずだったかは知ってます。偉大な人物になるはずだったんです」

エマは肩をすくめ、父親の家へ戻っていく。

103

サンフランシスコから香港へ向かう飛行機の機内で、ぼくは目の前のシートバックモニターで観られる映画のタイトルに目を通すが、脳がゆだりかけているような感じで、ストーリーのあるものに没頭する気になれない。そこで、乗りあわせた人々を眺める。四百人の乗客が、輝く四角形を黙りこくって凝視している。

ぼくが来た世界では、物語儀式は個人的なものだ。なにしろ、心理的な偏りに満ちた没入型ストーリーは腹の底から個人的だし、体はそれが目前で起きているかのように反応して、笑ったり、性的に興奮したり、むかついたり、かっとなったり、ぞっとしたりする。それを公衆の面前で体験するのは、他人で囲まれた密室での放屁並みに社会的不適切行為だ――もっとも、ぼくのそばにすわっている乗客は、それすら気にしなさそうだ。

もちろん、ほとんどの人はこれを進歩とみなすだろう――太平洋上一万メートルを突進する重さ三百七十五トンの金属製円柱に押しこめられ、ヘッドホンとスクリーンによって分断された数百人の乗客が、礼儀が刻みあげた一時的な共有空間内の擬似的プライバシーというあぶくのなかで、甘ったるい液体を飲みながら、おたがいの体臭を無視しているというこの状態を。だが、ほんとうにきわだっているのは喜びのなさだ。空を飛んで世界各地へ移動することを可能にしている技術は、ぼくの世界自体の意味の中核をなしている甘やかな楽観主義をまったく高めていない。

だがぼくは、それが悪いことかどうか確信が持てない。ぼくの妹が、先日、夕食の席でそれについて語った。世界がこんなありさまなのは、人々が驚異と発見の楽観的な精神を信じなくなったからではなく、その信念の結果なのだと。人々が未来に希望を持たなくなっているのは、ぼくたちが、種として、進歩を鼓舞するような夢を追うことが破滅につながることにだんだん気づいているからなのだそうだ。世界は人間がコントロールするべきものなのだから、技術が発展すればするほどうまくコントロールできるようになり、世界はよりよくなるはずだ、とぼくたちはみずからに言い聞かせている。実際には、技術が飛躍的に進歩すればするほど、世界はますます混乱しめちゃくちゃになっているのだから、まったく不可解だ。よりよいものをつくればつくるほど、事態はますます悪化しているのだ。世界は人間がコントロールするべきものだという信念はぼくたちの文明の思想的基盤だが、それは誤った信念なのだ。楽観主義は、ぼくたちがぼくたち自身を火あぶりにしている薪なのだ。

これがフィクションなら、人類を思想的にゆがめて自滅へと追いやっているコントロール神話の代案として、どんなメッセージを伝えるべきかを真剣に考える必要がある。さいわい、これは覚え書きだ。そして覚え書きのいちばんいいところは、辻褄があっている必要すらないことだ。

ぼくはジョンの携帯電話に入っている曲を聴いてまともに働かない脳を休めようとする。

ぼくは、ぼくが生まれ育ったところとここの音楽は、どうしてこんなに違うのだろうと考える。飛行中のほとんどの時間、それについて考えて過ごす――ぼくの世界ではパンクもヒップホップも生まれなかった。だから、そう、この世界は、こと音楽に関しては間違いなくまさっている。

104

飛行機が着陸すると、ぼくはチェクラプコック空港でタクシーを拾い、ランタオ島、チンイ、カオルーン、そしてヴィクトリアハーバーの下を通っているトンネルを経由して香港島に入る。コーズウェイベイのホテルにチェックインし、夜勤のコンシェルジュ、ローランドに、求めていた情報がサンフランシスコから電話で届いているかどうかたずねる。届いていないが、ぼくはローランドにアメリカドルで千ドル渡し、調査の代行を依頼する。時差ボケのせいで、真夜中だが眠れない。外に出ると、通りは蛍光灯で明るく照らされていて影がないので、無限に天井の高いショッピングモールのなかにいるような気になる。二十四時間営業の麵専門店を見つけ、香り高いスープに浸かっているつるつるの麵をすする。そしてホテルへの帰り道、馬鹿なまわり道をして薄暗い裏通りを歩いているとき、ティーンエイジャーにナイフをちらつかせられ、かったるそうな口調で脅される。頭がぼんやりしていてなにもできず、あこぎな空港の両替所で両替した香港ドル紙幣の束を渡すと、若者はぼくの目の前で稼ぎを勘定する。アドレナリンの分泌量が急増した気すらしないが、ホテルの部屋に戻ると、たちまち寝入ってしまい、夢も見ない。

午後早くに、電話が鳴る音で目が覚める。日勤のコンシェルジュ、アナイスが、ぼくがサンフランシスコからあらかじめ依頼しておいた情報がロビーに届いているが、地元の紳士が、引き換えに五千ドルを要求していると伝えてくれる。概日リズム障害で頭がぼうっとしたまま、ぼくはアナイスに、その人に金を払って情報を受けとり、コーヒーとミルクと一緒にぼくの部屋までベルボーイに持ってこさせてほしいと頼む。アナイスは、少々時間をとって利用可能ななんらかのデータベースでぼくの名前を検索し、つべこべいわずに引き受けることに決める。

六分後、ぼくは全面の窓からヴィクトリアハーバーの景色を眺め、まずいわけではないがミルクを入れすぎのコーヒーを飲みながら、糊づけされた封筒を手にしている。封を開けると、だれかが舐めた糊がまた湿っている。なかには四つ折りにした紙が入っている。紙には住所が印刷されている。

タクシーがワンチャイに着く。ところが、ぼくが行きたかったのはチャイワンだとわかる。わざとわかりにくくしているのではないかと疑ってしまうが、たぶんはっきりした発音の違いがあって、ぼくが混乱したのは異文化に不慣れなだけなのだろう。ワンチャイはコーズウェイベイの西側、チャイワンは東側なので、しゃれた運転手帽をかぶっていてオーストラリアなまりの英語を話す、腹が出ている地元民の運転手は、来た道を逆戻りしてぴかぴかの高層ビルと高級ショップが並んでいるコーズウェイベイを走り、島のきらびやかではない工業地帯に向かう。

運転手は目的の住所に車を止める――人気(ひとけ)のない殺風景な道の突きあたりにある、大きいが飾りけのない倉庫だ。壁は一面のアルミ張り、屋根は平らで、窓はなく、目に見える出入口は重そうな鋼鉄製の一枚ドアだけだ。ぼくはドアの横のブザーを押す。だれも応じない。ぼくはドアを開けようとする。鍵がかかっている。倉庫をぐるりとまわってみる。ほんとうに巨大な建物なので、一周するのに十分近くかかる。側面も裏側も正面とそっくりで、ドアがないだけだ。建物は正六面体に見える。

だが、正面に戻ってくると、仕立てのいいスーツを着た首の太い男が、ドアの前に立って携帯電話を耳にあてている。男はぼくに広東語で怒鳴り、ぼくは彼に紙を渡す。男は紙を受けとるとくしゃくしゃに丸める。ジャケットの前が開いて、ショルダーホルスターにおさまっているセミオートマチック拳銃がちらりと見える。男はつながったままらしい携帯電話になにやらつぶやき、耳を傾け、ぼくを見てうなずく。紙を広げ、ペンを出し、別の住所を紙に書きつける。

ぼくは銃を持った男を残して歩きだし、タクシーの運転手に、島の風光明媚な南東端の半島、セックオーの新たな住所に連れていってもらう。その住所は、南シナ海を見おろす岩だらけの赤い崖に建っている何階か建てのモダンな邸宅だとわかる。すっきりしているが古典的、ラインがシャープで、質感が上品で、地元の建築の伝統を確信的なグローバリスト様式と調和させている。運転手によれば、こういう地区のこういう家なら三千万ドルはくだらないのだそうだ。チップをはずんでくれという意味なんだろうな、とぼくは考える。

玄関に続く砂利を敷いた中庭を音を立てながら歩いている最中に、ぼくは砂利が二色、薄い灰色と濃い灰色に分かれていて、ぼくが来たところではよく目にするがここではめったに見ない形をつくっていることに気づく。砂利がつくっている形は巨大だ。軌道上の衛星から見分けられるほど大きい。立毛反射が起こり、全身の毛が毛穴のなかで立ちあがる。なぜなら——それは渦だからだ。

ぼくは玄関の木製で手彫りの装飾がほどこされているドアをノックする。

ドアが開く。

一九六五年に見たとき、ゲートレイダーは四十二歳だった。つまり、いまは九十三歳だ。長い顔と曲がった鼻に変わりはないが、鼻筋のあちこちで血管が破れている。厚ぼったかった唇は薄く、顔はしわだらけになり、縮れ毛は白く細くなっている。だが、三色の瞳の上の眉は濃いままだ。彼はぼくが驚きの表情になっているのを見てにやりと笑う。

ライオネル・ゲートレイダーだ。

「やっと来たか」とゲートレイダーはいう。

105

そういうわけで、ライオネル・ゲートレイダーは実在するし、存命している。しかも、ぼくを待っていた。

「会えてうれしいよ、ミスター・バレン」とゲートレイダー。「わたしがライオネル・ゲートレイダーだ。きみはここへ、時間旅行について話すために来たんだろう?」

サンフランシスコを発って以来、ぼくはずっと、万が一、ほんとうにライオネル・ゲートレイダーを見つけられたら、ぼくは正気だということを彼に納得させるためにはなんていえばいいだろうと頭をひねっていた。説明の必要がまったくないとは思ってもいなかった。ぼくの世界の偉人であるゲートレイダーと会ったら、さぞかし緊張するだろうと思っていた。ところが、シミュレーションで何度も会っているので、食料品店で幼なじみの親とばったり会った程度の感慨しか覚えない——それよりも、彼の老け具合にショックを受ける。

「お目にかかれて光栄です」とぼく。

ぼくが手を差しだすと、ゲートレイダーの顔にかすかな震えが走る。緊張しているのはゲ、い、い、い、ートレイダーのほうだ。ゲートレイダーはぼくの手をとって握る。ぼくはライオネル・ゲートレイダーと握手しているのだ。

ゲートレイダーは、ついてくるように身ぶりで示してから家のなかへ入っていく。ぼくは、ゲートレイダーが、ぎこちないと同時になめらかな、奇妙な歩きかたをしていることに気づく。ゲートレイダーの脚には、足首まで十五センチ間隔で、針金ほどの細さの透明なバンドが巻かれている。

「歩行を補助してくれるんだ」とゲートレイダー。「細かい説明できみを退屈させるつもりはないが、筋肉への微弱な電気刺激に、振れ動くバランスくさびと軽い重力操作を組み合わせてあるんだ。わたしの設計だよ。ここにあるものはすべてそうだ」

建物——崖に埋めこむように建てられているし細長いので、どの部屋からも南シナ海の絶景が望める——の各階は、表面が伸縮性のあるタイル構造になっている回転エスカレーターで結ばれているので、体が不自由でも楽に動きまわれる。ぼくたちがそれぞれ肘かけ椅子に腰をおろすと、椅子は部分的にしぼみ、そして絶妙な堅さになって体にぴったりとあう。ぼくはもぞもぞと体を動かしてみるが、椅子が用意してくれた姿勢以上に楽なすわりかたは見つからない。

ゲートレイダーが変形チェアのタッチスクリーンをタップすると、ロボットバーテンダーが循環気流のクッションに乗って浮上しながら移動してきて、いくつかついている小さなノズルからぼくたちに酒をつぐ。ロボットが噴出したバーボンは、シャープでスモーキーな味わいで、うっとりするほどうまい。ぼくは愛らしいロボットをハグしたくなる。さりげなく披露されるテクノロジーは、魔法かと思うほど自然なので、ぼくはなんだか泣きたくなる。ここは、このそっくりだが劣化している世界に来て以来、故郷を思いださせるはじめての場所だ。

「まずこのことを片づけておこう。きみが否定しようと思っているといけないからな」とゲートレイダー。「きみはあそこにいた。一九六五年七月十一日に。わたしの実験が失敗したあの日に。あの研究室でわたしはきみを見たんだ。ほんの一瞬だったが、いまのきみとほとんど変わらなかった」

「ええ」とぼく。「あそこにいました」

ゲートレイダーの体から力が抜ける。自分が見たのが幻でなかったとようやくはっきりしてほっとしたのだろう。ゲートレイダーの表情が読めるのは、自分も同じ表情を浮かべているからだ。

「ずっと前から会える日を楽しみにしていたんだ」

「どうしてぼくがあなたの研究室に時間旅行してきたとわかったんですか?」

「それが唯一、理にかなった答えだったからだよ」

「あなたの〝理にかなった〟の定義は、ほとんどの人と違ってますね」

ゲートレイダーは窓の外に目を向け、崖の下の海を見おろす。バーボンを飲み、酒が舌の上を滑り落ちていくあいだ、目を細める。

「実験はうまくいくはずだった。わたしはすべてを把握していた。起こりうるエラーも含めて。わたしの計算は正確だった。だが、なんらかの狂いが生じた。不可解な狂いが。尋常ならざる狂いが。それに、わたしはこの目できみを見た。装置が発したエネルギーによって視覚または認知にゆがみが生じた可能性を考慮しても、わたしには自分がなんらかの実体を目撃したことがわかっていた。実体のあるだれかを。それにデータもあった。未知のタイプの放射線の、ほんのかすかな痕跡も。わたしは研究室の残骸から検出機器を回収して、その意味の解析にとりかかったんだ。問題は、それが存在しなかったことだ。わたしがもう一度スイッチを入れるまでは」

「なんのスイッチを入れたんですか？」

「装置だよ、もちろん」

「ゲートトレイダー・エンジンを起動したんですか？」

　ゲートトレイダーがゲートトレイダー・エンジンとはなにかをたずねようとしかけたのがわかるが、ぼくが名前を使ったという事実そのものが、長年の疑問への答えになったようだ。ゲートトレイダーはほほえむ。ゲートトレイダーがめったに笑顔を見せないタイプなのは明らかだ。

「それがきみたちの呼びかたなんだな？」

「きみたち？」

「未来の人々だよ。きみは未来から来たんだろう？」

「現在からですよ。ただし、異なる現在からです。別の時間線、あなたの実験が失敗しなかった時間線から来たんです。それどころか、実験は、あなたのもっとも楽観的な予想も上まわるほどの成功をおさめました。あなたの、ぼくたちがゲートトレイダー・エンジンと呼んでいる装置は、技術革新の糧（かて）となって世界を変えました」

「そのためにつくったんだ。それがわたしの夢だったんだ」

「あなたの夢は実現するはずだったんです」

「当然だ。いや、そうともいいきれないな。事故の翌日の朝、わたしは病院を抜けだしてこっそり研究室に戻ったんだ。だれかがまともな判断をすれば、わたしの装置が壊されてしまうのは明らかだったが、そんなことを許すわけにはいかなかった。失敗の原因をつきとめるまでは。わたしは、瓦礫のなかに、代わりに初期の試作品を置いておくという計画を立てていた。わたし以外に、だれもそれが偽物だと気づくはずがなかった。研究室はめちゃくちゃだったが装置は無傷だった。そしてもちろん、バッテリーも。わたしは、実験中にどれだけの電力が発生しても蓄電できるように大容量バッテリーをつくっておいた。調べてみると、バッテリーは満充電になっていた。つまり、たとえ実験は失敗しても、わたしの装置、きみのいうエンジンはちゃんと動作していたんだ。あの建物は停電していて閉鎖されていた。あの実験をおこなったのが日曜日でよかったよ。上階の部屋が無人だったおかげで、怪我人が数百人じゃなくて十七人ですんだんだからな。だがバッテリーには、装置を起動して余りあるエネルギーがたくわえられていた。わたしは可能なかぎり装置を回収し、ふたたび起動する前にきちんと分析した。そして設計に重大な欠陥があることに気づいた。もしも装置が初回起動時にまともに動作していたら、強烈な放射線が発生してあの研究室にいた全員が死んでいたはずだということに。わたしはそれを修正するため、いまにも当局が踏みこんできて止められるのではないかとおびえながら、昼夜を分かたず働いた。だが、だれも来なかった。彼らは、建物が危険なほど放射能汚染されていないことを保証する検査結果が出るのを待っていたんだ。おかげで、装置を修理して再起動する時間があった。こんどは、もちろん、なんの問題もなく作動した。そしていまも作動しつづけている」

「待ってください。エンジンが作動してるんですか？　いまも？」

「事故の二日後にスイッチを入れてから一度も切っていない。それ以来、ノンストップで動きつづけているよ」

　ゲートレイダーがタッチスクリーンをタップすると、椅子がふくらんで傾き、彼をそっと立たせる。エスカレーターに乗って三階くだると、ぶ厚い鋼鉄のドアが壁にひっこんでコンクリートの部屋があらわれる。

　その部屋のなかに、ダクトと管とケーブルに囲まれて、ゲートレイダー・エンジンが鎮座している。

　多くの部品が最新のものになっているし洗練されているが、見慣れた形は損なわれていない。それが作動しているのが、純粋なエネルギーの波打つ濃密な場が主吸収コイルのまわりで非同期的に回転しているのが、感じられる。横から見ると、土星の環のような光の環で囲まれているように見える。だが、上からだとそれがどう見えるかは、直接目にしなくてもわかる。

　渦になっているのだ。

106

ぼくはエンジンの輝かしさから目をそらせない。ぼくのとなりに立っているゲートレイダーは、誇らしさと好奇心でぞくぞくしているようだ。

「すばらしいんだろうな」ゲートレイダーはいう。「きみの世界は」

「ええ」とぼく。

「そのためにわたしはがんばってきたんだ。事故のあとも。失敗のあとも。どうやって全システムメルトダウンを防いだのかもわかっていないんだ。起こった出来事を何度も順番に検討してみたが、わたしの計算によれば、装置を途中で停止したら……大惨事が起こるはずなんだ」

「ぼくだったんです。ぼくの姿は見えなかったでしょうが、手遅れになる前に、ぼくが干渉したんです」

「きみがわたしを突き飛ばしてくれたんだね？」

「ええ。それからスイッチを入れなおしました」

「人に突き飛ばされたような気がしたんだが、大混乱のさなかだったし、圧縮応力波かもしれないと思ったんだ。放たれたエネルギーは予測不可能だったからな」

「ぼくが来たところでは、生徒はみんな、あの日、なにがどういう順番で起きたのかを知ってるんですよ。なにしろ人類史の転換点だったんですから」

「どうなるはずだったかを聞くとつらくなるな。とはいえ、さっきもいったとおり、わたしはそのためにがんばってきた。世界をよくすることしか考えていなかったのに、あやうく世界を滅ぼすところだったんだ。振りかえってみると、やり抜くために、自分の重要な一部を停止していたんだろうな。だが同時に、そのおかげで冷静に距離を置いて分析できたからこそ、意味をなさない事柄の意味を理解できたんだ。ふたつのデータがあった。まず、起動したあとで装置が発したその放射線痕跡が、どういうわけか、起動する前から検出されたこと。次に、見慣れない服を着ていて明らかに見られることを予期していないきみをわたしが見たこと。わたしは、きみは不可視フィールドをまとっていたが、なぜかそれが装置から噴出したエネルギーによって不安定化したのだろうと推測した」

「そのとおりです」

「だが、だとすると、きみは現在の水準をはるかに超える技術力があるところから来たことになる。そのふたつのデータを両方とも満足させられる説明はひとつしかない」

「時間旅行者ですね？」

「そう、時間旅行者だ。つまり、あの実験は成功しただけでなく、目撃するために時間をさかのぼる価値があるとみなされるほどの大成功だったんだ。もしもあの実験が成功していたら、装置を無期限に動かしっぱなしにするつもりだった。だから、きみは未来から過去へと途切れることなく続いている放射線の痕跡をたどって時空の正確な点を特定したのだろうと推測したんだ」

「ぼくたちはそれをタウ放射線と呼んでいます」

「タウ？　だがタウレプトンとはなんの関係もないぞ。いや、待て、タウ粒子がはじめて分離されたのは一九七〇年代なかばだったな。そのタウ放射線がそれより先に発見されたのなら、当然、タウレプトンにはほかの名前がつけられていたはずだ。きみの世界では、崩壊してハドロンになりうるレプトンがタウ粒子と呼ばれていないなら、いったいなんと呼ばれているのかね？」

「知りません」

「だが、きみは科学者じゃないのかね？」

「ちょっと違いますね。そう……時間航行士ってところでしょうか」

「時間航行士？」

「名称を思いつかなかったんです」

ゲートレイダーはいささか落胆しているようだ。ちゃんとした科学者と語りあえると期待していたのだろう。じつのところ、ぼくは気が楽になる。この世界に来てから、ぼくはふさわしくない敬意を払われすぎている。落胆はむしろ心地いい。

「わたしがレバーをひいて装置を停止したのは」とゲートレイダー。「反射的な行動だった。基本的には衝撃だな。あとほんの数秒あとでも、エネルギーの流れは安定していたはずだ。だが、装置はみずからの内側に崩壊しはじめた。スイッチを入れなおすことによって、きみは何億人もの命を救ったんだ」

「うれしいお言葉ですが、あの日、世界が失ったものは得たものよりもずっと大きかったんです」

「ひどい事故だったし、怪我人も出ていたが、装置はまだ使えそうだった。大勢が打ち身とすり傷を負い、何人かが骨折し、歯を折ったが、大怪我ではなかった。ジェロームを別にすれば。彼があんなふうに片腕を失ったので、わたしはモンスターになってしまった。それでも、あの日、彼女の命を救った彼をねたむことはできなかった。きみは知っているのかね……アーシュラのことは？」

「ぼくはあそこにいたんですよ。すべてを見ました」

「あの日の、正確にはいつ、きみは到着したんだね？」

「ほかの人たちが入ってくる何分か前です。〈十六人の立会人〉が。ぼくたちは彼らのことを、ええと、そう名づけたんです。あなたは研究室にひとりでいました。それから彼女が入ってきたんです。アーシュラ・フランコーアが」

「きみは見たんだな？　ふたりでいるときのわたしたちを」

「ええ」

「きみにとってはどれくらい前なんだね？　あの日の研究室は？」

「二週間前です。たぶん二週間半ですね」

「いちばん複雑な物理学の問題だって人の心の矛盾と比べたらなんてことはない、とアーシュラはよくいっていたよ」

「ぼくもそれを聞きました。娘さんから」

「エマと会ったんだね？」

「彼女から、どこに行けばあなたと会えるかを聞いたんです」

「エマは、わたしについてなにかいっていたかね？」

「あなたが彼女の父親だと思われますか？」

ゲートレイダーは愕然とし、わずかに弛緩したように見えるが、脚が根太のように体を支えているおかげでしっかり立っているので、奇妙にしぼんだように見える。自分より大柄な男のスーツを着ているかのようだが、そのスーツは彼の筋肉と皮膚でできている。

「知らないんだ。だが可能性はある。いや、きっとそうだ。アーシュラは父子鑑定テストを拒絶した。交換条件だったというんだ。アダムの肋骨がイブになったのと同じだと。ジェロームの腕が彼の娘になったんだ。わたしは一度、それを冗談の種にしようとしたことがある。きみほどの知性の持ち主が聖書をたとえに使うなんて驚きだといったんだ。アーシュラがわたしにきつい言葉を浴びせたのはこのときだけだった。アーシュラによれば、それは取引だった。赤ん坊はジェロームの子供ということにする。さもなければ産まないと」

ゲートレイダーは目に涙を浮かべる。そして顔をそむけるが、ぼくはゲートレイダーがぼくを気にしているとは思わない。おそらくエンジンに涙ぐんでいるところを見られたくないのだろう。

「ジェロームは知っているのかね？」とゲートレイダー。

「アーシュラは不倫について彼に話しました。彼はエマについて疑っていますが、はっきりとは知りません。彼女が妊娠する前にあなたと香港で会ったことは知らないと思います」

「どうしてきみがそれを知っているんだね？」

「エマから聞いたんです」

「エマは知っているんだな？」

「アーシュラは、亡くなる直前に病院でエマに、あなたをずっと愛しつづけていたことを打ち明けたんです。あなたは葬式で、エマに香港に住んでいることを話した。たぶん、エマはその情報から推測したんでしょう。エマがジェロームとはぜんぜん似ていなくて、あなたとの共通点がたくさんあることの説明にもなる」

それを聞いてゲートレイダーはほほえむ。ほんのかすかに。

「わたしたちはうまく隠しとおしたんだ。わたしたちの関係が続いていたことは、彼にも気づかれなかった」

「でも、エマは四十代後半です。その旅はずいぶん前の出来事なんですね」

「いいや。わたしたちの関係は終わらなかった。五十年間続いたんだ。終わったのはつい先週のことだよ」

「先週？　アーシュラは二年前に亡くなったんですよ」

「それはそうなんだが、きみに見せなければならないものがもうひとつあるんだ」

107

　黒い車がぼくたちを待っている。運転手は、さっき倉庫で会った首の太い――ゲートレイダーはウェンと呼ぶ――殺し屋だが、車のメーカーも型式もわからない。なぜなら、いうまでもなく、その車はゲートレイダーの自作で、車体は超高密度の生分解性複合材製だし、エンジンによって充電されたバッテリーで走行している。セックオーからチャイワンにいたる、香港島の東側の曲がりくねった崖道を走っているあいだ、ゲートレイダーはぼくに、一九六五年の事故の日からきょうまでになにがあったかを話してくれる。

　ライオネル・ゲートレイダーがいまも比類なき天才なのは明らかだが、話はとりとめがない。話し相手も多くないのだろうが、ぼくには興味がないし、はっきりいって、きょうはたぶんぼくにとって人生でいちばん大事な日であるにもかかわらず、しょっちゅう難解な技術的問題に脱線する。ぼくはずっと、草が生い茂っている急な崖、霧に煙りながらうねと続いている緑の丘、涼しげな青のタイタム湾といった、車窓を流れていく景色に気をとられているが、ゲートレイダーの話は、光子とポラリトンの違い――一応説明しておくと、ポラリトンというのは、光子とフォノンのような双極子を持ち励起状態にある物質が結合したもので、相互作用している原子と分子からなる振動する弾性網構造を含む凝縮体において準粒子の一種になっているもののことだ――といった脇道から脇道へとどんどんそれていくので、三語以上からなる語を理解できれば、おめでとう、ライオネル・ゲートレイダーとうまくつきあえる。

つまるところ、一九六五年七月十一日の惨事のあと、十七名の生存者が全員、同じ病院に隔離されたのは——さぞかし気まずかったことだろう——彼らは骨髄が黒ずむほどの致命的な量の放射線を浴びているのではないかという、しごく当然な懸念があったからだ。ところが、彼らはまったく被曝(ひばく)していなかった。

ゲートレイダーに、もしもぼくが時間線を変化させなかったら、あなたとアーシュラとジェロームを含め、あの部屋にいた全員が数カ月で命を落とすはめになっていたのだということを、どう説明すればいいかわからない。ゲートレイダーは、明らかに、自分の実験は世界を変えたはずだと確信していたが、そうなったら彼らは悲惨な死をとげていたという事実をつゆ知らなかった。彼らの関係は、たんなる五十年前の三角関係ではなかった。彼の偉業を称える像の下に隠された、知られざる長年の秘密だった。像というのは比喩ではない——サンフランシスコの彼の遺灰がまかれた場所には、光り輝く渦を放っているオリジナルのゲートレイダー・エンジンのレプリカを持つライオネル・ゲートレイダーの巨大な像が建っている。

全員が無事に退院したあと——ジェロームの切断された腕はエネルギーの噴出によってきれいに焼き固められていた——惨事の調査がはじまった。連邦政府が監督するその調査は、きわめて政治的で緊張感に満ちていた。一九六五年七月、アメリカ軍はヴェトナムで地上戦を開始して四カ月しかたっていなかったし、ジョンソン大統領が十二万五千名を派兵し、徴兵数を倍以上に増やすと宣言する直前だった。ジョンソン大統領はソ連との〝宇宙開発競争〟に巨額の予算を投じ、十年以内に宇宙飛行士を月に着陸させるというケネディ大統領の目標を達成しようとしていた。連邦政府には国民がアメリカの科学水準の高さに胸を躍らせることが必要だった。もしもニッチで難解な研究分野における小規模な実験のせいで、あやうく大陸が半分吹き飛ばされるところだったなどという情報が漏れたら、いまにもパニックにおちいりそうになっている国を徒手空拳でまとめようとしている男にとっては非常な不安材料になった。ジョンソン大統領は一年前に公民権法を成立させたばかりだった――論議がなかったとはいえない動議だった。広島と長崎がだれもいない駐車場で爆竹を鳴らした程度に思えるほどの大災害が、とりわけアメリカ政府が資金を提供した実験のせいで国内で起こりかけたという事実は、政治的に受け入れられなかった。

そこで、取引がおこなわれた。全員が永遠に口をつぐむことになった。片腕を失ったジェロームが最大の懸念材料だったが、彼は根っからの役人だったし、矢継ぎ早の昇進が彼を黙らせた。加えて、ジェロームはそれがアーシュラの望みだと知っていた。ほかの十四名の立会人たちも、同様に、すいすいと速やかな出世という沈黙の代償を得た。彼らは全員、それ以来、所得税を払わなかった。

そしてライオネル・ゲートレイダーはアメリカ合衆国を出て、二度と帰ってこないでくれと申し渡された。ゲートレイダーは、第二次世界大戦後にアメリカに移住した。当時、アメリカは世界じゅうの海に網を入れてすぐれた科学者を根こそぎわがものにしようとしていたのだ。だが、ゲートレイダーは海に投げ戻された。

事故の二日後、ゲートレイダーはめちゃくちゃになった研究室に忍びこみ、エンジンを回収して、代わりに見た目はそっくりな試作品を置いてきた。全員を殺しかねなかった、未発見だった放射線が噴きださないように改良してからエンジンのスイッチを入れた。それから一度もスイッチを切っていない。

ゲートレイダーはデンマークに帰ることになっていたが、動作中のエンジンを船に積みこんで別の方向に向かい、サンフランシスコを出て香港に到着した。

そしてそこで、ほぼ完全にひきこもったまま、ライオネル・ゲートレイダーは未来を発明したのだ。

108

ゲートレイダーはチャイワンにある彼の倉庫に戻る理由を教えようとしない——きみはたぶん、もう気づいているだろうが、サスペンスを高めるべく、彼の三文芝居につきあうことにしよう。

ぼくたちの車は民主化デモによる渋滞に巻きこまれてのろのろとしか進まなくなり、ウェンが広東語で悪態をつきまくってフロントガラスに怒りの唾を飛ばす。

香港に移り住んだとき、ゲートレイダーには目標があった。技術的にあまりにも進んでいるので荒唐無稽なほどの目標が。試行錯誤をくりかえすための試作品を実際につくるどころか、目標の実現性を検証するための理論モデルを構築するためだけでも数えきれないほどの技術革新を実現しなければならなかったが、稼働中のゲートレイダー・エンジンを所持しているのは彼ひとりだったから、それが可能なのはゲートレイダーだけだった。無限のクリーンエネルギーを使えるのだから、ゲートレイダーならなんでもつくれる可能性があった。

このライオネル・ゲートレイダーが、画期的な電力源を世界じゅうのだれでも自由に使えるようにしなかったのは明らかだ。このゲートレイダーには、自分の装置の欠陥のせいで急性放射線傷害になり、体がぐずぐずに崩れようとしているので、技術革新のために命を捧げた先駆者としていつまでも未来を照らす灯台になりたがる動機などなかった。このゲートレイダーは、まさに勝利の瞬間に受けた不公平な仕打ちに対する無力感に満ちた怒りに震えたせいで、高潔さなどは示さなかった。ぼくの父をまざまざと思いださせる、天才のおごりだった。

ライオネル・ゲートレイダーと渋滞に巻きこまれるというのは疲労困憊する体験だった——彼はさまざまな点でぼくの父を思いださせた。変わり者だが温かくて慎重で母の尻に敷かれている、ここの父ではない。ぼくの本物の父親を。

香港に移り住んだゲートレイダーは発明した……なにもかもを。世界の科学技術の趨勢を変える必要が生じても、ダミー会社を設立し、発明のひとつをひそかに売って現金と株式を得れば借金をする必要はなかった。トンネル会社を通じて、ゲートレイダーは製造業界とハイテク業界の巨人たちとひそかに一方的な関係を結んだ。ゲートレイダーの発明品は、現代世界のいたるところで見られる。それこそが現代世界だ。文明という生地のいたるところで使われている糸だ。ゲートレイダーは日常生活というカーテンの裏にひそんでいる無名で博学な魔法使いなのだ。

うんざりすることに、ゲートレイダーは最高の発明を売ったわけですらなかった——売ったのは、もっとすぐれたものを発明したので不要になったものばかりだった。たとえば、ゲートレイダーの自宅に電源コードは一本もない。ゲートレイダーは二十年以上前にワイヤレス給電を発明していたからだ。十五年前には、電子工学（エレクトロニクス）を完全に捨てて光子工学（フォトニクス）に移行した。そして五年前にはポラリトニクスの試用を開始していた。ゲートレイダーは人類に、自分が捨てたごみで現代文明をつくりあげさせたのだ。

ぼくがいた世界は、ぼくが思っていたほど失われたわけではなかった。この惑星の小さなポケットに隠されていたのだ。そのポケットを構想し、つくりあげ、はぐくんだのはライオネル・ゲートレイダーだったが、彼は自分以外の人々にそれを分け与えることにまったく興味がなかった。

109

ゲートレイダーの話にしょっちゅう気をそらされる。何層にも積み重なっているエゴと憤懣とおごりと期待が、ゲートレイダーの声の主導権をめぐって格闘している。ゲートレイダーは、まるでぼくの是認と畏怖を求めているかのようだが、同時に彼を見つけるまでにこんなに長くかかったことでぼくをちくりと皮肉らずにはいられない。ゲートレイダーの言葉の端々から、深淵のような黒い恐怖を感じとれる。

前回ペニーと会ったときに感じたので、ぼくもその恐怖を知っている——脳が告げているのは現実ではないのではないか、自分のなかの基礎的な部分に欠陥があって、わかっていると思っていることはすべて、配線の不良からみずからを守るためにつくりあげた自己正当化というきらめく格子なのではないか、という恐怖だ。もしもぼくが、致命的な欠陥があって、電力の代わりに放射線漏れのようにぼくを害する派手な妄想を生みだすゲートレイダー・エンジンだったら?

要するに、ぼくはペニーに会いたくてたまらないのだ。ペニーのことが頭から離れない。恋をしたばかりのティーンエイジャーみたいなことをいっているのはわかっているが、ああくそ、ペニー以外のことに集中するのが難しいんだ。ぼくたちは思いもかけない体験をしたし、これからももっと思いがけない体験をするかもしれないので、ぼくは恋慕と喪失に身をよじられるような苦しい思いをしている。

ぼくは世界でいちばん頭のいい人物、ぼくが探し求めてきたすべてのことの鍵となる人物と一緒にスーパーカーに乗っていて、謎と秘密が詰まった隠れ家に向かっているというのに、ぼくの心はほとんどなにも吸収できない。ぼくの脳というぽんこつは、しょっちゅう現在から、たとえばペニーとはじめてキスをした瞬間に舞い戻ってしまう。ぼくたちの口と口がはじめて接したときの、ペニーの唇がぼくの唇を押した強さ。しっくりする位置を探すための、ぼくたちの顎の動き。ペニーの上唇、ぼくの上唇、ペニーの下唇、ぼくの下唇。ペニーの顎のやわらかな肌をこするぼくの顎の無精ひげ。

もしもゲートレイダーがおとぎ話の怪物のように宝物をしまいこみたがっているのなら、それは彼の勝手だ。ぼくはペニーに、ぼくをまた信用してほしいだけだ。

すべてが横でぺらぺらしゃべっているこの九十三歳の老人にかかっているので、不安で喉が締めつけられる。ひどいと思われるかもしれないが、ゲートレイダーが、発明してから十年たってやっと、世界に携帯電話とGPSとインターネットを可能にするテクノロジーを下げ渡したのだと豪語するのを聞きながら、ぼくはもしもこの男もイカれてたらどうしようと心配することしかできない。ひょっとしたらこれは、床で転げまわって意味不明なことを口走る狂信者の集団のような共同妄想なのかもしれない。ゲートレイダーとぼくはともにユニークな精神障害をわずらっていて、自分たちは本来、この現実とは異なるテクノユートピア的現実に所属し、人類の真の運命にとって自分たちは不可欠な存在だと信じこんでいるのかもしれない。もしもゲートレイダーと会ったことがぼくの主張の正しさの証明にならなかったら——ぼくもゲートレイダーも間違っていることを証明するだけだったら?

110

車がチャイワンの倉庫の前で止まると、ウェンがぼくたちを残して車を降り、ドアをロックして周囲の安全を確認する。ゲートレイダーはシャツのボタンをいじる。ボタンをとめている糸がほつれかけている。

「申しわけないが」ゲートレイダーがいう。「気になることがあるんだ。どうしてきみはあれをエンジンと呼ぶんだ?」

「どういう意味ですか?」とぼく。「そういう名前がついてるんですよ」

「だが、間違ってるじゃないか。〝エンジン〟とはエネルギーを力に変える装置のことだ。力をエネルギーに変える装置は〝発生機(ジェネレーター)〟だよ。だから、あれはゲートレイダー・ジェネレーターと呼ぶべきなんだ」

ぼくは、高校の偏屈な科学教師が、こんな基本的な誤りで自分の遺産が汚されていることを知ったら、ライオネル・ゲートレイダーは愕然とするだろうとこぼしていたことが、いきなり脳裏によみがえる。ジョンソン大統領が一九六五年八月二十二日のテレビ演説でこの発明を世界に発表したとき、科学顧問たちは、多くの名称候補をめぐってまだ議論していた。

ジョンソン大統領のふたりの特別補佐官、ジャック・ヴァレンティとリチャード・N・グッドウィンは、装置を〝ゲートレイダー博士の未来のエンジン〟――ジョンソンが演説で使った派手な名称――と命名したのは自分だと主張した。この名称は、すぐに〝ゲートレイダー・エンジン〟と略されるようになった。そして定着した。

もちろんこの発明が、発明者本人ではなく大統領のスピーチライターによって命名されたのは、ゲートレイダーが自分の装置が世界を変えるのを見られるようになるまで生きていられなかったからだ。それどころか、装置が命名されるまでも生きていられなかった。それをゲートレイダーに話すべきなのは、遅れれば遅れるほど、話したときに余計気まずくなるのはわかっているが、あなたは五十年前に激痛にもだえ苦しみながら死んだのだと告げるのは難しい。

話すべきか話さざるべきかを決められないでいるうちに、ウェンが安全を確認し、ゲートレイダーがぎこちないと同時に流れるような足どりで、箱のような建物の唯一の出入口であるドアに向かって歩きだす。ゲートレイダーがドアの前で止まり、指揮者のような身ぶりをすると、重いボルトがひっこむ音が響いてドアが開く。

倉庫のなかも、外と同じく飾りけがない。がらんとしたコンクリートの壁、防音材、むきだしの継ぎ目と梁(はり)。ゲートレイダーの自宅はぼくがあとにしてきた世界の最後の避難所のように見えたが、この倉庫はただの倉庫だ。なかの空気はぴりっと冷たく、生物が徹底的に排除されているような感じだ。

だが、気のきいた仕掛けもいくつかあった。たとえば、電源コードは一本もない。頭上の光源は揺れ動く虹色のガスの球体だ。床はただのコンクリート張りに見えるが、薄い層になっているくさび状の部分が回転するヒンジに載っていてコンベヤベルトのように動き、ゲートレイダーが宙で指を振ることによって調節可能な速度で前進する。ゲートレイダーが腕につけている、ばねと歯車からなるアンティークの腕時計っぽいものにはモーションセンサーが詰めこまれており、それで周囲のすべてを制御できるようになっている。

ぼくたちは次々にドアを抜ける。多くの部分に分かれている金属製のドアには精巧なロック機構とセンサーパネルが備えられている。どのドアにもなにも記されていないが、ぼくたちが近づくと、玄関ポーチの足音に尻尾を振る寂しがりの子犬のように、ランプをつけてぼくたちを誘う。車のなかではしゃべりつづけていたゲートレイダーの口数が少なくなっている。緊張を高めて秘密の開陳をあっと驚くものにしようとしているのだろうが、ぼくの心は過負荷になってなにも感じなくなっているので、演出は功を奏していない。

ゲートレイダーが通路の端のなにも記されていないドアを指さすと、床がその前で停止する。ゲートレイダーがまたも身ぶりをすると、頭上の放射器から照射された藍色の光がぼくを円形に包む。スキャンされているあいだ、全身の毛穴がむずむずする。ゲートレイダーは腕時計を眺め、ぼくは彼の目がきらりと光ったことに気づく――腕時計と交信して視野に3Dイメージを投射するコンタクトレンズのようなものをつけているのだ。多くの部分に分かれているドアがたたみこまれて大きさのわからない暗い部屋があらわれる。ゲートレイダーがなかに入る。ぼくがあとに続くものと思っているのだ。そしてぼくもなかに入る。

ゲートレイダーが待っていると、ぼくたちの背後でドアが広がって閉まり、部屋が真っ暗になる。

そして照明がつく。広大な部屋だ。円形で、ドーム型の天井の高さは七階か八階分ある。天井に点々と並んでいる光源が発している影をつくらない散乱光が、勾配のある巨大空間を照らしている。

部屋の中心には小さくてずんぐりした装置が設置されている。つや消し加工された鋼鉄の外装パネルは漆黒で、吸光性があるに違いない。なにしろ、部屋を満たしている光が、その周囲で屈折しているように見えるのだ。後部のタマネギ形の部分から出ている数本の自在に曲がるチューブが床を蛇行しながらのびて、部屋の向こう側にあるファンつきの大きな排気口につながっている。

装置の周囲の半径三メートル以内は、部屋のほかの部分よりも明るく、まるでそこのコンクリートが錬金術的に磨かれて鏡になっているかのようだ。

部屋には、塩気を含んでいるような、奇妙な刺激臭が漂っている。硫黄臭いというわけではない。そう……潮の香りに近い。

「なんですか、これは？」とぼく。

「ふむ」とゲートレイダー。「タイムマシンだよ、もちろん」

111

ライオネル・ゲートレイダーはタイムマシンをつくった。

五十年を費やしてさまざまな技術を開発したのはこのためだった——時間旅行を可能にするためだったのだ。ゲートレイダーは革新的な発明自体の価値には関心がなかった。発明の価値は、目的にどれだけ近づけるかではかっていた。飢えた犬に肉つきの骨を与えるように、ドアから発明を放り投げて世界にむしゃぶりつかせることもあった。タイムマシンをつくるのに役立ちそうにない者には与える必要がないか、または与えるに値しないという理由で放出しないこともあった。

瞬間移動がそうだった。人類にはある場所で自動的に分解され、ほかの場所で再構成されるような必要はないとゲートレイダーはあっさり判断をくだした。しかし、タイムマシンを完成させるためには瞬間移動を発明する必要があったので発明した。ゲートレイダーと一緒にいていやになるのはそのせいだ——ぼくの世界ではみずからを犠牲にした高貴な天才だったのに、この世界では変わり者の老いぼれ世捨て人だからだ。ゲートレイダーの才気は五十年前よりもさらに増しているが、性格は歴史上の神話的な人物のように高潔ではない。ゲートレイダーは愛に飢えていてふさぎがちで、同時にうぬぼれていて不快で独善的だ。この遅れた世界をおもしろがり、さげすんでいるが、ひそかに世界を形づくっているのは自分であることを心のよりどころにしつつ、身をひそめているのは自分なのに、だれも自分の重要性に気づいてくれないことに憤っている。精神的に不安定なのだ。

ゲートレイダーには、ぼくの父がタイムマシンを発明したときにはなかった利点がいくつかあった。というのも、ゲートレイダーは時間旅行が可能なことを知っていたからだ。少なくとも、時間旅行が可能であるという有望な仮説を立てていた。そしてゲートレイダーは、一九六五年におけるぼくの存在を検出した機器のデータを見て、時空内にのびている放射線の跡、つまりゲートレイダー・エンジン自体のエネルギーの痕跡を利用すればいいのだという、鍵となる着想を得た。

「動くんですか？」とぼく。

「ああ」とゲートレイダー。「動く」

「どうしてわかるんですか？」

「なぜなら、使ってみたからだよ」

112

一九六五年七月十一日の事故が起きたのは、ゲートレイダーとアーシュラが会いはじめて一年足らずのころだった。ふたりはジェロームのオフィスの外の受付で、偶然会ったのだ。

ゲートレイダーは、ジェロームが承認する立場にある補助金について話す予定があり、アーシュラは前触れなしに夫をランチに誘いに来たのだった。ジェロームは出られないか、それとも出られないふりをしたので、おたがいに興味を惹かれたゲートレイダーとアーシュラはランチを一緒に食べることにした。

こうして世界は変わる——ふたりの他人のあいだで化学反応がはじまることによって。状況は、ふたりがその反応を慎重に、ためらいがちに探求することを許す。しかし、アーシュラとゲートレイダーが瞬時に感じたくらくらするような結びつきは量子の炎だ。熱い視線は酸素だ。

ゲートレイダーは四十一歳だった。アーシュラは三十七歳だった。出会ったとき、どちらにも子供がなかった。ふたりとも、研究に全力で取り組んでいた。アーシュラとジェロームは結婚して二年しかたっていなかったが、仕事にとって好都合な生活に慣れていた。アーシュラは結婚した年に二度、流産したため、夫婦は話しあって、しばらく子供をつくるのを休んで仕事に専念することにした。ゲートレイダーは三十代を通じて、知的に対等な配偶者を探しつづけた。彼は、自分が理解できることはすべて理解できる妻を求めていた。自分を理解してくれる妻を。そんな女性は見つからなかった——アーシュラと出会うまでは。ゲートレイダーはアーシュラに魅惑された。ゲートレイダーには、ジェロームのような、政治的感覚は鋭いが想像力は乏しい男が、どうしてアーシュラに結婚を同意させられたのかわからなかった。ゲートレイダーには、健全で献身的な妻として満点だったからこそ、アーシュラが女性科学者のパイオニアになれたということがわかっていなかった。一九六〇年代はじめ、アーシュラが三十五歳まで結婚していなかったという事実は広く知られていた。終身在職権を与え、論文を刊行し、講義を割り振り、研究に資金を提供するような立場の人々は、三十代なかばで未婚の女性には警戒心をいだいた。指輪をはめていさえすれば、そのような障害が消えた。それに、これはけっして些細なことではないのだが、アーシュラは自分の結婚を信じたがっていた。結婚はアーシュラにとって重要だった。

ゲートレイダーとアーシュラは、すぐに寝たわけではなかった。アーシュラがゲートレイダーを信用するようになるまでには何カ月もかかった。それに、ゲートレイダーがアーシュラとどういう関係を築くべきかを決めるまでにも時間がかかった。ゲートレイダーは、あらがいようもなくどんどんアーシュラの軌道へと落ちていても、自分は人妻と寝るような男だと思っていなかった。だから、みずからの倫理の骨組みに根本的な修正をほどこさなければならなかった。だが、ゲートレイダーは修正に成功した。そしてアーシュラは結局、ゲートレイダーを信用した。そしてふたりの不倫がはじまった。

事故後、ふたりは三年近く言葉をかわさなかった。医師たちが、実験中に噴出した未知のエネルギーによる障害はないと結論するまで全員が隔離されていた病院で、ふたりが顔を、ちらりとあわせたのは一度だけだった。だれかが、賢明にも、ゲートレイダーをほかの負傷者と分けて収容するという判断をくだしたので、一度、廊下で見かけただけでも思いがけない幸運だった。あるいは、残酷な運命のいたずらだった。ゲートレイダーは、両方が少しずつだとみなした。

香港に来たばかりの、孤独な失意の日々、ゲートレイダーがほかのなによりも望んだのは、アーシュラとたんに話すことだった。だが、ゲートレイダーはアーシュラがどう思っているかを知っていた——彼女の準備がととのうまで待つしかなかった。どれだけ時間がかかろうと。

二年十カ月かかった。一九六八年五月、アーシュラは、予告なしに香港のゲートレイダーの研究所を訪れた。ゲートレイダーは、アーシュラが研究所の場所を知っていることも知らなかった。

その日、アーシュラが条件を決めた。アーシュラは、ゲートレイダーと二度と会えないことに耐えられなかった。しかし、彼女の命を救うために体の一部を失ったジェロームのもとを去るつもりもなかった。だから条件を提示した——会えるときに会うが、ふたりが住んでいるところでは会わない。どちらかがちゃんとした仕事上の理由でどこかへ行くとき、連絡をとって、もしも都合があえば会う。それまでは、どんなにあいだがあいても連絡はしない。いつでも、どちらかの相手に対する感情に変化が生じたら、無条件で相手の決断を受け入れて関係を終わらせる。

いうまでもなく、いつだってアーシュラしだいだった。

正直いって、ふたりともこんな関係が長続きするはずはないと思っていた。結局、アーシュラがゲートレイダーを忘れるか、ふたたびジェロームを愛するようになるか、ゲートレイダーがほかの女性とつきあいはじめるか、アーシュラを忘れるか、たんにふたりが面倒な手順にうんざりして関係が自然消滅するか。ところが、関係は何十年も続いた。たいていは一年に週末一回だった。年に二回のこともあった。会わない期間が一年以上になることもあった。二年以上になったことも何度かあったし、三年以上になったことも一度あった。

会うたび、アーシュラはゲートレイダーに、会うのはこれが最後になるだろう、ストレスに、不安に、心痛にもう耐えられないと訴えた。ふたりは、会うたび、これが最後のようにふるまった。結婚生活の日常の親密さとはまったく違っていた。

ゲートレイダーはだれともつきあわなかったわけではない。短期間だが何人もとつきあった。けれども、だれもアーシュラとは比べものにならなかった。ゲートレイダーはアーシュラが人妻だという事実を考えないようにした。アーシュラは一度、ゲートレイダーに、ジェロームとのセックスはゲートレイダーとのセックスとは異なる生物学的行為だと説明しようとした――摩擦と湿り気、それに速度と均一性によってもたらされるそれなりの快感からなる行為なのだと。ジェロームとのセックスは数学だった。ゲートレイダーとのセックスは物理学だった。ジェロームは片腕がないことを気にして明かりを消すことを求めたので夫を見られなかったが、ということは彼もアーシュラを見られないのだった。アーシュラはゲートレイダーに、悲惨な事故で首がもげてしまったら、夫は検死台に横たわっているわたしの裸の体を確認できないでしょうねといった。一方、ゲートレイダーはアーシュラの体を、表面も奥も知りつくしていた。アーシュラは、ゲートレイダーと一緒にいるときだけとる仮面をつけて日々を過ごしていた。

ゲートレイダーはその逆の気分だった。いつアーシュラから連絡があってもいいように生活を組み立てていたので、アーシュラからいきなりメッセージが届いて、いついつにプラハやブエノスアイレスや東京で会いたいといわれたら、必ずそこへ行けた。アーシュラと一緒のとき、ふたりとも会えるのはこれが最後かもしれないと承知していたので、ゲートレイダーはいちばんいい自分でいた。けっして気をゆるめなかったし、つねに思いやり深く、ロマンチックで、おおらかでいた。だが、アーシュラと一緒ではないとき、仮面がはずれてゲートレイダーは実験に関して倫理的なグレーゾーンへとどんどん落ちていった。

ゲートレイダーは、ふたつのこと――タイムマシンの開発とアーシュラからの連絡を待つこと――だけをして三十五年間過ごした。アーシュラ以外とは意味のある関係をいっさい結ばなかった。ゲートレイダーにとってアーシュラがすべてだったが、それは彼が人と親密に交わるのは年に数日にかぎられることも意味した。十年、二十年とたつうちに、そのさだかではない約束が人生のすべてになった。

ある日、すべてが変わるまでは。というのも、タイムマシンがとうとう試運転できるようになったのだ。

113

史上もっとも重要な科学実験は、だれにも知られずにおこなわれた。

二〇〇二年二月二日午前二時二分、ゲートレイダーはタイムマシンを起動し、自分自身を六十秒過去へ送る準備をととのえた。一分前の、自分自身がいる物理空間にいまの自分が実体化したらどうなるかわからなかったので——ろくなことが起こらないだろうから知りたくもなかったので——安全な到着点として十キロ以上離れたセックオーの邸宅内に真空気密ポッドを用意した。

うまくいった。ゲートレイダーは過去に一分間とどまって、出発してから一分後の現在に戻った。午前二時二分に研究所を出発して午前二時一分に自宅に到着し、それから午前二時三分に研究所にふたたび出現した。きっかり一分の間隔は意図的だった——時系列どおりに年をとるためだった。一分間、年をとったが、一分間、過去で過ごしていた。立会人はいなかったし記録もなかった。

実験後、ゲートレイダーは、子供のころ住んでいた家の住所を思いだそうとしているときのような、ちょっとしたデジャヴを感じた。あたりにはしょっぱいような刺激臭が漂っていた。髪に染みついて洗っても落ちない匂いのようだった。しかし、それを除けば、このライフワークの完成という絶頂を迎えても、特に変わりはなかった。ゲートレイダーは信じがたい装置をつくった。人類史上最大の発明をした。なのに、手詰まりになっていた。なぜなら、ゲートレイダーの最終的な計画には、彼には発明できない要素——ぼく——が必須だったたからだ。ゲートレイダーは、ぼくが彼の自宅を訪れるのを待ちつづけた。

超絶的な技術を持つ天才の例に漏れず、ゲートレイダーも、計画があれば、不可能なことをなしとげてしまう。だが、なにも計画がなく、できるのはただえんえんと待ちつづけることだけという状態になると、可能なことを考えはじめる。たとえば、タイムマシンを使ってなにができるかを。

三十四年間、ゲートレイダーはアーシュラからの接触を待っていた。ふとした気まぐれで、はじめてゲートレイダーのほうから連絡をとった。ふたりはナポリ郊外の景色のいいロッジで会う約束をした。ゲートレイダーは、部屋のドアを開けたとたん、アーシュラの表情の意味をさとった――こんどこそほんとうだった。アーシュラはもう耐えられなくなっていた。彼女は別れを告げに来たのだ。

そういうわけで、ベッドに並んで横たわり、開け放した窓から差しこんでいる遅い午後の日差しを浴びながら、ゲートレイダーはアーシュラに、自分がなしとげたブレイクスルーについて話した。ふたりは計画を立てた。

アーシュラの最大の不安はジェロームに不倫を気づかれたら、それを盾にエマから引き離されてしまうかもしれないということだった。娘は、アーシュラもゲートレイダーも触れないようにしてきた大きな問題だった。ふたりは、エマの出生にまつわる明白な計算以外、ほとんどすべての事柄について話していた。アーシュラは二重生活を送っていた。献身的な妻にして母親と、情熱的で知性を充分に発揮できていない愛人というふたつの現実のあいだで板挟みになっていた。だが、アーシュラの心のなかでは、エマはジェロームの娘でなければならなかった。

時間旅行を使えば、別々の半球に分かれて住む者同士の不倫を続けるにあたっての構造的難題の多くを解決できた。ふたりは時間旅行を次のように利用した――アーシュラがどこでもいいからプライバシーを保てるところへ行き、ゲートレイダーがつくってくれた信号周波数ビーコンのスイッチを入れる。決めておいた時間、たとえば三時間、邪魔が入らなかったら、アーシュラはビーコンを切って、ゲートレイダーにそこの時空座標を記したメッセージを送る。

メッセージを送るとすぐ、アーシュラの心に記憶がどっとなだれこんできた。一時的な記憶喪失になっていたかのようだった――アーシュラは、それだけの時間、ゲートレイダーと過ごしていた。ゲートレイダーは、ビーコンのスイッチが入れられてすぐにやってきていたのだ。場所はどこでもよかった。ホテルでもロッジでも、アーシュラのオフィスでも。それどころかアーシュラの寝室でも。注意深くきっちりと行動しさえすれば、ふたりにはいくらでも時間があった。ふたりとも科学者だから、注意深くきっちりと行動するのは容易だった。

ふたりは、十年以上、そうやって週に数回の逢瀬を重ねた。ゲートレイダーの人生でいちばん幸せな時期だった。ときおり、過去の自分のもとを訪れてタイムマシンの開発を手伝えば、ふたりがもっと若く、薬物による刺激をこれほど必要としないでもおたがいの体を楽しめるうちアーシュラともっと会えたのにと考えた。だが、それは賢明ではないように思えた。

危険で愚かなように。ゲートレイダーはまだ、慎重できっちりと行動する科学者だった。

それから、ビーコンが丸一週間、起動されなくなった。それが二週間になった。三週間になった。タイムマシンが完成する前は、アーシュラと会わずに一、二年過ぎることもあった。だがいまや、ゲートレイダーはほぼ毎日、アーシュラと会えることに慣れていた。

それでも、ゲートレイダーは待つのが得意だった。人生のほとんどで待ちつづけていた。ひと月以上たって、やっと、ゲートレイダーはアーシュラが死んだことを突きとめた。

114

ゲートレイダーは鬱状態におちいった。なにもかもが無意味に感じられた。ぼくはあらわれないのではないかと疑いはじめた。アーシュラと過ごすためにした時間旅行が現実を崩壊させてしまったのかもしれなかった。ゲートレイダーは、来るはずのない相手を待ちつづけているのかもしれなかった。

半年たち、おちつかない無気力にからめとられたゲートレイダーは、新しい計画を思いついた。科学としてだめだし天才には似つかわしくない計画だったが、ゲートレイダーは気にしなかった。アーシュラがいなくなったいま、彼女の前でつけていた仮面、最良のゲートレイダーもまた消えていた。残っているのは、アーシュラといないときのゲートレイダーだった。

ゲートレイダーが最後にアーシュラと会ったのは、彼女がキッチンで倒れ、ジェロームが彼女を病院にかつぎこんだ前日だった。六日後、枕元のエマに見守られながら、アーシュラは死んだ。

ゲートレイダーは実存的決断をくださなければならなかった。かつてアーシュラが起動したビーコンを使えば、過去に戻って、彼女の癌が悪化する前に治療できた。しかし、それをしたら、すでに修正したアーシュラの体験をさらに変更することになる。結果は予測不能だった。

この時点まで、アーシュラの時間をさかのぼる旅には一貫性があり、一見したところ、大きな影響は出ていなかった。こんどは違った。こんどは時空連続体に結び目をつくることになった。深刻な影響が出かねなかった――だが愛する女性の命を救えるかもしれなかった。

だからゲートレイダーは、タイムマシンを使える男が悲嘆に暮れたときにすることをした――愚かなことをしたのだ。

115

アーシュラをむしばんだのは時間旅行だった。

明快とはいいかねる時間旅行物理学の説明に、きみがあとどれだけ我慢してくれるかわからないが、はっきりさせておかなければならないことがある――ゲートレイダー版の時間旅行はぼくの父の時間旅行とは違う。ふたりとも人間に時空をさかのぼらせる方法を見つけたわけだが、両者はジャンルが違うといっていいほど異なる。ひとつの目的地に向かう二本の別ルートなのだ。

決定的な相違は――ぼくは自分の生まれる前までさかのぼり、その時点ではからずも新しい時間線を分岐させてしまったのに対し、ゲートレイダーは自分が生きているあいだに地球上のほかの場所に行ったことだ。つまりゲートレイダーは、同じ瞬間、二カ所に同時に存在したのだ。

だから、ぼくがすぐに学んだことを理解するのに、ゲートレイダーはずっと長くかかった――時間旅行は人間の脳に悪いのだ。体はおおむね対処できるが、心は認知的不協和にもがくはめになる。

最初は問題ないように思える。脳は認知的不協和を非常にうまく処理してくれる。おそらく、それが脳のおもな目的だからだ。五感は、人間が意識を有している一瞬ごとにすさまじい量の混沌とした情報を受容しているので、脳はきみが活動できるようにそのすべてを整理して首尾一貫させている。そのおかげできみは余分な刺激を周辺に押しやって集中でき、みごとな発見(ヒューリスティック)的手法で知覚データを解析できるのだ。

映画のように。きみは映画の仕組みを知っているだろう？　映像が動いているように見えるが、実際には一連の静止画像を、映像の連続性とストロボ効果のおかげで脳が動きとして解釈しているのだ。絵画が、離れたところからだときれいで実物そっくりに見えるのに、そばに寄ると、キャンバスに置かれた絵具の塊になってしまうのも、脳の、データを首尾一貫させる驚異的能力のゆえだ。オーケストラの個々の楽器が溶けあって交響曲になるのも同じ理屈だ。

ゲートレイダー版の時間旅行は、彼の脳に同一の瞬間に同時に体験した複数の記憶を持つことを求めなかった。彼は過去への旅を現在形の出来事として体験した。毎回、過去で一定の長さの時間を過ごしたら、同じ時間が経過した現在に戻っていた——午後八時に現在を旅立って過去で二時間過ごしたら、現在の午後十時に戻っていたのだ。このような時間管理をしたのはきちんと年をとれるようにするためだったが、脳も倍の量の体験を処理することを求められなくてすんだ。現在に戻ったとき、過去の記憶は過去のように感じない。別の時間帯にある別の場所に瞬間移動したような感じだった。たんに、その時間帯が過去にあるだけだった。そのため、ゲートレイダーの記憶の配列は時刻順どおりに保たれる。

ところが、アーシュラの記憶はそうではなかった。

ゲートレイダーはみずからの体験に圧倒されなかったが、アーシュラはそういうわけにいかなかった。そしてアーシュラの心はぼろぼろになった。矛盾しあう時間線が、アーシュラの神経防壁の構造健全性を徐々にむしばんだ。ふたりは、安全だとわかっている時間だけを利用してアーシュラの結婚を守ろうとしただけだったが、ゲートレイダーが会いに来るたびにアーシュラの脳は古い記憶を新しい記憶で上書きした。

すぐに影響が出たわけではなかった。だが、わずかな影響が積み重なって悲惨な結末にいたった。アーシュラの聡明で快活な心、ゲートレイダーがもっとも惹かれたところ、彼女を彼女にしていたものが壊れてしまった。記憶の一部が、何度も何度もくりかえし書き換えられるなどという体験をした人間は、それまでひとりもいなかった。それに対処するため、アーシュラの脳は、生体器官として、灰白質の損傷と解釈したものをふさぐため、アルツハイマー病患者に見られる神経原線維の異常なもつれとタンパク質構造が一致する神経炎性斑を分泌しはじめた。

ふたりの時間旅行ロマンスが何年も続くうちに、アーシュラの立場が人類史上で類を見なかったため、人間の神経病として類を見なかったこの神経炎性斑は凝り固まっていやったらしい毒と化した——悪性の癌細胞がアーシュラの脳の記憶中枢の奥深くで増えはじめた。癌細胞は、アーシュラの日常生活には影響しなかった。増えすぎて巣におさまらなくなった癌細胞が新天地を開拓しはじめるまでは。

アーシュラは自分が病におかされていることに気づいていた。みずからの鋭敏で複雑な心が、放置された裏庭の小屋のように崩壊しかけていることを自覚していた。倒れる前の数カ月、ゲートレイダーに事実をさとられないようにするため、アーシュラは彼と会っても短い時間で官能にふけるだけにした。化学療法を受けはじめたことも伝えなかった。ゲートレイダーがなにをするか心配だったからだ。

アーシュラはゲートレイダーをよく知っていた。

116

地球の反対側は真夜中だ。ぼくがサンフランシスコへ行き、香港行きの飛行機に乗り、時差ボケに苦しんでいるあいだ、ペニーには数日間、この一件についてじっくり考える時間があった。いまごろ、ペニーはなにをしてるんだろう？　なにごともなかったように店を開け、客に挨拶し、本を補充し、発注をしたのだろうか？　ぐっすり眠っているのだろうか、それとも寝つけないでいるのだろうか？　ぼくがいなくなって、ペニーの精神状態はよくなったのだろうか、それとも悪くなったのだろうか？　どうすれば、ジョンはもう戻ってこないと、ペニーに議論の余地なく証明できるのだろう？

ぼくは答えを必要としているのだが、ゲートレイダーが与えてくれるのはただの情報だ。ぼくは一九六五年に死んだ、というかみずからを犠牲にした、ミスも失敗も傷心もいまとなっては美化されたエピソードになっている無私の天才たるライオネル・ゲートレイダーを期待していた。ところがここ、この世界では、それらはただのミスや失敗や傷心だ。その顔は、銅像の顔ではない。時の流れに痛めつけられた男の顔だ。話を聞けば聞くほど信用できなくなる。

ペニーなら、ゲートレイダーの告白にどう応じればいいかわかるのだろう。同情と敬意と好奇心を正しく調合して示せるのだろう。ペニーならゲートレイダーを信用するだろう。少なくとも、ぼくと出会う前に存在していたペニーなら。たぶん、目覚めたペニーがジョンと遭遇したあの朝は、ぼくの時間旅行と同様に、新たなヴァージョンの現実を誕生させたのだ。ぼくがいた世界のペニーとぼくが書店で会った女性は、ぼくとジョンほども違う。

世界を粉砕するのに時間旅行はいらない。

だが、時間旅行は役に立つ。

117

残念ながら、これはライオネル・ゲートレイダーがいかにして癌を癒やすかの物語ではない。人類史上もっとも頭のいい男が、いかにして最愛の女性を救うことに失敗するか——そしてその失敗が彼にどう影響するか——の物語なのだ。ゲートレイダーは物理学者にして技術者であって、腫瘍学者でも遺伝学者でもなかった。天才にも限界があった。それから十八カ月間、ゲートレイダーは癌を治そうと、少なくとも進行を遅らせようとした。そして失敗した。数十年前からはじめていればなんとかなったかもしれない。しかし、時間旅行の仕組みについてのすばらしい洞察を得たのも四十代および五十代だった。それ以後の数十年は、アイデアの実現を妨げている障害の解決に取り組んでいた。二〇〇二年にタイムマシンを完成させると、それからの十数年間は過去でアーシュラと寝ることと、アーシュラと寝ることを肉体的に可能にするために自分が服用する薬物の開発に費やしていた。ゲートレイダーの全盛期は過ぎていた。それでもゲートレイダーはがんばった。

ゲートレイダーのもっとも効果的なアイデアは、ナノテクノロジーによって開発した、癌細胞を食うハイブリッドバクテリアだった。問題は、解き放たれてむさぼり食っているバクテリアに、おかされた細胞とその周囲の健康な細胞を区別させることだった。人間の肉の味を覚えたナノテク微生物は、ひたすらむさぼりつづけることがあるので、慎重に監視しつづけなければならなかった。

ゲートレイダーはアーシュラと最後に会ったときに戻った。自分自身と同じ時間、同じ場所にいたくなかったので、ビーコンが消えた直後に出現するようにした。アーシュラにとっては、ゲートレイダーが消えたと思ったら、すぐに二歳年をとった彼がふたたびあらわれたように見えた。

アーシュラは、ゲートレイダーの彼女を救う計画が実際にはどんなものなのかをたちまち見抜いた——そしてそれを望まなかった。アーシュラの心は壊れてしまっていて、もうもとには戻らなかった。心のない人生なんて願いさげだった。アーシュラはゲートレイダーに、もう来ないでくれと懇願した。たとえ癌がはじめてアーシュラの海馬に生じ、内側側頭葉の奥深くに巣くった瞬間を突きとめられたとしても、それは数年前だった。アーシュラは幸せな記憶を必要としていた。数年分の幸せな記憶を、病気を治そうとする必死の、そしておそらくむなしい試みの記憶と交換したくはなかった。ベッドに横たわって、かつてはすばらしかった脳の残りで、ゲートレイダーと一緒に過ごしたときのことを懐かしく思いだしながら安らかに死にたかった。ゲートレイダーの体とアーシュラの体とのつながりが、彼女の人生に意味を与えてくれた。たとえそれがひそかな意味、秘めた意味、恥ずべき意味であっても。それらの記憶を奪われるのは、何十年も前にジェロームが腕を切断されたよりもずっとひどい損壊だった。

ゲートレイダーは、これ以上はさかのぼらないと約束した。ふたりは泣き、キスをし、別れを告げた。

現在に帰るとすぐ、ゲートレイダーはまた戻ってきた。また戻ってきた。また戻ってきた。またまたまたまた戻ってきた。その同じ瞬間に何度戻ってきたか、ゲートレイダーにも数えられなくなった。アーシュラとの約束を守るためだけではなかった——その最後に一緒に過ごした日よりもさかのぼれない、技術的な理由もあった。だが、ゲートレイダーは、治療を試みさせてくれと毎回、異なる方法でアーシュラを説得しようとした。毎回、アーシュラは拒絶した。毎回、ふたりは泣き、キスをし、別れを告げ、毎回、ゲートレイダーはまた説得を試みた。

ゲートレイダーはまた戻ってきてアーシュラに無理やり治療を受けさせたが治療は失敗し、結局、彼女の最後の記憶は、彼に裏切られ、彼に怒りを覚えたことになった。ゲートレイダーはまた説得を試み、また無理やり治療をほどこし、また治療は失敗し、アーシュラは彼に抱かれながら死んだ。暴走したナノテク微生物はアーシュラの脳をむさぼった。ゲートレイダーは必死で、アーシュラを食いつくし、彼にまで感染する前にバクテリアを非活性化しようとした。ゲートレイダーはまた試み、また失敗し、また試み、また失敗し、そのたびにアーシュラはますます悪化し、ますます混乱し、どんどん現実を把握できなくなってどんどん自分を失った。アーシュラの夫と娘は、病気がひどくなっているとしか思わなかった。直線的な時間にとらわれ、ゲートレイダーが長年にわたってアーシュラの体験をリセットしつづけてきたことを知らない彼らには、彼女の病気が加速度的に悪化しているようにしか思えなかった。

そういうわけで、生まれてはじめて、ライオネル・ゲートレイダーはあきらめた。最後にもう一度、戻ったがアーシュラはひどいありさまだった。ゲートレイダーがひどいありさまにしたのだ。そういうわけで、ゲートレイダーは黙ってアーシュラを抱いて謝った。ふたりは泣き、キスをし、別れを告げた。

今回、ゲートレイダーは過去にとどまった。翌日、アーシュラはキッチンで倒れ、ジェロームが妻を病院にかつぎこんだ。六日後、アーシュラは枕元のエマに見守られながら息をひきとった。

ゲートレイダーは葬儀に参列し、はじめてエマと言葉をかわし、ジェロームに詫びようとした。それが終わると、現在に戻った。それ以前、ゲートレイダーが過去にもっとも長くとどまったのは約三時間だった。最後の旅は二週間ちょっとにおよんだ。

五十年間愛した人を亡くしたとする。その悲しみを、よく、胸にぽっかりと穴があいたようだと表現するが、穴ではない。満たされているのだ。重いもので。それはふさぐことのできる穴などではない。ずっしりとした重みがあるのだ。来ると思っていたすべての未来からなるごつごつした岩に鎖でつながれたフックが何本も体に刺さっているのだ。どうすれば、五十年間続いた愛が、みずからの心をむしばむ蛇の噛み傷と化してしまうのを防げるだろう？　どうすれば全身にまわった毒を吸いだせるだろう？

ああくそ、父のことを考えずにいられない。母が死んだとき、父はどんな気持ちだったのだろう？　もちろん、ぼくはたずねなかった。

母の死の一週間後、キッチンカウンターに十二個のひと口だけかじったホットチーズサンドイッチが散らばっていたことを思いだす。ぼくはそれらを有機物分解モジュールに放りこみながら、父がうわの空なことにあきれたものだ――時間旅行の謎を解明できるくせに、食料合成器（フードシンセサイザー）をまともに扱えないのだ。

いまならわかる。食べられなかったわけではない。恋しさのせいだったのだ。父は、三十年間、妻がつくってくれていた食事を再現しようとしたのだ。だが、どう機械をいじっても、記憶にあるとおりの味にはならなかった。そういうわけで、サンドイッチのようななんでもないものが深い悲しみを引き起こすのだ。

父はずっとライオネル・ゲートレイダーの影に隠れて生きていたし、ぼくはずっとゲートレイダーと比べたら父などたいしたことないと思って生きていた。いまなら、父がなにをやらなかったかを評価できる。父はタイムマシンを使わなかったのだ。過去に戻らなかったのだ。父は母を救おうとしなかった。どんなに悲しくても、父はその悲しみとともに生きていた。父には、ゲートレイダーに欠けている内なるコンパスがあった。それはぼくにも欠けている。

母が死んだとき、父は、生涯をかけてきた研究が実を結ぶまであと四ヵ月のところまで来ていた。父にはもうぼくしかいなかった。どうだっていいことだし、起こらなかったことだし、その痛みがまだ存在するのはぼくの記憶のなかだけであっても、父はとうとう、愛について教えてくれていたことにぼくは気づく。

118

昼間、シェヌ・デ・ピュイ火山群の噴石丘をハイキングしたあと、クレルモンフェラン近郊の田園地帯にある小さなビストロで夕食をとったとき、アーシュラはデザートを食べながらゲートレイダーに、彼女が考える現実について説明した。アーシュラによれば、現実は堅固ではない。いま食べているクレームブリュレのようにゼリー状でやわらかいのだそうだ。表面は結晶化しているが、どろどろの中身の上に張った堅くて薄い皮にすぎない。刺し貫かれると、こなごなに割れて中身があふれだす。

　ゲートレイダーは、自分が時間線にしたことのせいで現実そのものの障害を誘発してしまったのではないかと恐れていることをぼくに認める。それは、ふたりの人物がしばらく一緒に過ごしたいと願ったせいではじまった。やがてふたりは会えなくなったが、片方はもう片方が死ぬにまかせられなかった。同じ瞬間に何度も戻るのは、鏡を爪でとんとんと叩くようなものだ。それで鏡が割れるだろうか？　たぶん割れない。だが、構造の完全性をわずかずつ傷つけないかどうか、どうしてわかる？

　現実の堅い皮に穴があいたらどうなるのだろう？　なにが飛びだしてくるのだろう？

　実際に暮らしていたし、その思いもよらない驚異を目のあたりにしていたので、ぼくは、この世界のよりよいヴァージョンが存在することを知っている。だが、だからといって、だれかが裏口のドアに鍵をかけ忘れるのを待って庭で立っている、この世界のずっと悪いヴァージョンが存在しないことにはならない。

　控えめすぎるだろうか？　ずばりといおう――思いもよらない恐怖、それこそが、硬い皮が破れたときに飛びだしてくるものだ。

　ぼくが五十年前におかした一度のミスでまったく新しい現実が生まれるのなら、ゲートレイダーが過去に戻るたびに犯した多くのミスは、世界に、そしてぼくにどんな影響をおよぼしたのだろう？

　ゲートレイダーからこの件のすべてについての説明を聞いて以来、ひとつの疑問がぼくの脳裏から離れなかった。それは答えを知っていても問わざるをえない疑問だった。

「あなたが最後に過去に行ったとき」とぼくはたずねる。正確にはいつ戻ってきたんですか?」

ゲートレイダーは腕時計のデータを確認する。戻ってきたのは五日前だと答える。つまり、トロントでは先週の日曜日の早朝だ。

答えがわかっていても、筋肉と内臓が氷のような炎につかまれてしまう。アーシュラと最後に会うために時間をさかのぼり、葬儀までとどまったとき、ゲートレイダーはかつてないほど長く滞在した。過去に一週間いつづけるというのは、鏡を爪でとんとんと叩くどころではない。ハンマーを打ちつけるようなものだ。硬い殻がぱっくりと割れてなにかが抜けてきた——ジョンが。

日曜日の朝というのは、ペニーのベッドでジョンが目覚め、ぼくが消えた時間だ。ゲートレイダーのタイムマシンのせいだったのだ。

ぼくは、ぼくが考えていたような理由で主導権を失ったのではなかった。ゲートレイダー

119

なにもかもが間違っているように感じる。どんよりと暗く、汚れているように。ライオネ

ル・ゲートレイダーはタイムマシンを開発し、それを不倫のために使った。ぼくは物理学者でも哲学者でもなく、名前ばかりの建築家であって何者でもない。だからこれはぼくの理解力を超えている。ぼくはペニーのベッドにいたい。朝、遅くまでぐうたら寝ていて、おたがいに相手をおだててコーヒーを買いに行かせようとしたい。トイレに行かなくても、生理的にもう一度セックスできるかどうか考えたい。こんなところにいたくない。故郷に帰りたい。

だが、もう故郷に帰れる――ぼくの目的は、ぼくがイカれていないことをペニーに証明することだった。そう、たしかにライオネル・ゲートレイダーは生きていた。自己陶酔的な変人だが、タイムマシンを発明するほどのすぐれた才能の持ち主だった。だから、任務完了だ。

ぼくは、丁重だが心のこもった別れをゲートレイダーに告げながら、近いうちにまた話を聞きに来ようと考える。これから直接空港に行き、いくらかかってもいいからすぐにトロントへ行ける飛行機に乗ろう。そして機内で、ペニーにまたぼくを信用してもらえる説明の仕方を練習するんだ。家族には、ぼくに必要だとみんなが考える心理学的な助けを求めることに同意して、みんながぼくを心配しなくてすむようにしよう。ひょっとしたら、ジョンを抑えこんでおく役に立つかもしれないし。証拠としてはあやふやだし心もとないことはわかっているが、ぼくは気にしない――ここまで来た目的は達成したのだ。

「貴重なものを見せてくださってありがとうございます」とぼくは礼を述べる。「でも、そろそろ行かないと」

「そうだな」とゲートレイダー。「ぐずぐずしていてもしょうがない。きみの遺伝子スキャンは、もう伝送マトリックスに組みこまれていて、全システムの起動がすんでいるんだからな」

「なんの話ですか？」

「きみを送るんだよ」

「ぼくをどこに送るんですか？」

「時間線をリセットしに行ってもらうんだ。すべてをあるべき状態に戻すんだよ。わたしが、個人的理由でタイムマシンを使うことによって小さなさざ波を立てたことはわかっている。だが、おおもとの原因をつくったのはきみだ。時間という殻を最初に割ったのはきみなんだ。あの実験はうまくいくはずだった。アーシュラはわたしを選ぶはずだった。こんなことになるはずじゃなかったんだが、きみならなおせるはずだ。きみなら、きみがなにもかもをだめにするのを止められるんだ」

「ゲートレイダーさん、ぼくは帰るんです。ほかのどこにも行きませんよ」

「だが、きみが行くしかないんだ。きみには世界に対する義務がある。わたしに対する義務がある。こんなものはわたしの人生じゃない」

「いいですか」とぼく。「すぐにいうべきだったんですが、あなたの実験は、たしかにうまくいって、ありえなかった未来の動力源になるはずでした。だけど、あなたはそれを生きて目にすることはなかったんです。あなたも、アーシュラも、ジェロームも、一九六五年のあの日、あの研究室にいた全員が、実験から数週間で亡くなったんです。あなたはあの放射線の高まりに気づいて、事故後に改造したんですよね？　ぼくの世界では、あなたはあの放射線のせいで死んだんです。それにアーシュラさんも。いつまでも幸せに暮らしたりはできなかったんです。あなたたちは二度と会えなかったんですよ」

「じゃあ、これなのか？　これがいちばんましなのか？　わたしの報いは、アーシュラと会うのを待ちつづけて人生を無駄にすることなのか？　だめだ。それじゃ足りない。それなら、わたしの研究が世界を変えたと知って死ぬほうがましだ」

「なるほど。ぼくも、どうすれば修正できるか考えました。事故が起きたときに戻って狂いが生じないようにしてから、ぼくの時間線の一日だけ前に戻って、単純な、違った選択をしたらどうなるかって。ペニーと寝たとしても、彼女が妊娠さえしなければ、なにもかもがうまくいくかもしれないって。あなたにはわけがわからないでしょうが、とにかく、この技術によって生じた変化は……あなたを苦しめることになるとぼくは知ってるんです。あなたには、単純明快に思えるでしょう。このちょっとしたことを変えれば残りはうまくいくはずだと。だけど、そうはいかないんです。思いもよらないひどいことが起こるんです。あなたの自由にはなりません。できるのは壊すことだけなんです。ぼくも壊しました。だからこんどは*つくり*たいんです。ぼくが来た世界を失われたままにしておくのが身勝手なのはわかってます。でも、申しわけありませんが、あなたが、世界を変えられたはずなのに、発明をぜんぶこの霊廟にしまいこんでおいたという事実よりも身勝手だとは思いません。だって、わからないんですか？　あなたはもう、なるはずだったと思ってる存在になれるんですよ。ぼくの世界では、あなたは五十年前に死んでたんです。あなたが開発したものをすべて公開すれば、人類は、得ているはずだったものをすべて得られはしないでしょうが、すばらしいスタートが切れるはずです。だけど、時間旅行じゃ、事態は改善しないんです。悪化するだけなんですよ」

「きみがそんなことをいうなんて、じつに残念だよ」

「たとえ修正できるとしても、いや、できるとは思いませんが、家族をあきらめるわけにはいきません。両親と妹を。それにペニーを。ペニーはかけがえのない存在なんです。ぼくは行きませんよ」

「こんなふうにならないといいと心配していたんだ。だが、きみは七十億人と引き換えに四人を選んだという事実は忘れないでいてほしいね」

ゲートレイダーは腕時計に触れ、なめらかな動きでぼくのほうに向けた手で宙をとんとんと叩く。するとだしぬけに、なにもかもがばらばらになる。

120

平らな四角形がぼくの目の前に浮かぶ。そこにベッドで眠っているペニーの、緑色で解像度の低い映像が映る。その部屋には女がふたりいる。女たちは革の目出し帽をかぶり、ごつい暗視ゴーグルをつけている。手には薪割りに使うような斧を持っている。

三人めの覆面女がビデオカメラをドレッサーに置く。その女はスプレー缶に見えるものを持っている。その女がノズルをいじっているあいだ、斧を持っているほかのふたりは寝ているペニーを無言で見つめている。

ぼくは、なにがなんだかわからないまま、冷静さを失ってゲートレイダーに飛びかかろうとするが、そばまで行けない。ゲートレイダーがまたも宙で手を動かすと、ぼくはいきなり冷たいコンクリートの床に倒れこんでしまう。動けない。息をするのが精一杯だ。

「局所重力場だよ」ゲートレイダーがいう。「わたしが足につけている装具に使われているものと似たようなシステムだ。わたしは地球の四分の三の重力で歩いている。きみが味わっているのは地球の四倍の重力だ。じたばたしないほうがいいぞ。それだけ重力が強いと、血は筋肉と脳へきちんと流れない。てこの原理を使っても靱帯がもたない。手足がもげてひどいことになるぞ」

ぼくは声を出そうとするが、舌が口のなかのダンベルと化している。よだれを垂らすことしかできない。

浮遊スクリーンが位置を修正し、ぼくから見えるように床近くまでおりてくる。さらに二枚のスクリーンがあらわれ、やはり緑色がかった寝室の様子が映る。一枚では両親が一緒に寝ていて、もう一枚ではグレタがひとりで寝ている。カメラはしっかりした場所に置かれ、三人の覆面をしゴーグルをつけた女がそれぞれのベッドのそばに立っている。ペニーのところと同様に、ふたりが斧を、ひとりがスプレー缶を持っている。

スプレー缶を持っているグレタの部屋の侵入者がノズルをひねると、なんらかのガスが噴きだす。分子の雲のせいで暗視装置にひずみが生じ、妖精が眠っている子供に魔法の粉を振りかけているように見えるのでそれがわかる。ただし、この妖精たちはSM用の革マスクをつけて木こりの斧を持っている。両親の部屋でも同じことが起き、きらめくガスがベッドの上で漂う。

「鎮静剤だよ」とゲートレイダー。「これくらいの量なら認知障害は起こさないが、香港に着くまで目を覚まさない」

ところが、ペニーの寝室では計画どおりにことが進まない。スプレー缶がうまくガスを噴きださないので、女はノズルをこじ開けようとする。映像には音がついていないので、ペニーがなんの音で目を覚ましたのかはわからない。

三人の侵入者がいっせいにペニーのほうを向く。ペニーは口を開けているので、たぶん叫んでいるのだろう。ペニーが勇猛なチャンピオンのようにいきなり動きだすのを見て、ぼくの胸に誇らしさがこみあげる。ペニーは体を起こすなりベッドから飛びだし、電気スタンドをつかんで侵入者たちに投げつける。だが電気スタンドは壁のコンセントにつながっているので、だれにもあたらずに戻ってきてしまう。それでも侵入者たちはひるみ、ペニーはその隙に壁に体当たりする。肩で電灯のスイッチを押す。暗視ゴーグルをつけていた侵入者たちはいきなり明るくなったせいで目がくらんだ。まぐれではなくねらったのだとしたらたいしたものだ。緑色がかっていた映像がフルカラーに切り替わり、三人の馬鹿げた覆面をしている人物が寝室にいることに気づいて、ペニーは目を丸くする。

ぼくがこんな状況に追いこまれたら、間違いなく逃げだすだろうが、驚いたことにペニーは勇敢な決断をくだす。なんと、重そうな枠がついたアンティークの鏡を壁からはずし、いちばんそばにいた斧を持つ女の頭に叩きつける。その女は銀色の破片のしぶきを浴びながら倒れ、ほかのふたりはゴーグルをむしりとる。スプレー缶を持った女が、当初の計画に固執してノズルをいじる。もうひとりの斧を持つ女はペニーとドアのあいだにいるが、ペニーに殴られ、鏡の破片に皮膚を傷つけられてじたばたしている女が邪魔になっている。二人めの斧を持つ女が、ペニーはドアに向かうと思ったのだろう、のんびり構えているうちに、ペニーはベッドサイドテーブルに飛びつく。女は斧を振る。ペニーはかがみ、斧の刃が壁に食いこみ、石膏ボードに埋まってしまう。一般的に斧が格闘に用いられないのは、これが理由なのだろう。

斧を持つ女が壁から斧を引き抜こうとしているあいだに、ペニーは体を起こし、渾身の力をこめて女の腹を殴る。女は体を折ってゲロを吐く。自分の嘔吐物で窒息しないように、覆面をとろうとする。

血まみれになっているひとりめの斧を持つ女は、鏡の枠を払いのけ、斧を振りあげてペニーに襲いかかろうとする。

だが、ペニーはもう、ベッドサイドテーブルの引き出しから拳銃をとりだしている。

ぼくは何度もその引き出しに手を突っこんでコンドームを探したし、一度か二度、ペニーの小さすぎる靴下を借りたことがあるので、そこに銃が入っていなかったことは知っている。ジョンと遭遇したあとで入れたのだろう。

ペニーは引き金をひく。そんなに近くで撃ってはずれるはずもなく、ひとりめの斧を持つ女の肩から鮮血が噴きだす。女はつんのめり、頭をベッドサイドテーブルの鋭い角にぶつけてペニーの足もとに倒れ、動かなくなる。

音がなくても、浮遊するスクリーンを見ていれば、銃声が部屋の雰囲気を変えたのがわかる。ペニーは覆面のなかに嘔吐した斧を持つ女をねらって撃ち、女の膝小僧が爆発したように弾ける。女は糸が切れたあやつり人形のようにくずおれる。

三人めの女はノズルと格闘するのをやめ、ずっしりと重そうなスプレー缶をペニーに投げつける。ペニーはスプレー缶を腕でブロックするが、激痛を覚えたのは明らかだ。そしてさらにまずいことに、一瞬、気をそらした隙に、女は突進してペニーの顔面を痛打する。ペニーはふらつきながら拳銃のねらいを定めようとするが、三人めの女に腕をひねり上げられ、銃を落としてしまう。女はペニーを床に投げ倒し、膝で背中を押さえこんで身動きできなくする。

愛する女性が救いを求めて音もなく叫んでいるのを見ているのに、たとえ動けても一万二千キロ離れた場所にいるのでどうにもできない、といういまの状況よりひどい状況は思いつかない。だが、もっとひどい状況とはどんなものかをもうすぐ知るはめになりそうだ。

膝を砕かれた女が立ちあがり、いいほうの脚に体重をかけ、撃たれたほうの脚をひきずりながら歩く。女は斧を、刃のないほうを下にして振りあげ、ペニーの頭に叩きつける。

　ペニーの目から光が消える。ペニーはぐったりする。

音はないが、堅い金属がペニーの髪と肌と骨にぶつかったときの静かな衝撃を、ぼくは大量の剃刀（かみそり）がぼくの動脈と静脈のなかを渦を巻きながら通過したように感じる。ぼくは叫ぼうとするが、耳ざわりなしゃがれたうめきが漏れるだけだ。ぼくは恐怖し、憎悪する。ぼくは暴力であり復讐だ。

　女は、もう一撃するべく斧を振りあげるが、もうひとりの女になにかいわれて思いなおす。ふたりはドレッサーに置いたカメラのほうを見る。女はペニーの脈を確認し、カメラに向かって親指を立ててだいじょうぶだと伝える。もうひとりの女がカメラを切る。

　スクリーンが薄れ、ピクセルに分解して消える。ほかの二枚のスクリーンには、意識を失っている両親と妹が、ベッドからひっぱりだされて運び去られるところが映っている。ぼくは涙がこみあげるのを感じるが、強烈な重力が目の内部構造に影響をおよぼしている。涙は不気味にふくれあがり、水風船を舗道に落としたときのように破裂して目から流れだす。

「申しわけない」とゲートレイダー。「怪我人が出るはずじゃなかったんだ。あの工作員たちは、奇妙きてれつな日本の終末カルトの信者で、一生懸命にやってくれるんだが、扱いが難しいんだ。最高の使用人にするには、本質的な世界観が、少々運命論的すぎるんだよ。さいわい、だれも死んでいない。一時間もしないうちに、全員、香港行きの自家用ジェット機に乗ることになっている」

　ぼくの心から明晰さが失われる。恐怖が消える。憎悪が消える。暴力も復讐も、目標も計画も希望もなくなる。もうなにも決めなくてよくなって、ほとんどほっとする——ゲートレイダーのいうとおりにするだけでいいのだ。

121

　重力が正常に戻るが、ぼくは床から起きあがれそうにない。ゲートレイダーは、目に見えないオーケストラの変人指揮者のような大袈裟な身ぶりでタイムマシンを始動させる。飛び起きたぼくに殴り殺されるかもしれないとは思ってもいないようだ。そしてゲートレイダーは正しい。ぼくは全身の感覚がなくなっているし、そうでなかったとしても、これ以上両親と妹、それに愛する女性を危険にさらすようなことをするつもりはない。

「きみにはこれから」ゲートレイダーは告げる。「一九六五年七月十一日に戻ってもらう。そしてきみ自身がわたしの実験を妨害しないようにするんだ。そうすれば時間線は本来の道筋に戻る。このすべてが、この五十年間が正されるのだ」

　ゲートレイダーはぼくを見おろし、ぼくがまだ床に倒れこんでいることに困惑する。

「重力は正常に戻したぞ」とゲートレイダー。「もう立てるはずだ」

それどころか、高さ二十メートル以上の湾曲した天井に届くくらいジャンプできそうだ。だがぼくは立たない。上体だけを起こす。

「きみには、きみが犯したあやまちを正してほしいだけなんだ」とゲートレイダー。「きみが案じている四人を含むこの惑星の人間全員が、間違った生を送っているんだぞ。現実があるべき状態に戻れば、彼らの生は問題ではなくなる。彼らの死も。なぜなら、正しい時間線では、彼らは別の生を送り、別の死をとげるのだから、ここでの生も死も、存在すらしなくなるからだ。きみが正しいことをするために彼らを犠牲にしなければならないとしても、それは殺人でもなんでもないんだ。虚構を殺すことなどできないんだからな。そしてこの惑星の人間は全員、書きなおしが必要な、ひどい虚構を生きているんだ。その書きなおしをするのがきみなんだ」

「あなたにはがっかりしましたよ」とぼく。

「おたがいさまだ。以前のきみのほうがずっと賢明に思えたんだがな」

「え？　二時間前の、あなたのことを人類史上最大の偉人だと思いこんでて、あなたがじつは、ぼくが愛する人たちを全員誘拐して、人妻と寝られるようにするために時空連続体をゆがめさせようとするくそったれだなんて知らなかったときのぼくのほうがっていう意味ですか？」

「違う。以前のきみのほうが、だよ」

ゲートレイダーはズボンのポケットに手を突っこみ、端が波打っている古いポラロイドの写真をとりだす。それをぼくに手渡す。

　写真にはぼくとゲートレイダーが映っている。しかし、ぼくの目の前に立っているゲートレイダーではない。一九六五年のゲートレイダーだ。そしてぼくは――いまとほとんど同じぼくだ。それどころか、服も同じだ。

「この写真が撮影されたのは一九六五年七月十三日だ」とゲートレイダー。「事故の二日後、わたしははじめてエンジンのスイッチを入れた。するときみがあらわれたんだ」

122

　ぼくは写真を見つめる。合成写真に違いない。写真のぼくはいま着ているのとまったく同じ服を着ているが、ゲートレイダーはさっき、ぼくをスキャンしたのだ。ゲートレイダーはタイムマシンをつくった――いんちきポラロイド写真だってつくれるはずだ。ところが、その写真は捏造には見えない。古い写真に見える。五十一年前に撮られた写真に。

「きみには一九六五年七月十三日午前四時三十八分に戻ってもらう」とゲートレイダー。「わたしがふたたびエンジンのスイッチを入れた日に。昔のわたしは、きみの指示に従って、きみがさらに二日前の一九六五年七月十一日の事故直前まで戻るのを手伝うはずだ。わたしの装置は、たどるべき放射線の痕跡がなくても短い時間なら遡行できるんだ。加えて、最初の過去への遡行によって生じ空気中に残留している微量の放射線を追跡できる探知マトリックスという補助的な二重安全対策(フェールセーフ)も備わっている。きみが、わたしの実験が成功するようにしてから現在に戻ってくれれば、世界はもとどおりになっているはずだ」

「じゃあ、ぼくはあなたに、ぼくが旅の最後の部分へと戻るのに必要なテクノロジーを持っていって渡し、一九六五年のあなたがそれに協力するっていうわけなんですね？」

「わたしはあの時点で、あの日、研究室で目にした人物は時間旅行者だったのだろうという仮説を立てていた。だから、きみの出現は、そのありえない仮説の裏づけになっただけなんだ。きみも、自分がなにをしているかを心得ているようだったし、正直なところ、ライフワークがだめになったあとだったから、その出来事が道しるべになってくれたんだ」

「ぼくは、時をさかのぼってあなたを素手で殺すかもしれませんよ」

「そうだな。きみは、期待していたほど知的には見えないが、そんなことをしたら予測不能な影響が生じるに違いないことがわかる程度には因果律を理解しているように思える。わたしが一九六五年に死んだら、ペネロピーが生まれなかったことになるとしたらどうするんだ？」

「くたばりやがれといいたい気分ですね」

「それで気がすむなら、どうぞいってくれ」

「くたばりやがれ」

「準備はいいかね？」

「もうですか？」

「時間は貴重だからね」

ぼくはタイムマシンを拾いあげるが、びっくりするほど軽い。

「持ち運びできるようにしなきゃならなかったんだ」とゲートレイダー。「それに操作も簡単じゃなければならなかった。昔のわたしのような、時間旅行についてなにも知らない者にとっても」

ゲートレイダーは操作法を説明するが、ほんとうに簡単だ。危険なほど簡単だ。邪悪な考えがぼくの心のなかで渦巻く。過去に戻ってライオネル・ゲートレイダーが生まれないようにする。それとも、ぼく自身が何時間か前にゲートレイダーの家のドアをノックしないようにさせる。引き返して帰郷し、ペニーの信頼を取り戻すための別の方法を探す。ただし、もちろん、ゲートレイダーはぼくを待ち受けていて、ぼくに彼が望むとおりの行動をさせるために準備万端ととのえていた。それに写真もある。よこしまなことはわかっているが、どうしようもない――ループは閉じなければならない。

床の一部がひっこんでプラットフォームがせりあがってくる。そこにもう一基のゲートレイダー・エンジンが設置されている――というか、じつのところ、ゲートレイダーの説明どおり、こっちがオリジナルだ。ぼくがゲートレイダーの自宅で見た装置は予備機なのだ。こっちがオリジナルの試作品で、一九六五年からずっと動きつづけているほうなのだ。部品は、ゲートレイダーの自宅の奥で見た改良版よりもずっと古そうだ。ロボットアームがエンジンをタイムマシンにつなぐと、ゲートレイダーはそれらのまわりで、幼稚園の先生のようにかいがいしく動作をチェックする。

ぼくが不自然なほど冷静に見えるとしたら、恐怖によってアドレナリンがどっと分泌されているせいで呆然としているからにすぎない。ぼくの脳裏に、寝室で倒れているペニーが斧の刃のないほうで脳天を殴られるさまがくりかえし浮かぶ。ペニーはもう死んでしまっているかもしれない。なんとかペニーを助けだせたとしても、彼女がいまさらぼくを許してくれるだろうか？ それにもし、ぼくがゲートレイダーにいわれたことをしなかったら、彼は、両親と妹と愛する女性を殺し、ぼくにはどっちみちこの世界で生きつづける理由がなくなってしまうだろう。

ペニーと家族のことを考えると胸が張り裂けそうになる。家族とペニーを、殺されるか消し去られるかという、受け入れがたい二者択一なのだ。だから、ゲートレイダーがぼくに取り戻させたがっている世界について考える。空飛ぶ自動車、ロボットメイド、錠剤の食事、デイシャ、シャオ、アシャー、瞬間移動、ヘスター、背負い式飛行装置（ジェットパック）、メーガン、動く歩道、タビサ、光線銃、ホバーボード、ロビン、宇宙観光旅行、月面基地、父。ぼくにはほんとうに、どちらの世界が存在するに値するかを判断する資格があるのだろうか？ なにもかもがゲートレイダーの計画どおりに進めば、あの世界がこの世界を上書きし、残るのはあるはずのなかった現実についてのぼくの記憶だけになってしまう。

だが、ぼくは欠陥のある計画については多少なりとも知っている。

ゲートレイダーはぼくよりずっと頭がいいし、この件についてじっくり考える時間があった。ゲートレイダーには、タイムマシンをぼくにゆだね、ぼくがそれを彼が期待するとおりに使うはずだと信じるに足る理由があるのだろう。だが、過去に戻ってから——よりましな解決策が見つかったら、そっちを試そう。たとえ、結果を完全には予想できなくても。考えてみたら、予想できたことなど一度もないのだ。

123

ゲートレイダーのタイムマシンはコンパクトで飾りけがない。単純なコントロールパネルがある蓋（ふた）を開くと細かい内部構造が見えるが、それ以外は継ぎ目がない。ゲートレイダーには感心させなければならない出資者も、魅了しなければならない消費者もいない。この装置をかっこよく見せる必要がないのだ。使用者を過去へ送れればそれでいい。

ゲートレイダーは最終点検をおこない、ぼくは服を脱ぎはじめる。ゲートレイダーはぼくをいぶかしげに見る。

「なにをしているんだね？」

「服を脱がなきゃならないんじゃありませんか？」

「いいや。裸で時間旅行に行かせるなんて、どんな変態なんだ？」

「ぼくの父ですよ。ぼくが来た世界では、タイムマシンを発明するのは父なんです」

「教授なんだね？　おもしろい。じゃあ、きみの父上は非有機的物質の時空伝送を解決できなかったんだな。もちろん、そういう対応策もありうる。非有機的物質も送れるようにすると所要時間が大幅に長くなってしまうからな。だが、そうすれば即時性の問題を解決できるから……」

ゲートレイダーは腕時計に触れ、宙で文字を描くように大きく手を動かす。スキンスーツについて説明してもいいが、いまはゲートレイダーに協力したい気分ではない。

「わたしの父は偏執症だった」とゲートレイダー。「ほんとうに病気だったんだ。たいていの日、父は愉快で口やかましくて気配りができる人だった。ところが、ときどき、わたしと弟たちが学校から帰ると、父はわけのわからないことをぶつぶついいながらわたしたちをキッチンにすわらせて、おびえている母親と、よこしまな影がどういうものかを知っている連中に駆りたてられるよりはわたしたちを殺してしまったほうが情け深いかどうかを議論するんだ。母は、ナチスが侵攻してきたときにほっとした、ヨーロッパでただひとりのユダヤ人だったんだろうな。ようやく、父の偏執症が完全に正当化されたんだから。そして、ずっと迫害に備えてきたにもかかわらず、父は対応を誤った。父の計画は馬鹿げていて、そのせいで庇護していた者を全員死なせてしまったんだ」

「でも、あなたはデンマーク王を信用したおかげで生きのびた」とぼく。「いきさつは知ってますよ。だれでも知ってるんです」

「王？　父を信用しなかったおかげさ。父は妄想をいだいていたし、わたしにはノーというだけの分別があったんだ。どうしてきみは、王さまに関係があるなんて思ったんだ？」

「ニールス・ボーアの葬儀で、あなたが旧友にそういったからですよ。その旧友は、それについて本を書きました。あなたと、どんな話題であれ言葉をかわした人たちは、みんな本を書いたんです」

「呼ばれてもいないボーアの葬儀に参列したのは見栄だよ。若かったから、感情の起伏が激しかったんだ。ボーアは、洞察力と発想力はなかなかのものだったが、なにかをつくったかね？　つくりはしなかった。ボーアは自分の名前が載った新聞記事を読むのが好きだった。きっとわたしの名前など覚えていなかっただろうな。教え子のひとりにすぎなかったんだから。かつて命を救った人々のうちのひとりだったのさ」

「ゲートレイダーさん、あなたに話し相手がいなかったのはわかります。でも、あなたはぼくの家族と愛する女性を殺すと脅迫してるんだから、あなたの思い出話に耳を傾ける気分じゃないんですよ」

「きみの愛する女性？　それはジョークかね？　きみが彼女と会ったのは二週間前じゃないか。わたしがきみのことを調べつくしていないと本気で思っているのかね？　わたしはきみのことを三十二年間、監視していたんだ。過去のわたしのもとを訪れた人物になるのを待っていたんだ。そんなことをいうのは、わたしのように愛に人生を捧げてからにしてほしいものだね。きみはどの女性とも、ひと月ともたないじゃないか。家族とも疎遠だ。友達もいない。才能ゆえに、従業員はきみにしぶしぶ敬意を払っている。わたしが望みをかけたのはきみの才能だ。いつの日か、この間違った人生から逃れられるかもしれないという望みを」

「あなたが愛してる人たちはどこにいるんですか、ゲートレイダーさん？ 家族と友達はどこにいるんですか？ 五十年間、あなたが唯一、愛せたのは人妻だったんですよね？」

「きみはなにもわかっていないんだ。きみはだれを愛したというんだ？ だれを失ったというんだ？ きみの人生は建物だ。そのなかにいる人々にはなんの関心もないんだ。わたしは彼女のためにすべてを賭けた。彼女のもとへ行くために時空を渡った。そういうたぐいの愛について、きみになにがわかるんだ？ そういうたぐいの喪失について？」

飛び抜けた天才のゲートレイダーがぼくについて大きな勘違いをしていることに、ぼくはちょっぴり混乱するが、やがて気づく——もちろん、ゲートレイダーはぼくをジョンだと思っているのだ。

ジョンの生活をえんえんと監視しつづけたとしても、ゲートレイダーはこの時間線で起きたことしか観察できない。ぼくの世界については推測するしかないのだ。

この三週間で、ぼくは夢の女とまだ生まれていない子供を失い、一兆ドルの装置を盗み、人類史上初の時間旅行者になって現代世界の基礎となった実験を目撃し、現実をぶち壊し、人類をディストピアに突き落とし、何十億もの人々を生まれなくし、父を破滅させ、母をよみがえらせ、存在しないはずの妹をつくり、人生最高の愛する人とめぐり逢い、世界一輝かしい建築家になり、人類史上もっとも頭のいい人物を見つけ、地球の科学技術の秘められた歴史を知ったが、だれかにやっと過小評価されるのは、いまこのときがはじめてだ。

ぼくは愛を知っている。喪失を知っている。人をかじって丸呑みにしてしまう悲嘆を知っている。

けれども、ゲートレイダーはそれをまったく知らない。ジョンを見張って時間を無駄づかいしていたからだ。

ぼくの名前はジョンではない。ぼくの名前はトム・バレンだし、一度は世界を変えた。もう一度変えることだってできる。

124

二種類の時間旅行の唯一の体験者として、ゲートレイダー版はぼくの父版とまったく異なっていたと断言できる。そしてあのくそったれは、間違いなくぼくに予備知識を与えなかった。

ぼくはそこでタイムマシンを握って立ち、ゲートレイダーはぼくの目を見つめている。

「目的地に着くころには」ゲートレイダーはいう。「わたしがどうしてこんなことをしなければならなかったのかわかるはずだ」

そしてゲートレイダーは珍妙な言葉を発する――練習したようだがまったく無意味な、たどたどしく意味不明な発声だ。

「いなます」

ゲートレイダーはそういうと、ぼくに時間をさかのぼらせる。

父の時間旅行装置を使ったときと体感上は大差ないだろうと思っていたし、最初の、バランスと重力のあいだのひきのばされた一瞬に落ちていくような感覚は似ている。だが、予期していた、頭がくらっとし、体が反転するような感覚の乱れはいつまでたっても生じない。

一方、目の前に立っているゲートレイダーが、装置のコントロールパネルから手をひっこめながら、例のぎくしゃくしていて不快な身ぶりをする。ぼくと目をあわせて口を開く。顎をおかしな具合に動かしながらいう。

「すまない」

ぼくは、謝られてもなんにもならないといおうとするが、体が麻痺している。口が動かない。瞬きができない。できるのは、まっすぐ前を見ることだけだ。

「だずはるかわかのたっかならなばれけなしをとこなんこてしうどがしたわ、はにろこくつにちきてくも」とゲートレイダー。

ややあって、ぼくはゲートレイダーが逆さにしゃべっていることに気づく。

ぼくはおおいにとまどう。まず、ゲートレイダーは悪ふざけをしているのだろうかと疑う。わざと逆さ言葉で謝ったのは、ぼくにヒントを与えたように思える。だがそれよりも――

〝目的地に着くころには〟っていうのはどういう意味だ？　父のタイムマシンでは、遡行は一瞬だった。着くまでに時間はかからなかった。次の瞬間には到着していた。マイクロ秒単位の旅でなにがわかるのだろう？

ところが、旅はマイクロ秒単位で終わらなかった。通常の秒を、一秒一秒を、ただし逆向きに刻みながらさかのぼっていた。ぼくはゲートレイダーのカクカクとした動きを目にし、ゲートレイダーが装置を起動する前に彼とぼくが口にする音素のぎこちない連なりを耳にする。そのとき、ぼくは察しはじめる。まだすべてではないが、衝撃的な事実の理解の入口に立つ――ゲートレイダーのタイムマシンは文字どおりに時計を逆まわしにするのだ。

ぼくは背筋をはいあがってくる生々しい恐怖を抑えこもうとする。だって、リアルタイムのタイムマシンなんて、あるはずないじゃないか。そうだろう？　すぐに加速するはずだ。いまにも、いまにも、いまにも、いまにも、いまにも、いまにも。

加速しない。

これがゲートレイダーが口にしなかったことだ――ぼくは一秒一秒を体験しながら五十一年間さかのぼるのだ。秒や分や時間といった概念に思いをめぐらすのに長くはかからないが、それらは人工的な抽象観念だ。

ぼくはドーム屋根の部屋で話しているゲートレイダーとぼくを見ている。ぎくしゃくした動きをし、逆さ言葉を話しているぼくたちを。だが、すべてが加速して目もくらむワームホール速度になり、一瞬で一九六五年に到着するのを待っているので、じっくり観察はしない。だから、結局、五十年間見られなくなる自分自身の最後の姿を見逃す。

ゲートレイダー・エンジンが設置されているプラットフォームが、窓のない地下の部屋へと下降する。エンジンはそこでゲートレイダーのために電力を供給している。そしてぼくも一緒に下降する。タイムマシンが作動したときの位置で硬直している。エンジンにつなぎとめられ、不可視で、非物質化され、身動きできなくて、だれかのもとへ荷物を届ける宅配業者のように装置を持っている。ぼくは、ぼく自身の過去に向かっているのではない。それ――ゲートレイダー・エンジンの過去へと向かっているのだ。まるでヨーヨーのように、タウ放射線の痕跡というひもを巻き戻しながら歴史をさかのぼっているのだ。

何カ月にも感じられるあいだ、だれも見かけない。ゲートレイダーはエンジンのもとをめったに訪れないことがわかる。問題なく作動しているかぎり、訪れる理由はないからだ。年に一度か二度は点検のために訪れるが、それは突然だしなんのおもしろみもない。ちらちらと計器の数値を確認してうなずき、去っていく。そして、ゲートレイダーはだれも信用していないので、彼以外はだれもやってこない。人類史上もっとも価値ある機械を持っていても、それを自分以外のだれにも使わせる気がないのだから当然だ。

ペネロピーがいなかったら、一週間もたたずに頭がおかしくなっていただろう。

ペニーではない――いや、ペネロピーだ。ペネロピーから聞いた、それぞれの技術的手順を個別のタスクに分割し、一秒ごとにカウントダウンするという訓練課題の克服法のおかげだったのだ。それは、時間のような巨大でつかみどころのない乱暴者を制するのにうってつけの方法だ。最初の十年間はそのおかげで正気を保てた。とにかく、人間の心が適応できない状況において可能なかぎりの正気を。要するに、ペネロピー・ウェクスラーはぼくがしてやれなかったことをしてくれた。ぼくを救ってくれたのだ。

　システムは自動化されており、注意深く観察することによって、秒と分と時間と日と週と月と年を構成している、正確でリズミカルな配列を見分けられるようになる。エンジンは作動しつづけているので、放射線の糸はとぎれない。

　ぼくはそこに立っている。タイムマシンを持っている。待っている。秒が分に、分が時間に、時間が日に、日が週に、週が月に、月が年に、年が十年になるあいだ、そこに立ちつづけ、タイムマシンを持ちつづけ、待ちつづける。

　ぼくが自宅のドアをノックし、一連の出来事が動きだすのを待っているあいだ、たぶんゲートレイダーもこんな気持ちだったのだろう。もしかしたらゲートレイダーは、ぼくを罰し、責めさいなみ、自分と同じ気持ちを味わわせてこんなことをした理由を教えるために、わざとぼくをこんな目にあわせたのかもしれない。

　そして、たとえゲートレイダーがたくらんでいなかったとしても、それは功を奏する。ぼくは思いしる。五十年以上、なにかが起こるのを待ちつづけたら、それ以外のなにもかもがむしばまれて意味を失ってしまう。目標がすべてになり、それを達成するために役に立たないことはたんなる障害物になる。道徳はちっぽけで湿っぽくて厄介なものに、靴のなかにまぎれこんだ虫になってしまう。

　最初の数年間、危機的状況で硬直しているぼくは、家族のことをよく考えるが、じりじりするような不安をそんなに長く感じつづけるのは難しい。それに、ぼくはもう、できるかぎりのことはやっているし、両親とペニーの危険は増していない——同じ危険が、長く鋭いナイフの切っ先で爪先立ちしているような状態で続いているのだ。

そしてペニー。ペニーに対する気持ちの強さは、いくら意志を堅固に集中していても、弱まらざるをえない。ペニーのことは、どんどん、そしてたぶん不可避的に、遠い遠い昔にほんのつかのま知っていた人のように感じられはじめる。救いたいとは思っているが、同時に、子供のころ一度会った人のために命を賭けることを求められているようにも感じられる。愛する人のためにすべてを犠牲にできる人間にはなりたいが、真っ暗でブーンという音が響いている部屋に閉じこめられている歳月が長くなると、え？　彼女？　十年、二十年、三十年、四十年、五十年前に何週間か知ってたあの女性か、と感じはじめる。あの人のために命を賭ける？　いや、彼女には無事でいてほしいけど、これの目的はもう彼女じゃない。これはそれよりずっと重大だし、ずっと意義深い——そう考えないと、いくらカウントダウンしても、正気を保てそうにない。

四名の個人とのあいだに感情的なきずながあるというだけで世界を技術的・社会的な不毛の地のままに放置しておくわけにいかないことは明らかになっている。ぼくが家族を好きだから、ペニーがぼくを好きだからといって地球文明と惑星自体の基本的な繁栄をだいなしにするなんて、この上なく残酷で愚かな自分勝手だ。実際、世界をよりよくするために少しばかり脅迫をし陰謀をめぐらしたゲートレイダーと、ぼくの愚行のせいであまりにたくさんの善がなされないままになっていたのにそれにあらがっているぼくの、どっちがよりたちの悪い怪物だろう？　ぼくだ。間違いなくぼくだ。利己主義をすっかり克服して心からそれを受け入れられるようになるまでに、そう、十年か十一年しかからない。二〇〇四年ごろには、ぼくは完全に時間線をリセットしてもとどおりの道筋に戻す決意を固める。ゲートレイダーに復讐し、ペニーと家族を救うことは、そう、優先しなくなっている。

十四年さかのぼると、ゲートレイダーがタイムマシンを完成させる。起動試験の準備がととのう。

そのとき、ぼくのほんとうの教育がはじまる。四十年近く、ゲートレイダーがタイムマシンをつくろうと奮闘しているさまをを見学するという、好機に恵まれ呪いを受ける。ゲートレイダーの作業スペースは、エンジンが設置してある地下壕の隅に設けてある——金銭的にも技術的にも知的にも、想像しうるかぎりの資源を自由にできる男は、独房同然の部屋で開発にあたることをみずから選んだのだ。ぼくという同房者がいることを知っているとしても、ぼくの存在に気づいているそぶりは見せない。ぼくは、一九六五年のあの日のように幽霊同然だ。

ぼくが目にするのは——失敗だ。数十年にわたる失敗の連続だ。さかのぼればさかのぼるほど、失敗が増える。これでどういう人間かがわかる。成功によってではない。失敗によってではない。苦闘によって。はじめと終わりのあいだが人生の真実なのだ。それがねらいだったのかどうかはわからないが、それこそぼくがゲートレイダーからもらった贈り物だ。ぼくは尊敬し、軽蔑し、断罪し、赦免し、偉業に驚嘆し、殺害を計画し、ついにライオネル・ゲートレイダーをだれよりも知るようになる。ゲートレイダーは、作業台にかがみこみ、噛み跡のある黄色い鉛筆で計算をし、装置をいじり、みずから開発したコンピュータでシミュレーションをして、昼も夜も、週末も、祝日も、とにかく毎日働いた。ゲートレイダーは、かつてだれもつくったことのないものをつくろうとしていた。ぼくの父のように。

ぼくの人生の大半で疎遠だった父を許すとはいえないが、ぼくはやっと、父が長年、なにをしていたかを理解する。書斎で、研究所で、食卓で、科学者仲間を相手に講演しながら、従業員に命令しながら、母に話しかけられても無視しながら、ぼくが部屋に入るのと入れ違いに出ていきながら——父は失敗しつづけていたのだ。

ゲートレイダーを見ていると、成功について、父の息子としてこれまで生きてきて学べなかったことを学べる。働きつづける。挑戦しつづける。失敗しつづける。遠い未来のいつか、つまりぼくにとっての遠い過去に、失敗は終わる。それが成功というものだ。鼻高々なものではない。栄光ではない。たんにほっとするものだ。やっと失敗しなくてすむようになるからだ。

五十年間、考える以外にすることがないと、いろいろなことを考えられる。

失われた世界の見捨てられた町でディシャがぼくにいった言葉について考える。なにかして。何者かであって。なにかをつくって。そのほんとうの意味について思いをめぐらす。

ぼくは、ついに目的地に到着したとき、どうするか計画を立てる。ひと続きの計画だけではなく、何パターンもの計画を。可能性のある事態を片っ端から検討し、考察し、不測の事態のマトリックスにあてはめる。

ぼくがゲートレイダーにいだいていた怒りは、数十年のあいだに消え失せる。大昔の家族同士のいさかいに似ている。水に流す気にはならないが、もう長い時間がたっていてどうでもよくなりかけている感じだ。それに、ゲートレイダーはぼくが目にできるただひとりの人間なのだが、老人だった彼の顔は、徐々に若返って、一九六五年にぼくがはじめて見たときの顔に近づいていくので、彼に愛着を覚えざるをえない。歩きかたがしゃきっとし、顔がなめらかになり、体に肉がつき、髪が濃く黒くなり、目の輝きが増して鋭くなるのを見ていると、ぼくは、孤独で、聡明で、途方に暮れている彼に感情移入する。ぼくがゲートレイダーをこんな目にあわせたのだ。ゲートレイダーがかつて目にした男になっていくのを見ながら、そのことがぼくの心のなかで反響しつづける。ぼくが、ゲートレイダーをこんなふうにした毒だった。ぼくはゲートレイダーに待てと、ぼくが間違いを正しに来るからといったが、待つことが彼にどんな影響をおよぼすかはわかっていなかった。

ひょっとしたらわかっていたのかもしれない。なにしろ、ぼくはまだゲートレイダーに待てといっていない。五十年間とらわれつづけたぼくが、これからその決断をするのだ。ぼくをこんな目にあわせた彼に対する仕返しなのだろうか？　ぼくたちはふたりとも、いつまでたっても苦悩のループを逃れられないのだろうか？　それとも、五十年間、なにもしないで過ごしたせいで、ぼくはいつまでも待ちつづけることのつらさがわからなくなってしまったのだろうか？

とうとう、計画を考えつくしてしまう。なにをし、なにをいうべきかはわかっている。ゲートトレイダーがどう反応しても、どう応じればいいかわかっている。そこで、計画を立てるのをやめる。解決へといいたる言葉と行動の分岐図が頭に入っている。そこで、計画を立てるのをやめる。

内側に目を向ける。ぼくはどういう人間なのか、ぼくのどこがトムでどこがジョンなのか、どこが共通していてどこが異なるのかを解明する。ぼくたちは折りあいをつけている——ジョンはぼくが彼に考えることを提供しているかぎり、心の奥底の共有しているひだのあいだにひっこんでいてもまったく気にしない。

ジョンとぼくは協力して全世界のすべての都市のすべての建物を設計する。ぼくたちは世界の設計図を描くが、それは壮麗だ。これまでのジョンの業績は児戯に等しい。ジョンとぼくが力をあわせれば人類文明の新たな外殻を築ける。

ぼくはこの本を一章、また一章と書く。文章を丸ごと暗記し、意のままに呼びだせるようになる。この章を書いたときのことも覚えている。ゲートトレイダーの見た目からすると、遡行がはじまってから四十年ほどたった、一九七〇年代なかばのことだった。もっとも、いうまでもなく、そのころにはぼくは日付を気にしなくなっている。

ぼくはペニーを忘れまいとする。ほんとうだ。あの二週間は五十一年のうちのほんのつかのまの出来事として片づけられない。ゲートトレイダーはアーシュラに人生を捧げ、その結果、幸福と苦痛を同じだけ味わった。だが彼は、ときどきあえぐように息継ぎをしてエネルギーを補充できた。ときたまの再会は、彼らの永久感情機関のボルトを締め、錆をこすり落としてくれた。ぼくには記憶しかなかった。日差しを浴びている髪。喉の奥で笑う彼女の笑い声の高さ。かすかな香りは、ペニーのだったかもしれないし、もうひとりのペネロピーのだったかもしれないし、ほかのだれかのだったかもしれないし、だれのでもなかったのかもしれない。

ここでもっとくわしく、五十一年間、時間を逆行しながら生きるというのがどういうことかを伝えようかとも思った。起こったことのリバースエンジニアリングを目のあたりにし、あまたの予測をしていたせいで、到着するころには、目撃できたらすごいと思っていた出来事――ゲートレイダーが部屋の隅にはじめて作業台を置き、数百冊におよぶメモ帳の最初の一冊を開き、数千本におよぶ鉛筆の最初の一本を嚙むこと――がすっかり新鮮さを失っていて、いざ目にしても、肩をすくめながら、〝なるほど、こんな感じだと思ったよ〟と思うようになってしまうことを。

で、それはなにを意味しているのか？　途方もなく長い無為の歳月についていくら書き連ねたところで、ぼくがどんな体験をしたかは伝えられない。不可能だ。

息をしたり瞬きをしたり話したりほほえんだり叫んだりしないで五十年過ごすと、月が時間のように、週が分のように、日が秒のように過ぎる。事態が動きはじめると、ぼくは物理的な事象に注意を払わなくなっているので、糸が糸巻きに巻き戻る瞬間をあやうく見逃しそうになる。エンジンはケーブルとチューブの巣からとりはずされ、トラックに積みこまれ、埠頭に運ばれ、クレーンで持ちあげられ、木箱に梱包される。貨物船の倉庫におさめられる。サンフランシスコ港に着く。カモメ。ガソリン。タバコの煙とラジオから聞こえる雑音混じりのポップソング。

ぼくは自分が、ぼくがはじめて見たときにかなり近いライオネル・ゲートレイダーのそばにあらわれる――消える――ところを目にする。ゲートレイダーがエンジンのスイッチを入れ、ぼくが五十年間持ちつづけたタイムマシンとともに実体化した直後の一九六五年七月十三日に違いない。ぼくは、調子っぱずれな逆さ音素を発して話しているぼくたちを見つめる。一九八〇年代末ごろ、数年かけて独学で逆さ言葉を学んだのでなにをいっているのかわかる。逆転したリアルタイムでなにを話しているのかすべてわかるので、この、ぼくが待ち望んできた究極の瞬間、このはてしない旅のクライマックスですら、味気なくて予測可能になってしまう。ぼくがこの時間線に出現し、一瞬でぼく自身と融合するころには、ぼくはすべてを逆さまに体験している。ぼくは自分がなにをし、なにをいうか、ゲートレイダーがなにをし、なにをいうかをすべて知っているので、あとは自分の役を正しい向きで再演するだけだ。

125

一九六五年七月十三日、ぼくはサンフランシスコ州立科学技術センター内にあるライオネル・ゲートレイダーのめちゃくちゃになった地下研究室で実体化する。ゲートレイダーの目の前に立っている。不快なほど近い。ゲートレイダーは、事故以来はじめてレバーをひいてエンジンを起動し、手を放したところだ。

ゲートレイダーはぎょっとして凍りつき、言葉を失う。ゲートレイダーの鼻の頭は、メルトダウンしかけたときにエンジンが発した熱で皮膚が剝がれ、火ぶくれができて破れている。眉とまつげは、焦げ落ちてわずかに残っているだけだ。両手に革手袋をしているのを見てぼくは、ぼくがどうにかエンジンを停止する直前、ゲートレイダーが両手のてのひらに皮膚がべろりと剝がれるほどの火傷を負ったことを思いだす。ひどく痛むに違いない。

研究室は惨状を呈している。天井の半分にはひびが入っているし、もう半分は崩れ落ち、研究室の上階にあった機器の残骸が山になっている。制御卓はゆがみ、ばらばらになっている。鋼鉄の梁が溶けてモダンアート彫刻もどきになっている。壁には噴出が突き抜けた、端が黒焦げになっている穴がいくつもあいている。床には細かい灰が散っている――ジェロームの燃えつきた腕の残骸だ。

ぼくは口を開いて話しだそうとするが、まさしくこの瞬間のために何十年も練習してきたのに、逆さ言葉で話すというドジを踏みそうになる。

「ゲートレイダーさん」ぼくは声をかける。「ぼくの名前はジョン・バレンです。未来から来ました。二日前、この研究室であなたがぼくを見たことも、あなたがぼくは別の時間から来たのではないかという仮説を立てていることも知っています。ぼくがそんなことまで知っているのは、ぼくをここに送ったのはあなただからです」

「ほんとうかね？」とゲートレイダー。

「ええ。なにもいわずに聞いてください。あなたは、あなたの装置の放射線痕跡をたどって可能なかぎり、つまりこの瞬間までさかのぼれるタイムマシンをつくりました。一度、装置のスイッチを入れたら、けっして切ってはいけません。わかりましたか？」

「ああ。だが……」

「あなたには、事故直前への、最後の短いジャンプを手伝ってもらわなければなりません。あなたが気づいた未知の放射線の痕跡は、装置自体が発したのだろうという仮説をあなたは立てましたが、矛盾していることに、放射線は装置を起動する前から検出されていました。ええ、そのとおりです。ぼくがその矛盾なんです。タイムマシンは、空気中の痕跡をたどって実験まで時をさかのぼるようにつくられているんです」

　ぼくは自分が、両手をボルト留めされているかのようにタイムマシンを握りしめていることに気づく。五十年間持ちつづけたくそったれな機械をおろしたくてたまらないが、放すわけにはいかない。いまはまだ。

「きみはほんとうに時間旅行をしてきたのかね？」とゲートレイダー。

「ゲートレイダーさん、そのことはもうご存じのはずです。時間を無駄にしないでください。あなたはぼくを、あやまちを正すためにここへ送ったんです。時間線をもとどおりにするために」

「じゃあ、実験はうまくいくはずだったんだな」

「あたりまえのことをいうのはそれくらいにしてもらえますか？　最後のジャンプをするための電力が必要なんです。あなたはふたつの装置を、互換性を持つようにつくりました。つないでください」

ゲートレイダーはためらう。泣きだしそうに見える。なんだか気の毒になるが、いま、ゲートレイダーに同情するつもりはない。

「これがあなたの望む人生なんですか？」ぼくは身ぶりで周囲の惨状を示す。「それとも、あなたが送るはずだった人生を送りたいんですか？」

ゲートレイダーが送るはずだった人生では、彼がすぐに死んでしまうことは教えない。

「アーシュラは？」とゲートレイダーがたずねる。

「死ぬまでジェロームさんと結婚したままですよ。あなたが時間線を変化させないかぎり」

アーシュラは、もうひとつの時間線でも死ぬまでジェロームと結婚したままだ——ただ、彼女の命が九週間しかなくなるだけだ。だが、とりあえず、それを聞いたゲートレイダーはタイムマシンをエンジンにつなぐ作業にとりかかる。五十年たったいま、ぼくは省略の嘘に良心のとがめを感じたりしない。

「あなたはこのタイムマシンをつくってください」とぼく。「長い時間がかかります。なにしろ不可能なんだから。不可能に思えるでしょうが、あなたはライオネル・ゲートレイダーだし、あなたにとって不可能という言葉は無意味なんです」

それを聞いて、ゲートレイダーはひるんだようだ。数十年間、ゲートレイダーをむしばんだのはこの馬鹿げた叱咤だったのかもしれないが、この場面の逆再生を見ているとき、ぼく自身が口にするのをすでに聞いている言葉なのだ。

「きみをここに送ったのはわたしだそうだな。だが、きみはいつから来たんだ？」

「自分の未来が決まっていると聞かされたんだからびっくりして当然ですが、それを決めたのはあなた自身だったという事実を慰めにしてください。これはあなたの計画なんです。狂いを修正するための」

「だが、狂わせたのはきみじゃないか。きみがあのときにあらわれなかったら……」

「そして、あなたがぼくを見てパニックを起こさなければ。ええ、ぼくたちはふたりともミスをしたんです。だからぼくはここに来たんですよ。謝ったっていいですよ。でも、ぼくたちふたりがミスをしなかったように時間線を修正できるんです」

「どっちもしてもらいたいね」

ゲートレイダーはかすかににやりと笑う。最初のショックがおさまって、この歴史的なイカれた状況の狂気じみた刺激をどこかで楽しんでいるようだ。ぼくが愛している人たち全員を殺すと脅している狡猾なくそじじいの面影がちらついているが、ぼくはプレッシャーのかかる状況下でのゲートレイダーの冷静さを高く評価する。そしてそのおかげで、ぼくがこの計画でもっともあやぶんでいる部分に乗りだすふんぎりがつく。わざとらしくて危なっかしいが、とにかく、わずかな可能性に賭けるしかない。

「聞いてますか？」ぼくはたずねる。

「ああ」ゲートレイダーは答える。

「ぼくの名前はジョン・バレン」とぼく。「父はヴィクター・バレン。母はレベッカ・クリッテンデール＝バレン。妹はグレタ・バレン。未来になったら、その人たちを見つけて監視してください。ただし、いかなる形でも接触はしないでください。わかりましたか？　いかなる形でも、ですよ。接触したらすべてがおしまいですからね。でも、あなたならだいじょうぶ。ぼくがあなたの家の玄関にあらわれたら、それが行動開始の合図です。工作員を送ってその人たちを拉致してください。力ずくで。ぼくにこれをやらせるためにはそれが必要なんです」

「どういうことだ？　自分の家族をわたしに誘拐させたいのかね？」

「未来では、ぼくはあなたを助けたがらないんです。無理強いされる必要があるんですよ。ただし、絶対に傷つけないでください。口で脅すだけにしてください」

「ほかにやりかたがあるはずだ」

「もうひとり、女性がいます。ペネロピー・ウェクスラーという女性です。工作員に、その女性も拉致させてください。ただし、手違いが起こります。その女性は逃げようとします。格闘になり、その女性はひどい怪我をします」

「わたしは科学者だ。その研究の目的は、世界の人々が無限の電力を享受できるようにすることだけだ。すべての人々の人生をよりよくしたいんだ。人を傷つけることなどできない」

「傷つけなくていいんです。傷つけたように見せるだけで。ぼくが本物だと思えば、ただの見せかけでいいんです。本物そっくりに見えれば。だれも傷つきません」

「わからないな」

「その四人を、あなたの本拠地である香港まで安全に運んでください」

「待ってくれ、どうして香港なんだ？」

「やってもらわなきゃならないから頼んでるんです。ループを閉じるために。四人の安全を確保しつつ彼らの命を奪うと脅迫しているように見せかけるのはあなたの義務なんです」

「きみが過去を変えるなら、どうして来ない未来の出来事が重要なんだ？」

「未来はぼくの意識しだいだからですよ」

五十年間考えつづけたにもかかわらず、家族を誘拐しペニーを傷つけるふりをするようにゲートレイダーを説得すればうまくいくのかどうか、自信がない。だが、何十年も選択肢を比較検討した結果、ぼくが愛する人たちを、ぼくをここまで運んできた時間線を完全に崩壊させることなく守れる可能性がいちばん高いのは、この地味な心理的計略なのだ。これできっとうまくいく。

「わかった」とゲートレイダー。

「ポラロイドカメラはどこですか？」とぼく。

「ポラロイド？　ポラロイドなんか持っていないぞ」

「いえ、持ってるはずですよ。とってきてください」

ゲートレイダーは反論しようとしかけてやめる。なにかを思いだしたらしい。瓦礫の山をまたいで制御卓と制御卓の隙間に手をのばす。あの有名な革のリュックをひっぱりだす。そのなかに、リボンがかかった誕生日プレゼントが入っている。ゲートレイダーは包装紙を剝がす。プレゼントは新品のポラロイド・オートマチック一〇〇ランドカメラだ。

「コペンハーゲンに住んでいるおばのプレゼントなんだ。ただひとりの存命中の親戚だよ。わたしの誕生日ですらないんだ。おばは記憶があいまいになっていてね。わたしとおばの兄、つまりわたしの父とを混同しているんだよ。六月二十九日は父の誕生日だった。これをもう二週間、持ち歩いていた。開けたら気が重くなると思ったんだよ」

「タイムマシンとエンジンはつながりましたか？」

「ああ」

ぼくがタイムマシンを起動すると、ぼくが最初に一九六五年七月十一日まで時をさかのぼったときに残したタウ放射線の痕跡の位置を検出マトリックスが特定し、すべてが狂ってしまった時空の瞬間にいたる結び目やループができているフラクタルな糸の全体像をとらえる。

ゲートレイダーはポラロイドにインスタントフィルムのカートリッジをセットし、ぼくは彼の横に立つ。ゲートレイダーはレンズをぼくたちに向けてシャッターボタンを押す。ぼくは光に反応する薬剤層に浮かびあがる像を見ない。どんな写真かは知っている。

「どうしてこれがうまくいくのかさっぱりわからない。どうすればタイムマシンをつくれるんだ？　どうにかそれをつくれたとして、いったい、どれだけきみを待てばいいんだ？」

「さようなら、ゲートレイダーさん」とぼく。

ぼくは装置を起動する。そして旅立つ。

ゲートレイダーを待たせて。

126

放射線は三種類の粒子からなっている――アルファ粒子は陽子二個と中性子二個の結合からなっていて正の電荷を持ち、ベータ粒子は負の電荷を持つ電子または陽電子で、電気的に中性のガンマ粒子は高エネルギーの光子だ。ぼくが一九六五年七月十三日に到着したとき、起動時にゲートレイダー・エンジンが最初に噴出させたタウ放射線はまだ研究室内に広がっているし、タイムマシンの検出マトリックスは痕跡を見つけたらそれをたどって発生源である二日前の一九六五年七月十一日までたどるようにプログラムされている。

ぼくはたちまち、劣化したエネルギーの雲をリアルタイムで追って時間軸をさかのぼると平衡感覚がめちゃくちゃになることを知る――トルネードに巻きあげられたジェットコースターにくくりつけられた乾燥機のなかで翻弄されているジャイロスコープになったような気分だ。きちんと考えることもままならない。ぼくは次々に過ぎる一瞬一瞬に目を凝らす。ゲートレイダーが、ぼくがたどっているまさにその放射線が漏れないように試作品を改造している。おさまっていく埃が、向きが逆だと下にたまった状態が乱れて荒れ狂う霧へと変わっていくように見える。瓦礫と化していた天井の半分が床から飛びあがって轟音とともにぶつかりあい、組みあわさってふたたび研究室をおおう。天井の崩壊がもとどおりになると、一九六〇年代っぽいガスマスクをつけ、防護服をまとい、ゴムバンドで手首が密封されているゴム手袋をした十二人が、あとずさりで安全な場所に逃れる。その前に、彼らは黄色いガイガーカウンターで瓦礫を計測し、金属センサーをあちこちに向け、計器のメーターのガラスをとんとんと叩いて表示されている数値が正しいかどうか確認する。

救急隊員たちが歩けないほど重傷な人々を運びだす。残りは脚をひきずったりはったりして研究室を出ていく。ゲートレイダーが手荒に引き起こされる。救急隊員に怪我の具合を調べられながら、呆然と壁にもたれてすわる。火傷を負った鼻の頭から血が出ている。皮膚が剝がれた両手を、てのひらを上にして膝に置き、機械を見つめる。

消防士たちが、出入口へのルートを確保するために瓦礫を片づける。消防士にジェロームから引き剝がされて、アーシュラが悲鳴をあげながら夫に手をのばす。アーシュラは床にすわりこんで夫の頭を抱きながらすすり泣き、ジェロームはがたがた震えながら、焼ききられた腕の付け根をぎゅっと握っている。

エンジンの回転が止まる。ゆっくりになる。ゲートレイダーがスイッチを切る。安全な停止手順を実行する。ゲートレイダーの両手がじりじりと焼きつく。ゲートレイダーがよろめきながら計器盤に向かう。ぼくがエンジンのスイッチを入れなおして自分の時代に引き戻される直前に押しやった壁にもたれていたゲートレイダーが立ちあがる。

この巻き戻されている糸が最後の数秒になるころ、ぼくはこの瞬間をはじめて訪れた時点にシンクロするが、激しく動揺する。目にする出来事はいずれも体験ずみだが、たがはずれたような狂乱状態に感じる。単語はすべて正しいが、構文がすべて間違っている、調子っぱずれのイカれた文章のようだ。

127

消えるはトム、まま知らないかどうか奏したを功が行為の最後の死にものぐるい。する再起動をエンジン飛ばして突きに場所な安全をゲートレイダーはトム、寸前きれる焼きが回路の時間旅行装置でせいのメルトダウン。できるが火ぶくれの火傷に皮膚のゲートレイダーいるにそばすぐのエンジンいるして過熱。ない出られ、がすると逃げようはたち立会人のほか。しまうきられて焼きを腕、飛ばし突きにも勇敢をアーシュラかけた襲われに噴出はジェローム。する破壊を研究室が渦巻きな破壊的の灼熱。起こしかけるをメルトダウンして振動激しくはエンジンせいでその、させようとし急停止はゲートレイダーした狼狽。

気づくにことといるが人じみた幽霊に研究室はゲートレイダー。きたすを異常がフィールド不可視して命中にトムが一本の噴出だが。ないは害だがばかりまばゆい。飛ぶをなかの部屋して噴出が弧の光輝くきらきら。する吸収をエネルギーの量な莫大、はじめし動作に快調はエンジン。

する起動をエンジンひいてぐいとをレバーはゲートレイダー、し圧倒を懸念が圧力社会的。気づくだと自分いるのは発してを放射線そのはトム。する検出を放射線のタイプの未知が計器のゲートレイダー。する到着が立会人のほか含むをジェローム、夫アーシュラの。知るをことといるしてを不倫がゲートレイダーとアーシュラはトム、ので思っているはふたりといないだれもほかにには研究室。さえぎられるにフランコーア・アーシュラは好奇心のゲートレイダー。

　しまうとまどわせて惹いてを注意のゲートレイダー・ライオネル、してしまい相互作用と環境はからずもはトム、いないのでして非物質化いるがなってに不可視。戻るに数分前する起動はじめてをエンジンゲートレイダー、発明品変えるを世界がゲートレイダー・ライオネル、の一九六五年から二〇一六年使ってをタイムマシン試作の父親はバレン・トム、動かされて突きに愚かさと怒りと悲しみとショック。

128

　ぼくが前回、一九六五年七月十一日に訪れたときになにがあったかを思いだしたければ、

44章から54章までを読みかえしてほしい。もうわけがわからなくなっているので、ぼくは52章くらいまでが懐かしい。

到着したら、二〇一六年にジョンがぼくの意識を乗っとったように、ぼくが一九六五年のぼくの意識を掌握するというのがぼくの計画だった——ふたつのヴァージョンのぼくが時空の同一点で同時に存在することになるので、いまのぼくの心が以前のぼくをあやつって、ゲートトレイダー・エンジンが起動する前に時間旅行装置の緊急帰還機能を働かせてしまおうというわけだ。

だが、その計画はあっというまに頓挫してしまう。たしかに、ぼくはぼくの体のなかに到着するが、ぼうっとしてしまって頭が働かない。まともに考えられなくて、自分自身——最初に一九六五年に来たときのトム——が前回とまったく同じ順番でまったく同じことをするのを止められない。以前の自分のなかにいるからかどうかはわからないが、認知の主導権を握れない。自分の行動を見ることはできるが、変えることができない。

五十年におよぶ休眠状態に耐えたのは、自分がまたも同じ、災厄を招くあやまちを犯すのを眺めるためだったのだろうか？　もしも失敗したら、とても正気を保てないので、もう二度と同じことができないのはわかっている。ぼくはしくじるだろう。たぶんもうしくじってしまったのだろう。

ぼくは自分の心に閉じこめられ、自分がふらふらと未来へ進むのを眺めているだけで、彼を、ぼくを、ぼくたちを止められない。

きっと、ジョンもぼくに同じ気持ちをいだいていたのだろう。

以前の章で、心の奥の〝むずがゆさ〟がぼく——トム、ただし以前のトム——に、よく見えるように位置を変えないで、人の陰に隠れていろと語りかけてくると述べた。あの〝むずがゆさ〟は、トム——別のトム——が隠れている場所を出てゲートレイダーの視野に入る前に彼の意識をコントロールしようと、ぼく——いまのぼく、くそ、代名詞が面倒くさくてたまらない——が、ありったけの認知力を振り絞っていたせいだったのだ。そして時間はもうあまり残っていない。ゲートレイダーはもうすぐエンジンのスイッチを入れてしまう。

早く場所を移動しないと、まもなくエンジンからエネルギーが噴出して不可視フィールドが故障し、ぼくがここに来る原因になった一連の出来事のきっかけになってしまう。ところが動けない。ぼくは、ぼく自身の心の、無力な立会人なのだ。

部屋を描写しておこう。四面の壁のうち、一面には大きくて幅の広い窓があり、そこから外の世界が見える。部屋の壁は記憶でできている。ステンドグラスが、とてつもなく濃い人生の物語が何層にも重なっているかのようだ。それが一九六五年のトムの心だ。

いま、そっくりな部屋をその部屋のなかに投入する。それが、二度めに一九六五年に戻ってきて、同じ体に入っているぼくだ。壁はぼくの記憶でできていて、やはり大きな窓があるが、その窓も最初の窓越しに外界に面している。

さらに、最初の部屋のなかにある二番めの部屋のなかに三番めの部屋もある——以前のぼくの意識のなかのジョンの意識のなかのぼくの意識というように、入れ子構造になっている。

その部屋はジョンの記憶からなっている。いまのところ、彼はそこに封じこめられている。ぼくは、混乱した意識を安定させ、ジョンを封じこめたままにしようと努めつつ、同時に、ぼくが防ぐためにここへやってきた災厄が、もとの順番どおりに起こってしまわないうちに、以前のぼくの意識を乗っとろうとする。

悪いニュースは、それがうまくいっていないことだ。

いいニュースは、ぼくは五十年間、自分の心のなかに閉じこめられていたおかげで、ぼくの意識を前面に出すために使えるさまざまな認知ツールを使えるようになっていることだ。

ぼくはゲートレイダーがレバーをひきあげてエンジンを起動するさまを目にする。あとほんのわずかで、あのきらめくエネルギーの噴出が研究室内にのびて目撃者たちをうっとりさせ、ぼくの不可視フィールドを故障させる。ぼくにとって最高のチャンス、たぶん唯一のチャンスは、トムが実験に気をとられているうちにこの心の主導権を握ってぼくたちをここから脱出させることだ。タイミングがどんぴしゃでなければならないが、なんとかやれるだろう……。

そのとき、部屋の奥の壁が丸ごと――比喩なのは間違いないが、ほんとうにそんな感じだ――爆発して煉瓦(れんが)と漆喰(しっくい)が飛散する。そしてなにやら真っ黒なものがどっとなだれこんできて、ぼくたち全員がねっとりとべたつく記憶に浸かって溺れそうになる。ぼくが知らなかったその記憶は、触れるものすべてにこびりつき、ぞっとする堅さの根をぐんぐんのばす。

それらは知らないだれかの記憶だが、この心はそれらの故郷でもある。それらの記憶は、ぼくの記憶と同様、ここに属している。ずっと、ずっとひどいありさまになった時間線の記憶なのだ。

129

破滅はこうしてはじまる。

一九六五年七月十一日、カリフォルニア州サンフランシスコにある研究所で、ライオネル・ゲートレイダーが、同僚の科学者たちに実験的な電力源の試験運転を披露する。ところが、装置がフル出力運転に入ろうとしているとき、幽霊じみた観察者の不可解な出現に驚いたゲートレイダーが装置を急停止して不具合を生じさせてしまう。装置は破壊的なエネルギーを炎のような噴出としてまき散らす。研究室は崩壊する。ゲートレイダーと十六人の同僚は火傷を負う。観察者——失礼、どうしてこの出来事を自分が第三者であるかのような描きかたをしているのかわからないが、ぼくの心に押し寄せてきた記憶の勢いがすさまじすぎて、客観的な報告のようにしたほうが、その威力をそのまま受けとめるよりも楽なのだ——観察者、つまりぼくは、時間旅行装置が過負荷になると、まったく新しい未来に放りこまれる。

だがメルトダウンは進行する。直径三千二百キロのクレーターが地球に刻まれる。クレーターの底は超高温になり、厚さ千数百メートルの結晶化したガラスでおおわれる。サンフランシスコは海岸ぞいにあるので、クレーターの半分は太平洋をえぐり、津波と地震を発生させて、アジアとオーストラリアの東部の広大な沿岸地域を壊滅させる。カリフォルニアは消失する。オレゴン州とワシントン州とアイダホ州とモンタナ州とユタ州とワイオミング州とネバダ州とアリゾナ州とニューメキシコ州とコロラド州とサウスダコタ州は全体、ノースダコタ州とネブラスカ州とカンサス州とオクラホマ州は大半、テキサス州は半分、カナダのブリティッシュコロンビア州は四分の三、アラバータ州とサスカチュワン州は南半分が消え、メキシコのバハカリフォルニア州とソノラ州とチワワ州とシナロア州とドゥランゴ州とコアウイラ・デ・サラゴサ州が焼きつくされて弧状の無と化し、たちまち海水で満たされる。もちろんハワイも消える。フィジー、トンガ、クック諸島も消える。日本も消える。台湾も消える。パプアニューギニアも消える。フィリピン諸島も消える。インドネシアも消える。マレーシアの陸地面積は四分の一になる。ニュージーランドの北島は消失するが、南島は残る。コスタリカとパナマはほとんど崩壊する。地殻が痙攣して地球の表面が引き裂かれ、大地震が発生して無数の都市が被害を受ける。

　全世界の海面水位が激変したところに、メルトダウンによって放出された空前の量のエネルギーが地球の磁場をゆがめた結果、磁極移動（ポールシフト）が起こる——つまり、磁極が急激に移動するのだ。南磁極はインド洋の真ん中より千六百キロほど南へ移動する。北磁極はハドソン湾におちつく。カナダとアメリカ北部の残りは厚さ八百メートルの氷という墓に葬られる。南極の下の土地がいきなり居住可能な処女地となる。荒野ではあるが、手つかずの土地だ。もちろん、全員が侵入して自分の土地だと主張する。

というか、大量の核ミサイルを撃ちあっていない全員が。アメリカでは二度めの内戦の最中に軍事クーデターが勃発し、アメリカの核兵器を掌握した軍事政権が、そうではないことを示す証拠があるにもかかわらず、サンフランシスコの爆発は第三次世界大戦の先制攻撃だったと信じこんでソビエト社会主義共和国連邦に核兵器を撃ちこむ。ソ連は無実を主張するが、アメリカの三分の一が蒸発し、別の三分の一が氷漬けになっているので、だれも頭がまともに働かない。アメリカもソ連も、何世代にもわたって居住不能となる。

ポールシフトのせいで世界の気候が大混乱し、生態系全体が崩壊する。死にものぐるいの生存者たちは、集団で移動して、全世界をうねりながら吹き荒れている放射能灰のハリケーンの雲を逃れようとする。中国がアジアの残りを併合し、自分たちだけで激変に対処できると主張する。ヨーロッパとアフリカでは各国内で数十の内戦が発生する。オーストラリアは自主路線を貫こうとするが、格好の標的として中国に侵攻される。南米は緊急的な政治統合を宣言し、安息の地にもっとも近い存在になるが、毒の灰をふわふわと降らせる腐ったような雲からはだれも逃れられない。

それでもぼくは、時間旅行についての常軌を逸した物語をたずさえて二〇一六年にあらわれる。

時間抵抗が存分に効果を発揮する——ぼくが一九六五年に存在するためには、ぼくは一九八三年に生まれて二〇一六年にぼくの意識を受けとらなければならない。母の両親は北イングランドで生まれて第三次世界大戦を生きのびた。父の両親はオーストリアからカナダに移住しなかったので、父は廃墟と化したウィーンで育った。ふたりはジュネーヴの病院で出会った。父はヴォルテール博物館で自爆攻撃を阻止しようとして両脚を失い、母は雪崩に押しつぶされたアルプスのスキー場に身をひそめていたあいだにまつげに積もった放射能汚染灰のせいで失明していた。失明したとき、母は『大いなる遺産』を読んでいる途中だった。事務上のミスのせいで同じ病室をあてがわれたふたりは話すようになった。父は母に小説の残りを読み聞かせることを申し出た。読み聞かせが終わるのに三日かかった。そのあと、ふたりは愛しあった。

母は父の容貌を知らなかった。父は、大動脈弁に刺さっていたくさび形の破片がセックスの激しさではずれたせいで、翌日、死んだ。母はぼくをヴィクターと名づけ、新生活をはじめるためにアルゼンチンに連れていった。というか、連れていこうとした。母は、船上で、大西洋上のどこかで死んだ――全身を癌におかされていた。

洋上で孤児となったぼくを、ハサウェイという船長が事実上の養子にしてくれた。子供の世話はオーストラリアにいる妻のためになるだろうと考えたのだ。マリゴールドという名前の妻はやさしい女性で、幼いころはいい思い出がいくつかあったが、ぼくが九歳のとき、彼女は暴漢たちに襲われて殺されてしまった。

オーストラリアの奥地で半野生生活を送っていた思春期は、地球の生態系が急激に崩壊に向かっていたことを考えれば悪くなかった。海洋生物は全滅していた。爬虫類は無事だったが、鳥類と大型哺乳類は絶滅した。土壌は汚染されていた。雨が降りだすと、しっかりしたものの下に隠れないと雨粒で肌が焼けた。月が移住先として妥当な選択肢に思えてきた。ところが、世界経済が崩壊していたし、まだ国家のていをなしている国はみな、いつ果てるともなく戦争を続けていたので、どの国も宇宙船を建造しなかった。

十七歳のとき、ぼくは中国とオーストラリアによる緊張感のある軍事同盟、新太平洋軍に入隊した。新太平洋軍は共同で支配している南極を安定した基地として利用し、そこから南米共和国に派兵して小競り合いをくりかえした。新太平洋軍は全兵士に綿密な検査を実施して社会機構における位置を決めるのが好きだったが、その結果、ぼくは研究開発部門に配属された。つまり、効率的に人を殺す方法を学ぶのではなく、科学と工学を研究することになったのだ。要するに、最終目標は、もっと効率的に人を殺す方法を新たに開発することだったが——仕事で本が読めた。

ぼくは着実に昇進したが、二〇一六年七月十一日、ぱったりと倒れて悪態をついた。そして意識を取り戻すと、時間をさかのぼって破滅のそもそものきっかけとなった事故を目撃したという、正気とは思えない話をまくしたてた。

新太平洋軍の科学研究部門は不可解な現象にかなりオープンだったが、それはおそらく世界が未解明な現象によって大打撃を受けたからだろう。だから上官たちはぼくの証言を律儀に指揮系統の上に送った。政治力のある将軍のアンタレス・リョンが興味を持った——時間旅行を使えば、敵が敵になる前に葬れるかもしれないと考えたのだ。ぼくは、タイムマシンの発明を目的とする秘密部隊に配属された。

結局、ぼくの同僚たちは、時間旅行の開発に失敗したため、全員が処刑された。計画のきっかけとなった幻視を体験したぼくは銃殺をまぬがれたが、別の種類の死を体験するはめになった——時間旅行が実際に可能になるまでのあいだ、極低温室で凍らせられることになったのだ。二度と目覚めることはなさそうだ、と覚悟したぼくは、冷たさによって夢のない眠りにひきこまれるとき、これは、たぶん世界が人に与えうるもっとも安楽な死なんだろうなと思った。

だれかがついに時間旅行を解明し、ぼくを解凍して意識を取り戻させて一九六五年に送りこんだのだろうか？　ぼくは知らない。ぼくをすっぽり呑みこんでいる記憶に、その部分は含まれていない。ぼくが冷凍されていた期間は、一週間だったのかもしれないし、一万年だったのかもしれない。ぼくにわかるのは、ぼくが真実だと思っていることすべてが、大きな声で、はっきりと、力強く、なにが起こるはずなのかを主張している新たな現実に包囲攻撃されているということだけだ——ゲートレイダーはレバーをひいてスイッチを切り、装置にメルトダウンを起こさせるし、ぼくは彼を止めない、と。

破滅はもう起こった。だれかがぼくをここに送ったのは、世界の終わりを防がせるためではなく、そのはじまりを目撃させるためだった。

130

もうわかった。いつだって因果ループなのだ。

ぼくがゲートレイダーの実験を、本来そうなるはずだったように成功させることによって時間線をリセットしてぼくの二〇一六年に戻すというのが計画だった。だが、ぼくがここへ送られる前にゲートレイダーに説明しようとしたとき、アーシュラをあんな目にあわせたにもかかわらず彼が受け入れることを拒んだのは、時間旅行は誤りを修正するのにまったく向いていないという事実だ。もっとひどい誤りが生じるばかりなのだ。ぼくの世界を呼び戻すことはもうできない。はじめて一九六五年に行ったとき、ぼくはぼくの世界を消してしまったのだ。永遠に。あの現実は永遠に消えてしまったのだし、それを嘆いている暇はない。いま重要なのは、ゲートレイダー・エンジンが不具合を起こして地球の半分を破壊しないようにすることだ。

だから、ぼくの目標はごく単純だ——破滅を阻止すること。

そしてその目標を達成するためには、まったく同じ行動をするしかない。実際、ちょっとでも違った行動をしようとしたら、いま、ぼくの脳にどんどん流れこんでいるおぞましい時間線が生じてしまう。ゲートレイダーの実験は失敗しなければならない。ただし、安全に。ゲートレイダーが狼狽(ろうばい)してエンジンを停止させたら、ぼくはメルトダウンが起きる前にスイッチを入れなおさなければならない。

ぼくは、ジョンの現実が最悪のシナリオだと思っていた。だが、ヴィクターの現実はずっとひどい。圧倒的にひどい。ジョンの二〇一六年が、ぼくが望みうる最善なのだ。そしてその可能性は一秒ごとに低くなっている。

この体をコントロールしなければならない。だが、五十年も準備期間があったのに、ぼくはこれの——ヴィクターの対策をしていなかった。

ぼくたちはこの脳に同居している。だからヴィクターの望みはわかっている。ヴィクターがぼくの望みを知っているように。ヴィクターは破滅が起こらないと生まれない。ヴィクターの時間線では、だれもエンジンがメルトダウンを起こすのを止めない。ぼくはトムにレバーをひきあげさせなければならない——そしてヴィクターはトムがそうするのを阻止しなければならない。成功したものが存在することになる。

いま、この瞬間、ふたつの時間線の可能性は等しい。

くそっ。

メルトダウンが地球に生じさせた、底がガラスになっているクレーターを太平洋が満たしたときのように、ヴィクターの心がぼくの心にどっと流れこんでいるので、ぼくは記憶と衝動と信念という腐食性のぬかるみを泳いでいるような気分だ。失礼、メルトダウンが地球にクレーターを生じさせるのは、過去のことではなく、実際には……あと三十秒足らず未来のことだ。

ゲートレイダーはもうエンジンを起動した。ぼくはもう、よく見える場所に移動した。まもなく、エネルギーの噴出がぼくにあたる。不可視フィールドが故障する。ゲートレイダーはぼくに気づいてレバーをひきおろし、エンジンのスイッチを切る。エンジンは過熱し、無害なエネルギーの噴出が破壊的になる。自分たちがいる部屋が破壊されはじめ、立会人たちが悲鳴をあげる。ジェロームはアーシュラを救うが腕を失う。ぼくは、損傷を受けた時間旅行装置が緊急機能を起動してぼくを未来に戻す直前にゲートレイダーを安全な場所まで突き飛ばし、レバーをひきあげる。

そのすべてが次の二十一秒間で起きなければならない。

つまり、ぼくはあと二十秒で世界を救わなければならないのだ。

131

二十秒。エンジンの吸収コイルから最初のエネルギーの噴出が放たれる。〈十六人の立会人〉は驚き、喜び、魅せられる。トムはほかのぼくたちが自分の心のなかにいることに気づいていないが、彼はエンジンに気をとられているので、主導権を奪える望みはある。ところが、乗っとる前に、ヴィクターが襲ってきて、ぼくを層状になっている記憶の壁にひっぱりこむ。壁は固そうに見えるが、皮膜のようにやわらかくて弾性があり、ぼくたちは壁のなかに沈みこむ。別の時間への流沙のような入口だ。

十九秒。第二のエネルギーの噴出がのびる。これがトムの不可視フィールドを壊す噴出なのだが、彼はきらめく渦に夢中になっていて、カモフラージュがはずれてしまっていることに気づかない。ぼくはロビン・スウェルターの部屋にいる。ロビンの兄がぼくの顔を殴り、彼女が悲鳴をあげる。だが、これはねっとりと不安定な夢の論理なので、ぼくを別の記憶のなかに叩きこむのはヴィクターのこぶしだ。

十八秒。ゲートレイダーは、どこからともなく研究室にあらわれたトムを見てぎょっとする。ぼくはジョンの建築事務所の会議室の椅子にどすんとすわりこむ。ヴィクターがエポキシ樹脂加工されたメープル材のテーブルを乗り越えて襲ってくる。社員たちは無言で見つめている。なにもかもがねばついていて弾力がある。溶けた蠟の国だ。

十七秒。ゲートレイダーに自分の姿が見えていることに気づいてトムは凍りつく。だが、それはたんなる狼狽のはじまりではない。ここはトムにとって、大混乱におちいっている。複数の意識が認知機能の主導権争いをくりひろげている。命令同士の衝突による不規則な反響が彼の思考になっているが、彼は恐怖のせいだと誤解する。ぼくは家の前庭の芝生に立っている。母が芝生の上で小説を読み、父がデスクで仕事をしている。レモンの木が父の書斎の窓を守っている。ヴィクターがホバーカーをあやつって流れから飛びださせるが、母をねらっているわけではない――ぼくをねらっているのだ。ぼくがよけようとすると、ジョンに押さえこまれる。しっかりと閉じこめてあると思っていたジョンが、牢獄がねばついていてやわらかいことに気づいて抜けだしたのだ。ぼくがぎりぎりで振りほどくと、ふたりは衝撃で飛ばされる。

十六秒。ぼくはどうにか、しばしのあいだトムを動かして不可視フィールドをリセットさせ、彼は見えなくなる。ジョンとヴィクターがぼくを別の記憶にひきずりこむ。ヴィクターには、どこがどうと指摘できないが、どことなく見覚えがある。ぼくはジョンのことは自分の悪いヴァージョンとみなしていたが、ぼくのほうが彼のよいヴァージョンにすぎず、狡猾にもいままで隠れていた、彼の反対側の耳元でささやいているライバルがいることに気づいていなかったのだとしたら？

十五秒。ゲートレイダーが、とまどっている立会人たちに、自分が見たものをだれか見なかったかとたずねる。ジョンとヴィクターが、ぼくが強盗にあった香港の路地でぼくの目の前に立ちはだかる。ふたりは、たんにトムを思いどおりに動かそうとしているのではない。ぼくを消し去ろうとしているのだ。ぼくは喧嘩が好きではない。いつも逃げることにしている。だから逃げだす。

十四秒。ジェロームが、ゲートレイダーに親しげに話しかけたアーシュラに疑わしげな目を向ける。ぼくが路地を走っているうちに、建物の壁がぼやけて木々がみっしりと生えている林になる。ありえないほど高い木の森だ。地面は散り敷いた松葉でふわふわしている。ジョンが追いかけてくるが、ヴィクターはこの機に乗じてトムの心の主導権を握る。

十三秒。トムは緊急帰還機能を起動して過去から逃げだしたがっている。だが、じつのところ、ヴィクターがトムをあやつって、だれもメルトダウンを止めないように彼を現在から追い払おうとしているのだ。ぼくは、いまもジョンが追いかけてきているのかどうかもわからないまま、森のなかを走りつづける。

十二秒。ゲートレイダーは狼狽し、起動レバーをぐいとおろしてエンジンを停止させる。ここがぼくたちみんなにとっての帰還不能点だ。森の地面をおおっているのはもう松葉ではない――腐った本だ。すべてが『大いなる遺産』のハードカバーで、母が死んだとき読んでいたページが開かれている。

十一秒。エンジンが震え、ぎざぎざの指のようなエネルギーを放つ。トムが凍りついているのも無理はない――なにしろ心のなかで三つのヴァージョンの彼が渦巻いているのだ。ぼくは見捨てられた図書館のなかにいるが、朽ちた本の山から生えているのは、父の命を救ったのと似たレモンの木だ。ぼくは本能に従って腐敗した本を手で掘る。ページを掻き分けているうちにインクで手が汚れ、単語が無意味な構文となって皮膚に染みつく。

十秒。それまでは無害だったエネルギーの噴出が燃えるような青になって制御卓を破壊する。ヴィクターは方針を転換し、トムをぼうっとしたままにする。ヴィクターにしてみれば、エンジンが過熱しているあいだ、トムがなにもしなければそれでいいからだ。ぼくはジョンのアパートメントの天井を突き抜けて床に落ちる。ヴィクターとジョンはぼくを襲う構えをとる。ぼくは逃げ道を探す。ドア、窓。だが、ふたりはすべての逃げ道をふさぐ。ヴィクターはジョンに指示してぼくを追いつめ……そしてそのとき突然、どうしてさっきヴィクターに見覚えがあると思ったのかわかる。ぼくが消滅させられた日、ジョンがひどいことをした日——ヴィクターもそこにいたのだ。なぜなら、あれはゲートレイダーが現実の殻を割った日だからだ。抜けだしたのはジョンではなかった。ジョンはずっといた。抜けだしたのはヴィクターだった。ジョンにあんなことをさせたのはヴィクターだったのだ。そしていま、ヴィクターはまたもジョンをあやつって、自分が存在するための唯一の障害、ぼくを排除しようとしている。ヴィクターが必死になっているのがわかる。ヴィクターは自分の荒廃した世界に生きのびてほしがっているだけなのだが、そのためには何十億もの人々を殺さなければならない。そんなことを許すわけにはいかない。絶対に。ぼくは全身を電流が貫くのを感じる。ぼんやりと光る金属のフィラメントがいきなりあかあかと輝きだしたかのようだ。それは怒りではない。それは恐怖ではない。そうした一時的感情よりも単純なものだ。おだやかで覚悟ができていて真実なものだ。それは決意だ。たぶんぼくは、ついに、逃げるわけにはいかない戦いを見つけたのだろう。

九秒。アーシュラがゲートレイダーに離れてと叫ぶ。その叫び声にはなにかがある。ぼくがまだわかっていない、あとちょっとでわかりそうななにかが。なんらかの感情だ。いままで、ぼくは防戦一方だったので、ヴィクターにとって、ぼくに放り投げられて陳列ケースに入ったパルプアンソロジーが飾られている壁を突き抜けるというのは予想外だ。ぼくたちは八角形の集合住宅の百八十四階にあるトムの部屋に飛びこむ。窓の外を行き交っているホバーカーが傾き、衝突して無音の炎をあげる。ヴィクターが猛烈な勢いで襲ってくる。格闘でかなわないのは明らかだ。だが、別の方法があるはずだ。ヴィクターが持っていなくてぼくが持っているなにかが。ヴィクターが脅威とすら思わないなにかが。そのとき、ぼくは気づく。ベッドの上。ペネロピーの髪の毛が一本落ちている。それを見てぴんと来る——ぼくたちが争ってきた記憶にペニーの記憶は含まれていなかった。ペニーが鍵だ。いや、鍵じゃない。錠だ。

八秒。次の青く脈打つ光がアーシュラめがけてのびるが、ジェロームが妻を安全な場所に突き飛ばす。ジェロームののばした腕の、肘から先が蒸発する。ぼくは、なにを探すのかもさだかではないまま、ぼくの記憶というよどんだ沼に飛びこむ——そしてねっとりしていて弾力のあるもろもろの記憶のなかに埋まっていたものを、堅いものを見つける。その記憶は、青白いしもろいが、堅い。それは、はじめて一夜をともにした翌朝、ペニーと一緒に朝食をとったレストランの記憶だ。なにを話したのか、なにを注文したのかは覚えていないが、感情がそこにある——たぶん。この壊れやすい記憶を周囲の糖蜜のような網の目に差しこむと、しっかりと保持される。それではヴィクターを止めるには足りない。だが、ペニーの記憶はそれだけではない。

七秒。新たな噴出が天井を切り裂くと、残りの立会人たちが集団パニックを起こす。ぼくはペニーの記憶で構造を築く。とりあげたとたん、端が砕けるほど薄いものもある。雨のなかで乗ったタクシー、ペニーの横顔を囲んでぼうっと光っている塗りたてのペンキのように色あざやかな街明かり。だが、頑丈で煉瓦(れんが)のように厚いものもある。ペニーの書店。ペニーはスツールに腰かけて小説を読んでいる。読みふけっているので、ペニーの人生を変えることになる客が店に入ってきても顔を上げない。ぼくの実家。出だしは最高だったが終わりは最悪だった夕食。ぼくがスピーチをしたホール。ペニーと手をつないで入れたので、なにを失ってもかまわないという気分だった。ペニーのアパートメントのドア。ぼくはもう戻ってこないというジョンの言葉が間違っていたことを知ったときのペニーの表情。それは、かろうじて持ちあげられるほど重い。出会った日の夜。彼女の部屋のキッチン。はじめてのキス。その記憶はどんな重みにも耐えられる。ヴィクターは兵士だし、戦いかたを知っている。だがぼくは建築家だ。構造の築きかたなら知っている。

六秒。ゲートレイダーの両手に火ぶくれができ、顔の毛が燃え、鼻の先が焼ける。ぼくがヴィクターのまわりに構造を投げつけると、彼は力ずくで突破できると思って突っこむ。ところがそれらの記憶は違うものでできている。

五秒。アーシュラはショック状態におちいっているジェロームをあやすように抱いている。ぼくが必死でヴィクターを閉じこめようとしているあいだに、ジョンがトムの主導権を握るが、ぼくにはジョンがトムになにをさせようとしているのか見当もつかない。ぼくはヴィクターの牢獄に見つけられるかぎりの記憶を加えつづけるが、ヴィクターは障害を突破する方法を見つけられない。ヴィクターにはペニーがいないからだ。ヴィクターは、ぼくがペニーを愛しているようにだれかを愛するというのがどういうことなのかわからない。

四秒。この瞬間、ぼくはピンチでも冷静な自分を誇らしく思ったものだった。だがいまは、トムの認知機能の麻痺を解いて動物的恐怖を抑えているのはジョンだとわかっている。筋が通っている。トムは勇敢ではなかった。トムは向こう見ずだったが、ときとして、向こう見ずは勇気のように見える。だが、トムはけっして、いざというときに肝が据わっていて急場を救うタイプではなかった。ぼくはジョンを信用していないが、いまトムをあやつっているのはジョンだ。

三秒。トムがゲートレイダーをエンジンのそばから突き飛ばす。正確には、やったのはジョンだが。ヴィクターは激怒する。だが、どうしてジョンはレバーをひいてこれを終わらせないのだろう？　どうしてジョンは、ゲートレイダーを突き飛ばしたときにほとばしり出たアドレナリンを楽しんでいるのだろう？　ぼくたちはみんなこの心のなかにいるので、すぐにわかる──ジョンはメルトダウンを阻止しようとしているわけではない。ぼくたちの家族にひどいことをしたゲートレイダーに苦痛を与えようとしているだけなのだ。ぼくはジョンがそんなに強い家族愛の持ち主だとは思ってもいなかった。だが、もしもぼくが止めなかったら、ジョンは過去のライオネル・ゲートレイダーを殺し、ぼくたちが愛している人々を脅せないようにしただろう。

二秒。噴出がトムにまともに命中し、時間旅行装置を焼いて緊急帰還プロトコルを起動する。レバーをひきあげるための残り時間はあと一秒しかない。そしてとうとう、ぼくはなにをするべきなのかを理解する。世界全体とそこで生きていた全員を消したというトムの罪は、ヴィクターまたはジョンが犯したどんな罪よりも、比べものにならないほど大きい。そのことについて、ぼくはけっして自分自身を許せない。いまも、山のような後悔に押しつぶされ

132

そうになっている。彼らのだれも自分のなかにいてほしくない。凶暴で孤独なヴィクターも、傲慢で超然としているジョンも。かといって、陰気で消極的で、未熟でやる気のないトムにもいてほしくはない。三人ともいなくなってほしい。明るくて純粋で善良ではない者はひとりもいてほしくない。だがもちろん、それは現実的ではない。そんな存在は、街の広場に立つ、鋳造できない人間的な装飾をそっくり剝ぎとられた銅像だけだ。ペニーに関するぼくの記憶はすべて、ぼくがぼく以外の何者かにならなくてかまわないと思っている人がいてくれるという圧倒的な感情とともに編みあげられている。それが、愛に身をゆだねたときの効用だ——破片から人を組みあげてくれることが。縫い目が見えても関係ない。縫い目、というか傷跡は勲章だ。だからぼくは、ぼく自身のほかのヴァージョンを遠ざけようとするのをやめる。そうではなく、まとまろうとする。ぼくはヴィクターを解放するが、戦う代わりにひとつになる。ジョンは手遅れになるまでなにが起きているのか気づかず、いつのまにかぼくたちに吸収されている。トムは自分の頭のなかでなにがどうなっているのかわかっていないが、わかる必要はない。どう行動するかを決めているのはぼくたちだからだ。

一秒。ぼくたちがエンジンの起動レバーをひきあげた直後、ぼくたちは現在に連れ戻される。これ以後、唯一存在する現在に。

ぼくは、ジョンの建築現場で倒れたあと運びこまれた病院で目覚め、この一件を丸ごと、何度も何度も、無限にループしなければならないのではないかという不安のひんやりとした切っ先を感じる。だが、そんな存在論的恐怖体験をすることはない。この最後の時間の旅は父の瞬間的な装置を使うので、また五十年間、麻痺したまま内省に浸らなくてもかまわない。強烈な閃光とシューッという大きな音がして、ぼくは二〇一六年に戻る。いまやっと、ゲートレイダーと比べて父の天才を本気で評価する。

目の前に立っているゲートレイダーの当惑した表情からして、ほとんど時間がたっていないのが明らかだ。すべてが出発したときのままだが、ぼくはタイムマシンを持っていない。

「うまくいかなかったのか」ゲートレイダーがいう。

「うまくいきましたよ」とぼく。

「過去に戻ったのかね?」

「ええ」

「だが、わたしはまだここにいるぞ」

「ええ、ゲートレイダーさん。ぼくたちはやったんです。世界を救ったんですよ」

ぼくはゲートレイダーをハグする。両腕でぎゅっと抱きしめると、ゲートレイダーは体をこわばらせる。

「だめだ」とゲートレイダー。「やりなおしてくれ」

ぼくは、当然のことながら、ゲートレイダーが恋しかったからハグしたわけではない。近づいてゲートレイダーの肘の神経を圧迫し、首まで激痛が走るようにしてから、この施設のシステムを操作するための装置を手首からむしりとって床に落とし、かかとで踏みつけて繊細な回路を砕くためだった。

警報が組みこまれていたらしく、装置がゲートレイダーの手首からはずれたとたん、防護ドアがさっと開いて首が太い運転手のウェンがセミオートマチック拳銃を構えて飛びこんでくる。

ぼくはくるりと体を入れ替えてゲートレイダーを前にし、人間の盾にしてウェンのほうに軽く突き飛ばす。ゲートレイダーはよろめき、無意識に前に進んでバランスをとろうとする。おもな収入源が顔から床に倒れそうなので、ウェンはたじろぐ。

ぼくは一瞬の逡巡につけこんでウェンに手をのばす。的を小さくするために体は横にしておく。どうしてそんなことを知っているのかわからない。ウェンがぼくにねらいをつけようとするが、まにあわない。

ぼくはウェンの銃を握っている手をつかんでひねって人差し指を折りながら、肘を鼻に叩きこんで軟骨をつぶす。

もう片方の手をウェンのうなじにのばし、ぐいとねじって筋肉と脊椎の接続を断つ。

意識はあるが一時的に体が麻痺したウェンは膝から床に崩れ落ち、ぼくの手に拳銃が残る。折れた鼻から血が噴きだしているが、肩から下は動かせないので、ウェンはとらわれた蜘蛛しに感じる。
全部で二秒ほどしかかかっていない。自分でやっておきながら、ありえないほどの腕っぷ
ぼくはゲートレイダーの額に銃口をあてる。

のようにぴくぴく痙攣するばかりだ。

ヴィクターを意識に統合したおかげで、破滅後世界で受けた軍事サバイバル訓練の野獣並みの成果を利用できるようになっているのだ。ぼくの将来の人生に興味深い可能性が開けたことになるが、いまはひとつのこと——ペニーと家族の安全の確保——で頭がいっぱいだ。
ぼくはウェンの首に靴をかけ、ゲートレイダーの額にあてている銃口に、跡がつくほど力をこめる。

「待ってくれ」とゲートレイダー。「計画を立てたのはきみなんだぞ。覚えてるだろう？ きみが、狂言誘拐をするようにわたしに命じたんだ。きみには動機づけが必要だと。みんな無事だし、怪我もしていない。ウェクスラーも、あの女性、ペネロピーの映像もつくりものなんだ。香港のアクション監督を雇って撮影したんだよ。アクション監督は、日本のリアリティ番組だと思ってるんだ」

「もうひとつの時間線は消えました」とぼく。「永遠に。ぼくはこの現実をかろうじて救ったんですよ」

「こんなのはわたしの人生じゃない」

「あなたの人生なんです」

「だが、わたしはすべてを無駄にしてしまった」

「あなたはタイムマシンをつくったじゃありませんか、ゲートレイダーさん。あなたは史上最高の科学者ですよ」

「つくってなんかいない。真似たんだ」

ゲートレイダーは慎重に顎をしゃくって壁のちいさなアルコーブのほうを示す。ぼくはウエンが意識を失うまで彼の喉にかけた靴にぐりぐりと力をこめてから、銃を振ってゲートレイダーをうながす。ゲートレイダーはよたよたと歩きだす——脚の装具の動きを制御していた手首の装置がなくなったので、ゲートレイダーの足どりはぎこちなくて危なっかしい。アルコーブのなかには、ゲートレイダーにしか開けられない遺伝子スキャナーつきの小さな金属製の箱がある。

箱のなかにはタイムマシンがある。

「きみが一九六五年七月十三日にこれを置いていったんだ。わざとだったのかどうかは知らないが……置いていったんだよ。わたしが単純に自分で使うわけにいかないことはわかっていた。そんなことをしたら、わたしたちが知るこの現実が崩壊してしまうことは。だが、わたしにはタイムマシンを一からつくれるような能力はなかった。そんなことは不可能だった。だから、これを分解した。ばらばらにしたんだ。そして、どうにかすべての部品を複製した。ごまかしはしないように全力をつくした。どの部品も、現代科学で技術的に製作可能になってからつくった。突破できない障害にぶつかると、そう、必要なところまで世界の技術水準を上げた。発明を売ったのはそういうときだった。金のためじゃなかった。必要に迫られてだったんだ。きみは、いつまで待てばいいのかを教えてくれなかった」

「あなたも、時間をさかのぼるのにどれだけ時間がかかるのかを教えてくれませんでしたね。五十一年ですよ、ゲートレイダーさん。ぼくは五十一年間、閉じこめられてたんです」

「なんというか、おたがい、もうちょっと情報交換を密にしてもよかったな。そうすれば多少は痛みを防げた」

「ループはもう閉じられたんです。もう二度と開いちゃだめなんですよ」

「だめだ。きみがやらないなら、わたしがやる」

「あとちょっとでなにもかもがめちゃくちゃになるところだったんですよ。あなたはこの人生を無駄だったと考えてるんでしょうが、世界は救われた結果、こうなってるんです」

「だが、わたしはなにもしていない。自分の真似をしただけだ。わたしは詐欺師だ」

「母から、それが人生の秘密だと教わりました。わたしたちはみんな、自分は詐欺師だと思うんです。だれもがやっつけ仕事をしてるんですよ」

「わたしは生涯のほとんどを存在論的パラドックスにからめとられていたのに、これからもずっとそれに耐えつづけることになるのか？」

「ええ。世界のほかの人たちと同じです」

「世界のほかの人たちなんか知ったことか」

「それなら、あなたとアーシュラさんのことだけを考えてください。あなたがたにとって、これがベストなんです。たとえ面倒でこそこそしててつらくても、一生愛しあいつづけられるほうが、まったく会えないよりもましじゃないなんて、本気で思ってるんですか？」

「少なくとも、そのもうひとつの世界では、わたしは英雄になれた」

「これからだって英雄になれますよ、ゲートレイダーさん」

もちろん、ゲートレイダーはわかっていない。だが、ぼくがゲートレイダーに教える。それから、ふたりでみんなに教える。

133

本を書くのがはじめてなので、不手際があったら謝る。特に終盤で。いろいろなことが起こるのだが、きみの時間をもうかなり使わせてしまっているので、非才ながら、可能なかぎり手早く片づけてしまおう。

ぼくはゲートレイダーにウェンを回復させたが、男はまったく根に持たなかった。隠遁していている天才億万長者の運転手兼ボディガードの職務内容には、あんな目にあうことも含まれているのかもしれない。ぼくたちは車でゲートレイダーの自宅に戻り、空港からやってくる母と父と妹とペニーを迎える準備をした。トロントから香港まで、ふつうの飛行機便だと約十五時間かかるが、もちろんゲートレイダーの自家用ジェット機はその四分の一の時間で飛べた。

　ゲートレイダーは一変した。こみいった全体計画を実行する必要がなくなってほっとしているように見えたが、同時にそれがなくなって途方に暮れているようにも見えた。ゲートレイダーは驚くほど素直で、ぼくの指示に従順に従った。それが不気味なのはたしかだったが、もちろん、こみいった全体計画をゲートレイダーに与えたのはそもそもぼくでもあった。一九六五年のあの時、ゲートレイダーになにをするべきかを教えたのはぼくだったし、彼はそれから五十年間、その指示に従ったのだ。また、ゲートレイダーはがっくりと老けこんだ。一心不乱の努力のおかげで健康を保っていたので、それがないと活力もなくなって、あとには疲れはてた九十三歳の老人が残されたかのようだ。

　ぼくの家族とペニーは意識を失ったままゲートレイダーの家に運びこまれ、彼らを昏睡させたガスの効果を中和する、色も匂いもない蒸気を嗅がされると意識を取り戻した。ゲートレイダーが請けあったとおり、ペニーを含め、だれも怪我をしていなかった。

　世界の反対側で目覚めたぼくの家族とペニーは、多少は混乱し、腹を立てた。グレタは、だれかの顔を殴りたいと強く思ったようだが、殴るべき相手は兄なのか超然としたボディガードなのか老いぼれなのかわからなかった。母は警察だか領事館だか国際誘拐を管轄するだれかだかに通報したがった。父は、どうしてこんなに早く香港に来られたのかについて根掘り葉掘りたずねた。ペニーは黙りこくっていた。

　ぼくは彼らにライオネル・ゲートレイダーを紹介した。

それで彼らの注意を惹けた。ゲートレイダーとぼくは、ぼくが彼らと別れて以来の出来事について、簡単に説明した。彼らは話についていこうと最善をつくすが、きみも実感しているだろうが、この時間旅行に関する話をまともに受けとるのは苦行だ。とりわけ、結局、ぼくの英雄的偉業は、世界を彼らがずっと知っていたとおりに維持したということでは。いままでとなにひとつ変わっていなかったら、ひょっとしたらひどいことになっていたかもしれないと感謝感激するのは難しい。

鍵になったのはゲートレイダーの自宅だった——自宅自体が、ぼくが彼らに話したテクノユートピア的世界が、神経衰弱のせいで消え残っていた思春期の夢物語が漏れだしたわけではないことの証拠になったのだ。テクノユートピアは現実だったし、彼らのまわりにあったし、たいしたものだった。

ゲートレイダーは両親と妹に多くのすばらしい発明を見せたが、ペニーはまったく興味を惹かれていないのがわかった。ペニーは機械仕掛けに関心がない。ペニーが好きなのは、紙と糊でできている本、羽毛が詰まっている枕、木と釘でつくった椅子、やわらかな土に実るフルーツ、愛する人とのキスなのだ。

ぼくたちはさび色の崖に白波を打ち寄せている南シナ海が見渡せる壁一面の窓の前に立っていた。そして話した。

それもまた、ペニーが好きなものだ——話すこと。そして聞くこと。じっくりと考えること。いろいろな考えかたを検討すること。理解しようとすること。

ぼくは、過去への何十年にもわたる旅で多くのものを失った。特に、ほかの人間とつながるのがどういう感じなのかを。それは深く埋もれてしまったように思えた。コンクリートで固められ、鋼鉄の箱にしまいこまれ、宇宙に打ち上げられ、カチカチに凍りつき、窒息し、太陽の燃える中心にひきこまれたように。永遠にうしなわれたように感じていた。

ふたたび見つけるのに、ペニーと再会して十秒しかかからなかった。ペニーがぼくを見たとき、それはそこにあった。

134

香港島の日没はみごとだが、この日の眼下の海はピンクとオレンジのまだらに染まっていた。

「あなたの話を信じるわ」ペニーがいう。「わたしが信じたってたいした意味はないだろうけど」

「すごく意味があるよ」ぼくは応じる。

「だけど、充分かどうかわからないの」

「少なくともきっかけにはならないかい？」

「少なくともきっかけにはなるわ」

「よかった」

「もちろん、これがすべて、わたしがまたあなたに恋するようにするための、大変な労力をつぎこんでたくらんだ、手のこんだでっちあげだっていう可能性はまだある。だけど、だとしても、そうね、独創性は評価できる」

「またぼくに恋するようにってことは、もうぼくに恋してなかったのかい？」

「ええ。ううん、わからない。ほとんどそうね」

「で、いまは？」

「で、いまはますます複雑ね」

「起こってしまったことは変えられない。タイムマシンを使っても、やっぱり変えられなかった。それに、そうだな、現実はクレームブリュレのようなものだっていう説明をしなきゃならないんだろうけど、ぼくの場合にはそれも役に立たなそうなんだ。ぼくは、ぼくのあの部分はもう消えたと信じてるけど、ぼくの保証じゃ足りないとしても理解できる。死ぬまで謝ったっていい。きみがさせてくれたらそうするつもりだよ。だけど、ぼくが思いつく、以前のぼくたちに戻るのにいちばんいい方法は、毎日一緒に過ごしながら、きみがあんな目にあうことは二度とないって示すことなんだ。でも、もしきみがどうしても元に戻れないと、ぼくたちが手に入れたものは永遠に失われてしまったと思うなら、ぼくは受け入れる。受け入れるよ。きみが元気でいるとわかれば、それで充分なはずだ」

「そうね。だけど、複雑っていったのはそういう意味じゃないの」

「へえ」

「妊娠してるの」

「赤ちゃんができたってこと？」

「ええ。妊娠して赤ちゃんができてるの」

「おかしなもんだな。だって、ぼくは時空連続体を、人類文明を、現実そのものをひとりで救ったばっかりなのに、これがきょう起きたいちばんいい出来事なんだ」

ペニーは窓の外に目を向ける。太陽はもう、水平線になかば呑みこまれている。熱い円板がひんやりした海に溶けかけている——どんどん沈んでいる。

「きみと一緒に知りたかったな」ぼくはいう。

「あなたは世界を救うのに大忙しだったじゃないの」

「現実そのものを、だよ」

「うぬぼれないでよ。この部屋の外にいる人たちは、だれもそんなことがあったって知りもしないんだから。それどころか、じつのところあなたは、前回よりも現実をめちゃくちゃにしなかっただけなんだから。だから、時間を旅して現実を救ったことは考えすぎないようにしましょうよ」

「別の現実では、ぼくは、その、なんていうか、破滅後世界のこわもて戦士だったんだよ」

「そのあなたを保ちつづけたいの？」

「いま以上を望んだことなんか一度もないよ」

「わたしには変わってないように思えるけど」

「ペニー、ごめんよ」

「わたしこそごめんなさい。なにをって訊かないで。だって、ほんとに、あなたのことを心の底から疑ったの。あなたに対して、ひどくて意地が悪くていやなことを考えたの。そして、それをすべて洗い流してなにもなかったようにふるまうのは難しい。だけど、やってみるつもり」

「ぼくもやってみるよ」

この物語はもうすぐ終わるが、かけがえのない生涯の恋人と五十一年ぶりにキスするのがどんな感じかを伝えられるほど文章がうまくなったとはとてもいえない。だから単純に表現しよう——すごくいい気分になった。

ペニーがいっていないことがある。これからもいわないだろうことが。ぼくたちがけっして、この先、一度でも話しあわないことがある。ペニーは、正確にはいつ受精したのかを知らない。ぼくたちは付き合いたてで、いろいろなときにいろいろな場所で愛しあった。そのうちのいずれかで身ごもったのだろう。そしてそれはジョンとのときだったのかもしれない。遺伝的には同じことだ。だが心理的にはわからない。関係ないのかもしれない。ひどい出来事がすばらしい結果につながったのかもしれない。そんな考えは、自分に都合よく解釈するための手段なのかもしれない。人間の受精のような重大だが日常的な、とらえがたいつかのまの瞬間が、ぼくたちの子供がどんなふうに育つかにちょっとでも影響するかもしれないんて考えたら、ぼくはとんだ愚か者なのかもしれない。ぼくはつべこべいわずに喜ぶべきなのかもしれない。たぶんそうするつもりだ。

135

こうして未来がはじまる。

父はゲートレイダー・エンジンの技術仕様を徹底的に検証し、結果に驚愕する。たとえ、ほら、ぼくからもう、それになにができるかを聞いていたとしても。心をわずらっているのかもしれない息子の妄想かもしれない話と、ゼタジュール単位のクリーンなエネルギーを生みだしている機械の実物とでは、当然のことながら大違いだ。これは人類史上最大の科学的飛躍のひとつなのだから、ぼくたちにはこれを、できるだけ早く世界に公表する責任がある、と父は考える。

ぼくたちは話しあい、もっと分別のあるやりかたを選ぶ。

ぼくたちは会社を設立する。ぼくとペニーとグレタと母と父が五〇・一パーセント、つまりひとり一〇・〇二パーセントを持ち、ゲートレイダーが四九・九パーセントを持つ。ゲートレイダーの持ち分は、ジェロームが死亡した日にエマに譲渡されることになっている。ゲートレイダーは、エマに父と認めてもらうことしか望んでいないが、夫には真実を、少なくとも確実には知られたくないというアーシュラの望みを尊重する。

ゲートレイダーが、寛大にもエンジンをオープンソーステクノロジーにし、必要な資力があればだれでもつくってかまわないようにした世界はとっくの昔に消えてなくなっているとグレタは主張する。地球文明にはこの五十年で企業支配と政治腐敗がますます深く刻みこまれたので、この画期的なテクノロジーの導入には、もうひとりのゲートレイダーが一九六五年に死の床でしたときよりもずっと慎重にならなければならない、と。

グレタは、自信過剰とビジネスセンスのなさのせいで前の発明品を奪われて以来、たくさんの本を読んで、欠けている資質を補おうとしてきた。特に感銘を受けたのが、フランスの哲学者ポール・ヴィリリオだった。ヴィリリオは事故についてこう書いている——新しいテクノロジーを導入するときは、そのテクノロジーが起こす事故も導入することになるのだから、そのテクノロジーの効用だけでなく弊害も、栄光だけではなく損害も予期して対策を講じておかなければならない。

この考えかたには以前も触れたが、ぼくが来た世界では、別の人物の言葉だった。ひょっとしたら、あらゆるアイデアは消え失せたりしないのかもしれない。渦のどこかで、だれかが思いつくのを待っているだけなのかもしれない。

ゲートレイダーの倉庫には量産型エンジンをつくるために必要なものがそろっているので、ぼくたちはすぐさま製造にとりかかる。部品はそろっているが、もちろん、大惨事を起こす不具合があってはならない。はじめから完璧でなければならないのだ。さいわい、ゲートトレイダーはじっくりと時間をかけて技術を完璧に仕上げていた。

父は製造し、試験するあいまに本を書く。不評だった、駄洒落だらけの時間旅行解説本以来の本だ——父が大喜びしたことに、ゲートトレイダーは時間旅行本をほんとうに読んでいたし、ふたりは、理論科学とその実用的応用についてのわけのわからない難解な議論に、夜遅くまでふける。父の新しい本はゲートトレイダーについての本で、彼の人生、業績、エンジンがどのように開発されたか、それが世界にとってどのような意味を持つかが語られる。ただしいくつかの、鍵となる個人情報は割愛される。ぼくたちは、だれも傷つけることなく世界を変えたいと願っている。その本はもっとも売れた伝記になる。駄洒落はごくわずかしか含まれていない。

その企業の目的はこのテクノロジーをオープンソースにし、だれでも無料で使えるようにすることだ。だがグレタは、少なくとも最初は慎重になるべきだとぼくたちを説得する。ぼくたちがしていることを自分たちの存在にかかわる脅威とみなす人々が大勢いるからだ。だからぼくたちは、そういう人々を排除しなければならない。

グレタには考えがある。金銭は、人々が集合的に力を与えているからこそ力を持っているのであって、集団幻覚が命を宿して無限のゼロのゴーレムになっているようなものであり、恣意的な概念であるとグレタは信じている。ぼくたちはその恣意的な力を受け入れて利用する——ぼくたちの脅威になりかねない企業を片っ端から買収して。それには数兆ドルを要する。だが、無限のエネルギーを生みだす機械は、無限の富の分配システムでもある。

グレタは先見の明がある喧嘩屋の企業経営者だと判明する。ぼくたちがエンジンを発表する準備をしているあいだ、グレタはゲートレイダーが自宅に備えつけていた特製の小物を着実に市場に投入することによって長期戦略の欠陥を洗いだす。

母はこの件の政治的側面にしか関心がない。母には単純な目標しかない——二度と戦争を起こさない、という。母はエンジンを無限のエネルギーまた無限の資金ではなく、無限の平和を生みだす機械とみなす。母は、地球上の全員に、天気のいい午後、肘かけ椅子にもたれて紙に印刷された小説を読んでいるときの自分と同じ気持ちを味わってほしがっている——なんの心配もせずに。母は、新たなページをめくって、人類を悪い夢からとうとう目覚めさせたがっている。

母はぼくたちの精力的な政治担当になる。きみは、学者だった母に政治は無理だと思うかもしれないが、じつのところ学者の世界はとんでもなくイカれていて、大学という環境でなにかをしようとしたら、面倒くさくて馬鹿げていて芝居がかったことをしなければならないため、母は、それと比べたら実際の政治は楽なものだと感じる。

ゲートレイダーは、もうこれ以上かかわりたがらない。願いはひとつだけ——エマ・フランコーアと少しでも長く過ごしたいということだけだ。ゲートレイダーはジェロームよりも十八カ月長生きし、エマにみとられて死ぬ。ぼくはエマに、そのときどういう気持ちだったかとたずねない。エマはプライバシーを大切にしているし、いずれにしろぼくの知ったことではない。

ゲートレイダーはノーベル賞を受賞した直後に亡くなる。

ペニーとぼくはほとんど関与しない。ぼくたちは関与を望まない。ペニーはぼくたちの子供を産み、ぼくたちはその男の子を育てる。エンジンのかぎりない財源の分け前があるので、ぼくたちは建物を買って取り壊し、建てなおす。別の建物を買って取り壊し、建てなおす。ぼくたちは資金の続くかぎり、つまり永遠にそれをくりかえす。

友人たちの存在を消してしまったことは永遠に許されないと思っているが、彼らを称えるもっともいい方法は、煉瓦をひとつずつ積み重ねていくことだとわかっている。新しい建物の基礎にコンクリートを流しこむたびに、ぼくはまだ乾いていない基礎に彼らの名前を書く。デイシャ。アシャー。シャオ。ヘスター。メーガン。タビサ。ロビン。ペネロピー。

ぼくたち、ペニーとぼくは世界をつくりなおす。建物を一棟ずつ。ペニーは手で触れられるものを好んでいるし、ぼくも同じだと気づく。ぼくはペニーと息子よりもぼくを幸せな気分にしてくれることを発見する。それはつくることだ。建物を。家族を。人生を。

一朝一夕には世界を変えられない。だが、ぼくたちには時間がある。

136

何度も、いっているように、ぼくはぼくたちが生きるはずだった世界からやってきた。だが、ぼくは最近、それについてよく考えている。それがほんとうかどうかを。

ぼくはその多面的な意義を持つ驚異の数々について勢いこんで説明したが、いまとなって考えると、どれにも見覚えがあることにびっくりする。なにしろ――人々は建物に住んでいて、仕事をしていて、宣伝広告されているものを買い、ファッションを追いかけ、スクリーンに投影されるエンターテインメントを楽しみ、食品を食べ、飲み物を飲み、セックスをし、恋をして失恋し、子供をつくって自分たちなりのやりかたで育て、選挙で投票し、ときどき法律を破り、つねに改善の余地はあるが基本的には拡大する価値があると信じている文明に意義ある貢献をしようと努めているのだ。この心意気は、この二〇一六年の人なら、だれでも一から十まで直観的に理解できる。あるいは、そしてここが大事なところなのだが、ぼくたちにとっての共通の一九六五年の人なら。

ぼくが来た世界は、第二次世界大戦の戦渦が大きな影響をおよぼした二十世紀を通じて発展し、一九四五年から一九六五年までの二十年間で敷かれた線路の上をどんどん速度を上げて突進する、人類文明の加速版だった。それ以来、ひたすら発展が続き、テクノロジーはいっそう洗練され、いっそうシームレス化し、いっそう包括的になり、いっそう統合され、いっそう……程度が増した。だが、真珠湾、ノルマンディー、スターリングラード、アウシュビッツ、広島のあとで思い描かれた未来と比べたら、想像力を駆使した結果の違いではなかった。

そうした夢は、事実上、実現していた。もしも、悪夢じみた戦争という修羅場のあとだった当時、神経スキャナーによって人類のもっとも熱烈な希望のヴァーチャルプロジェクションをおこない、きらきらと明るくて心安らぐ体験をしながら目覚められる技術があったとしたら、その体験はぼくが来た世界そっくりになっていただろう。実際にそうなった——一九六五年七月十一日に、ライオネル・ゲートレイダーの手によって。

ぼくたちの集合的な想像力が、ぼくたちが文明にいだいているイメージを修正するのを邪魔して決定的なモデルとして固定し、それを実現させようとしたかのようだった。それが、ぼくたちが生きるはずの世界だった。だから、ほかの世界について考える理由などなかった。イデオロギーの、ほかのすぐれた作業定義について思いをめぐらせる必要はなかった。

じゃあ、ほかになにがあるんだ？ もしも世界が戦後世代のテクノユートピア的ファンタジーのめくるめく加速になるはずではないとしたら……なんになる？ 未来派的明白な運命（マニフェスト・デスティニー）（アメリカの西部開拓時代の領土拡大を正当化するために用いられたスローガン）と黙示録的廃墟のあいだに、別のやりかたがあるのだろうか？

ぼくたちは食卓を囲む。ペニーとぼくと母と父とグレタとゲートレイダー、それにジェロームの死後はしばしばエマも。そしてこんなことを話す。イデオロギーについて型にはまらずに考えることは可能なのだろうか？ それともイデオロギー自体が型で、その型をはずすだけでいいのだろうか？ ぼくたちはもう手遅れで、時代遅れの夢にとらわれていない世代を育てるのが最善なのだろうか。そうした世代は、ほかの……なにかを考えられるのかもしれない。ペニーとぼくも、それに取り組んでいる。

ぼくたちには新しい未来が必要なのだ。

137

ぼくは、ふたつの理由でこのすべてを書いた。

最初の理由はジョンだ。これはジョンが書きたがっていた小説だ。ぼくはジョンの人生を乗っとったし、彼はもう帰ってこない。少なくとも、いまはまだ。だから、最後にジョンの望みをかなえるのは正しいことに思えた。

いったいどうして、ジョンに義理立てするのか？　ヴィクターがその理由だ。ぼくとヴィクターは、昔のマンガに出てくるような、ジョンの肩に乗っている天使と悪魔だと考えると気が楽になる。そう考えれば、ぼくが救った世界で過ごしている人生が取り返しのつかないほど汚れているわけではないことになるからだ。たぶん、どんな人生でも同じだろうが、どっちにも転がる可能性があるのだろう。

倫理的、感情的、存在論的に、ジョンがした許されざる行為の責めは、ほんとうはだれが負うべきかという問題が重要なのかどうか、ぼくにはわからない。だが、残っているのはぼくだけなのだから、ぼくが責任をとるしかない。ヴィクターが摘出した腫瘍（しゅよう）なら、この問題には解決策があったことになる。ジョンは消えたのだから、ぼくが愛する人々は安全だ。だれにでも、解決策があるはずだと信じたがっている問題がある。だれにでも、切除してしまいたい自分自身の一部がある。

小説はテーマを生のまま書くべきでないことは承知している。だが、これは小説ではない。覚え書きだ。だから、これのすべてには一般的な論点があると認めても問題ないと思う。ぼくは自分が賢明だなんて思っていない。それどころかあらゆる面でその正反対だ。だが、これがこの本のテーマだと思っている——送るはずの人生などというものはない、が。

もちろん、ぼくはおおむね愚かだし、お情け程度のぼんやりした洞察力しか持っていない。だから、どうぞ、まったくの見当はずれだと思ってくれてかまわない。

きみがそうに違いないと思えば、それがこの本のテーマなんだ。

ふたつめの理由はきみだ、トム。

なんらかの理由できみに話せないか、話さないか、話すつもりにならないといけないので、きみの母親とぼくが、どうしてきみをトムと名づけたのか、ほんとうはなにが起きたのかを伝えておきたいんだ。ぼくはこれを、暇を見つけて完成させた。毎晩少しずつ、ときには母親が授乳のあいまに数分間、休憩しているあいだ、寝ているきみを抱きながら書いた。当時の雰囲気を再現することを心がけたのでおもしろく読めるはずだ。義務感と気恥ずかしさにはそれほど悩まされないはずだが、ぼくの作家としての力量の限界のせいで、どっちもちょっとは感じるかもしれない。

ちなみに、きみがひと言も信じなくても、それどころかこの最後の章は妙ちきりんな法螺(ほら)、父親の例のつまらないジョークで、馬鹿げたつくりものの小説なのが明らかなものを覚え書きだと言い張っていると思ってくれてかまわない。ちっともかまわない。友達に、両親は父親が書いたしろうと小説の登場人物の名前にちなんでぼくの名前をつけたんだといってくれ。父親がその小説を書いたのは見た夢を忘れられないからだった——なのにそれを認めなかった、父親はジョークの度が過ぎるたちだった、父親はあくまでなにもかもほんとうだと主張しつづけたといってくれ。

じつをいうと、ぼくはきみが母親から出てくるところを見たんだが、その体験はぼくの人生を変えた。振りかえってみると、ぼくの人生を変えたほかの瞬間は、どれも清潔で整然としていたように思える。でもあれは混沌としていてやかましかった。汗と血と涙と目を備えたまったく新しい命が出てきた。ぎゅっと閉じたきみの目は、もう母親に似ていた。大きく開いた口は、もうぼくの口に似ていた。そしてペニーはぼくの手を握りながらぼくを見、ぼくは彼女の手を握りながら彼女を見、ふたりともとうとうはじまったことをさとった。ぼくたちが生きるはずだった世界。それはきみだったんだ。

はじめからずっと、きみだったんだ。

謝辞

「愚かな人たちを喜んで許しましょう。さもなければ、どうやってその人たちが愚かでなくなるのを助けられるのですか？」は、母、ジュディス・マスタイがよくいっていた言葉をヒントにした。そして、もっと重要なことに、母の仕事と人生に対する取り組みかたを。母は二〇〇一年二月十七日に亡くなったので、息子と娘たちがどんなおとなになったのかを知らなかった。この小説を母の思い出に捧げる。

事故についての考えかたはポール・ヴィリリオの著作、特に *Open Sky* を参考にした。グレタのSF評はダニエル・クインの著作、特に『イシュマエル――ヒトに、まだ希望はあるか』を参考にした。

人は現役中に、何人かの有言実行の人と出会うものだ。そのひとり、わたしのエージェントのサイモン・リプスカーには、不可欠だった導きを与えてくれたことに御礼を申しあげる。マーヤ・ニコリッチ、ケイティ・スチュアート、セリア・テイラー＝モブリー、テイラー・

テンプルトン、ジョー・ヴォルペ、そしてライターズハウス社のみなさんには、わたしのための骨を折ってくださったことに感謝する。

わたしは本作を、実際に出版されることはまずないだろうと思いながら執筆したが、ペンギン・ランダムハウス社の多くのかたがたのおかげで意外な結果になった。

最初に本書の権利を買ってくれ、本書がよりよくなるように——機知に富んだ、そしてそれ以上に忍耐力に富んだ対応で——助けてくださったアメリカでのわたしの編集者、マヤ・ジヴに感謝する。ベン・セヴィア、クリスティーン・ボール、アマンダ・ウォーカー、アリス・ダルリンプル、アイリーン・チェッティ、そしてダットン社のみなさんにも感謝する。

カナダでのわたしの編集者、エイミー・ブラックには、本作に磨きをかけるにあたって思慮深く導いてくださったことに感謝を捧げる。クリスティン・コクラン、ヴァル・ガウ、スーザン・バーンズ、メラニー・トゥティーノ、クリスティ・ハンスン、トレイシー・ターリフ、そしてダブルデイ社のみなさんにも感謝する。

イギリスでのわたしの編集者、ジェシカ・リークには、彼女の鋭い見解と熱心な支援に感謝する。また編集について助言してくれたアレックス・クラークに感謝する。ルイーズ・ムーアとマイケル・ジョゼフ社の全員にも感謝する。

本書を多くの諸言語と国々に紹介してくださる出版社と翻訳者のみなさんに感謝する。いつか、直接出向いてみなさんとお目にかかりたいとわたしは願っている。

フランク・ウリガー、グレッグ・ペディチン、カール・オースティンには長年の友情と助言と勤勉さに謝意を表する。彼らを知ったおかげで、わたしは作家として成長できた。

ジョナス・チャーニック、ロン・クネイン、ジョナサン・フィースビー、ゾーイ・カザン、アンナ・レヴィン、ジヤ・トンとの会話は本作のいくつかのアイデアをまとめる助けになった。彼らに感謝する。マーサ・シャープとジョナサン・トロッパーは新米小説家に非常に有益な助言をしてくれた。彼らにも感謝する。

高校の英語教師というのは感謝されない仕事になりかねない。しかしわたしは、ヴァンクーヴァーのサー・ウィンストン・チャーチル中等学校のミュリエル・デンスフォード先生のおかげで本を読むようになったし、自分自身を違う角度から見られるようになったので、ここで感謝を表して、多少なりとも補っておきたい。

家族に感謝する――モシェ・マスタイ、ガリト・マスタイ、タリア・マスタイ、ビル・モリス、メアリ・モリス。それに、基本的には、マスタイまたはモリスの姓を持つ人たち、その人たちと結婚した人たち、それにその人たちの親戚にも感謝する。

妻のサマンサ・モリス・マスタイ、そして娘たち、ベアトリクスとフランシスに感謝する。彼女たちのおかげで、わたしは夫にして父親になれ、そのおかげでこの人生のさまざまなことがようやく意味をなした。

祖父母の家に低い本棚があって、そこにくたびれた一九五〇年代と一九六〇年代の古いSFアンソロジーが並んでいた。子供のころ、わたしはそれらを注意深く抜きだしては、イラストレーターたちと作家たちが想像をめぐらしたが、すでに確定し、わたしにとっての遠い過去になった未来に思いをはせながら、傷んだ表紙を見つめたものだ。祖母のレオノーレ・フレイマンは二〇〇四年に、祖父のミルトン・フレイマンは二〇〇六年に亡くなった。そのアンソロジー・コレクションは、いま、わたしが本書を執筆したデスクのわきの本棚におさまっている。わたしはいまでもときどきそれらの表紙を眺めている。

訳者あとがき

ほとんど無尽蔵のエネルギー源があるために、空飛ぶ車が街を飛びかい、日常の雑事はなんでも機械がやってくれる、まさに一九五〇年代SFの輝かしい未来が実現したかのようなテクノユートピア――ここは別の現在――で生きていたダメ男が、タイムマシンで過去へ行き、文字どおりのディストピア――わたしたちが生きているこの現在――に戻ってきてしまうという本書『時空のゆりかご』は、作者エラン・マスタイのデビュー長篇小説である。

本書は、ワシントン・ポスト紙、USAトゥデイ紙、ウォールストリート・ジャーナル紙、ニューヨーク・ポスト紙、シカゴ・トリビューン紙、GQ誌、ニューズウィークス誌といった一般紙誌の書評欄でもとりあげられて高評価を得た。また、二十カ国以上で翻訳出版が予定されており、オランダ、イタリア、スペイン、ポルトガル、ポーランド、クロアチアではすでに刊行されている。

本書の原題である ***All Our Wrong Todays***（『すべての間違った今日』）は、シェークスピアの『マクベス』で、マクベス夫人の訃報を聞いて絶望したマクベスが漏らす、“And all our yesterdays have lighted fools. The way to dusty death"（そして、きのうというきのうが、愚か者たちを照らしてきたのだ。塵となる死へといたる道を）という台詞をもじったものだという。本来、複数形になるはずのない Today が複数形になっているのが、本書の設定とあっていておもしろいと思った、とマスタイは述べている。

小説家としては、本書『時空のゆりかご』でデビューしたばかりのマスタイだが、脚本家としては、大学在学中だった二十五歳のときにデビューをはたし、以来、順調にキャリアを積んでいる。日本で劇場公開された映画には、クリスチャン・スレイターが主演したゲーム原作のアクション・ホラー『アローン・イン・ザ・ダーク』（二〇〇五年）と、サミュエル・L・ジャクソンが詐欺師を演じたクライム・サスペンス『コンフィデンスマン／ある詐欺師の男』（二〇一二年。製作も担当）がある。また、日本ではDVD発売のみになったが、チンパンジーが主役のディズニーのファミリー向けコメディ『天才チンパンジー　ジャック／スケートボードに挑戦』（二〇〇一年）と、ダニエル・ラドクリフが主演した青春ロマンチックコメディ『もしも君に恋したら。』（二〇一三年。製作も担当）の脚本も執筆した。

本書と同じくトロントが舞台になっていて、マスタイがはじめて自分自身を投影して書いた脚本だったというこのカナダ映画『もしも君に恋したら。』は高い評価を受け、カナダのアカデミー賞にあたるカナダ・スクリーン・アワードの最優秀脚色賞とカナダ脚本家組合賞を受賞した。

本書『時空のゆりかご』も、パラマウントピクチャーズが刊行前に映画化権を取得し、現在、製作も兼ねているマスタイ本人が脚本を執筆中なのだそうだ。〝最初、『時空のゆりかご』は映画の脚本として執筆を開始したんだ。でも、構想がどんどん広がっていったんで、小説として完成させたんだよ。なのに、結局、脚本を書くはめになったのだから、皮肉なものさ〟とマスタイは語っている。

エラン・マスタイはカナダのブリティッシュコロンビア州バンクーバーで生まれ育った。現在はカナダのオンタリオ州トロントで妻とふたりの娘、それにルビースリッパーズという名前のオーストラリアン・シェパードとともに暮らしている。カナダの公立大学、クイーンズ大学とコンコルディア大学で映画を学び、メディア研究で修士号を取得した。研究テーマは〝メディアの未来〟だったという。

二〇〇一年に病気で亡くなった母ジュディスは、学芸員で美術評論家で美術館の館長も務めていた。イスラエル人だった父は、母と結婚するためにイスラエルからカナダに移住したのだそうだ。

化学者だった祖父はSFファンだったが、SFで描かれている科学の不正確さにしょっちゅう文句をつけていたという。マスタイは祖父の影響で幼いころからSFと科学に興味を持っていたが、特に時間旅行に惹かれるようになったきっかけは、十代のころ、祖父の本棚から借りたカート・ヴォネガット・ジュニアの『スローターハウス5』を読んだことだった。

本書にはヴォネガットの『猫のゆりかご』についての言及があるが、本書を執筆するにあたってもっとも影響を受けた作品はなにかという質問に対して、マスタイは、ヴォネガットの全作、なかでも『猫のゆりかご』と『スローターハウス5』と答えている。具体的には、『猫のゆりかご』の短い章立て、『スローターハウス5』の軽くて愉快だがシニカルな語り口に影響を受けたのだそうだ。たしかに、シニカルなユーモアがちりばめられ、まぎれもないSFなのだが、SF的なアイデアやガジェットよりも人間の内面に焦点があたっている感がある本書は、ヴォネガットの初期の諸作を連想させる。ヴォネガット以外だと、ジュノ・ディアズの『オスカー・ワオの短く凄まじい人生』やデイヴィッド・ミッチェルの『クラウド・アトラス』などからも刺激を受けたのだそうだ。

また、好きな作品はなにかという質問には、マスタイは次のように答えている——

〝コミックだと『X-メン』と『スパイダーマン』、最近の作品ならブライアン・K・ヴォーンの『サーガ』。ドラマだと《ロスト》、《宇宙空母ギャラクティカ》、《ゲーム・オブ・スローンズ》。小説だと、ヴォネガットとフィリップ・K・ディックの全作。映画だと、《X-メン》と《スパイダーマン》と《マーベル・シネマティック・ユニバース》もだが、いちばん好きなのは一九八〇年代のジョン・カーペンター監督作、特に《遊星からの物体X》と《ゴーストハンターズ》〟

現在、マスタイは、本書の映画版の脚本と並行して二作めの長篇小説を執筆中で、すでに半分以上できているのだそうだ。その作品は本書の続篇ではないが（いまのところ続篇を書く予定はないらしい）、全体的な作風は本書を踏襲したものになっているという。

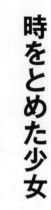

輪廻の蛇

The Unpleasant Profession of Jonathan Hoag

ロバート・A・ハインライン
矢野 徹・他訳

酒場を訪れた青年はみずから〝私生児の母〟と名乗り、バーテンの「わたし」に奇妙な身の上を語りはじめる。だがその背後には驚愕の真実があった……。究極のタイム・パラドックスを扱った表題作（映画化名「プリデスティネーション」、イーサン・ホーク主演）など、6つの中短篇を収録するSF界の巨匠の傑作集。

レッドスーツ

Redshirts

ジョン・スコルジー
内田昌之訳

〈ヒューゴー賞&ローカス賞受賞〉

銀河連邦の新任少尉ダールは、憧れの宇宙艦隊旗艦に配属される。だが、彼と新人仲間はすぐに周囲で奇妙な事象が頻発していることに気づく。自分たちは何かに操られているのか……？　アメリカＳＦ界屈指の人気作家スコルジーが贈る宇宙冒険ユーモアＳＦ。解説／丸屋九兵衛

ハヤカワ文庫

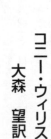

オール・クリア（上・下）

All Clear

コニー・ウィリス
大森　望訳

〈ヒューゴー賞／ネビュラ賞／ローカス賞受賞〉二〇六〇年から、第二次大戦中英国での現地調査に送り出されたオックスフォード大学の史学生、マイク、ポリー、アイリーンの三人は、大空襲下のロンドンで奇跡的に再会を果たし、未来へ戻る方法を探すが……。『ブラックアウト』とともに主要ＳＦ賞を独占した大作

ゼンデギ

Zendegi

グレッグ・イーガン
山岸　真訳

脳マッピング研究を応用したヴァーチャルリアリティ・システム〈ゼンデギ〉。だが、そのシステム内エキストラたちは、あまりにも人間らしかった。余命を宣告されたマーティンは、幼い息子の成長を見守るため〈ゼンデギ〉内に〈ヴァーチャル・マーティン〉を作りあげるが……。現代ＳＦ界を代表する作家の意欲作

ソラリス

Solaris

スタニスワフ・レム
沼野充義訳

惑星ソラリス――この静謐なる星は意思を持った海に表面を覆われていた。ステーションに派遣された心理学者ケルヴィンは、変わり果てた研究員たちを目にする。人間以外の理性との接触は可能か？知の巨人による二度映画化されたSF史上に残る名作。レム研究の第一人者によるポーランド語原典からの完全翻訳版！

ハヤカワ文庫

訳者略歴　1958年生，早稲田大学政治経済学部中退，翻訳家　訳書『イルミナエ・ファイル』カウフマン＆クリストフ，『リトル・ブラザー』ドクトロウ（以上早川書房刊）他多数

HM=Hayakawa Mystery
SF=Science Fiction
JA=Japanese Author
NV=Novel
NF=Nonfiction
FT=Fantasy

時空のゆりかご

〈SF2168〉

二〇一八年二月十日　印刷
二〇一八年二月十五日　発行

（定価はカバーに表示してあります）

著　者　エラン・マスタイ
訳　者　金子浩
発行者　早川浩
発行所　株式会社早川書房

郵便番号　一〇一 - 〇〇四六
東京都千代田区神田多町二ノ二
電話　〇三 - 三二五二 - 三一一一（大代表）
振替　〇〇一六〇 - 三 - 四七七九九
http://www.hayakawa-online.co.jp

乱丁・落丁本は小社制作部宛お送り下さい。
送料小社負担にてお取りかえいたします。

印刷・株式会社亨有堂印刷所　製本・株式会社明光社
Printed and bound in Japan
ISBN978-4-15-012168-6 C0197

本書は活字が大きく読みやすい〈トールサイズ〉です。